밤 사랑

몹쓸 사랑— 치유 시리즈 두 번째 이야기

초판 1쇄 찍은 날 § 2007년 7월 3일
초판 1쇄 펴낸 날 § 2007년 7월 13일

지은이 § 장해서
펴낸이 § 서경석

편집장 § 문혜영
편집책임 § 이종민
편집 § 한지윤

펴낸곳 § 도서출판 청어람
등록번호 § 제1081-1-89호
등록일자 § 1999. 5. 31
어람번호 § 제5-0150호

주소 § 경기도 부천시 원미구 심곡1동 350-1 남성B/D 3F (우) 420-011
전화 § 032-656-4452 팩스 § 032-656-4453
http://www.chungeoram.com
E-mail § eoram99@chollian.net

ⓒ 장해서, 2007

ISBN 978-89-251-0790-5 03810

※ 파본은 구입하신 서점에서 교환하여 드립니다.
※ 저자와 협의하여 인지를 붙이지 않습니다.

프롤로그 · 7 / 제1장 / 12 · 제2장 / 25 · 제3장 / 43 · 제4장 / 58 · 제5장 / 73 · 제6장 / 87 · 제7장 / 103 · 제8장 / 122 · 제9장 / 140 · 제10장 / 156 · 제11장 / 168 · 제12장 / 183 · 제13장 / 200 · 제14장 / 219 · 제15장 / 234

제16장 / 246 · 제17장 / 260 · 제18장 / 276 · 제19장 / 292 · 제20장 / 307 · 제21장 / 317 · 제22장 / 335 · 제23장 / 351 · 제24장 / 362 · 제25장 / 374 · 제26장 / 388 · 제27장 / 401 · 제28장 / 419 · 제29장 / 433 · 제30장 / 443 · 에필로그 1 / 459 · 에필로그 2 / 465 · 작가후기 / 471

· 프롤로그

약간 어두운 원목으로 마감재를 쓴 아파트 안은 온통 열기로 가득 찼다. 방금 전까지만 해도 이곳엔 부서질 듯한 긴장감이 팽팽하게 흘렀다.

여자가 남자에게 자신들의 한 일에 대한 후회와 질책성 말들을 혼란 속에 흩날리고 거칠게 돌아설 때까지는 그러했다. 그러나 얼마 못 가 남자의 손이 여자의 좁은 어깨를 잡아 돌아서게 한 채 정면으로 바라보았다. 그렇게 짙은 갈색 눈동자로 연약한 밝은 눈빛을 더욱 흔들어놓았다.

남자는 여자를 바로 품에 안아 가두었다. 수많은 비난도, 해선 안 되었다는 뼈아픈 후회도, 다신 당신을 안 찾겠다는 굳은 결심까지 남자의 나지막한 말 한마디에 그대로 무너져 내렸다.

"당신을 원해."

원해! 그토록 들어보고 싶은 말이었다. 원한다는 말, 대상이 잘못되었지만 외로운 마음을 비집고 들어와 버린 그 말에 여자의 죄의식은 마비되어 갔다. 남자의 입술이 강하게 부딪쳐 왔다. 여자의 강한 결의를 머금었던 그 입술은 아무런 방어도 하지 못한 채 심장만 아프게 했다. 아니, 오히려 불을 당겨 활활 타오르게 하는 도화선이었다. 거칠 것 없는 그의 입술은 부드러운 아랫입술을 뜨겁게 공략해 스르르 열리게 했다. 뱀 같은 혀는 입 안을 헤집고 다녀 가느다랗게 남은 마지막 이성의 의지를 잔인하게 끊어놓았다.

"당신도 날 원하잖아."

물음이 아닌 단정이었다. 진실을 드러내는 남자의 말에 완전히 항복할 수밖에 없는 한숨이 여자에게서 흘러나오고 말았다. 남자의 입가가 눈동자에 담고 있는 생각으로 인해 위로 약간 치켜 올라갔다. 그의 머리는 아직도 원활하게 작동하고 있었다. 그러나 곧 그의 호흡도 여윈 몸매 선을 감추고 있는 정장을 하나씩 헤치면서 빨라지고 가빠졌다. 순식간에 그녀는 벗은 몸이 되었고, 손으로 감추기도 전에 남자의 고동색 눈이 벗은 몸을 낱낱이 훑더니 단단한 팔뚝으로 여자를 훌쩍 안아 올린 채 큰 걸음으로 침대로 갔다.

조금 열려진 침실 방문으로 거실에서 시작된 뜨거운 열기가 전해져 왔다. 간헐적으로 들리는 남녀의 엉켜진 음성은 맹렬한 몸짓의 기세로 인해 신음으로 더운 공기 속에 뱉어졌다. 가느다란 여자의 다리를 단호하게 양쪽으로 벌리고 그곳에 자리 잡은 근육질의 잘빠진 몸은 자신이란 남자에 의해서 흠뻑 젖은 여자의 속으로 곧바로 찔러 들어갔다. 여자의 몸이 반동으로 완전히 젖혀지며, 남자의 탄탄한 엉덩이가 힘차게 끝도 없이 줄달음치는 움직임을 깊숙한 소리와 함께 온전히 받아들였다. 원시적인 진동이 그들의 몸을 한시도 가만두지 않고 거친 감각으로 요동치게 만들었다.
　강하고 빠르지만 길었던 마라톤이 겨우 끝나고 땀에 젖은 남자의 몸이 외마디 비명을 지른 채 여자의 여리고 부드러운 몸으로 쓰러졌다. 섹스를 총괄하는 여유가 다시 사라졌다. 그런 적이 다른 여자들하고는 없었는데……. 머리를 짓누르고 몸에 마약 같은 중독을 부여시키는 쾌락이 그의 숨소리를 시간이 지나도 가쁘게 한다. 식을 줄 모르는 그의 뜨거운 입술이 벌어진 여자의 입술을 찾았다.
　"사랑해요."
　그 특별했던 쾌락은 가쁜 숨소리에 섞인 여자의 여리고 흔들리는 목소리에 잦아들기 시작했다. 장우현, 그의 인생에서 감히 사랑이란 단어를 쓸 수 있는 것은 한곳뿐이었다. 가질 수도 가져서도 안 되는, 보기만 하고 젠장맞게 죄의식을 갖고 상상만 할 수 있는 단 하나의 대상에만 유일하게 허용하는 그 단어를 다른 곳에서 듣기만 하면 망할 그 마음이 몸과 함께 급속도로 얼어붙고 말았다, 지금처럼.
　"당신을 사랑해요."
　여자의 눈동자는 남자의 맘을 헤아리지 못했다. 오직 자신의 복잡한 속에 향해졌다. 그 속을 사랑이란 이름 좋은 허울로 서둘러 봉합해 버리고 싶어했다. 한 사람에게서 자꾸 실패했던 그 말을 다른 곳에서 찾고 있었다. 반발하는 감정을 짓누르고 사랑한다고 반복하고 있었다. 그 갈라지고 짙은 감정에 여자의 목소리가 거칠어질수록 그의 마음은 몸과 분리되었다. 싸늘한 맘이 더욱더 냉소를 뿜어댔다.
"당신도 날 사랑하죠?"
여자의 음성이 확인을 원했다.
"음, 그래요."
그것은 끝을 의미했다. 그의 시선이 사랑을 갈구하는 여자의 가련한 얼굴을 찬찬히 바라보았다. 여자 역시 남자를 마주 보았다. 가장 외로울 때 이 남자가 들어왔다. 그래서 소중했다. 이 남자여야 하는 특별함은 없지만, 그러나 그 특별함을 여자는 더는 믿지 않았다. 그 특별함을 느꼈던 사람을 완벽히 사랑하지 못한 자신이어서 더 그럴 것이다. 필요한 것을 주는 이라서 맞닿았다. 여자가 그에게 안겨왔다. 마지막, 식은 가슴으로 그는 그녀를 안아주었다. 지금까지 몸과 함께 마음까지 자신에게 준 여자들을 참 많이 농락해 왔다. 그리고 이번에도 다름이 없었다. 그러나 목에 걸린 가시나 더부룩한 속처럼 뭔가 이상했다. 편치 않았다. 그 이유가 뭘까?
친하진 않아도 동창이고 아는 관계인 김수호의 아내라서 그런가?
김수호! 성적도, 머리도 자신보다 떨어진 그놈의 완벽한 아내가 눈에 들어온 걸 무시해야 했나? 그 아름다운 외모에 달라붙은 불행을 이용하지 말아야 했나? 그러나 그런 유희조차 없으면 어떤 재미로 장우현이 산단 말인가? 안지령을 사랑하는 마음으로…….

"여름철 성수기에다 십 년 만의 무더위인지 뭔지, 하여튼 폭염이 쏟아진다니까 경기 침체다 뭐다 해서 이번에 미적거리면 점유율 30%도 못 지키게 돼. 그렇게 되면 너희들 다 내 손에 아작 날 줄 알아. 딴 짓거리로 사업 확장할 생각하지 말고 어떻게 해서든지 그놈의 점유율을 올리란 말이야."

김인산이 아들 셋과 그들의 측근까지 수안의 사무실에 따로 한데 불러서 으름장을 놓고 있었다. 이미 그는 전체 회의에서도 같은 말을 했었다. 그러나 지금은 좀 더 격양되어 있고 말투도 직접적으로 바뀌어졌다.

"싸움질 그만 하고 한 가지 목표를 가지란 말이다. 점유율을 높이라고! 언제까지 우리 '산호'가 그놈의 '미산' 하는 짓만 쫓아갈 거야. 우리가 먼저 맥주 사업을 시작했는데 왜 매번 뒤에 있냐고. 당장 앞질러!"

성질 급한 김인산이 커다란 덩치를 들썩이며 소리를 꽥꽥 질러 대 사무실 전체가 울리었다. 그러나 삼 형제의 반응은 다들 제각기였다. 첫째인 김수안은 차분히 준비한 자료들을 보며 안경을 추켜올리고, 셋째이자 막내인 수창은 주변 소리는 들리지 않는 듯 딴생각에 잠기다가 아버지와 눈이 마주치자 생글거리며 눈치없이 웃어 김인산에게서 한숨이 나오게 한다. 상황도 맞지 않은 행동을 마음대로 하는 놈인데다 요즘 전 부인과 재혼 준비로 완전 정신이 그쪽에 쏠려 있었다. 게다가 김인산에게 수창은 어떤 행동을 해도 마음을 상하지 않게 하는 용한 힘이 있었다. 지금도 매번 그렇듯 또 막내에게만은 그 기세등등한 눈빛이 누그러졌다.

하지만 중앙에 있는, 많이 경직된 둘째의 모습으로 시선이 넘어가던 김인산의 눈가는 벌써부터 언짢음이 배어났다. 김수호는 아버지의 그 시선을 피해 버렸다. 지방 소주 회사의 지분을 반대에도 불구하고 인수해서 문제가 많이 생겨났다. 경영권 문제로 법정 다툼까지 간 골칫거리를 떠안는 꼴이 되어버려 김 회장은 가뜩이나 마땅치 않은 둘째 아들에게 더 화가 나 있었다. 지금도 검은색 안락의자에 풍채 좋은 몸을 완전히 기대어 수호의 거뭇한 얼굴을 보며 회의에 상관없이 혀를 끌끌 찼다.

"어리석은 것."

수호는 호흡이 일렁이는 걸 참기 힘든 얼굴이었지만 용케 누르고 있었다. 그 말은 하도 많이 들어왔지만 이상하게도 좀처럼 익숙해지지 않는다.
"어리석은 것들!"
이제 김인산의 분노는 세 자식에게 골고루 뻗쳤다.
"너희들이 대체 하는 게 뭐야? 그만큼 쏟아 부었으면 성과를 내야지."
"더 배워야 한다고 아버지께서 누누이 말씀하셨잖아요."
수창의 뜬금없는 말대꾸에 주위 분위기가 싸해졌지만 오직 김 회장만은 막내아들을 그저 내버려 둔다. 어려서 많이 앓았던 수창은 성질 격한 김 회장에게도 항상 예외였다.
"다시 한 번 기획안 읊어봐."
그렇게 김 회장의 심기를 가라앉히는 것은 막내아들의 눈치 없는 자기 생각들이었다.
"피쳐 판촉에 힘쓸 생각입니다. 여름휴가나 주말 때를 대비해 피쳐 생산 라인도 대폭 증설해서 하루 십만 상자의 생산 능력을 갖췄습니다."
수안의 설명에도 김 회장은 마음에 들지 않은 듯 거친 숨소리와 한숨으로 탐탁지 않은 티를 팍팍 냈지만 그의 큰아들은 참으로 순종적이고 무덤덤하다. 아버지의 표정엔 아랑곳없이 계속해서 설명을 하고 자신이 해야 할 것만 신경 쓰며 안경 속의 눈동자는 오직 서류만을 향해 있었다. 그러나 수호는 그렇지 못했다. 그 역시 김 회장을 보고 있지 않지만 감정은 고개를 들고 있음을 인산은 알고 있었다.
김 회장은 지금처럼 시선을 계속 피하고 있는 것도 자신에게 압도되거나 반성해서가 절대 아니라는 걸, 숨기지 못하는 분노를 들키지 않기 위해 안간힘을 쓰느라 그렇다는 것을 인지하고 있었다. 그 검은 눈동자는 항상 자신에 대한 분노로 가득 차 오르는데도 감정을 숨기느라 더 활활 타올랐다. 그런 드센 수호가 더욱 나이든 옹이 박힌 마음을 건드렸다. 인산의 수호를 보는 눈이 시간이 지나도 정이 가지 않았다.

사실, 어찌 보면 불쌍한 자식이다. 모르는 바는 아니다. 큰자식은 첫째라고 덜하고 막내는 아팠던 것 때문에 유독 마음이 갔지만, 둘째 놈은 차이가 있었다. 김 회장의 눈이 회상으로 씁쓸해져 갔다. 저놈만 아니었으면 김 회장은 사랑했던 여자에게 갈 수도 있었다. 이혼을 마음먹은 부부에게 생긴 아이는 두 사람에게 끔찍한 족쇄가 되고 말았다. 이미 사랑이 차디차게 식고 신뢰도 남아나질 않은 부부 사이에서 분노로 가진 두 사람의 미친 성행위의 결과물이 둘째 아들 수호였다. 그래서 둘째의 눈동자엔 분노의 불길이 사라지지 않고 타올랐다. 화해로 이루어진 수창이 잘 웃는 것과 다르게.

"얼음 팩은 355㎖ 24캔, 1600㎖짜리 페트병 3병 등 세 가지 종류로 다양하게 하고, 어깨 끈을 두어 다른 곳과 차별을 둘 생각입니다. 그리고 또……."

"됐다. 그만 해."

김 회장이 수안의 말을 뚝 끊어먹은 채 성마르게 자리에서 일어났다.

"잘하기나 해. 또 가을 돼서 경기 침체니, 페트병 가격 인상 등으로 여름 시장 공략을 잘 못했다는 둥 변명을 하기만 하면 너희들을 다 걷어차 버릴 테니 그런 줄 알아."

김 회장이 나가려다가 수호를 보고 눈살을 찌푸리며 낮은 경고성 말을 덧붙였다.

"네 주제를 알고 까불어."

수호의 시선이 또 간신히 엇나가 버린다. 인산은 어느새 불쌍한 마음에서 벗어나 일을 저지르기만 하는 둘째를 미운 눈으로 바라보았다. 아버지가 나가고 수호는 잠시 그 자리에서 못이 박힌 듯 서 있다 돌아서려다가 수안의 언짢은 목소리에 멈추었다.

"김수호, 너 왜 그래?"

"내가 뭘?"

이미 사무실엔 형제 셋만이 남겨졌다. 수창은 형들의 팽팽한 긴장감을 눈치 채지 못한 채 열심히 문자를 보내고 있었다. 그리고는 뚫어지게 휴대폰을 보며 답장을 기다렸다.

"몰라서 그래?"

"몰라."

"네가 뛰어든다고 적자가 흑자로 변하지 않아. 왜 지분을 사고 그래? 제발 일 만들지 말고 따라오기나 해. 잘하다가 또 왜 그러냐? 무조건 혼자 앞서 나가려고 하지 마. 너 아직 부족해. 그것도 많이."

수안의 점잖은 음색이 흔들리며 수호에게 질책을 가했다.

"형이나 잘해. 형이 추천한 이사께서 요즘 죽 쓰고 계시던데. 그래서 내가 그 사람은 안 된다고 했지. 눈치만 보는 전형적인 아첨꾼이라고."

"왜 안 하던 짓 하니? 네 멋대로 결정하진 않았잖아."

"더 이상 형 밑에 깔리기 싫어서 그래, 됐어?"

이제 두 사람은 가식을 벗어던지고 서로를 향해 으르렁거렸다. 수호는 오늘따라 심기가 많이 어긋나 있었다.

"넌 더 배워야 돼."

"형 자신이나 알아서 해. 내 일에 참견하지 말고."

"빙고!"

수안과 수호가 동시에 고개를 돌려 소파에 앉아 발을 구르는 수창을 노려보았다. 그는 지금 뭐가 좋은지 휴대폰 액정을 보며 웃고 있었다. 전 부인이자 앞으로 두 번째 아내가 될 오연주로부터 답장을 받은 모양이다. 화해를 이루고 재결합을 목전에 두고 있다고 해도 시도 때도 없이 가리지 못하고 저러는 모습을 수안은 용납하기 힘든 얼굴로 쳐다보았다.

"미안해. 내가 방해했어? 하던 일 계속 해. 난 이만 가도 되지?"

"둘 다 나가."

수안이 굵고 나지막한 그 특유의 소리로 호통 치자 수창이 화내지 말라며 활처럼 당기는 미소를 짓는 동안 수호는 바로 나와 자신의 사무실로 직행했다. 의자에 앉아 그는 잠시 힘이 빠진 모습으로 고개를 숙였다. 그의 머리카락이 이마로 흘러내렸다. 형과의 싸움은 항상 그의 진을 빼게 한다. 형과 부딪치기 싫지만 그는 수안보다 위에 있고 싶었다. 아버지의 자식 중에 가장 높은 자리에

서서 고개를 쳐들고 아버지를 보고 싶은 욕구가 그를 미친 듯이 몰아치게 했다. 유치하다는 것을 알면서도 아버지의 얼굴에서 김수호로 인해 만족스런 웃음을 짓는 걸 봐야 한다는 마음이 그도 모르는 깊은 곳에 흐르며 스스로를 다그치고 있었다. 대체 그게 뭐라고?

그러면서도 수호는 어느새 몸을 일으켜 흘러내린 머리를 대강 쓸어 올리며 비서를 부르고 일을 다시 시작했다. 그러나 지방 소주 회사의 지분을 개인적으로 인수한 것으로 그는 지금 그나마 가진 재량권도 아버지에 의해서 많이 좁혀진 상태였다. 인수하기 전엔 분명 청사진이 있었는데 이젠 앞이 안 보인다. 이렇게 허망하게 무너질 줄은 몰랐다. 내부 문제가 한둘이 아니라는 게 지금은 눈에 들어오는 데 당시엔 욕심이 앞서서 살피지 못했다. 자신을 탓해봐도 소용이 없는 짓이다. 싼 값으로 외국에 팔아넘기는 방법밖에 없지만 수호는 그것만은 하고 싶지 않아 계속 미루고 있었다. 여기서 발을 빼지 못하면 영영 그를 잡아챌 수 있는 덫임에도 그렇게 가치없이 쉽게 이익만 쫓는 놈들에게 팔아넘길 순 없었다.

일단, 먼저 이번 여름 성수기에 어떡해서든지 맥주 점유율을 조금이라도 올려놓는 것부터 매달려야 한다. 그래야 다시 그의 입지를 어느 정도 찾을 수 있을 것이다. 그렇게 입지가 크지도 않았지만.

퇴근 시간이 훨씬 지나서까지 수호는 일에 매달렸다. 양복을 벗어 던지고 단색의 넥타이를 약간 느슨하게 하며 서류를 넘기다가

시계가 여덟 시를 가리키는 걸 보았다. 그러다 무심코 앞에 있는 미니 달력에 눈길이 갔을 때 거기에 빨간 펜으로 동그라미 친 날짜에 시선이 멈추었다.

6월 10일! 오늘!

"이런!"

아내의 생일이었다. 그가 눈을 잔뜩 찡그렸다. 올해만은 잊지 않으려고 했는데. 결혼 생활 사 년 동안 그는 부인의 생일을 제때 기억해서 축하한 적이 없었다. 하루, 이틀이 지나서 값비싼 선물을 안겨줬지만 아름다운 여자의 얼굴에 그늘만 더할 뿐이었다.

"아직 오늘이 가려면 네 시간은 남았군."

서둘렀다. 항상 단정했던 그가 옷을 추스를 새도 없이 회사에서 나와 단골 금은방에서 주인의 권유로 다이아가 박힌 목걸이를 샀다. 음미할 새도 없이 포장한 후 장미꽃 한 다발도 손에 들고 집으로 갔다. 어둠이 깊숙이 내린 아담한 정원을 지나 현관으로 가자 아줌마가 충실한 얼굴로 맞이하고 있었다.

"집사람은요?"

"모임 때문에 늦으신다고 전화 왔습니다."

"알았으니 들어가 쉬세요."

손에 쥐고 있는 장미꽃이 창피스럽다는 생각이 스치자 그의 음성은 덜컹거렸다.

"네. 쉬세요."

아줌마가 자신의 방으로 들어가자 너무 퉁명했나 하는 생각이 뒤따른다. 일을 야무지게 하면서 말수도 적어 말도 옮기지 않는 좋은 아줌마인데……. 또 버릇 도지는군. 김수호는 사람들에게 먼저 상처를 내고 또 너무 쉽게 혼자 후회한다. 그는 꽃다발을 든 손을 내린 채 계단으로 올라가 아내의 방 쪽으로 몸을 틀었다.

언제부터인가 이 집에서 아내의 공간과 그의 영역이 오른쪽과 왼쪽으로 나뉘어져 있었다. 바쁜 그가 왼쪽 서재에서 밤새는 일이 많아지자 자연스럽게 아내 역시 그들의 침실이 아닌 반대 방향 끝에 있는 그녀 방에서 지내는 시간이 길어졌다. 수호는 아내의 방 앞에서 손님인 양 멈칫하다가 조심스레 문을 열고 들어가 보랏빛 화장대에 꽃다발과 보석함을 두고 나서 의자에 앉아 잠시 아내의 체취가 묻어 있는 물건들을 낯선 눈으로 만지듯 스치며 지나갔다.

연한 핑크색 벽지가 너무 예뻐서 오히려 화사하기보다 여기서 혼자 있을 아내가 떠올라 안쓰러웠다. 한쪽에 있는 작은 침대와 조그마한 책상이 인형의 집에 온 것처럼 아기자기하게 꾸며져 있었다. 그의 눈이 방 안을 떠돌다 화장대 앞에 놓인 아내의 사진으로 와서 멈추었다.

갸름한 얼굴선에 커다란 눈동자와 오똑한 코, 그리고 도톰한 입술을 가진 여자가 그를 보고 웃고 있었다. 아내는 아름답고 빛이 나는 여자였다. 흠 잡을 데 없는 고상한 태도와 좋은 심성까지 가진, 그러고 보면 그는 운이 좋았다. 어찌 보면 음울한 자신과 어울리지 않은 여자이다. 어머니의 의지와 고집이 아니면 맺어지기 힘들었을 것이다. 누구나 탐낼 만큼 집안 적으로나 그녀 자체로나 완벽한 이가 최이연이었다.

두 사람은 결혼 전에도 오랜 만남 없이 혼인했다. 상류층에 살다 보면 같은 학교 출신도 많고 유학도 가는 곳이 한정되어 있어서 얼굴과 이름 정도는 대부분 다 알지만 그들은 서로에 대해 알아가는 연애다운 연애는 하지 못했다. 지금보다 덜하긴 했지만 그때도 일에 미쳐 있어 이연을 즐겁게 해주지 못했는데도 그녀는 만날 때마다 의례 그 환한 웃음을 보여주곤 했다. 그러고 보니 요즘 들어 그 웃음을 본 기억이 없다.

"당신 혼자 아파하지 말라구요. 난 남이 아니라 아내잖아요."

"뭘 내가 아파했다 그래."

"내가 위로하게 해줘요. 나한테 기대요. 회사도, 정 그러면 독립해요. 내가 우리 집에서……."

"돈은 나도 있어. 그 얘기 이미 끝났잖아. 했던 말 또 하게 하지 마. 할 일 많아, 먼저 자."

말로 수없이 밀쳤지만 몇 달 전 크게 싸운 후 그녀는 완전히 웃음을 잃었다. 모든 게 다 자신의 잘못이다. 자신의 아픔을 감싸려는 이연이 싫었다. 그 아픔을 이기고 나서 만나야 했는데……. 남을 행복하게 해줄 줄도 모르고, 그런 경험도 전무한 그가 환한 아내를 우울하게 만든다는 것은 어쩌면 당연한 일이지만 오늘따라 마음이 좋지 않았다.

"생일 축하해, 그리고 미안해."

수호가 사진을 보며 중얼거렸다. 그의 손끝이 사진 속 아내의 얼굴을 더듬는다. 후회가 마음을 두들겼다. 그러나 김수호는 달릴 줄만 알지 걸을 줄 모른다. 상처받을 줄 알지 그 아픈 속을 드러낼 줄 모른다. 그의 쌍꺼풀 지지 않은 담담한 새까만 눈이 멈추지 못하는 자신 때문에 슬픈 아내의 마음이 느껴져 환한 미소를 짓는 아내의 사진에서 떠나질 못했다. 저 미소를 왜 지켜주지 못할까? 다시 찾게 해줄 수 있을까? 그의 손이 답을 찾으려는 듯 계속 작은 유리 액자에 갇힌 사진을 만지작거리다 잘못 건드렸는지 유리가 사진과 분리되었다.

아내의 사진이 뚝 떨어지면서 그 뒤에 숨겨져 있던 조그만 사진 한 장이 그 모습을 드러냈다. 뒤집혀져 있어 누구인지 모를 그 사진을 별다른 호기심 없이 그는 집어 들었다. 그러나 사진 속의 남자 얼굴이 수호의 검은 눈동자에 인식되었을 때 그의 동작은 거기서 정지되었다. 하지만 머릿속은 심히 복잡해져 갔다.

'장. 우. 현.'

장우현이었다. 자신의 고등학교 동창이자 전교 회장이었고, 못하는 운동도 없던 선생들의 이상형인 그. 사회에 나가서는 제 아버지의 바람을 그 이상으로 충족시키는 자랑스러운 존재, 불의의 사고로 결혼한 지 일 년 만에 죽은 형의 빈자리를 채울 만큼 모든 것을 다 갖춘 대단한 놈이었다. 자신의 아버지, 김인산이 드러내 놓고 부러워할 정도로 장우현은 완벽이란 단어에 닮아가고, 그 정의를 사람들에게 보여주고 있었다. 물론 그의 마음속을 헛되이 채우는 대상이 손에 닿아선 안 되는 인물이란 걸 제외하면 그는 완전하다.

전혀 친하지 않으면서도 김수호는 장우현을 잘 알고 있었다, 그의 비밀까지.

자신보다 7cm나 큰 185cm에 그다지 노력하지 않아도 뭐든지 척

척 해내는 장우현과 어울리지 않았었다. 수호는 키에 대한 열등감이 마음 깊은 곳에 도사리고 있었다. 190㎝에 가까운 형과 184㎝인 동생과는 달리 그는 178㎝이다. 어머니가 태중에서 자신을 저주하며 거의 먹지 않아서 인큐베이터에 있어야 할 정도로 작게 태어났다고 한다. 그러나 그 사랑받지 못한 생명은 그럴수록 무섭고 질기게도 견뎌 감기도 잘 걸리지 않는 체질로 관심없이도 건강하게 자라났다. 하지만 키는 다른 형제들만큼 크지 않았다. 178㎝이 절대 작은 키가 아닌 큰 키에 속함에도 상대적인 비교 때문에 그는 억눌려 있었다. 그런 그가 장우현을 속속들이 아는 것은 그의 가장 친한 친구인 임해승이 수호의 가장 친한 친구이기도 하기 때문이다. 그래서 술 취한 장우현에 의해 그가 자신의 형수를 마음속으로만 오랫동안 사랑하고 있음을 해승이 유일하게 알게 되어 비밀로 남겨졌을 때 그 비밀을 영혼의 친구인 김수호도 공유하게 되었다. 그런 장우현의 사진이, 그것도 아내의 독사진 뒤에 왜 숨겨져 있는 걸까? 그리고 그 사진에는 왜 아내의 향수 냄새가 잔뜩 배어 있는 거지?

수호가 장우현의 사진을 몇 번 튕기며 자신의 손가락에서 왔다 갔다 하게 하니 그 작은 것이 오락가락하며 흔들린다. 그의 눈동자는 번지듯 뚫어지게 사진을 바라보았다, 시간이 정지된 것처럼. 그때 전화가 울렸다. 2번, 4번, 6번. 끊어지고 다시 이어진다. 3번, 5번, 7번. 아내의 이름이 뜨는 걸 수호는 보면서도 가만히 있다가 한참 뒤에야 전화기를 들었다.

"여보세요."

[다, 당신이에요?]

흔들리는, 죄 묻은 아내의 목소리가 수화기를 타고 수호의 귓가를 파고든다.

"응."

[오늘 고모가, 아파서…… 모, 못 들어갈 것 같아요.]

"얼마나 편찮으신데?"

[심한…… 심한 것 아니고, 몸사…… 몸살이라서.]

심하게 더듬대는 이연의 목소리가 심장의 핏줄을 조이게 만들었다.

"그래. 잘 간호해 드려요."

[고마워요. 그럼 들어가요.]

침묵이 흘렀다. 그 침묵이 너무도 무거워 이연은 전화를 끊지 못하고 있었다.

"이연아!"

결혼한 뒤로 수호가 처음으로 부른 그녀의 이름이었다.

[네?]

"생일 축하해."

[……]

당일 축하는 처음이었다. 수호는 대답을 기다리지 않고 단정한 얼굴이 일그러지며 수화기를 손에서 툭 놓아버렸다.

"이제 그만 가야지."

 냉정하게 밀치는 그 말에도 이연은 우현에게 감긴 자신의 몸을 풀지 않았다. 그에게 빠지려는 마음은 생각을 거부했다. 이것이 옳은 것인가는 이미 운명을 포기하고 어려운 사랑이 아닌 쉬운 갈망에 사랑이란 이름을 붙인 병든 심장에는 들어오지 않았다. 모든 걸 가진 완벽한 최이연은 스스로 멀어져 금이 가고 있었다.
 우현은 자신을 안고 가슴에 얼굴을 묻은 윤기 나는 고동색 머리를 내려다보았다. 마음을 끊은 지 일주일, 그러나 그답지 않게 그를 사랑한다며 안기는 최이연을 육체적으로 받아들이고 있었다. 이런 적은 한 번도 없었는데, 최이연의 집착 같은 열정에 미적거리었다. 그러나 예외이긴 해도 특별할 것까지는 없었다.

물론 그녀와의 뜨거운 키스, 육체적 부딪침, 자신을 닮은 색깔이면서 좀 더 밝은 눈동자를 꽤 좋아하긴 하지만 이미 머리는 둘의 관계가 끝난 것으로 보고 있었다. 다만, 지진에서도 여진이 있는 것처럼 이미 끝난 일에도 파동이 있을 수 있는 것과 다르지 않았다. 그렇다. 지금은 그 끝난 파동에 젖어 있을 뿐이다.

"보고 싶을 거예요."

"그래?"

이연이 여윈 얼굴에도 빛나는 눈동자로 고개를 끄덕였다.

"남편 생각 해야지."

우현의 부드러운 말은 차디찼다. 그럼에도 그의 손은 아직도 그녀의 허리를 꽉 잡고 있었다. 머리와 마음은 돌아섰으나 아직 손과 발이 습관처럼 그녀에게 머물렀다.

"남편이 기다리잖아요."

"남편 얘긴 하지 마요."

이연은 장우현 입에서 나온 남편이란 단어에 정색했다. 우현은 그녀에게서 배신당한 수호를 무시하듯 불쌍하게 여기었지만 이연은 그를 욕보이는 자신을 상기하는 것이 견딜 수 없었다.

"당신만…… 당신만 있으면 돼요."

후회하려는 마음이 칼처럼 심장을 후벼댔다. 그 마음을 죽이기 위해 이연은 힘주어 되풀이하듯 말했다.

미칠 것이다. 미치고 싶다. 처음 봤을 때 마음이 끌리었고, 아픈 뒷모습에도 눈물이 맺히었다. 자신의 가치를 모르고 바보처럼 아버지의 틀 안에 맞춰 달리려는 그를 세우지도, 그렇다고 마음 근처에도 못 간 채 발을 동동거리다가 끝내 제 손으로 그 남자에게 향하는 마음을 더럽힐 정도로 미쳤다. 김수호를 버릴 것이다. 운명인 그 남자를 버리고 말 것이다. 후회는 없다. 이젠 자신을 원하는 이 남자를 사랑하고 말 거다.

자신의 복잡한 마음을 무시한 채 다시 품에 안기는 이연을 안은 우현은 그녀를 완전히 소유했다는 만족과 함께 이제 헤어질 때가 왔다는 생각에 미소가 비틀어졌다.

"이젠 당신의 자리로 가요. 너무 늦었어."

우현이 시계를 보며 말했다.

이연은 그의 아파트에서 나와 집으로 향하면서 장우현이 말한 '당신의 자리'에서 이젠 떠나야 한다고, 그래야 한다고 스스로에게 다짐하듯 중얼거리었다.

귀가해서 평소와 같이 서재에 곧장 들어간 남편은 두어 시간이 지나도 그곳에서 나오지 않았다. 이연은 남편이 나올 때까지 기다리기로 한 마음을 접고 서재로 향했지만 계단에서 계속 진전없이 서성이었다. 그녀의 큰 눈동자는 커져만 가는 후회와 걱정으로 빛바래졌다. 그러나 돌아서려는 이연의 걸음을 다시 되세운 것은 이미 끝났다는 결심과 자신이 지금 필요한 사람은 장우현이란 고집이었다.

이 일로 남편을 화나게 하고 상심하게 만드는 것이 괴롭고, 온 가족들이 겪을 혼란과 격심한 고통 속에 빠뜨리는 것이 두려우면서도 가만히 있을 수가 없었다. 어찌 보면 남편을 괴롭히고 싶은 건지도 모른다는 끔찍한 생각이 들 때도 있다. 매번 자신을 밀치는 그에게 아픔을 주려고 이러는 것이 아닐까 하는, 그러나 그가 아픈 걸 볼 자신도 없었다. 왜 이렇게 됐을까? 또 후회다. 이연은 고개를 세차게 저었다. 이젠 끝났다. 운명을 부수고 가장 힘들었을 때 자신에게 손 내민 그 남자와 떠날 것이다.

"내가 가지고 갈게요."
아줌마가 거의 같은 시간에 서재로 내가는, 과일과 샐러드 접시와 생수 한 잔이 있는 쟁반을 대신 받아 들었다. 남편이 이 시간쯤에 먹는 음식을 내려다보며 계단을 천천히 올라갔다. 그리고 왼쪽으로 점점 깊숙이 걸어갔다. 그의 서재 앞에서도 이연은 다시 몇 분을 흘려보내며 솟구치는 복잡한 심정을 겨우 가라앉히고 나서야 문을 두드렸다.
"들어와요."
남편의 목소리가 들리자 곧장 자신의 방으로 가서 한 달 동안 저지른 것들을 다 묻어버리며 잊고 싶었지만, 그러나 그때 자신을 막아선 것은 장우현이 아니라 김수호였다. 문을 사이에 두고 바로 저 안에 있는 사람, 항상 가까이 있었지만 이렇게 문을 두고 사 년을 살았던 사람, 바로 그 사람을 배신했다. 손잡이를 돌리고 잘 넘겨지지 않은 침을 삼키며 안으로 천천히 들어갔다.

수호는 창가 앞에 있는 책상에서 움직일 줄 모르고 등진 채 약간 고개를 숙이고 있었다. 무언가 짓눌린 사람처럼 반듯한 어깨가

굽어 보였다. 단정한 머릿결과 약간 검게 탄 목이 눈에 들어왔다. 그녀가 탁자에 쟁반을 놓았다.

"고마워요."

매번 아줌마에게 했을 말이 그의 목소리를 타고 등 뒤로 나왔다.

"여보."

그의 등이 꿈틀거리며 굳어졌다.

"무슨 일이지?"

수호가 천천히 의자에 앉은 채 몸을 돌렸다. 수호의 까만 눈이 아무런 감정도 없이 자신의 아내를 오랫동안 쳐다보았다. 그러나 아내의 시선은 바람에 흩날리는 꽃잎처럼 계속 움직였다.

"할 말 있어요."

음성도 마찬가지였다.

"앉아서 말해요."

수호가 안락의자에 몸을 기대며 말했다. 그러나 이연은 여전히 선 채였다.

"할 말 있어요."

두 손을 만지작거리며 그녀가 한 말을 또 했다.

"해요."

이 말을 뱉으면 돌이킬 수가 없다, 절대로! 그러나 이미 그녀는 돌이킬 수 없는 강을 건너 버렸다. 입만 다문다고 되는 것이 아니었다. 이연은 속으로 아프게 되새기었다. 내가 원하는 사람은 장우현이라고, 자신을 등지기만 했던 김수호가 아니라. 그래서 떠나야 한다고, 온몸에 힘을 주며 그 말에 온몸을 의지했다.
"헤어져요."
"뭐라고?"
 수호는 놀라지 않았다. 당황하지도 않았다. 다만, 그녀 자신이 지금 내뱉는 말이 무슨 뜻인지 알고 하는지를 확인시키는 것만 같았다.
"헤어지자구요."
 숨이 자꾸 끊어지려는 걸 참고 이연이 분명하게 말했다.
"우리가 연인 사이인가? 헤어지게! 그런 가벼운 말은 연인 사이에서나 쓰는 말이잖아. 우리가 얼마나 단단한 결속체인지 모르는 건 아니겠지?"
 수호는 자신이 한 말을 조소하듯 얼굴에 균열이 갔지만 목소리는 전혀 일렁이지 않았다.
"집안이 열렬하게 원해서 한 결혼은 깨기가 힘들지. 그저 헤어지자는 말로 그 많은 이득과 안정을 집안에서 포기할 수 있을까?"
 이연의 얼굴과 손이 떨리기 시작했다. 그녀의 아름다운 눈동자가 유리처럼 곧 깨어질 것만 같았다.
"그걸 분명히 당신도 알고 있을 텐데, 그럼에도 해야 되는 이유가 뭐요?"
 이연은 자신이 굳게 믿으려고 애쓰는 그 말을 끝내 해버렸다.
"사랑하는 사람이 생겼어요. 미안해요."
 예상했던 말이었을까? 다시 침묵이 흘렀다. 그러나 이번엔 길지 않았다.

"모든 걸 다 뒤엎을 만큼?"

"그래요."

수호는 겉모습이나마 멀쩡한데 이연이 더 괴로워했다. 가해자가…… 그러나 수호의 눈빛에도 아내를 가해자로 보지는 않고 있었다. 그럼에도 최이연은 서재가 진공 상태가 되어가는 것도 아닌데 숨 쉬기 힘든 사람처럼 숨결이 거칠어졌다.

사랑이란 말을 남편이 아닌 딴 사람에게 쓸 것이라고는 생각지도 않았다. 그럼에도 이연의 마지막 고집은 괴로움에 젖은 흔들리는 약한 마음에도 꺾이지 않았다. 한 번도 마음의 교류를, 소통을 허락하지 않은 사람, 이연은 자신의 마음만으로 사랑이 절대로 완성되지 않는다고 믿었다. 그래서 자신의 마음이 넘쳐도 그들은 사랑을 한 것이 아니라고 부인했다. 한 번도 자신의 남편과 제대로 살아보지 못한 것이 그녀의 마음에 깊은 상처를 냈다. 모든 게 끝난 지금도 그 상처는 진물이 마르지 않았다. 그런 그녀를 그는 계속해서 응시하고 있었다.

"이혼이 우리에게 쉽다고 생각해?"

질문이었다. 공격이 아닌, 그저 묻고 있었다.

"어렵다는 거 알아요. 그래도…… 하고 싶어요."

이연은 이젠 집착적으로 장우현을 사랑한다는 한낱 짧은 생각에 매달리었다. 김수호를 보기만 하고 그의 마음속으로 들어가지 못하는 괴로움을 끝내는 거창한 이유를 그녀의 온 마음이 원하고 있었다. 연약한 목소리가 힘을 내어 답하자 수호가 자리에서 일어나 이연에게 다가왔다. 그녀가 약간 움찔하며 몇 걸음 뒤로 물러섰다가 멈췄다. 서로가 가득 들어올 때까지 그는 가까이 왔다. 그러나 그녀에게 어떤 물리적 접촉도 하지 않으려는 듯 두 손을 주머니에 찔러 넣은 채 서 있었다.

"어려운 정도가 아니지. 당신 아버지, 내 아버지 가만있지 않을 거야. 더군다나 당신이 바람피워서 깨진 걸 알면 더 큰일이지."

"바람피운 거 아니에요."

이연이 부인했다. 그러자 수호의 얼굴이 순식간에 바뀌며 차가운 서리 같은 웃음이 내려앉았다.

"사랑이라구? 사랑? 당신이 사랑했든 아니든 내겐 바람일 뿐이야, 가족에게도! 최이연은 남아나질 못할 거야. 당신처럼 여리고 착하고 순정적인 여자는 특히!"

비꼬는 음색이 아님에도 그녀에겐 그렇게 들리었다. 자신한테 맞지 않은 말이니까.

"우리 가족이 가만있다 하더라도 당신 가족이 명예니 뭐니 내세워 당신을 어떻게 할지 생각 안 해봤어? 당신 아버지 명예라면 끔뻑하시잖아."

이연은 수호의 말이 아닌 그의 지독히도 냉정한 태도에 하얗게 질려갔다.

"안 해봤군. 정말 사랑에 빠진 모양이야. 최이연이…… 내 아내가! 앞뒤 가리지 않고 저지르는 걸 보니. 그래도 하겠다?"

"미안해요. 당신한테 피해 가지 않게……."

"웃기지 마, 최이연! 네 걱정이나 해. 넌 남아나지 못해. 내가 가만히 있어도 넌 찢겨질 거야. 네가 사는, 아니, 우리가 사는 세상이 가만두지 않을 테니."

그녀도 냉정하려 했지만 수호에게 막히었다. 그는 마치 그녀가 찢겨지길 바라는 것처럼 말했지만 눈빛은 무척 가라앉아 있었다. 그녀의 고개가 자꾸 숙여졌다.

"하지만 도와줄 수도 있지. 최대한 당신 피해 가지 않게 막아줄 용의도 있어. 내가 방패가 되면 다치는 게 최소화되겠지? 대신 조건이 있어. 날 봐. 똑똑히 날 보고 들으란 말이야, 하나라도 놓치지 말고. 반복하기 싫으니까."

이연의 눈이 시린 빛을 띠며 남편을 쳐다보았다.

"내 앞에 데리고 와, 당신 사랑하는 사람. 그 사람 입으로 당신을 얼마나 사랑하는지 내 앞에서 말하게 해. 날 완전히 엿 먹이란 말이야. 그럼 놔줄게. 최대한 도와준다는 소리야. 알아들었어?"

수호의 눈에서 날카로운 날이 서졌다. 그 칼날은 이연을 향하며 막 찌를 것처럼 보였지만 실상은 그 자신의 심장을 마구 난도질하고 있었다.

수호는 이연의 대답을 듣지 않고 돌아서 다시 책상 쪽으로 가 안락의자에 앉아 그녀를 등지었다. 남편의 무거운 어깨와 등을 보는 이연은 곧 무너져 내릴 것만 같았다. 쓰러지지 않기 위해서는 뭐라도 잡아야 했다. 옆에 있는 의자의 손잡이를 관절 마디가 다 보이도록 잡았지만 휘청대는 맘을 잡아주기엔 역부족이었다. 그래도 그녀는 용케 서 있었다. 시야가 흔들렸다. 남편의 등이 뿌옇게 보인다.

"미안해요."

"……."

수호는 돌처럼 굳어버렸다. 그에게선 음성도, 바스락거리는 작은 몸짓도 일시 정지되어 버린 것처럼 나오지 않았다, 그 어떤 것도.

이연은 서재에서 나와 이 모든 현실을 부인하듯 발작하며 뛰는 심장을 가라앉히려 가슴을 부여잡았지만 소용이 없자 복도에 주저앉고 말았다. 자신이 망쳤다. 배신했다. 저질렀다. 여자라곤 자신밖에 없는 남자에게 끔찍한 짓을 했다. 그러나 그 아내라는 여잔 그 남자의 마음 여는 법을 몰랐다. 노력할수록 자물쇠는 복잡해져만 갔고, 그러다 그만 열쇠가 그 안에서 부러져 버렸다. 영영 못 열지도 모른다는 생각만이 가득했다. 오직 미친 듯이 일만 하는 외로운 남자를 혼자 사랑하기엔 그녀는 이기적인 인간이었다. 자신을 보듬어줄 사람이 필요했다.

"당신만을 사랑하겠습니다."

갑자기 결혼식에서 그 맹세를 하던 남편의 검고 아름다운, 진실 가득한 눈이 떠올랐다. 평생이 걸린다 해도 그는 자신에게 올 사람이었는지도 모른다. 그러나 끝났다. 자신이 끝냈다. 절대로 후회하지 않을 거다.

그녀는 벽에 기대어 한동안 움직이지 못하다가 그릇을 가지러 올라오는 아줌마의 인기척 소리에 겨우 몸을 일으켜서 침대까지 억지로 다리를 끌고 가 쓰러져 버렸다.

왼쪽의 서재와 오른쪽의 방은 다음날 새벽이 지나 아침까지 불이 켜진 상태로 계속 꺼지지 않고 정지된 채 덧없는 빛만을 더할 뿐이었다.

　세한 창립 기념파티는 그 성공신화만큼 압도적이고 거대한 분위기가 물씬 풍겼다. 그 안은 각계의 인사들로 붐비며, 화사한 웃음과 덕담이 오가는 화기애애함이 힘의 균형에 따라 흘렀다. 현악 4중주의 연주는 커다란 샹들리에의 우아한 빛을 따라 퍼지고, 제복을 입은 웨이터들은 움직여야 할 동선을 타고 절제된 행동을 하며 움직였다. 향기가 은은하게 퍼지는 생화로 곳곳을 장식한 홀은 안정된 조명으로 사람들을 환하게 비추고 있었다.
　그중에서도 세한의 회장인 장한식은 지난해 동안 이룬 업적으로 한껏 커보였다. 팔 년 전 불후의 사고로 잃은 장남 대신 그 역할을 해온 차남 장우현이 든든하게 서서 아버지를 힘껏 보좌하고 이젠 후계자로서 모든 일을 총괄해 왔다. 지금도 아버지와 함께 장관을 비롯한 정관계 및 주요 인사들과 담소를 나누며 그 세련된 특유의 친화력있는 모습을 보이고 있었다.
　수호는 한쪽 끝에서 장우현의 자신감 넘치는 여유로운 태도를 감정 변화 없이 뚫어지게 보고만 있었다. 장우현에게 칼처럼 꽂혀 다른 곳으로 갈 줄 모르는 수호의 눈동자를 깊이 관찰하는 사람은 없었다. 만약 봤다면, 깊은 생각의 늪이 검은 눈동자 아래로 흘러 김수호, 그 자신까지 빨아들이려 한다는 걸 알 수 있었을지도 모른다. 시간이 지나자, 그를 알아본 사람들에 의해 점점 중앙으로 자리가 옮겨지면서 안부에 관한 짧은 대화들이 그저 입에서만 흘러나왔다.

"왔구나."

친한 친구인 임해승이 수호를 먼저 발견했다. 방금 우현의 도움으로 겨우 전경련 회장과 얘기하는 기회를 아주 짧게 얻은 후 고개를 돌리다 그를 본 것이다. 보통 키에 늘씬한 편인 해승은 편한 인상이지만 상류층 태가 여실히 나는 고생한 적 없는 얼굴로 친구에게 다가왔다.

"안 올 수가 없는 곳이잖아."

"어디 아프냐? 얼굴이 더 검어졌다. 너! 음성도 가라앉고, 몸살이야? 너 원래 그런 거 앓은 적 없잖아."

해승은 수호를 주르륵 훑어보며 걱정부터 했다. 어릴 때부터 수호를 잘 알고 있어 작은 변화도 감지되었다. 수호라는 친구는 몸은 건강하지만 마음은 많이 병들어 있다는 것도, 그래서 그는 친구로서 수호 부모를 이해할 수 없었다. 일에 미친 말처럼 한없이 뛰는 것도 다 그의 부모가 멋진 말을 자꾸 쓸모없다고 말하기 때문이란 걸 알고 있는 몇 사람 중 한 명이기에 더욱 그러했다. 그 말을 쓰다듬어 주면 더는 날뛰지 않을 텐데 그 부모는 수호를 사랑하는 법을 마치 잊어버린 것만 같았다. 사람들이 수호를 낮게 봐도 해승은 그가 가치에 비해 평가절하된 것을 너무도 잘 안다.

"잠을 좀 못 잤어. 그뿐이야."

수호가 별거 아니라는 듯 눈썹을 슬쩍 찌푸리며 짧게 대답했다.

"김수호, 일에 그만 좀 미쳐. 즐기며 살아라. 그러다가 너만 늙는다. 그렇지 않아도, 너 서른세 살로 안 보여. 서른일곱이나 서른여덟로 보이지. 처음 보는 사람들은 날 동생으로 보더라. 곧 있으면 너 마흔으로 볼 거라고. 하루 이틀 지나면 그럴 거다. 나이는 숫자가 아니라 얼굴로 말하는 거니까. 정말 네 형이 너한테 큰형 하는 거 아니냐?"

해승의 시답지 않은 농담을 눈은 그대로인 채 입술만 움직이며 반응했다.

"빨리 늙으면 좋은 거네, 이 미친 세상에서."

그들을 발견하고 다가오는 장우현을 보며 수호가 느릿하고 약간은 비릿하게 말했다.

"와줘서 고맙다."

우현은 선을 최대한 살린 검은 양복에 흰 셔츠, 그리고 광택 나는 넥타이 차림으로 그들 앞에 섰다. 약간 짧은 머리를 단정하면서도 자연스럽게 스타일화 한 그는 자신감이 넘쳤다. 회색 정장을 입은, 자신보다 작은 김수호를 내려다보던 그의 눈가에 곤란함과 묘한 경멸이 스치었다. 이 실력 어설픈 불같은 놈이 제 아내의 지난 한 달간의 행적을 안다면 폭발하겠지. 우현은 대담하게 수호의 끝도 없는 까만 눈동자를 피하지 않고 마주 보았다.

"결혼은 언제 하냐? 네 어머니가 네 결혼 문제 때문에 걱정하시던데."

눈치가 빠른 해승은 수호가 우현을 좋아하지 않는다는 걸 알고 얼른 분위기를 바꾸려고 말을 걸었다. 자신이 입을 놀리지 않으면 김수호는 장우현 앞에서 아무 말도 안 하고 있을 것이다.

"아직은 정착할 때가 아니야. 신나게 일하고 신나게 놀 때지."

우현이 해승을 보지 않고, 이곳에 들어서면서부터 뚫어지게 자신을 응시하던 수호 쪽을 보며 입술을 달싹였다. 원래 김수호는 학교 때부터 자신을 좋아하지 않아서 대화를 해도 시선을 빗기곤 했었다. 자격지심의 표현일 것이다. 뭐든지 죽어라 노력해도 최고가 되어보지 못한 놈의 열등감이라고 할까?

"재미가 좋은가 봐?"

수호가 우현을 올려다보는 것도 개의치 않고 이중적인 느낌으로 물었다. 그러나 우현은 김수호를 잘 안다고 자부했기에 불같은 가슴이 냉기에 질릴 정도로 얼어붙고 있다는 걸 상상도 하지 못했다.

"음, 그런 편이야."

웃음기마저 어린 장우현의 목소리에 순간 수호의 눈에 날카로운 빛이 번쩍거렸다.

"잘나가는 놈은 다르구나. 하지만 조심해라. 재미라는 놈만 쫓다간 크게 다칠 수도 있어."

약간 뜨끔한 우현이었지만 김수호의 목소리와 표정은 일상적인 것에 불과했다. 사실, 안다고 해도 장우현은 크게 상관치 않았다. 분노가 치솟아 길길이 날뛰는 이놈이 제풀에 꺾이는 것도 재미나는 구경거리이니까. 그러나 그때 갑자기 최이연이 당할 고통이 머리 속에 불청객처럼 들어왔다. 그녀가 괴로워하는 것은 재미나지 않겠지. 왜 이런 쓸데없는 생각을 하는 거지? 겨우 한 달 동안 몇 번 한 섹스에 최이연이 특별해지기라도 한 거냐고?

그 여자가 어떻게 되든 개의치 않았다. 게다가 이미 그녀의 사랑에 싫증이 난 상태였다. 우현은 자신이 그 감정에 반응하는 것 자체를 두려워하고 있다는 걸 전혀 느끼지 못한 채 찌푸린 인상으로 검은 빛의 수호를 쳐다보았다. 그는 방금 누군가를 보았는지 눈동자가 가라앉으며 몸을 틀었다.

"축하한다. 창립 50주년. 저기 우리 아버지가 오시는군. 주요 손님이 오시니 난 이만 가봐야겠다. 잠시 들른 것뿐이야. 잘 있어라."

해승에겐 나중에 연락한다고 덧붙이고 김수호는 퇴장했다.

"이상하네. 무슨 일 있었나? 수호 같지가 않아. 그렇지? 왜 저러지?"

해승의 의아한 의심도 우현은 귓등으로 지나쳐 버렸다. 그의 눈에 가슴을 끈질기게도 아프게 하며 줄기차게 뿌리내리는 대상이 들어왔기 때문이다. 단아하면서도 환하게 웃는 모습에, 수십만 번 보는 것임에도 또 어김없이 넋이 나가고 말았다. 저 모습을 정기적으로 보기 위해 본가에 들르는 것도 빼먹은 적이 없었다. 그렇게 근 팔 년 동안, 그는 부모님에게 더할 나위 없이 자상한 아들이 된 것이다.

"너 혹시, 수호에게 잘못한 거 있냐?"

"응?"

우현은 이번에도 듣질 못했다. 시선이 마음을 잡힌 대상의 움직임에 나풀거리듯 무방비하게 따라갔기 때문이다. 해승이 그의 눈길을 쫓아갔다.

"그만 좀 봐라. 질리지도 않냐? 정신 차려."

자신의 유일한 비밀을 아는 친한 해승의 말에 눈살이 찌푸려졌다. 술만 안 취했어도 입 밖으로 나오지 않을 말들이었다며 우현은 후회했다.
"입 닥쳐."
부드럽게 주의를 주고 우현은 뒤돌아 가버렸다.

왜 인간으로 이 세상에 태어났을까? 모든 감정이 세밀하고 복잡한 회로처럼 엉켜 있어서 자그마한 일로도 아플 수 있는 인간으로 왜 태어났을까? 차라리 작은 미물인 곤충으로 태어나 어느 누군가에게 밟혀 순식간에 죽어버리면 좋을 텐데.
화사하게 웃는 안지령은 또 극에 다다른 감정을 느끼었다. 문득, 문득, 고요한 그녀를 검은 절망이 폭풍처럼 뚫고 지나간다. 그것이 자기의 감정이라고 지령은 생각지 않았다. 하루에도 수만 가지 떠오른 생각이 모두 자신의 것이 아니듯 여러 번이긴 해도 그다지 동요하지 않고 의아한 점만 남기는 이 감정은 느끼긴 하지만 자신의 것은 결코 아니다.
'내 것은 아니야.'
와인 잔을 들며 P신문사 안주인의 말에 귀 기울이다가 또 미소를 지었다. 지난번 자선 파티 때의 실수담은 여러 번 들어도 웃음이 나왔다. 웃음으로 인해서 그 감정이 다행히 조금씩 소멸되어 갔다. 그러나 언제나 겉모습은 평온하고 단조로워서 남들의 눈에 아무런 변화도 없어 보였다. 대화가 끝나고, 지령은 또 다른 그룹으로 옮기기 위해 몸을 돌렸다. 남색 저고리와 적색 치마를 입은 그녀는 다른 사람들보다 움직임이 느리고 조심스러웠다.

잠깐 시선이 다른 곳으로 분산되면서 나이 든 여자의 부주의한 손짓에 걸려 몸이 균형을 잃으며 마침 옆으로 고개를 약간 숙이고 지나가던 남자와 심하게 부딪치고 말았다. 손에 쥔 와인 잔이 흔들려 젖혀지면서 적포도주가 그녀의 옷고름과 상대방 짙은 회색 양복에 동시에 끼얹어졌다.

"죄송합니다."

놀란 그녀의 손에서 와인 잔이 미끄러져 내리면서 손에도 붉은 와인이 퍼졌다. 카펫에 떨어진 와인 잔을 봉변을 입은 남자가 주워 지나가는 웨이터에게 건넸다. 그리고 아무 말 없이 손수건을 꺼내 그녀에게 주었다.

"닦으세요."

"네, 감사합니다. 그쪽도 닦으셔야죠."

"괜찮아요."

거무스레한 얼굴엔 일말의 미소기도 없었지만 쌍꺼풀이 전혀 없는 검은 눈이 광석처럼 빛났다.

"다음엔 조심하세요. 다치면 안 되니까요."

그의 단단한 목소리가 조금은 부드러워졌지만 사분하지는 않았다. 그녀가 닦지 않고 손수건을 손에 쥔 채 남자를 쳐다보는 가운데 적색 포도주는 더욱더 번지었다. 그 모습을 보던 그는 손수건을 그녀에게 남긴 채 두말없이 돌아서 버렸다. 지령은 그가 사람들 속에 파묻혀 안 보이자 그의 손수건으로 시선을 떨어뜨렸다.

'김수호.'

이제 희미해진 기억 속에 한 장의 사진처럼 아주 가끔씩 떠오른 장면이 오래간만에 그녀를 사로잡았다. 먼 안면만 있는 사람이지만 그녀의 뇌리 속에 그 씁쓸한 표정과 음울한 눈빛을 가진 거뭇한 얼굴은 강한 번민을 머금어 인상에 남았다. 다른 남자들과 달리 그는 항상 여자를 봐도 다른 생각에 잠겨서 뭔가 쫓기는 듯 보였다. 자신만만한 사람이 가지지 못한 짙은 인간 냄새가 나는 그의 모습은 오 년 전 잠깐 모임에서 관찰했을 때와 그리 다르지 않았다. 여전히 아픈 건가? 그녀는 잘 알지도 못하는 김수호에게 아프다는 단정을 내리며 아직도 그가 간 자리에 시선이 머물렀다.

"형수님, 어디 다쳤어요?"

지령은 붉은색으로 물들어 있는 그녀의 손과 한복을 보며 빠른 걸음으로 다가오는 우현에게 급히 손을 저었다. 그리고 옆에 지나가던 웨이터가 준 휴지로 얼른 닦으며 별거 아니라는 표정을 지었다. 우현이 도와주려고 손을 뻗자 그녀가 한발 물러섰다.

"괜찮아요, 다 닦았어요. 걱정하지 마세요. 아무 일도 아니에요. 실수한 것뿐이에요."

와인이 묻지 않은 그녀의 다른 손엔 새 것 그대로인 김수호의 손수건이 소중하게 꼭 쥐어져 있었다.

손이 떨리었다. 믿지 않은 일로 인해서 몸이 반응한다는 것이 싫었다. 마음에 들지 않았다. 온갖 곳에서 들려오는 장우현에 대한 소문들을 이연은 믿지 않았다. 흔들리지 않으려 했다. 그녀는 그의 열정적인 눈동자와 그녀를 안은 단단한 손과 절대 멀어지지 않을 무거운 발을 굳게 믿었다. 어리석은 그녀의 마음에 선뜻선뜻 보이던 그의 차가운 미소와 날카로운 말들은 들어오지 않았다.

'최이연은 장우현을 사랑한다, 사랑한다, 사랑한다. 그럼 장우현 역시 최이연을 사랑해야 한다.'

최이연은 계속 사랑을 되새기었다. 사랑이라고 믿고 싶은 그 마음에 모든 걸 던지려 했다. 갈망의 색을 강하게 띠는, 사랑이라 부르고 있는 이 감정에 그녀는 스스로 알아서 눈이 멀었다. 귀에서 들려오는 장우현의 바람기 가득한 가십들은 오직 거짓이라고 심장이 고집을 부렸다. 그렇게 마음과 머리는 오직 그 심장에 의해서 움직일 뿐인데, 그녀의 손은 불안한 전조처럼 떨리어 운전대가 흔들리었고 그에 따라 차 역시 조금씩 덜컹거리었다.

'그에게로 갈 거야. 그에게로…… 완전히.'

조금씩 내리는 비 때문에 와이퍼를 작동했다. 그래도 시야는 계속 희미하고 뿌옇다. 마치 자신의 불안한 미래를 예감하듯이. 갑자기 남편의 얼굴이 떠올랐다. 그의 목소리가 그녀를 잡고 흔들었다.

"내 앞에 데리고 와, 당신 사랑하는 사람. 그 사람 입으로 당신을 얼마나 사랑하는지 내 앞에서 말하게 해. 날 완전히 엿 먹이란 말이야. 그럼 놔줄게. 최대한 도와준다는 소리야. 알아들었어?"

맑지 않은 눈물이 나오려 한다. 그리고는 피처럼 찐득하게 흐르려 한다.

사랑에 빠진 표정을 보고 싶었다. 남편에게서 그 모습을 보고 싶었다. 그녀를 사랑하는 그 모습을. 그런데 지금 자신은 어디로 향하고 있는가? 그에게서 사랑을 찾기가 그리 어려웠는데 상처 주기는 너무도 쉬웠다. 문득 고개를 들고 헝클어진 자신의 모습을 보았다. 장우현에 연연하면서도 아직도 남편에 대한 마지막 미련을 버리지 못한 보기 싫은 여자를 응시하는 그녀의 눈이 흉하게 일그러졌다. 장우현에게 가려고 함에도 계속 발을 잡고 있는 것은 남편이었다. 그의 얼굴이 떠나질 않았다. 이미 상처를 줬음에도 미적거리는 자신을 이연은 더는 용인할 수 없었다.
'이젠 더 이상 안 돼.'
그녀의 차는 굵은 빗줄기를 뚫고 강변대로를 건너 한강변 언덕에 위치해 있는 맨션으로 접어들었다. 가는 동안 굳은 마음으로 모든 걸 다 버리고 오로지 장우현에 대한 위험한 사랑만을 가진 채로 들어섰다. 그러나 발걸음은 점점 더디어졌다. 장우현을 바보처럼 믿고 있는 어리석은 심장과 머리에 반해 발은 두려워했다. 그런 무거운 발을 이끌고 그의 현관 앞까지 와서 열쇠로 문을 열려 했으나 문은 손잡이가 닿자마자 스르르 열려졌다. 안으로 들어간 그녀의 심장은 심상치 않은 더운 기온과 희미하지만 또렷이 들려오는 남녀의 엉켜진 신음 소리에 그제야 덜컥거리기 시작했다.
"새로 뜨는 배우 A, 장우현이 찜했대. 요즘 한창 난리도 아니야."
미용실에서 들리던 가볍고 경박한 얘기들이 더운 공기 속에 다시 그녀의 귓가를 들쑤셨다.
'아니야. 그럴 리 없어.'
반박의 목소리는 점점 약해져 침실로 걸음이 가까워지면서 썰물처럼 스러져 갔다. 손잡이로 간 손이 방 안에서 새어나오는 쾌락의 웃음소리에 마비가 된 것처럼 움직이지 않다가 온몸에 힘을 주어 겨우 돌렸다.
커다랗고 묵직한 목재 침대에 두 남녀가 신음처럼 엉켰다. 크고 거센 남성미 가득한 몸과 야들거리고 작은 여성의 몸이 서로 열렬하게 애무하며 열에 들떠 있었다. 이 모습을 보던 최이연은 석회로 굳어버린 것처럼 꼼짝도 하지 못했다.

우현의 짙은 갈색 눈동자가 문턱에 서 있는 그녀를 발견했다. 그는 누워서 여자의 몸을 위로 받아들이는 중이었다. 느긋하면서도 여자의 아름다운 몸에 취해 있는 눈빛을 거두지 않은 채로 곧 무너지고 깨질 것 같은 옅은 갈색 눈을 바라보았다. 점점 차가운 웃음이 그의 눈에 들어차더니 전체로 퍼지었다.

"방해되거든. 가줬으면 해요. 정 보고 싶으면 보든지."

차가운 면이 있는 목소리이긴 하지만 이렇게 낯선 음성은 처음이었다. 그런 음색이 만들어 내는 잔인한 말이 무방비 상태인 이연을 난도질했다. 돌아서 휘청거린 채 거실로 나온 그녀는 안개 속에 갇힌 듯 길을 잃고 말았다.

"열쇠는 주고 가."

그 안개 속을 뚫고 감정없는 목소리가 들렸다. 고개를 들어보니 장우현이 검은 면바지만 입은 채로 그녀를 내려다보았다. 이연은 지갑 속에서 집 열쇠와 섞여 있는 우현의 아파트 열쇠를 찾다가 겨우 집었다.

"어떻게…… 당신이…… 날 사랑한 거…….'

그녀의 단절된 단어들은 온전한 문구를 만들지 못했다.

"재미있었잖아. 그럼 된 거 아닌가?"

이연의 손에서 열쇠가 떨어져 바닥에 소리 나며 나뒹굴었다.

"날 갖고 논 거라고요? 다 거짓이라고…….'

시작이라고, 이제 모든 걸 잊고 온통 장우현만 생각할 거라고 다짐하고 들어왔던 그녀의 사랑이 그 대상자에게 심하게 우롱당

했다는 것이 차마 믿어지지 않았다. 하지만 이미 그에 의해서 난 상처에서 피가 뚝뚝 떨어지고 있었다. 그러나 그는 너무도 멀쩡했다.

"아니, 거짓말은 아니지. 그때의 감정은 진실하니까. 하지만 감정이란 시시각각 변해. 지금 달라졌다고 해서 그때가 거짓이라고는 할 수 없지. 안 그래요?"

쓰러지지 않으려고 이연은 이를 악물고 주먹 쥔 손에 손톱이 깊게 파이게 했다. 그런 작은 통증이 아니면 이 세상 사람이 아닌 것처럼 순간 스러져 버릴 것만 같았다.

"즐겁게 놀았으면 이젠 제자리에 돌아갈 시간이에요, 최이연 씨."

믿을 수 없다는 이연의 눈동자가 다시 장우현에게 묻고 있었다. 다 장난 같은 놀음에 불과하냐고.

"재미있는 추억이 될 거예요."

우현이 답했다. 이연은 천천히 물러서며 공황 상태에 빠진 얼굴로 그를 보았다.

"자기야!"

방 안에서 들리는 목소리에 우현은 고개를 돌리지도 않고, 이연을 똑바로 보며 입술만 달싹거렸다.

"갈게."

이연은 몇 번의 헛손질 끝에 문을 열며 거짓 같은 현실 속에서 도망쳐 나왔다. 벌 받은 거라는 환청 같은 소리만이 그녀의 마음에서 동굴 속처럼 계속 울리고 있었다.

"우현 씨."

그를 재차 부르는 침실에서의 소리도 등지고, 우현은 창으로 가서 이젠 무섭게 내리는 세찬 빗줄기를 다 맞으며 자동차 열쇠를 쥐고 가만히 돌처럼 서 있는 이연을 바라다보았다. 처음 보았던 그녀의 우울하면서도 아름다운 외모에 순간 이끌렸던 것이 후회스러웠다. 내버려 둘걸, 모든 걸 다 잃어버린 듯한 그녀의 실루엣이 눈가를 파고들었다. 침실에 있던 여자가 벗은 몸 그대로 나와 몸에 찰싹 감기는데도 그의 언짢은 시선은 이연에게서 떼어질 줄 몰랐다.

"비에 흠뻑 젖은 채로 들어오셔서 방에서 통 나오질 않으세요. 식사도 거르시고요."

퇴근한 수호를 맞이한 아줌마의 걱정 섞인 보고를 뒤로하고 그는 곧장 아내의 방으로 갔다. 그러나 문틈으론 어떤 밝기도 새어나오지 않았다. 문이 잠겨 손잡이가 돌아가지 않자 수호는 양복을 벗지도 않은 채로 열쇠 꾸러미를 가지고 와서 한 번에 열었다. 문이 열리고, 그는 불을 켜는 대신 무거운 방 안의 어둠에 눈이 익숙해지는 쪽을 선택했다.

잠시 후, 깜깜하기만 한 방 안에 새어든 달빛만으로도 한쪽 구석에 외출복 그대로 웅크리고 있는 아내의 모습이 들어왔다. 깊은 절망에 빠진 아내의 한 줌밖에 안 될 것 같은 육체를 바라보는 수호의 얼굴이 원치 않았지만 깊은 수심에 빠져들었다.

"당신의 사랑은 결국 상대방에겐 유희에 불과한 거군. 내 아내는 좀 다를 줄 알았지, 장우현에게……."

지금도 낭떠러지에 떨어지고 있는 이연이 앞에 서 있는 남편을 올려다보았다. 그의 눈동자는 방 안보다 더욱 검었다. 모든 감정을 다 흡수할 만큼, 그래서 아무것도 알 수 없는 검은색이었다. 그가 손만 움직여 주머니에서 조그만 사진 한 장을 꺼내 그녀 앞으로 툭 던졌다.

"사랑이라고 믿다니. 어리석어, 당신은!"

그녀의 발치에 떨어진 장우현의 사진을 보던 이연은 숨을 쉬지 않았다. 남편이 알고 있었다. 그것도 모든 것을, 생생한 기억이 과거가 될 수 없고 계속 현재로 남아 그녀를 괴롭히고 있었다. 사진에서 남편에게로 힘겹게 시선을 옮기었다.

"차라리 나 모르게 하지 그랬어? 사랑인지 놀음인지 정확히 알아보고 이혼이라도 꺼냈다면 나도 영원히 묻었겠지. 바보 남편처럼 말이야. 알아도 모른 척해줬을 거야. 물론 그렇다고 달라질 것은 아무것도 없지만."

그의 음성은 나지막했다. 하지만 그 어떤 높은 음성보다 그녀를 잡아채어 흔들었다.

"이혼은 할 거예요. 당신도 다른 남자 사랑하는 여자를 아내로 두면 안 돼요. 당신과 난 갈라서야 해요."

가냘프지만 확고한 목소린 그의 웃음에 막혀 버렸다.

"당신 갈 데가 없잖아."

"우린 이미 깨졌어요."

끝 간 데 없이 떨어지고 있는 이연이었지만, 자신이 깨뜨린 남편의 마음자락을 잡을 생각은 추호도 없었다. 이 순간 이연은 남편에게서 사랑 한 조각도 기대하지 않은 여자로 돌아섰다. 그것은 남편과 자신을 죽이는 일이니까.

"내가 바보 같은 놈일진 몰라도 헛소리는 하지 않아. 내가 한 말을 허투루 듣지 말라고. 분명히 얘기했잖아. 당신이 사랑하는 사람 내 앞에 데려올 때까지는 안 된다고, 갖고 논 놈이 아니라. 알아들어? 그렇지 않고선 이혼은 없어."

"난 당신을 더 이상 사랑하지 않아. 이미 깼어요. 당신한테 기대고 싶지 않다고, 우린 헤어져야 해요."

제발 남편이 자신을 버려주길 바랐다, 그녀가 떠나기 전에. 자신은 장우현의 혀가 아니라 남편인 김수호에게 짓밟혀져야 한다. 그러나 수호는 꿈쩍하지 않았다.

"난 다 깨져 버린 거울이야. 내 자신도 온전히 비추지 못해. 버려요. 제발."

물기 어린 얼굴, 깨진 눈동자, 부르터진 입술. 제정신이 아니었다. 그의 인생에서 여자라곤 최이연 하나뿐이라고 맹세하며 보았던 그날의 얼굴과 지금은 너무도 달랐다. 그러나 그 맹세는 아직도 김수호 마음에서 가시처럼 유효했다.

"괜찮아. 깨져 버린 거울도! 남들은 모를 테니까. 다만, 장우현이 안다는 게 기분 더럽지만 어쩔 수 없지. 원래 김수호 인생에 제대로 되는 게 그다지 없으니 감내할 수밖에. 별수있겠어?"

그가 돌아섰다. 더 있다간 그녀의 뺨을 한 대 세게 내려칠 것 같은 충동에 사로잡힐 것 같았기 때문이다. 하지만 김수호는 뺨 한

대라도 최이연을 때릴 자격이 없었다. 아내를 한 번도 행복하게 해주지 못한 김수호는 절대로 그럴 수 없었다. 그 자신이 용납할 수 없었다. 주변의 모든 것을 다 부숴 버리고 싶다 하더라도 그것만은 못한다.

"미안해요. 미안해요. 왜 이렇게 됐는지……."

약해질 대로 약해진 최이연을 더는 상대하지 않으려 했지만 그 미안하다는 말에 수호는 걸음을 멈췄다.

"우리 둘만 사는 거 아니야. 아무리 입이 무겁다 해도 아줌마가 눈치 채지 않게 해. 쉽지 않으면 연극이라도 하면 될 거야. 할 수 있지? 나도 하니까 너도 해야 돼."

수호는 문을 세게 닫고 나와 버렸다. 절망에 빠진 흐느끼는 소리가 방문을 타고 들려왔다. 자신의 방으로 가는 그는 입술을 자를 듯이 물어뜯어 버렸다. 핏기가 만족스럽게 스며들어 입 안 전체를 물들였다.

창문을 때리는 세찬 빗줄기를 보며 그는 자신이 심장을 가진 인간임을 저주했다. 항상 못 미치는 능력에 그런 대로 만족하지 못하고 최고를 원하는 심장을 가진 김수호 자신을 스스로 증오했다. 그의 차갑게 타오른 눈동자가 터져 번질 듯이, 불길이 휘몰아치며 내부를 잠식해 들어갔다. 그렇게 빗줄기가 줄기차게 흐른 창에서 시선이 떠나지 않은 채로 손만 뻗어 전화기를 집어 들었다. 그리고 번호를 눌렀다.

[여보세요?]

흔들림없이 자신감에 넘치는 장우현의 목소리가 귓가를 울렸다.
[여보세요?]
그 안온한 목소리가 수호의 귓가에 염증을 일으켰다.
[이미 끝났어. 귀찮게 하지 마.]
우현의 날이 선 목소리가 만들어낸 말들은 필히 자신의 아내에게 해당되는 말이었다. 전화가 상대방에 의해 일방적으로 끊기었다. 수호의 어두운 마음에서 일어난 그 불길은 스스로도 잡을 수가 없이 커져 버렸다. 그는 또 다른 번호를 머리에 떠올렸다. 조사는 했으나 실행할 생각이 없던 것이 곧바로 이어졌다. 장우현, 그가 그토록 사랑한 여자의 휴대폰 번호를 눌렀다.
[네, 여보세요?]
가늘고 단아한 목소리가 들리자 수호의 검은 눈동자가 짙어지며 우울해졌으나 동시에 파괴 본능이 한줄기 빛으로 번쩍였다.
[여보세요? 말씀하세요.]
"미안해요. 하는 게 아닌데, 끊을게요."
그는 전화를 끊었다. 자신은 약한 인간이다. 최고도 아니다. 재벌 집안에 태어났지만 잘나지 못했다. 그러나 미움과 증오가 뭔지는 아주 잘 안다. 애정과 인접해 사는 그놈의 감정이 어떤 것인지 뼈저리게 몸소 느꼈다. 그것을 터뜨리지 않으려고 지금까지 애를 써왔다. 하지만 너무도 잘난 장우현이 고맙게도 터뜨려 줬다.
'너에게서 가장 소중한 걸 내가, 이 못난 내가 빼앗을 수 있을까?'
의문이 던져지면 행동이 되고 그럼 불행의 바다에 빠져들게 된다. 김수호는 그 불행을 전파하고 싶었다.

[미안해요. 하는 게 아닌데, 끊을게요.]
갑작스런 이상한 말에 지령은 당황해서 끊어졌음에도 한동안 휴대폰을 들고 있다가 이상한 전화라며 탁자 위에 놓았다. 장난 전화치곤 너무 진지한 목소리가 쉽게 잊혀질 것 같지 않았다. 낯설기도 하면서도 어쩐지 낯익은 목소리가 머리 속을 맴돌았다.
"형수님, 뭐 하세요?"
노크 소리를 듣지 못했는지 장우현이 문을 열고 들어온 것을 보고 지령은 깜짝 놀라 눈을 크게 뜨며 자세를 바로잡았다.
"아니에요, 아무것도."
그녀가 시동생의 시선을 피한 채 불편함을 숨기려고 마음에 조절을 한 다음 얼굴을 마주쳤다. 장막을 친 얼굴은 편치 않은 기색을 드러내지 않으려 애쓰며 미소를 지었다.
"노크했는데, 못 들으셨나 봐요."
"장난 전화가 와서요."
"그래요."
우현이 계속 지령을 바라보았다. 그녀의 곡선적인 둥그런 이마와 작지만 반듯한 콧대와 육감적인 것과 정반대인 단정한 입술, 쌍꺼풀지지 않은 곡선적인 눈! 거기서 무언가를 찾듯이 그는 탐색했다. 그러나 아무리 보아도 그녀의 얼굴엔 미처 숨기지 못한 불편함만 있을 뿐 그가 보고 싶은 것은 작은 연기조차 어른거리지 않았다.

지금 자신의 심장은 지령의 소소한 표정에도 흔들리며 반응하고 있는데 그녀는 한 푼어치도 그에게 여자로서 줄 것이 없어 보였다. 잔인하게도 장우현의 짝사랑은 끝이 안 보이는데 말이다.

그러나 더 불행한 것은 그러한 그의 마음을 형수인 지령도 알고 있다는 것이다. 자신이 그녀를 마음 깊이 두고 있다는 걸 이미 눈치 채고 있었다. 그녀의 입은 항상 평이한 것들을 말하고 있지만 저 까만 눈동자는 너무 맑아서 숨길 수가 없었다. 그러면서도 또 애써 시동생을 생각해 모른 척하고 있는 중이었다. 하지만 슬프게도 지령은 연기에 재능이 없었다. 그래도 열심이었다.

"비가 멈추질 않고 계속 내리네요. 일기예보가 자꾸 틀려요. 오늘 맑다고 했는데, 갈 때 우산 잊지 마세요. 아마도 밤새 내릴 것 같아요."

창밖을 보는 지령은 경계선을 확실히 그어놓으며 상냥하고 다정한 척만 한다. 만약 안지령에게 일말의 마음의 전이가 보였다면 아마 그는 인륜도 버리고 그녀를 데리고 오직 자신만의 행복을 위해서 도망쳤을지도 모른다. 사랑하는 부모님과 야심도 팽개치고 두 사람이 살 수 있는, 그들을 모르는 낯선 땅으로 달아나 버렸을 것이다. 그러나 그 눈동자엔 가끔씩 비치는 그에 대한 곤란함만 서릴 뿐 다른 여자들에게서 흔히 볼 수 있는 감정의 변화가 전혀 일어나지 않았다. 시동생이라 그런가? 아니, 형이 아니라서 그럴 것이다. 그게 더 정확한 답이었다. 그녀는 형 이외에는 어떤 그 누구도 사랑하지 못하는, 정숙하고 한 사람만 아는 순정적인 사람이니까.

"참, 어머니께서 도련님 혼사 문제로 걱정이 많으세요. 이제 나이도 꽉 찼는데 얼른 좋은 사람 만나서 손주 안겨 드리셔야죠."

어느 때는 이성을 잃고, 지령을 잡고 마구 흔들며 묻고 싶었다.

'정말 나에게 아무런 감정도 못 느끼냐고? 다른 여자들은 나를 쉽게도 사랑하는데 당신은 조금도 날 남자로서 생각해 본 적 없냐고? 불편한 거 빼놓고!'

"그래야죠. 언젠가."

그러나 그러지 못했다. 지령의 평온을 깨뜨리고 그녀를 보는 것마저 잃는다면 장우현 그 자신은 한순간도 견디지 못할 것이다. 그저 볼 뿐이었다. 가질 수 없는 것을, 손으로 만질 수 없는 것을, 눈으로 거리를 두며 응시한다. 마음속 뜨거움을 그저 눈 안에 담아두는 것만으로 그쳤다. 아무리 뭐든지 할 수 있는 위치에 최고의 능력을 가진 장우현이지만, 사랑하는 여자인 안지령에겐 예의 바른 미소에 다가갈 수 없는 사이를 두며 바라보는 것이 전부였다. 자신을 막는 생각들을 다 부셔 버려도 그거 하나는 깨뜨릴 수가 없었다.

"내려가서 같이 과일 드세요. 아주머니가 내간다고 했으니까 지금쯤 부모님께서 기다리고 계실 거예요. 어서요."

지령은 이번에도 먼저 걸어나가며 그에게 나오라는 듯 문을 열고 한쪽에 서서 기다렸다. 우현이 나오자 그녀는 문을 닫고 이층 거실에 그를 덩그러니 남겨둔 채 얼른 내려오라는 말과 함께 서둘러 가버린다. 이층 거실 창가에 기대어 그러겠다는 대답과 다르게 우현은 바로 내려가지 않았다. 창밖을 내다보다 문득 형이 떠오르자 그의 얼굴은 그리움보다 괴로움에 젖어들었다.

"우현아, 너한테 제일 먼저 보여주는 거야. 이쪽은 안지령, 네 형수 될 사람이다. 네가 무슨 말 할지 알아. 나답지 않게 서두른다고. 근데 운명을 만나면 시간은 중요치 않게 돼. 네 대신 내가 어머니 모시고 간 게 이리 행운을 가져올지 어떻게 알았겠냐. 모임에서 내가 첫눈에 반한, 평생 같이할 사람이다."

형만 첫눈에 반한 것이 아니었다. 반한다는 거, 그것이 뭔지 알게 되는 날이었다. 자신을 좋아하는 여자들은 수도 없이 많아 감정의 번쩍임을 느껴보지 못했던 우현은 그날 신경이 하나로 모아지고 오직 한 사람의 의미가 숨 막힐 정도로 가슴에 들어오는 것이 무언지 알게 되었다. 형을 보던, 그 사랑이 충만한 눈빛을 자신도 받고 싶었다. 뭐든지 손만 뻗으면 가질 수 있던 그에게 단 하나의 가져선 안 되는 것이 가장 갖고 싶은 것이 되어버린 것이다.

형만 아니었다면, 그렇게 사랑하고 존경했던 형만 아니었다면 결혼식을 바보처럼 지켜만 보며 잘살길 속으로 가슴 아프게 빌지는 않았을 것이다. 행복하게 오래 살았다면 이런 바보 같은 집착에서도 벗어날 텐데 왜 일 년 만에 그렇게 허무하게 죽어서 모든 걸 다 엉켜 버리게 한 것이냐고? 왜? 행복하게 살지. 마음대로 안 되는 맘에 괴로워 그는 일찍 죽어버린 형을 욕하고 말았다.

다정하고 사람의 맘을 잘 헤아려 주는 장우석은 욕심 많은, 자기만 아는 동생과도 잘 지낼 정도로 성격이 좋았다. 양보 잘하고 따뜻했던 형의 얼굴이 아직도 자신을 보며 웃고 있는 듯 느껴졌다. 그렇게 빨리 갈 줄도 모르고 입버릇처럼 자신이 죽으면 네 형수 잘 보살펴, 라는 말을 마치 장난처럼 하곤 했었다. 오래 살 줄 알고 했던 그 장난 같던 말이 현실로 이루어질 줄 누가 알았겠는가. 상대방의 졸음 운전으로 그렇게 갈 줄 누가 짐작이라도 했을까?

전화가 다시 울렸다. 번호도 확인하지 않고 받은 우현은 버럭 화를 냈다.

"다신 전화하지 마. 끝났어."

[자기야, 나야.]

높다란 목소리에 우현의 화가 거품처럼 푹 꺼졌다. 최이연인 줄 알았는데 그녀가 아니었다. 그런데 우습게도 마치 그녀의 목소리를 기다렸던 사람처럼 지금 그녀가 아닌 것에 신경이 거슬렸다. 상처 입은 깨진 유리 같은 옅은 갈색 눈동자가 재수없게 떨어지지 않고 그의 맘에 달라붙었다.

시어머니가 모임 약속으로 먼저 퇴근하고, 갤러리에 남은 지령은 늦은 시간까지 일을 하다 내려와 작품을 부관장으로서가 아니라 한 개인으로서 느긋하게 감상하고 있었다.

갤러리는 그리 크지 않은 아늑한 공간 속에 주제를 잘 살려 관객들의 관심을 잘 이끌어내었다. 유명한 작품들을 먼저 소개하는 것보다 보통 미술에 관심있는 사람들이 무엇을 보고 싶은지 잘 집어내는 능력이 이곳에 있었다. 여기서 일하고 있는 그녀도 나름대로 만족을 했다. 가끔씩은 자신이 하고 있는 일에 마음을 매진하지 못하고 다른 곳을 헤매고 있을 때도 있지만 이젠 이 일에 많이 길들여졌다.

지령은 한 작품씩 보며 자신의 감상을 마음속에 덧붙였다. 그녀는 특히 우리나라 중견 작가들의 한국화를 좋아했다. 강렬한 색채가 아닌 여백을 가지고, 보는 사람으로 하여금 채울 공간을 남겨두는 한국화는 사람을 생각하게 만든다. 뛰어나지 않아도 자기 색깔을 가진 작가들의 작품도 그녀의 발길을 오래 머물게 하곤 했다.

지령은 예고에서 미술을 전공했다. 그녀도 한때 그림 그리기를 즐겨했었다. 그다지 재능을 타고나지 않아서 진로를 바꾸었지만 그러나 우석은 그녀의 그림을 그 누구보다 좋아해 주었다.

"당신의 그림엔 감정이 묻어 있어. 그 그림만 봐도 생각을 알 수 있지. 당신은 참 단순한 사람이야. 속마음을 숨기지 못해. 난 그래서 좋아. 사람들이 안지령을 고리타분할 정도로 단아한 사람이라고 말하지만 난 알지. 얼마나 감정적인지, 그래서 난 안지령이 너무 좋아."

어느 과거에 존재했던 죽은 남편의 목소리가 그녀의 마음속에 남았다. 목소리는 곧잘 그가 살아 있는 듯 들리는데 그의 얼굴은 이제 노력이 있어야 겨우 그 윤곽을 각인할 수 있었다. 매일같이 사진을 보고 그때를 추억하고 생각해야 이젠 그 따스한 얼굴을 잊지 않을 수 있었다.

"당신은 감정적이야. 그것이 나에게 향해 있어서 얼마나 다행인지……."

그러나 이젠 그 영원할 거라고 믿어 의심치 않았던 사랑은 우물에 두레박을 던져서 힘들게 물을 긷는 수고를 해야 지킬 수 있었다. 겨우 혼자 된 지 팔 년 만에! 문득 지령은 슬퍼졌다. 그 깊은 사랑을 혼자 지키는 것이 이리 버겁다는 것을 깨달아가는 지금 외로움이 한기처럼 찾아오는 것까지 막을 수는 없었다.
'아니, 아니야.'
그녀는 정신을 차렸다. 자신의 사랑이 예전 같지 않다 하더라도 우석에게 느꼈던 감정을 일으킨 사람은 어디에도 없었다. 다만 그 높다란 사랑이 조금 낮아진 것뿐이라고 자신을 위로하고 다시 작품에 시선을 두었다.
크림색 정장에 반듯한 올림머리로 중견 작가들의 작품전을 둘러보고 있을 때 한쪽에 서 있는 형체에 시선이 갔다. 가끔씩 늦은 시간에도 관람하는 손님들이 있었다. 시간을 정해놓지만 지령은 그 정해놓은 시간이 어느 땐 마음에 들지 않아 일주일에 한 번씩은 시간제를 두지 않고 문을 닫을 때까지 관람이 가능하게 하고 싶어서 제안을 했다. 그래서 그 방법이 이번 초여름부터 시행되고 있었다.
오늘이 그 무제한 관람 날이었나? 지령은 점점 그 형체에게 다가갔다. 물기를 흠뻑 먹은 실루엣이 전시 작품 앞에 우두커니 서 있었다. 검은색 양복과 회색 셔츠에 줄무늬가 있는 검은색 넥타이를 맨 남자의 머리와 어깨가 비에 젖어 빗방울이 바닥에 뚝뚝 떨어졌다. 비가 왔군. 고개를 창가로 돌려보니 빗줄기는 내리지 않았지만 주변이 물기로 흠뻑 젖어 있었다.
시도 때도 없이 일기 예보를 가늠할 수 없는 소낙비가 내린다. 이른 더위는 준비 단계도 없이 바로 한여름 안으로 뛰어들게 만들었다. 시원하게 내리는 소낙비조차 무섭게 찌는 더운 열기를 식히

지는 못했다. 아니, 오히려 그 갑작스런 짧은 비는 사람을 감질나게 해서 더욱 덥게 만들었다.

지령은 그림에서 떠나지 않은 남자에게 조금씩 다가서다가 그가 김수호임을 알고 걸음이 그 자리에 뚝 그쳤다. 놀란 마음이 심장을 빠른 속도로 뛰게 했다. 그는 그녀가 다가옴에도 아무 소리도 들리지 않은 것처럼 아무것도 의식하지 않은 채 그림만 응시하고 있었다. 그런 그의 옆얼굴을 쳐다보다가 시선을 따라 그가 향하고 있는 곳으로 눈길이 갔다. 하얀 눈이 덮인 마을의 모습을 아름답고 사실감있게 그린 작품이었다.

"겨울의 아름다움을 잘 표현했죠?"

"겨울보다는 여름이 더 솔직하지 않을까요? 겨울은 눈이 내리면 모든 것이 다 하얀색인 양 세상을 속이고, 자신을 속이니 오히려 다 드러내 보이는 여름이 좋지만 세상을 가리는 눈이 아름다운 건 부인할 수 없겠군요."

지령의 질문에 그림을 계속 응시한 채 말하던 그는 그제야 그녀를 향해 고개를 돌렸다. 지령은 며칠 전보다 얼굴이 더 안돼 보이는 수호를 보며 놀란 빛이 검은 눈동자에 스쳐 갔다. 높다란 뺨은 선이 더 그어지고 어두운 얼굴색은 더 짙어져 암흑 같았다. 입술은 갈라진 채 메말랐으며 거기엔 미소가 깃들지 못했다. 게다가 앞머리가 반쯤 이마를 젖은 채 가리자 더욱 얼굴은 축나 보였다. 하지만 눈만은 무섭게 빛나고 있었다. 김수호임에 틀림없지만 그가 아닌 다른 사람이 서 있는 것만 같았다. 그 머리카락을 쓰다듬어 올리고 싶은 마음이 문득 들자 지령은 오히려 두 손을 포개서 앞으로 모았다.

"어디 아프세요?"

심하게 앓고 있는 듯한 얼굴을 보며 지령은 묻지 않을 수 없었다.

"네."

"어디가요?"

지령은 그의 솔직한 대답을 예상치 않았는지 놀란 눈으로 다시 물었다. 그녀를 비롯한 주변 사람들은 얼굴에 나타난 것과 말이 정반대였고, 특히 사적인 것은 더욱 그러했다.

"전체가요."

"병원에 가셔야겠네요."

그녀의 순수한 걱정에 웃음이 없을 것 같던 메마른 얼굴에서 미소가 희미하게나마 배어났다.

"의사가 뭘 알겠어요. 나에 대해서……."

그는 알 수 없는 말을 하고 나서 지금까지 한 대화를 다 잊어버린 것처럼 여기에 온 용건을 말했다.

"그림을 사고 싶어서 왔어요."

"네? 네, 어떤 종류의 작품을 원하세요?"

그녀가 목을 가다듬고 물었다. 수호는 고개를 저으며 말했다.

"없어요."

"네?"

"생각을 안 해봤어요. 충동에 의한 거라서 뭘 원하는지 모르겠네요."

"네, 그렇군요. 시간이 좀 걸리시겠네요."

수호가 지령을 천천히 보며 다시 입을 떼었다.

"도와주시겠어요?"

"물론이죠."

지령은 마음 한쪽에서 위험을 느끼었다. 까만 눈동자가 아무런 흑심도 안 띠고 바라만 보고 있는데 자꾸 그녀가 딛고 서 있는 바닥까지 그가 풍기는 그 아득함이 퍼지고 있었다. 그러나 지령은 자신의 소심하고 예민한 마음을 탓했다. 그저 그림 구입하러 온 사람에게 너무 많은 생각을 가지고 있는 그런 자신을!

"마음에 두시는 작품이 없다면 제가 추천을 해드리겠습니다."

약간 서두른 감이 있는 지령에게 수호가 조용히 말을 막아섰다.

"차 대접도 안 해주실 겁니까?"

"아, 죄송해요."

여유롭게 얘기를 끌어내지 못한 자신의 허둥대는 태도에 당황한 지령이 얼른 사무실로 안내하려 하자 그가 고개를 살짝 저었다.

"그냥 한 소리예요. 시간도 늦었는데 오늘은 그저 보고만 갈게요. 작품 설명이나 해주세요. 내가 워낙 미술에 깜깜해서요."

"네, 그러죠."

지령은 차분함이 깨지고 어쩔 줄 몰라 우왕좌왕하는 심장 때문에 기분이 상당히 좋지 못했다. 그가 어떤 실례의 말이나 관심있다는 걸 보인 것도 아닌데 왜 이렇게 침착하지 못하는지 스스로도 이해가 안 되었다. 마음을 가라앉히고 차분한 목소리를 찾으려 애쓰며 설명에 집중했다.

"이 그림은 중견 작가의 최근작으로서……."

그 역시 지령의 설명에 귀를 기울이며 경청하는 듯 보였다. 설명이 끝나고, 그녀가 선호하는 작가가 있는지에 대해서 다시 묻자 고개를 저었다.

"전혀 몰라요. 그동안 관심이 없었으니까. 유명하고 안 하는 것 상관없어요. 누구한테 보이면서 자랑할 것도 아니고 내 마음 하나만 들면 되니까요. 하지만 그림 보는 눈이 없어서 도움은 필요하죠. 저 때문에 시간을 너무 빼앗는 것 아닌지 모르겠군요."

"천만에요."

"지금은 선택을 못하겠어요. 다음에 또 와도 되나요?"

"그러세요."

그녀의 가슴이 원치 않게 설레었다.

"그럼 오늘은 이만 가봐야겠네요."

김수호가 살짝 목례한 후 뒤도 돌아보지 않고 소나기가 내렸던 젖은 어둠 속으로 성큼성큼 내디디며 사라져 버렸다. 지령은 어느새 문가까지 가서 그의 뒷모습을 보다가 그제야 그가 준 손수건이 떠올랐다. 주머니 속에 고이 있는 손수건을 꺼내 보니 방금 바람처럼 왔다 가버린 그인 듯 보였다.

단순한 줄무늬 디자인에 짙은 회색은 그처럼 지쳐 보이고 속을 알 수가 없었다. 왜 김수호의 얼굴을 인상적으로 느끼는 걸까? 쌍꺼풀이 없는 깨끗한 눈에 정중앙에 중심을 잡고 있는 반듯한 코, 완만한 입술에 단단한 턱. 아주 아름다운 얼굴은 아니지만 그는 퍽 잘생긴 남자였다. 그러나 그보다 잘생긴 사람은 더 숱하게 많았다. 외모에 좌우된 마음이 아니었다. 그 얼굴에 붙은, 그녀의 눈에 보이는 상처가 마음을 움직이게 했다.

예전에도 그러했다. 아주 잠깐이었지만 결혼을 앞둔 얼굴이라 할 수 없는 음울한 얼굴이 우연히 스치듯 모임에서 눈에 깊이 들어온 뒤론 그녀는 남편이 죽고 완전히 잊어버린 스케치북을 펼쳤다. 하얀 종이 위에 무언가 그리고 싶은 갈망을 느끼며 연필을 들었다가 김수호의 얼굴을 자신이 봐도 놀랄 정도로 닮게 그린 적이 있었다. 너무 검은 눈동자가 잘 그려져서 마음에 들었지만 그 눈에 환한 웃음을 보고 싶은 욕구가 들자 자책하며 없애 버린 적이 있었다.

그 얼굴 자체에 깃든 여러 색의 감정에 흥미를 가진 것이기 때문에 쓸데없는 오해 역시 불러일으키기 싫었다. 없애 버린 것과 동시에 어렵지 않게 잊어버렸다. 아니, 아주 쉬웠다. 그런데 지금은 그가 방금 사라진 어둠에서 눈을 떼기가 쉽지 않았다.

"부관장님, 퇴근 안 하세요?"

비서의 말에 정신을 차리고 시계를 보았다.

"시간이 벌써 이렇게 됐군요. 퇴근해야겠네요. 퇴근해요."

일을 마치고 집에 온 지령은 다시 예전의 평온함으로 어느 정도 돌아와 있었다. 뜨거운 차를 마시고, 시부모님 잠자리 들기 전에 인사를 하고 나서 자신의 공간으로 건너와 죽은 남편의 사진으로 가득한 방에서 잠자리에 들 준비를 하기 시작했다. 평상시와 다를 것이 없는 밤이었다. 그때 휴대폰이 울렸다. 익숙지 않은 번호가 이상하게 낯설지 않았다.

"여보세요?"

그녀가 조심스럽게 입을 열었다.

[고맙다는 말을 빼먹었어요.]

서두를 다 떼어버리고 중심부터 말해 버리는 김수호의 짙은 목소리에 심장이 자신의 귓가를 울릴 정도로 너무 크게 뛰고 있어 지령은 전화선을 타고 그의 귀에도 들릴까 봐 걱정이 되었다.

"어떻게……."

지령이 이 시간에 자신의 번호를 어떻게 알아서 전화했는지 놀라서 나온 짧은 한 토막의 말에 그가 정확히 알아들었다.

[부관장님의 명함이 있거든요.]

"아, 네."

명함 생각을 미처 못한 지령은 인상을 쓰며 자신을 속으로 탓했다. 별거 아닌 것으로 놀라다니 바보가 된 것 같았다.

[안. 지. 령. 부관장님의 이름이죠?]

그가 명함을 보고 읽는 투로 딱딱 끊어서 물었다.

"네."

별다른 것도 없는 질문, 거기엔 감상도 일절 붙지 않았다. 그러나 짙고 나지막한 목소리에서 나오는 자신의 이름만으로도 호흡이 흐트러지려 하며 차분함이 깨졌다. 그녀는 그런 자신의 반응을 김수호가 모르기만을 바랐다. 막연한 흥미를 가지고 다가온 남자들에게 예의를 잃지 않으면서도 감정 교류의 시도를 완전히 차단하며 조금의 동요도 스스로에게조차 보이지 않았던 그녀였다. 그런데 이 남자에겐 단단해지지 못했다. 이유는 알 수가 없었다.

[고마워요.]

"제 일인데요."

[그런가요. 그러고 보니 그러네요. 미안해요. 전화하는 게 아니었는데. 이만 끊죠.]

뚝 끊어지는 신호음이 귀에 울리더니 며칠 전 장난 전화의 목소리가 겹치듯이 다시 들려왔다.

[미안해요. 하는 게 아닌데, 이만 끊을게요.]

비슷한 단어, 같은 억양, 역시 비슷한 음성. 그러나 완전 다른 느낌.

지령은 고개를 저었다. 비슷한 목소리에 똑같은 말이라도 같은 사람의 것은 아니다. 그러나 마음 저편에선 심하게 울렁거리며 그 사람일지도 모른다는 생각에 빠졌다. 그날 지령은 쉽사리 잠을 이룰 수가 없었다.

[바쁘셨다고 들었어요. 물론 다른 분에게 도움을 받았지만 마지막 고를 때는 직접 골라주시길 바랐는데, 어쩔 수 없죠. 내가 오래 끌은 탓도 있으니, 그래도 권유해 주신 작품 중에 골랐어요. 감사하다는 뜻으로 오늘 저녁 대접하고 싶은데 여덟 시 어때요? 대답은 직접 가서 듣겠습니다.]

음성으로 메시지를 들은 그녀는 시어머니가 사무실로 들어오자 얼른 삭제 버튼을 눌렀다.

"무슨 전화니?"

"아무것도 아니에요."

"오늘도 무척 더울 것 같구나. 아직 7월도 안 되었는데 밖은 딴 세상처럼 푹푹 찌니. 요즘은 나가기가 겁난다니까."

지령은 시어머니의 얘기를 건성으로 들으며 그의 음성을 전화에선 완전히 지운 대신 마음속에선 단어 하나 틀리지 않고 입력시키고 말았다. 며칠 전 일이 자꾸 마음을 떠나지 않는다. 김수호는 그의 말대로 오래 끌지는 않았다. 통틀어 세 번 찾아왔다. 처음 그렇게 가고 나서 일주일 후에 그가 다시 왔다. 비에 젖지 않은 모습이었다. 회사에서 막 왔는지 이번에도 양복 차림이었다. 아주 단정한 차림이지만 뭔가 흐트러진 느낌을 주는 그의 모습은 지령의 눈을 자꾸 고정시키었다. 그러나 오히려 그는 다른 이들처럼 그녀를 쳐다보며 무언가를 포착하려는 시도없이 그저 그림을 감상하기만 했다.

"저 그림이 마음에 들지만, 너무 어둡네요."

그가 보고 마음에 들어하는 것은 미대 교수로 일하면서 작품 활동에 게을리하지 않은 어느 중견 작가의 작품이었다. 색상이 거의 들어가 있지 않은, 흑백으로만 표현된 것으로 추상적이지만 지나간 추억이 흐릿해져 버린 것을 그린 것 같은 뭉개져 있으면서도 보면 볼수록 그 느낌이 선명하게 나는 목탄으로 잘 표현한 작품이었다.

지령이 동감하는 웃음을 짧게 짓자 수호가 묻듯이 쳐다보았다.

"저도 좋아하는 그림이에요. 하지만 오래 보면 우울해져요. 너무 쓸쓸해서요."

"그래요. 마치 좋았던 추억을 나중에 뱉어낸 느낌이네요. 희미해지고 흐릿해진 기억처럼."

"마음에 안 드시면……."

"네, 마음에 안 들어요. 근데 자꾸 보게 되는데요."

"다른 작품 보여 드릴까요?"

"그러세요. 내가 고르면 벽 전체가 다 암울하겠어요."

그러면서도 그는 눈을 떼지 못했다. 그러다가 고개를 안 되겠다는 듯이 흔들며 웃음을 보였다. 상대에게 보이는 것이 아닌 어쩔 수 없다는 듯한 혼자만의 반사 작용인 그 웃음에 지령은 심장이 조여들자 고개를 돌리고 일부러 엄격한 표정을 지었다. 단 하나의 실수도 하지 않으려고 그녀는 신경을 곤두세웠다.

지금 이 순간도 그러했다. 자신에게 엄격해지려고 노력하며 마음에 들어오는 많은 생각들을 내치어 단순해지려고 했다. 그런데 그의 약속이 있는 오늘 통째로 그녀는 긴장하고 있었다. 시어머니의 목소리가 잘 들리지 않을 정도로, 또한 어떻게 시어머니를 배웅했는지 기억이 나지도 않았다. 지령은 일을 끝내고 들어갈 준비를 하면서도 시선은 자꾸 시계로 갔다. 먼저 일어서면 되지만 직접 거절의 뜻을 나타내기로 했다. 항상 그렇게 해왔다. 죽은 남편만을 그리워하고, 시댁 안에 안전하게 갇혀 있는 안지령의 모습을 깨뜨리고 싶은 남자들의 접근을 그녀는 피하지 않고 부딪쳐 해결했다. 그러나 지금은 자신이 없었다. 차라리 피하는 것이 낫지 않을까? 자꾸 시계로 가던 눈동자가 막상 그 시간이 가까워지자 쳐다보질 못했다. 오늘은 다른 때보다 일찍 문을 닫는 날이라 직원들도 점차 퇴근해 그녀와 비서만이 남아 있었다.
 여덟 시, 그녀는 시계를 보지 않아도 지금 여덟 시라는 것이 느껴졌다. 그때 갤러리 문에서 검은 형체가 드리워졌다. 그녀의 가슴이 철렁거리고 입술이 말랐다.
 "형수님!"
 김수호가 아니라 시동생인 장우현이었다. 안심을 해야 하는데 그녀는 실망을 했고, 그 감정이 얼굴에 사실적으로 드러났다.
 "누구 기다리셨어요?"
 그에게도 그대로 전달된 모양이었다. 그의 눈가 주름이 깊어졌다. 그렇게 언짢음이 퍼져 나가는 걸 막아내고 있었다.
 "아니에요. 어쩐 일이세요? 어머님 들어가셨어요."
 "가던 길에 그냥 들렀어요. 형수님 얼굴이나 보려구요."
 지령은 형수로서 절제된 미소를 지었다. 그녀의 온화하고 평온한 미소에 그의 의지는 번번이 꺾였다.
 "같이 가요. 집까지 데려다 드릴게요."
 "먼저 가세요. 같은 방향도 아니고, 또 해야 할…… 일도 있어요."
 남자가 생긴 건 아니겠지. 짙은 갈색 눈에 깊은 아픔이 통증처럼 도사리고 있었다. 내가 가질 수 없다면 어느 누구도 가질 수 없다는 비뚤어진 욕심은 일찍 사랑하는 남편을 잃은 것에 대한 막연한 죄의식을 가진 안지령을 영원히 형의 여자로 가둬놓았다. 물론 안지령도 장우석밖에 모르는 사람이지만 더욱더 그렇게 그녀의 생활 반경을 미망인으로 좁히어 새 삶은 꿈도 못 꾸게 했다.

형이 죽은 지 팔 년이 흘렀다. 사랑만으로도 극복이 안 되는 외로움이 그녀를 까칠하게 만들고 있었다. 이제 부모님도 며느리를 놓아주고 새 삶을 찾게 해줘야 한다는 걸 인식하고 있었지만 잃은 자식 대신인 양 마음 다른 편에선 며느리를 영원히 자기 사람으로 매어두고 싶어했다. 그리고 우현은 그것을 최대한 이용하고 있었다.

"약속이 있나요?"

마치 보호자인 양 묻는 우현의 모습에 이젠 적응이 된 듯 지령은 대답했다.

"아니요. 남은 일 때문이에요."

가슴을 누르는 갑갑함은 가시지 않았다. 내색하지 않는 사이 우현의 눈이 몇 초 동안 지령에게서 움직일 줄 몰랐다.

"그럼, 먼저 가봐야겠네요. 다음에 같이 식사해요. 우리!"

"시간이 나면요, 요즘 바빠서요."

지금까지 단둘이 식사할 수 있도록 시간이 날 때가 한 번도 없었다. 지령은 자신에게 가지고 있는 헛된 마음을 접기를 바라며 우현의 그늘진 뒷모습을 답답한 표정으로 바라보았다.

장우현이 차 앞에서도 안절부절못하다가 겨우 타, 빠져나가는 것을 차 안에서 지켜본 수호가 천천히 내렸다. 시간이 지날수록 분노는 장우현에게로 한정되었다. 그의 얼굴이 며칠 새 더 까칠해졌다. 가지 말아야 할 곳을 가는 것처럼 그의 걸음이 천근만근 무거웠다. 자신을 발견하는 하얀 얼굴을 보니 더 마음이 내키지 않앉다. 어떤 남자들은 눈처럼 깨끗하고 단아한 여자를 보면 깨고 싶은 파괴본능과 함께 사악한 욕구가 꿈틀거리는 경우도 있다지만 수호는 음울한 겉모습과 달리 영 내키지 않았다.

"고맙다는 말은 전에도 했고, 대답을 들으러 왔어요. 다시 물을까요? 식사 같이할래요?"

예의 어린 미소가 안지령에게서 묻어났다. 그녀는 침착하게 오늘 다른 약속이 있다는 말을 했다. 차라리 다행이었다. 그는 안도했다. 나쁜 짓을 당했다고 애먼 사람에게 나쁜 짓을 할 수는 없으니까. 그동안 보아온 안지령은 따뜻한 시선을 가진 착한 여자였다. 내버려 두자. 차라리 장우현을 죽도록 패주는 것이 더 나을 거다. 창피해서, 대내외적인 시선에 얽매여 그러지도 못할 위인이 자신이긴 하지만. 수호는 마침표를 찍는 듯한 표정으로 지령을 쳐다보았다.

"바쁘시군요. 그럼 어쩔 수 없죠. 다음에 그림을 또 사고 싶을 때 그때 들르겠습니다. 언제가 될지 모르겠지만."

수호는 영원한 이별을 고했다. 희미한 미소를 보이다가 곧 한 치의 머뭇거림 없이 뒤돌아갔다. 지령은 멍해졌다. 그가 그림 다음 시간 날 때가 언제인지 물어볼 줄 알았고, 그럼 그녀는 최대한 정중하고 단호하게 거절할 말들을 생각해 놓았다. 이렇게 빨리 포기할 줄 몰랐다. 분명 다행이라고 여겨야 하는데 그의 차가 떠나는 소리가 이제 들리지 않자 마음속에 자그마한 구멍이 나서 그 안으로 찬바람이 불고 있었다.

"아내는요?"

"이층 방에 계시는데요."

"알았어요."

퇴근한 수호는 또 다른 지옥이 되어버린 집 안으로 무거운 심장을 안고 들어갔다. 양복 상의를 소파에 던져 놓고 앉은 그는 넥타이를 풀고 지친 숨을 길게 내뱉었다.

"오늘 하루도 종일 집에만 있었나요?"

"네."

자신이 벗은 겉옷과 넥타이를 가지러 온 아줌마에게서 어제와 같은 대답이 나오자 그의 이마에 주름이 그어지며 깊어졌다. 모든 걸 덮으려는 자신의 결정에 심장은 죽어버렸다. 그러나 그의 심장

뿐 아니라 아내의 심장까지 멈추었다.

이연은 집에서 꿈쩍을 안 한다. 스스로에게 벌을 주는 것인지 아니면 다른 놈에게 모든 것을 쥐버린 껍데기를 붙잡고 있는 자신에게 벌을 주고 있는지, 방에서 한 발짝도 나오려고 하지 않는다. 친정에 며칠 있다 오라는 것도 거부한 채, 그녀 자신을 영영 놔달라고, 먼저 내치라고 무언의 압력을 하고 있었다.

그럼에도 그러지 못하는 것은 뭘까? 배신한 아내를 잡고 있는 김수호, 그 자신에게 묻는다. 사람들의 보는 눈 때문인가? 아니면 사랑 때문인가? 그것도 아니면 벌인가?

한 번도 사랑받지 못한, 아버지 김인산의 명예를 소중하게 생각하긴 한다. 그러나 그 때문만은 아니었다. 사랑! 그것이 어떤 건지 수호는 지금껏 느껴보지 못했다. 사랑받지 못한 자는 사랑이 미움만큼 낯설고 거부하고 싶은 감정이 되어버릴 때도 있다. 마음을 열려고 애쓰던 이연의 모습이 이젠 과거로 흘러갔다.

벌도 아니다. 이연은 자신의 마음을 열려고 노력한 여자다. 자신을 사랑하지 않았더라도 그녀는 따스한 가정을 이루려고 노력이라도 했다. 그래, 이건 자신이 자초한 것이다.

그렇다. 아쉬움, 좋은 여자를 아내로 두면서도 잘살아보지 못한 후회가, 그것이 그의 발목을 굳게 잡고 있었다. 수호는 넥타이를 풀었음에도 계속 목이 조이고 숨이 막히자 맨 위에 있는 단추를 풀어버렸다.

"식사 준비 다 됐습니다."

손을 씻고 식탁으로 갔다. 밥이 들어가지 않아도 그는 제시간에 먹고 제시간에 자고 늘 하던 대로 일하려 했다. 그것마저 하지 않으면 형체도 없이 부서질 것 같았다. 제철 나물과 각종 솜씨를 발휘한 반찬은 거의 건드리지 않고 밥만 꾸역꾸역 먹다 국으로 목을 조금 축이고 나서 다 먹지 않았는데도 수저를 놓아버렸다. 그런 그 앞에 하얀 사발 속 김이 모락모락 나는, 검은 물을 아줌마가 쟁반에 받쳐 조심스레 내놓았다.

"이건 뭐예요?"

"박 여사님께서 가져오신 거예요."

그의 어머니는 그를 싫어한다. 깨물어서 안 아픈 손가락이 있는 것이다. 자신을 보면 사랑에 빠진 남편이 떠오르고 그런 남편의 아이를 배었으니 기분이 더러웠을 것이다. 자존심 강한 박 여사께서! 그래서 어머니는 자신에게 한 번도 미소를 지은 적이 없었다. 하지만 죄의식은 남아서 철마다 약을 지어 던져 놓고 간다. 그것이 어머니로서 할 짓이라고 여기는 듯했다.

"버려요."

"네?"

"다 버려요."

"네."

도저히 이번엔 먹을 수가 없었다. 전에는 어머니를 생각해서라도 잘도 받아먹었지만 지금은 역해서 먹을 수가 없었다. 그는 일어나 서재로 가려다가 아직도 굳게 닫혀진 아내의 방을 바라보았다. 그 방을 보니 살아 있어도 죽어버린 것 같은 이연의 얼굴이 떠올랐다. 영혼이 반쯤 **빠져나간** 모습이 그를 미치게 만들었다. 음식에 거의 손도 대지 않는다는 말을 아줌마에게서 들은 그가 손잡이를 돌렸다.

열려진 문에서 아내가 화장대에 앉아 사진 한 장을 멍하니 보다 문소리에 막 감추는 것이 보였다. 장우현은 아니겠지, 아니어야 된다. 이미 그녀의 손으로 다 찢어버렸으니 절대 아닐 거다. 그러나 다가갔을 때, 그런 수호의 예상은 보기 좋게 빗나갔다. 사진 속의 장우현이 그를 향해 오만한 웃음을 짓고 있었다.

"찢어."

그가 명령했다. 그러자 반쪽 난 얼굴에 무언가가 꿈틀거리더니 이연은 고개를 맥없이 떨구고 말았다. 자신의 마음을 조절하는 능력을 잃어버렸다. 이미 엉망이 된, 너덜해진 마음에도 자꾸 자신을 버린 장우현을 떠올리고 있었다. 마음을 주기로 시작한 결심이 돌리기엔 시간이 필요했다. 배신당했음에도, 사랑하는 남편을 저버리게 한 그 인간의 혐오스런 사진을 바라보며 어리석은 마음을 자꾸 반추해 본다. 남편에게 느끼는 감정에 비해 훨씬 못 미치는 하찮은 것인데도 그녀는 그 그늘에서 벗어나지 않고 웅크리고 있었다.

"싫어?"

"……."

그의 검은 눈에 찢겨지는 빛이 섬뜩하게 내리쳤다.

"바람난 아내 대신 못난 남편이 해야 되는 건가?"

그가 더러운 것을 만진 것처럼 얼굴을 비틀며 아내의 손에서 사진을 빼앗아 찢기 시작했다.

"아까워?"

그리고 그녀의 얼굴로 찢어진 사진 조각들을 던져 버렸다.

"아깝겠지. 사랑하니까!"

사랑은 아니다. 이젠 알겠다. 그런데도 자신이 빠지고만 어리석고 쉬운 감정이 깨지는 것에 넋이 빠졌다. 조각 난 사진이 그 감정의 부산물인 양 얼굴에 부딪쳐 떨어지자 그것에 이연의 손이 저절로 갔다. 그러자 그가 저지하며 강하게 손목을 잡아챘다.

"넌 내 아내잖아. 모든 걸 덮겠다는데 왜 그러는 거야? 왜? 네 눈에 내가 보이지도 않아. 내가 허깨비야?"

그의 억양이 짓이기듯 바뀌기 시작했다. 이연의 시선이 자꾸 사랑했던 남자의 얼굴을 쳐다보지 못하고 있었다. 이젠 남편과 자신은 같은 세상 사람이 될 수 없었다.

"보여줘야 내가 네 남편인 줄 알겠군."

그가 그녀를 거칠게 안아 침대에 내던졌다. 그녀의 몸이 출렁거리고 머리카락은 얼굴에 쏟아져 엉키며 시야를 가리었다. 남편의 분노가 그대로 느껴졌다. 괴로울 만큼 주체하기 힘든 분노는 그를 집어삼키고 있었다.

"날 내버려 둬요."

미안하다는 말이 입 밖으로 나오려다가 바뀌어졌다. 그 말이 얼마나 남편을 비참하게 하는지 알고 있기 때문이었다.

"싫어."

그의 손이 거칠게 그녀의 머리카락을 얼굴에 떼어내어 병든 눈동자를 응시했다.

"왜 넌 네 마음대로 하면서 난 내 마음대로 하지 못하지? 너도 날 우습게보지? 내 부모처럼 말이야. 늘 참기만 하고 완전히 숨기지도 못하면서 분노를 마음에 껴안고 있는 나를, 너도 하찮게 생각하겠지?"

"아니에요. 그렇지 않아. 그렇지 않다는 거 알잖아요."

"나도 알아. 나도 그래. 나도 내가 하찮아."

그녀의 목쉰 소리는 그에게 굴절되어 들리는 듯했다.

"이젠 내가 하찮은 놈이란 걸 숨기지 않을 거야. 왜 숨겨야 해? 숨겨도 다 아는데. 인간은 본성을 감추지 못하는 법이니까. 난 쓸데없는 짐승 같은 놈이야."

그의 손이 이연의 블라우스를 잡아 뜯었다. 그리고 브래지어까지 한 번에 찢어놓아 버렸다. 치마를 걷어 올리려 하자 아내의 움직임이 거세지며 온몸으로 거부했지만 그의 힘에는 역부족이었다.

수호의 몸이 완전히 그녀를 장악하면서 덮치었다. 더 이상 조금의 거부 몸짓도 그의 강력한 힘에 차단되었다. 팬티마저 그의 손에 뜯어져서 없어져 버리고, 그녀의 가랑이 사이에 자리 잡은 그는 분노로 부풀어 오른 자신의 남성을 풀어주기만 하면, 하지 말라고 힘없이 소리치는 쉰 외침에도 다시금 누가 남편인지 가장 잔인하게 확인할 수도 있었다. 그러나 그의 날뛰는 눈동자가 무기력한 슬픔에 빠져 공황 상태가 되어버린 엷은 갈색 눈동자를 본 순간 그의 분노는 대상을 잃어버렸다. 자신을 치한으로 여기는 뻣뻣하게 경직된 나무토막 같은 몸 안의 흐느끼는 아픔이 그에게 닿았다.

"젠장."

낙오자는 돼도 짐승은 아니었다. 김수호라는 인간은!

그는 그녀의 몸에서 휘청거리며 내려왔다. 자신을 거부한 저 여자는 분명 아내인데 그 여자는 이제 자신이 손댈 수 없는 남의 여자가 되어버렸다. 강제로 하려 했던 더러워진 기분을 안고, 그는 자신을 추스르지도 못한 채 문을 닫고 나와 버렸다. 지금은 한순간도 이 집에 있을 수가 없었다.

그 더러운 기분은 급격히, 빠지고 싶지 않은 커다란 슬픔으로 변해 그를 한입에 삼키려 했다. 차 키를 들고 그는 도망치듯 아름다운 집을 벗어났다. 동네를 벗어나니 목을 조이는 고통이 조금은 가시는 듯했지만 전부는 아니었다. 아마도 김수호라는 좁은 육체에 영혼이 갇혀 있는 한 그의 숨통은 완전히 트여지지 않을 것만 같았다.

굳이 어디로 가겠다는 생각없이 그는 운전대를 신호등 방향이 켜지는 대로 운전해 갔다. 수창이 잘하던 방법이었다. 뭐든 정해 놓고 열심히 하는 자신과 달리 동생은 멋대로 하는 기분파고, 그렇게 마음대로 살아가곤 했다. 물론 지금은 둥지를 찾았지만, 항상 감정을 중요시하는 것은 변함이 없다. 그럼에도 제 갈 길을 가고 있었다. 그런데 뭐든지 잘하고 싶던 자신은 왜 이런 것일까?

그는 마음의 파도에 따랐다. 그렇게 내키는 대로 차를 몰아가던 수호는 한곳에 멈추어 답답했던 긴 숨을 한꺼번에 내뱉었다. 그리고 운전대에 한없이 약한 인간인 양 엎드려 잠시 기대었다. 내리

누르는 정신적 무게로 한동안 그는 고개를 들지 못했다. 시간이 흐르고 겨우 고개를 들었을 때 그는 자신이 안지령의 화랑에 와 있음을 깨달았다.

"여길 왜?"

멍한 얼굴로 그는 자신에게 물었다. 복수는 이미 끝났다. 김수호는 누군가를 분노로 치밀하게 이용하지 못한다. 그것이 그의 한계다. 성마른 욕심과 상반되는 약한 마음, 이번도 그러했다. 섣부른 안지령에 대한 침투는 따스한 미소에 농락하려 했던 마음이 좋지 않았다. 맑고 깊은 눈동자에 갇혀 사는 그녀의 삶을 건드리지 않기로 하고, 걷어버린 지 꽤 되었다. 그동안 어김없이 시간도 많이 흘렀다.

재수없는 우연이라고 하기에는 그의 눈동자가 갤러리 문 쪽에서 떠날 줄 모르고 머물렀다. 막연한 감정이 들었다. 다시 한 번 보고 싶다는, 따스하게 입가를 늘리며 웃는 그녀의 온화하지만 왠지 애잔하게 하는 그 미소를 그저 짧은 동안나마 응시하고 싶다는 마음이 헤집고 들어왔다.

"너, 참 웃긴다."

수호는 자신을 비웃었다. 그럼에도 그의 검은 눈동자는 지쳐 있으면서도 끈질겼다. 갤러리의 모든 불이 꺼지고, 누군가가 나오자 그의 동공은 약간 커지었다. 흐트러짐 없는 미색 슈트 차림의 안지령이 나이 든 여자와 나오고 있었다. 그의 눈엔 옆에 있는 사람은 보이지 않고 안지령만 크게 들어왔다.

그의 공허한 이마에 머리카락이 휩쓸리듯 흘러내렸다. 그사이 너무도 나이가 들어버린 눈가는 힘든 만큼 보이는 영상을 의지하듯 계속 바라보았고, 그것이 마음에 안 들은 듯 메마른 입술은 연신 자신에게 욕지거리를 퍼붓고 있었다. 그러나 강하지 못한 채 균열이 간 마음은 흡수하듯 눈에 들어온 물체를 강하게 빨아들였다.

'다 끝난 거야. 아니, 너와 애당초 상관없는 사람이야.'

잡아끌리는 시선을 억지로 당겨 내렸다. 이기기 힘든 피로가 그의 어깨를 짓누르고, 이렇게 해도 무너지지 않을 거냐며 계속 짓이겼다. 그래도 사내 새끼라고 잘나지도 못한 가슴에 자존심이 있어 버티려고 안간힘을 썼다. 그는 다시 한 번 보고 싶다는 본능을 더 허용치 않고 고개를 돌렸다. 안지령이란 사람에게 이상한 동질감을 느낀 마음을 황망히 깨고 안개가 짙게 싸여 한 치 앞도 보이지 않은 그의 미래 속으로 향해 차를 세게 몰았다.

"오늘은 참 날씨가 맑구나. 달도 밝고."

먼저 나온 시어머니의 말에 지령은 관리인이 셔터를 내린 것을 보다가 뒤돌아보니 정말 그믐달이 선명히 밤하늘에 나와 있었다.

"보름달이었으면 더 좋았을 걸."

"그러게요."

지령은 대답과 달리 왠지 청승스럽고 우울한 그믐달이 마음에 들었다.

"너희 아버지 전화시다. 빨리도 오셨네. 혼자 있는 걸 이리 싫어하시니, 빨리 가야겠다. 이럴 땐 꼭 어린애 같으셔."

지령은 맞장구를 원하는 시어머니를 보며 웃고 말았다. 시어머니가 통화하는 동안 그녀는 서서 달을 보고 있다가 문득 무언가 뜨거운 빛이 자신의 뺨을 비추는 걸 느꼈다. 그것은 사람의 시선이었다. 굳이 보고 확인하지 않아도 그녀는 그 시선의 근원이 무엇인지 어렴풋이 느껴졌다. 남자의 시선! 일부러 그쪽을 쳐다보지 않으려 했다. 그러나 누구인지 궁금증이 일자 그녀의 눈동자가 스스로의 의지를 갖고 돌아봤다. 가슴이 철렁했다. 선명히 들어온 차는 김수호의 것과 닮아 있었다. 그가 그림을 고르는 데 도움을 주느라, 서너 번 정도 만나면서 그가 타고 온 차도 지령에게 각인되어 있었다. 그 안에 분명 김수호가 있었다. 검은 그림자가 반쯤 덮어 형체만 보일 뿐이지만 지령은 알 수가 있었다. 왜 그런지는 그녀도 모를 일이었다.

두 사람의 시선이 부딪쳤다고 느껴졌을 때, 검은 차가 있을 곳이 아니라는 듯 거칠게 턴을 돌며 그녀의 시야에서 완전히 사라져 버렸다.

"무슨 운전을 저리 거칠게도 한담. 다치겠다. 참, 우현이도 왔다는구나. 어서 가자."

"네? 네."

시어머니를 따라 뒷좌석에 탄 그녀는 여느 때처럼 고요하게 앉아 어머니의 잔잔한 말을 듣고 있었다. 그러나 정신은 다른 곳에 가 있었다. 숨 죽이고 있던 자아가 그리움에 눈을 떠서 그 대상 때문에 가슴이 떨리고 저려왔다.

'그리움?

그리움이란 것은 죽은 지 팔 년이 되어가는 남편에게만 해당되는 단어였다. 물론 이젠 사랑했던 기억이 옅어져서 습관처럼 그립다는 말이 앞서야 감정이 그 뒤를 따르고 있긴 하지만, 그런데 지금은 그녀의 가슴에 어떤 감정이 앞서면 자꾸 그리움이란 말이 그 감정에 정의를 내리려 한다. 그녀는 두려워 망설였다. 그러나 아무리 생각해도 지금 이 감정에 그 단어밖에 떠오르는 것이 없었다.

'내가 왜? 김수호를!'

그는 그저 인상이 깊은 사람일 뿐이다. 어두운 그림자가 그늘이 되어 쓸쓸해 보이는 사람에게 눈길이 가는 것뿐이었다.

"이 여름이 빨리 지나갔으면 좋겠다. 왜 이리 여름이 길어졌는지…… 더워도 너무 더워. 냉방도 너무 차기만 하고 공기도 탁해서 답답하고, 인공적인 시원함은 사람을 탈나게 한다니까. 바쁘지만 않으면 시원한 곳으로 길게 휴가를 떠나면 좋으련만. 그저 빨리 너희 아버지 말씀대로 이 무더위가 지나가고 선선한 가을이 왔으면 좋겠구나."

"네, 어서 그랬으면 좋겠어요."

혼란스런 마음이 가시길 바라면서 지령이 대답했지만 자신을 보러 온 그의 모습이 계속 마음속을 헤매며 떠나지 않고 있었다.

이연은 뻣뻣이 굳은 몸을 움직여 보려고 했지만 잘되지 않았다. 자신의 몸인데도 말을 들어먹지 않아 겨우 시간이 걸려 침대에서 일어나 맨몸에다 가운을 걸치고 화장대에 앉았다. 너무나도 헝클어진 머리와 번진 두 눈과 부르튼 입술, 그리고 공허함에 빠진 얼굴이 그녀를 바라보고 있었다. 그 여자가 자신이란 것을 문득 깨달아가는 데 몇 초가 흘렀다.

　얼굴이 심하게 일그러지더니 거울에서 눈을 떼어버렸다. 그리고 화장대 위에 있는 빗을 들어 머리를 빗기 시작했다. 그러나 머리카락의 헝클어짐이 풀어진다고 해도 그녀의 눈동자에 드리워진 깊은 절망의 헝클어짐이 가셔지는 것은 아니었다. 눈동자가 다시 그 절망 속에 깊이 가라앉아 있는 여자를 거울 속에서 보자 속이 심하게 멀미 난 듯 울렁거렸다.

　'제발 부탁이야. 세상을 다 잃은 것처럼 굴지 마, 제발.'

　이연의 소리 없는 아우성에도 거울 속의 여자 얼굴은 하나도 변하지 않았다. 아니, 오히려 더욱더 떨어질 수 없는 곳까지 내려가고 있었다. 그녀는 이 여자가 너무도 마음에 들지 않았다. 없애고 싶었다. 눈앞에서 달라붙어 어른거리는 저 여자를 사라지게 하기 위해선 뭐든지 할 수 있을 것 같다는 생각이 스치자 그녀는 거울을 향해 있는 힘껏 빗을 내던져 버렸다. 날카로운 소리가 나며 거울이 산산이 부서졌다. 그녀의 마음처럼!

　"나도 내가 하찮아."

　남편의 아픈 말이 그녀의 눈을 찔렀다.

　"재미있는 추억이 될 거예요."

　우현의 희롱하는 가벼운 말이 그녀의 가슴을 찢어놓았다. 외로운 맘을 기대고 위로받았던 것만큼 상처는 생각보다 깊고 넓었다. 이연은 부서진 거울 한 조각을 손으로 집어 올렸다. 그리고 힘을 주어 꽉 쥐니 손에서 아픔으로 들끓었던 피가 새어나와 뚝뚝 흘렀다. 이번엔 좀 더 날카롭게 떨어진 유리 조각을 주워서 머리를 기울이며 가로로 손목을 그어보았다. 역시 피가 스며 나왔다.

'좀 더 힘을 주면.'

남은 힘 모두 줘서 이연은 손목을 향해 날카롭게 파고드는 거울 파편의 날을 누르려 하고 있었다. 조그만 더 조금만, 그때 자신의 이름을 부르는 소리가 귓가를 아득하게 부딪쳐 왔다.

"이연아, 안 돼."

남편이 달려와 그녀의 손에 있던 유리 조각을 없애 버리고 침대에 서둘러 앉혔다. 아직도 손바닥에선 피가 뚝뚝 떨어지고 있었다. 그의 손이 아내의 피로 붉게 물들었다.

"왜 그래?"

수호가 이연을 아프게 쳐다보며 물었다. 손바닥에서 피는 나오는데 그녀의 얼굴은 이 세상 사람이 아닌 것처럼 멍했다. 그가 그녀의 어깨를 잡은 채로 흔들었다.

"죽으려고? 그까짓 장우현한테 실연당했다고 죽겠다고?"

그의 음성이 갈라지고 거칠어졌다.

"고작 이거야? 내 앞에서 죽겠다고?"

날카로운 거울 조각에 의해 피가 뚝뚝 흘러도 아픔을 느끼지 못했던 이연이 남편의 울기 직전의 얼굴을 보고 큰 통증을 느끼었다.

"미안해요, 미안해요."

고장 난 녹음기처럼 계속 그 말이 흘러나오자 그가 아내의 말을 멈추게 하려는 듯 야윈 몸을 흔들다가 품에 안고 말았다.

"미안해요. 미안해요. 미안해요."

그 말은 그쳐지지 않았다.

"미안해."

그러나 수호의 미안하다는 말에 그녀의 미안하다는 말은 뚝 멈춰졌다.

"행복하게 해주지 못하고, 놓아주지 못해서 미안해."

이연의 눈에 눈물이 고이더니 수호의 셔츠를 계속 적시었다. 그는 자신의 아픔이 되어버린 아내를 계속 품에 안고 있었다. 그녀의 눈물이 다 마를 때까지.

우현은 한 시간째 헬스클럽 러닝머신에서 땀을 흘리며 줄곧 달리고 있었다. 높다란 건물들과 저 멀리 산들이 창가를 그림처럼 채우고 있었지만 그는 그 풍경을 보고 있으면서도 보고 있지 않았다. 그의 잘 다듬어진 몸이 달리는 속도에 따라 탄탄하게 물결치며 꿈틀거렸다. 그 모습이 남녀 구분 없이 보는 이들의 시선을 사로잡았다. 그러나 우현은 사람들의 부러움과 찬미의 시선을 의식하지 못한 채 무언가를 떨쳐 버리려는 것처럼 숨찬 호흡에도 속도를 죽이지 않고 계속해서 달리고 또 달리었다. 하지만 효과는 없는 듯 그의 두 눈이 여전히 성나 있었다.

여느 때보다 긴 운동을 마치고 샤워를 하고 나서 몸을 닦아낸 후 검은색 줄무늬 양복에 초록색 셔츠, 그리고 검은색 넥타이를 하나씩 걸치었다. 타고난 체력으로 긴 운동 시간에도 그의 몸은 조금도 지침 없이 생생하고 오히려 더 활기가 넘쳐흐르는데도 마음은 자꾸 원하지 않은 영상을 떠올리며 부질없이 거기에 생각이란 것을 덧붙이고 있었다.

"당신이 내 눈앞에 있는 것이 문제예요. 지금 난 내 눈앞의 그 어떤 것도 사랑할 수 있을 것 같으니까."

외로운 최이연을 사랑하게 만드는 것은 어찌 보면 참 쉬운 일이었다. 사랑은 그에게 아주 어려운 일면을 제외하곤 참 손쉬운 것이니까. 못난 김수호를 남편으로 가진 최이연이라면 더욱더 그러할 것이다. 그런 놈을 사랑하긴 어려울 테니까. 우현은 그럼에도 자꾸 후회가 되었다. 책임도 감당도 하지 않을 희롱이라면 무시해야 했다는 충고가 하루에도 몇 번씩 그를 잡아채었다. 걸리는 마음이 계속 후회를 남발하고 양산하자 우현은 점점 그런 자신에게 화가 났다.

'재미났으면 그만이야. 그 여자가 아픈 게 뭐가 대수라고. 장우현, 네 인생에 중요한 것은 너의 가족과 사랑하는 단 한 사람뿐이야.'

그의 명성을 익히 들어왔을 텐데 유부녀가 유혹한다고 넘어온 것이 잘못이라고 우현은 생각했다. 그렇다. 자신을 사랑하고 미련을 갖는 것은 전적으로 그 여자의 책임이다. 눈에 깃든 아픔은 그의 몫이 아니다. 온전히 최이연, 그 여자의 것이다. 우현은 거울에서 자신의 완벽한 모습을 확인하고 다시 회사로 돌아갔다.

일을 다 마치고 저녁 식사 시간에 맞춰 근처 호텔 레스토랑으로 향했다. 처리할 일이 많아 회사에서 예정보다 조금 늦게 출발한 그의 걸음이 바빠 움직였다. 마침, 빗방울 하나가 그의 얼굴에 뚝 하고 떨어졌다. 고개를 들어 하늘을 바라보았다. 날이 늦게 저물어 밝은 기운이 여기저기 흩뿌려져 있는 짙은 청색 하늘은 눈물을 흘리듯 찌푸림 없이 한 방울씩 빗물을 떨어뜨리고 있었다. 우현은 그 하늘을 가만히 바라보다가 고개를 돌려 다시 레스토랑 안으로 들어갔다. 미리 예약해 놓은 전망 좋은 테이블엔 이미 어머니와 형수인 아름답고 고아한 안지령이 흰 목련처럼 앉아 있었다.

"늦은 거 아니죠?"

그의 얼굴이 지령을 보고 빛이 났다.

"아니다. 우리가 좀 일찍 왔어."

"결혼기념일 축하드려요. 이건 아버지가 특별히 부탁한 선물을 제가 대신 산 겁니다. 아버지가 부탁만 하시고 제가 지불했으니, 그러니 제 선물이에요."

피치 못한 외국 행사 때문에 며칠 출장을 간 아버지 대신 우현은 어머니에게 보석함을 건네고 뺨에 입을 맞추고서야 맞은편 자리에 앉았다.

"고맙다."

"형수님은 빈손인가요?"

"이미 드렸어요."

우현을 보는, 늘 동요 없는 얼굴에 잔잔한 미소를 띠며 지령이 조용하게 말하자 손 여사가 자랑하듯 입을 열었다.

"우리 초상화를 그려주었단다. 그동안 그려달라고 해도 잘 못한다고 그렇게 빼더니."

우현은 때마침 와준 웨이터에게 고마워할 뻔했다. 형과 인상 깊은 사물 외엔 그리지 않는 데다 형이 죽은 후 아예 그것마저 접었던 형수였다. 장우석이 그렇게 간 후, 지령의 감정도 같이 죽어버렸다. 감정이 살아나지 않으면 사물을 스케치하지 못한 이가 안지령이니까. 그녀의 그림이 훌륭하지 않다는 걸 알고 있지만 무언가 특별한 것이 평범한 솜씨 안에 숨어 있었다.

형과 연애 시절 그린 그림들은 상대방에 대한 그녀의 감정이 듬뿍 담겨져 있어 보는 사람의 마음을 요동치게 했다. 아마도 그녀는 가슴속에 누군가를 담아놓지 않으면 그림을 그리지 못할 것이다. 지령의 손에서 장우현, 자신의 모습이 감정을 받아 재창조되어 하얀 종이 위에 새겨지는 일은 아마도 평생 없을 것임이 틀림없었다.

"보고 싶네요."

"우리랑 꼭 닮았단다."

"네."

웨이터에게 주문을 하고 흐트러진 마음을 추스른 우현이 담담한 척 위장하며 말하자 아무것도 모르는 어머니는 행복한 미소를 지었다. 그러나 그의 시선이 안지령에게 향하자 그녀는 그의 진심을 읽었는지 시선을 피해 버렸다. 항상 이런 식이었다. 그럼에도 그의 마음은 안지령을 몰아내지 못한다.

그의 눈빛이 창가로 갔다. 시청 앞 광장과 저 멀리 보이는 북악

산이 어두워지고 있는 검은 하늘 속에 같이 흐려지며 그 사이사이로 우뚝 선 빌딩들은 별빛처럼 반짝였다. 바로 전까진 빛이 있더니 어느새 스러져 이젠 깜깜하기 그지없었다. 다시 시선이 돌아왔을 때, 막 들어서고 있는 일행들이 보였다. 김수호와 닮았지만 많이 다른 그의 두 형제가 각자의 아내인 듯한 여자를 동행하고 그들 자리에 못 미친 가까운 테이블로 들어와 앉았다.

수안은 젊은 아내와 좀 떨어져 걷다가 깍듯하게 의자를 빼주었고, 수창은 재결합한다는 전 부인과 손을 잡고 들어와 동시에 앉았다. 사람들이 다 보는데도 수창은 아무것도 묻지 않은 연주의 얼굴에 먼지를 털어주는 것처럼 계속 뺨을 만지작거리더니 이젠 뽀뽀까지 했다. 수안이 헛기침을 하고 눈빛으로 경고하자 겨우 그는 연주를 바라보는 것으로 만족한 듯싶었다.

잠시 후, 주문을 하고 여자들이 손에 뭐가 묻었는지 휴지로 닦아내다가 일어나 화장실로 갔다. 그러자 수안이 동생의 행동거지에 주의를 주었지만 수창의 얼굴을 보니 소귀에 경 읽기였다. 수안 역시 소용이 없다는 걸 알았는지 주의를 거두고 결혼식에서부터 곧 태어날 아기에 대한 얘기로 화제를 바꾸었다. .

"쉿. 안 돼, 형. 우리 아기는 무조건 허니문 베이비란 말이야. 쉿쉿."

"배 불러오는 데 무슨 허니문 베이비냐?"

"그래도 허니문 베이비야. 이의를 다는 자 그 누구도 살아남지 못한다."

"잘한다."
"우리 연주 귀엽지."
"그만 해라."
두 사람의 대화가 간간이 들려왔다. 우현이 그들에게 더 이상 신경 쓰지 않으려고 할 때 갑자기 심부를 깊이 찌르는 듯한 통증이 일었다.
"근데 수호 좀 이상하지 않냐? 요즘, 제수씨도 집에 통 안 오고."
수안의 근심 섞인 말이 우현의 머리를 침투했기 때문이다.
"형수님이 많이 아픈가 봐. 친정에 갔어. 같이 식사하려고 형 집에 들러보니까 아줌마가 그러던데. 몸이 안 좋아서 친정 갔다고."
"수호가 아픈 것 같다."
"작은형이 아픈 것이 아니라 형수가 아프다니까."
"내가 보기엔 그렇다고."
일과 아내 외엔 가족이라도 책임 밖이면 관심을 보이지 않던 수안이 고개를 저으며 말하자 수창은 뭔가 생각을 끄집어내려 했다. 그러나 연주와 결혼 준비에 빠져 어제도 수호를 봤음에도 특이하게 달라진 점을 파악하지 못했다.
"형이? 그 강골이? 알잖아. 우리 집에서 제일 튼튼한 거. 병 한 번 걸린 적이 없는데. 혹시?"
"혹시 뭐?"
수안이 눈을 가늘게 뜬 수창을 보았다.
"바람피운 거 아니야? 딱 맞아떨어지잖아. 형수 친정에 갔고,

형은 요즘 걱정있어 보인다며? 그러면 답은 나왔네. 작은형 바람 났다. 눈 돌아간 거야. 형수는 화난 거구."

제멋대로 나불거리는 막내를 보던 수안이 한마디 했다.

"수호가 너 같은 줄 아냐?"

수창의 얼굴이 확 달아올랐다.

"지금은 안 그러단 말이야. 그리고 난 연주랑 사귈 때나 결혼할 때 절대 바람피운 적이 없어."

"알았어."

억울함에 목소리가 높아지자 수안이 무심하게 동의하며 진정시켰다. 뭔 짓을 할지 모른다는 걸 잘 알고 있기에 얼른 뜻을 맞춰주며 더한 불만을 봉쇄해 버린 것이다.

"그러니 너도 헛소리 마. 수호가 여자 문제 일으킨 적 있냐?"

"없구나. 에이, 따분해. 싱글일 때는 좀 일으켜야 하는데 하여튼 달라붙는 여자보다 일이 먼저니까. 일중독자! 근데 형수는 왜 아픈 거야?"

"그냥 지쳤겠지. 원래 이 세계 아내들은 지치기 마련이니까. 그러니 허튼소리 하지 마."

"알았어."

잔소리를 가장 싫어하는 수창답게 얼굴을 찡그리고 귀찮아했지만 대답은 했다. 그때 그들의 여자들이 오자 그 간간하고 희미하게 들리는 은밀한 얘기는 그치고 다른 얘기들로 바뀌었다. 그러나 우현의 귀엔 웃음 섞인 화기애애한 대화들은 더 이상 들리지 않고 최이연의 얘기만이 들쑤시었다.

'많이 아프다고, 최이연이?'

정말 웃기지만 최이연이 아픈 것이 싫었다. 자신이 상처 주고 그녀가 건강하길 바란다는 것이 미친 짓이라는 걸 잘 알면서도 아프다는 소릴 듣는 것이 가슴 철렁할 만큼 괴로웠다. 왜 이리 자꾸 아프다는 것이 마음에 거슬리는 걸까? 더욱더 미치겠는 건 겨우 잠잠했던, 이연의 그 불안한 미소와 절망스런 눈동자가 서로 엇갈리며 이젠 아예 그를 떠나지 않는다는 것이다. 자신을 사랑한 이연의 모습이 그렇게 가시지 않았다.

"괜찮니?"

습관처럼 되풀이되는, 어머니가 처음 아버지와 만났던 로맨틱한 얘기가 끊어지고 튀어나온 말이 겨우 우현을 제정신으로 이끌었다. 지령이 물을 엎지른 모양이었다.

"네, 괜찮아요."

그녀의 목소리가 떨리었다.

"어디 아프세요? 안색이 안 좋은데."

지령의 미세한 반응을 놓친 적이 없던 우현이었지만 지금은 무엇 때문에 형수가 당황해서 안색까지 바뀌었는지 알 수가 없었다. 창백한 얼굴엔 혈색이 빨리 돌아오지 않았다.

"아니에요, 아무것도. 손에서 미끄러져서 순간 놀라서 그래요."

형수의 이유가 변명일 뿐이란 걸 감지했지만 그녀의 속을 꿰뚫어 볼 수는 없었다. 그의 마음엔 한 사람만이 있었기에 보기만 해도 마음을 알았던 것이 지금은 그렇지 못했다.

"조심해야지."

"네, 어머니."

웨이터가 와서 흐르는 물을 닦아내고 난 다음 식사는 다시 이어졌다. 그녀의 평온도 거짓말처럼 돌아왔다. 그러나 우현은 계속 혼란스러웠다. 최이연의 아픈 존재가 그의 건강한 육체에 깃든 강한 정신을 급속도로 꼬이게 했다.

"오늘 너희 아버지가 안 계셔서 완벽하진 않았지만 그래도 너희들이 있어줘서 행복하단다. 우리에겐 자식이 둘이나 있으니 더 이상 슬프지 않아."

그 말은 지령의 족쇄이고 우현에게도 영원한 걸림돌이었다. 그러나 두 사람 모두 딴생각에 빠져 그 말에 매어 있지 못했다.

"굳이 가지 않아도 돼."

"아니에요. 가야죠. 잠깐만 기다려요."

이연은 한 달 동안 친정에 다녀온 후, 완전히 달라져 있었다. 더 이상 아픔을 얘기하지 않았다. 슬픔도 보이지 않았다. 거기서 멈춰 버렸다. 아예 박제되어 버린 것 같았다. 예전 자신을 사랑하려고 노력한 아내를, 수호는 이제 그 마음이 죽어버린 아내의 얼굴을 보며 떠올렸다.

"당신 위해 만들었어요. 그러니 빨리 와야 돼요."

다 식어버린 식사를 두고 기다리던 아내는 뒤늦게 온 수호에게 웃음을 보였다. 그리고 어깨를 털어주었다. 자기 자신에 대해서 사소한 것까지 말하는 타입은 아니지만 남편에겐 자신이 어떻게 자랐는지 끊임없이 말하며 그의 얘기를 끌어내려고 했다. 그러나 마음을 열려고 할수록 더욱 굳게 닫아졌다. 완벽한 여자에게 상처를 얘기하고 싶지 않았다. 그녀에게 자신의 상처를 묻히고 싶지 않았다. 스스로 그 상처에서 일어나고 싶었다. 그리고 사랑하고 싶었다. 아버지가 평가절하 해버린 그런 인간이 아님을 증명하고 모든 걸 다시 시작하려고 했다. 그러나 지금은 다 부질없어졌다.

"다 되었어요. 가요."

아내가 연한 하늘색 정장에 핸드백을 들고 나왔다.

"응."

수호는 아내보다 앞서 걸었다.

"난 당신을 동정하는 게 아니에요. 사랑하고 싶은 거예요. 왜 그 차이를 모르는 거죠? 왜?"

처음으로 크게 싸웠던 때, 이연은 닫아버린 마음을 열지 않은 김수호 때문에 감정에 치우쳐 소리를 쳤었다. 그러나 지금은 무감각해진 아내를 이끌고 차에 탄 그는 막내동생의 결혼식이 열릴 호텔로 향했다.

결혼식장 분위기는 고급스럽지만 동시에 아주 소박했다. 또한, 친지들과 친한 친구들만 자리를 찾아 사람들이 전혀 붐비지 않았다. 당사자들이 그러길 간절히 바라고, 또 첫 번째 했던 사람들의 두 번째 재혼식이자 재결합이라 더욱더 화려함보단 단출하면서 따스한 분위기에 초점을 맞춘 듯싶었다. 아이보리 톤 공간의 웨딩홀은 따뜻한 조명 아래 아늑한 분위기가 흘렀다. 홀 안엔 아름다운 꽃들이 곳곳에 장식되어져 있었다.

수창 역시 턱시도가 아닌 디자이너가 특별히 만든 세련된 양복차림이었고, 그의 아내인 오연주도 길게 끄는 화려한 웨딩드레스가 아닌 심플하고 발목까지 오는, 일자로 흘러내리는 드레스를 입고 있었다. 첫 번째 결혼식엔 부모님이 일찍 돌아가신 오연주가 친삼촌과 함께 신부 입장을 했지만 지금은 두 사람이 손을 꼭 잡고 나란히 걸어간다. 못마땅한 굳은 얼굴로 연신 한숨을 내시는 어머니의 불만에도 그들의 결혼식은 아름다웠다.

첫 번째가 더 화려하고 하객들로 가득 찼지만, 그 당시 당사자들은 섣부른 결합에 불안과 들뜬 표정으로 붕 떠 있었다. 그러나 그때와 달리 지금은 안정되고 서로 사랑하고 있다는 확신이 느껴졌다.

수호 역시 그 행복이 가슴에 닿았다. 아픔을 느끼지 않으려고 죽은 듯이 맥박만 유지하던 심장이 지금 당장 무언가 갈구하는 것처럼 다시 거세게 뛰기 시작했다. 이루고 싶은 것도 많았고, 인정받고 싶은 욕구도 컸다. 그러나 지금 막내동생 부부를 보며 행복하게 살고 싶은 근원적인 욕망이 박동처럼 심장을 두들겼다. 그 행복을 위해선 모든 것을 버릴 수 있을 정도로 컸다.

결혼식이 끝났다. 바로 이어진 피로연 역시 번잡스럽지 않으면서 여유로웠다. 수창의 행복한 웃음은 어머니의 딱딱한 기운이 전체로 전파되는 걸 막아내는 데 충분했다. 그 누구도 모든 걸 가진 듯한 신랑의 화사한 얼굴 앞에선 인상을 쓰기 힘들었다. 남의 기분보다 자신의 감정에 충실한 막내이기에 자신의 행복 바이러스를 남들에게 감염시키면서 행복한 분위기를 퍼뜨리는 것이 어렵지 않아 보였다.
"덕담 한마디 해줘."
수창과 재건의 편한 친구 같은 형인 주성이 열심히 디지털 카메라로 기록하는 가운데, 좀 더 편안 미색 원피스로 바꿔 입은 연주를 수창이 허리에 바짝 끼며 테이블을 돌다가 수호 부부 자리까지 왔다.
"행복해라. 행복하세요."
수호는 진심으로 축언했다.
"감사합니다."
제수씨가 너무도 쉽게 기쁜 얼굴로 자신의 진심을 받아들이자 수호는 지난 시절 그녀를 자신들과 다른 환경이라고, 수창을 이용한 기회주의자로 여기던 때가 떠올랐다. 가족으로 한 번도 인정하지 않고 상대하지 않았던 못된 기억이 그를 창피하게 했다. 그러나 지금 그녀는 사랑을 쟁취한 진정한 승리자고, 그는 부러워하는 낙오자다.
"형수님도 한마디 해주세요? 그러고 보니 두 사람 얼굴만 좀 익을 뿐이지, 잘 알지 못하죠? 제 아내 한성격 해요. 조심하셔야 돼요."
연주가 수창을 팔로 쿡 찔렀다.
"보세요. 겁나죠?"
곤혹스런 표정으로 연주가 수창 옆에 어색한 웃음을 짓고 서 있었지만 그녀의 행복한 기운까지 가려지진 않았다. 사랑스런 웃음이 그녀의 내부 속에 가득 차 보였다. 수호는 예의적인 축하 인사를 하는 아내를 쳐다보았다.

오연주도 아름다운 외모를 가졌지만 자신의 아내만큼은 아니었다. 티 하나 없이 반질반질한 도자기 같은 얼굴에 들어갈 데 들어가고 나올 데 나온 크고 아름다운 이목구비로 가득 찬 얼굴, 그리고 꽃처럼 피어나듯 언제나 환한 미소! 수호는 첫눈에 아내가 마음에 들었다. 자신이 가진 것 중 최고가 바로 그녀였다. 그러나 지금은 오연주가 더 아름답다. 진정 행복한 사람이 그 누구보다 아름다우니까. 자신의 아내는 빛을 잃었다.

제대로 잘살아보고 싶다. 아픈 것들 다 도려내고 새로 시작해서 새살이 돋아날 수 있게 사람답게 살아가는 것. 오로지 욕심에만 눈이 멀어 일만 하던 자신을 과감히 버리면 될지도 모른다. 너무 늦었다는 마음의 소리를 수호는 무시해 버렸다.

"우리 떠날까?"

돌아오는 길, 수호가 감정을 최대한 죽이고 자신의 옆 자리에 앉아 있는 아내를 보며 충동적이지만 강렬한 마음으로 물었다.

"네?"

아내는 그가 무슨 말을 하는지 알아듣지 못한 기색이 역력한 눈으로 쳐다보았다.

"떠나자."

그는 다시 같은 말을 힘주어 말했다.

"그래서 다시 시작하자. 모든 것 다 묻고. 우린 할 수 있을 거야."

그녀의 눈꺼풀이 파다닥 떨려왔다.

"외국에 가서 살자. 지사로 갈 수도 있고, 그게 안 되면 새로 아무 일이나 할 수 있어."

너무도 때늦은 수호의 말에 창백한 인형 같은 이연의 얼굴에 눈물이 어렸다.

"그러지 마요."

너무도 작은 목소리로 그녀가 그를 막았지만 역부족이었다.

"용서해 줄게. 아니, 없던 걸로 할 거야. 다시 시작하자, 처음 결혼하는 것처럼. 한번 남들처럼 살고 싶어. 우리 그러자. 부탁이야. 그래 줘."

수호가 앞을 응시하며 운전을 하면서도 그 무뚝뚝하고도 간절한 목소린 그칠 줄 몰랐다.

"이렇게 살고 싶지 않아. 남이 보는 것에 맞추는 것도 싫어. 당신과 나 이렇게 둘이 행복하게 살고 싶어. 우리 노력하자고, 아니, 이젠 나도 시도해 보고 싶어. 그동안 당신만 노력해 왔잖아. 이젠 내가 할 차례야. 우리 서로 사랑할 수 있을 거야."

'당신을 사랑했어, 사랑함에도 이렇게 됐어. 내 탓이야.'

"회사도 포기하고요? 당신 자리는 어떡하고."

마음속에 울리는 소릴 무시하고 이연이 물었다.

"회사는 외국 지사도 있고, 괜찮아."

"내가 그럴 가치가 있어요? 없어."

차가 허울만 좋은 아름다운 집 앞에서 급정거했다.

"당신은 내 아내야. 남의 시선이 아니라 내 마음이 그래. 남편 노릇도 못했어. 아프게만 했잖아. 제대로 하고 싶다고. 누구나 실수는 있으니까 다 덮자. 더 이상 구태여 꺼내지 마. 우린 지금 시작만 하면 돼. 그렇게 할 거지?"

"미안해요."

이렇게 만든 자신이 너무도 미웠다. 이연은 미안하다는 말밖에 할 수가 없었다.

"이젠 그 말도 하지 마. 다신 듣고 싶지 않아."

그가 괴롭게 외쳤다.

"나 때문에 왜 그래야 되는데."

눈물에 흔들리고 젖은 음성으로 그녀가 자책했다.

"내 아내니까."

수호가 감정에 치우친 얼굴로 이연을 보면서도 담담하게 말하려 애썼다. 그러나 그의 음성은 이미 숨이 찰 정도로 가득 찬 아픈 감정을 이기지 못했다.

"난 그럴 자격이 없단 말이에요."

안전벨트를 풀어버리고 수호가 이연을 부서져라 안았다.

"당신 대답은 하나야. 내가 듣고 싶은 당신 대답은 하나라고. 그러겠다고 말해, 부탁이야. 제발, 기회를 줘."

그의 눈을 차마 보지 못했다. 그러나 거친 그 음성만으로도 이연은 남편을 망치고 있는 자신과 마주했다. 장우현에게 기대지 말았어야 했다. 남편에게 상처를 더하지 말아야 했다. 이젠 모두 엎지른 물이었다. 떠나야 한다. 그가 진정한 새 출발을 하게 해야 한다. 그러나 지금 당장 이 응답에 목숨을 거는 남편을 대하자 그녀는 허물어져 그의 부탁을 차마 뿌리칠 수 없었다.

"당신은 날 사랑하지 않아요. 나도 그렇고요."

하지만 어떡해든 그의 맘을 돌리려 했다, 거짓말을 보태면서.

"사랑할 거야. 당신을 많이 좋아해. 내가 노력할게."

이연이 남편을 응시했다. 아프다는 것이 뭔지 그의 눈동자를 보면 알 수 있었다. 가장 가까워야 할 자신의 부모에게 내쳐지는 고통을 태어날 때부터 지금까지 겪은 그였다. 그런데 아내인 자신까지 그를 해치고 말았다. 사랑하면서도 외롭다는 그 흔한 이유로 그를 망쳐 버리려 했다.

"제발, 이연아."

그가 애원한다. 한 번도 그러지 않았던 사람이.

"할게요. 그렇게 할게요. 당신이 원한다면 뭐든지 할게요."

이연은 이 대답이 더욱 수호를 힘들게 할 거라는 걸 알면서 말하고 말았다.

"**나**한테 할 말이 있다며? 해라."

 할 말 있다며 방으로 들어온 둘째 자식이 입을 열지 않고 자신을 쳐다보기만 하자, 김인산이 신문에서 눈을 떼고 수호를 마주보며 퉁명스럽게 재촉했다.

 인산은 막내의 재결합 식이 있은 지 몇 개월이 흐른 동안 첫 손자가 태어나고 나름대로 회사도 불경기 속에 잘 돌아가며 그다지 잡음없는 것에 만족하고 있었다. 수호 역시 지방의 소주 지분을 다는 아니더라도 반은 넘겨 최대주주로서의 책임에서 내려오고 욕심 부리는 짓을 자제하며 보좌하는 역할만 했다. 무리한 욕심을 부리지 않으니 저 못난 녀석도 쓸만은 했다.

 김인산이 둘째 아들을 요 근래 제일 오랫동안 주시했다. 살피지 않아 몰랐는데 자세히 보니, 살이 많이 빠져서 골격이 드러나 좀 안되어 보이긴 했다. 그동안 너무 차갑게만 대한 것이 아닌가 하는 후회가 바람처럼 스칠 때 수호가 입을 열었다.

"지사로 나가겠습니다."

잠시 차가운 침묵이 두 사람만 있는 방 안에 무겁게 흘렀다.

"뭐? 뭔 말이냐, 지금?"

김인산은 암만 생각해도 둘째 놈이 시선을 내리깔며 덤덤하게 하는 말을 알아들을 수가 없었다. 그는 단번에 알아들을 수 없을 때 느끼는 짜증스러움을 얼굴에 드러내며 자세를 곧추세웠다.

"내가 알아듣게 말해봐."

살이 붙은 둥그런 어깨를 더 말아 올리며 인산이 마땅치 않은 아들놈에게 언제나 그렇듯이 쉽게 다그쳤다.

"외국 지사에 나가서 좀 더 배우고 오겠습니다."

수호는 아버지를 설득하는 방법을 택했다.

"그게 갑자기 무슨 말이야? 배우려면 여기 있어야지, 나가길 어딜 나가. 네가 지금 무슨 생각으로 이러는지 모르겠지만 그런다고 너에게 재량권을 줄 거라는 착각은 하지 마라. 좀 하나 싶더니만 또 그새 일을 벌려."

김인산의 불쾌한 목소리가 거친 숨결과 함께 수호의 가슴을 찔렀다. 수호는 고개를 들어 괘씸해하는 아버지를 쳐다보았다. 그 나이 든 얼굴의 또렷한 눈 속에 서른 넘게 살아온 김수호에 대한 평가가 단번에 내려져 있었다. 조금의 쉼도 없이, 다시 생각할 여지도 없이, 슬픈 일이었다.

"못난 놈!"

수호에게 쓴웃음이 가슴으로부터 배어나왔다.

"허락하지 않으시면 회사 그만두고 유학 떠나겠습니다."

"무슨 속셈이야? 네가 그렇게 대단한 놈인 줄 아냐? 그걸 지금 협박이라고 해?"

우렁찬 목소리는 방 안뿐 아니라 집 안까지 뒤흔들었다. 밖에서 웅성거리는 소리에 이어 놀란 박 여사, 그의 어머니가 문을 열고 들어왔다.

"나가 있어요."

그 심기 불편한 명령에 곧바로 문을 닫아야 했다. 항상 아버지와 수호 사이에 깊은 갈등과 긴장감이 흘렀지만 폭발된 적은 없었다. 수호가 참고 또 참았다는 걸 박정은도 김인산도 알지 못했다. 그들은 수호의 마음속에 분노가 도사리고 있다는 것만 마땅치 않을 뿐이었다.

"네 주제를 알고 더 이상 문제 일으키지 마라."

성난 김인산이 소리를 버럭 지르며 꼴 보기 싫다는 듯이 반쯤 돌아앉았다. 예전 김수호는 김인산의 화를 터뜨리지 않으려 무진 애를 썼다. 그것은 잇속을 차리기 위해서가 아니라 김인산이 자신의 아버지이기 때문이었다. 그걸 아버진 모른다. 아마 영영 모를 것이다.

"제 주제를 잘 알고 있기 때문에 이러는 겁니다."

"이놈의 자식이!"

"더는 아버지 마음에 들려고 되지도 않은 욕심 부리며 황폐하게 살고 싶지 않아서 이러는 겁니다. 못난 놈이 잘나려 바동거리다 보니 제 인생이란 것이 없어서 이젠 능력대로 살려구요. 지사로 내주시지 않아도 상관없습니다. 하지만 그래 주시면 아버지에겐 손해될 게 없겠죠. 무능한 아들 외국으로 쫓아버리고, 그 아들은 순응하며 가는 꼴이 될 테니까요. 그러나 유학 가는 걸로 되면 그 아들이 잘난 아버지에게 반기 드는 꼴로 보이지 않겠어요. 아버지를 위해서 지사를 선택한 겁니다. 전 상관없어요. 이 못난 자식이 어떻게 아버지를 협박할 수 있겠습니까?"

수호는 김인산을 똑바로 바라보았다. 아버지에 대한 오래된 분노가 담긴 아들의 눈빛은 그만큼 차가웠다.

"충동에 의한 결정 아닙니다."

수호가 차분히 말을 이어나갔다.

"제 후임 자리 알아봐 주시고 얼른 조치해 주세요. 발령 기다리겠습니다."

"이놈의 자식!"

충격을 받아 더 이상 말을 잇지 못하는 김인산을 두고 수호는 자리에서 일어났다.

"저 없는 셈 치세요. 아마 쉬우실 거예요. 늘 그래 오셨으니까."

수호의 말에 가시가 돋았다. 그러자 김인산이 눈앞에 있는 재떨이를 마구잡이로 들고 냅다 던졌다. 다행히, 약간의 차이로 빗나가 벽을 둔탁하게 내려치고 바닥에 뒹굴었다. 그러나 수호는 그런 아버지를 냉정하게 바라보다 문을 열었다. 거기엔 어머니의 창백하게 질린 모습이 있었다.

"너 왜 그러니?"

수호는 어디에도 살갑게 마음을 둘 대상이 없었다. 어머니 역시 아버지와 다름이 없었다. 아니, 더했다. 자신을 태중에서부터 미워한 사람이니까. 아버지보다 더 그를 증오한 사람이었다.

"수호야, 얘기 좀 하자."

"……"

그는 자신을 뒤늦게 애타게 부르고 있는 어머니를 무시하고 커다랗고 화려한 거실을 지나 현관으로 갔다. 오늘따라 잎을 다 떨어뜨리고 앙상하게 말라가는 나뭇가지들이 더 허하게만 보였다. 어릴 때부터 유달리 좋아했던 유독 키 큰 나무 역시 잎 하나 없이 한겨울을 맞대고 있었다. 그가 큰 나무를 우두커니 바라보다가 고개를 돌려 그 집을 나와 버렸다.

[떠난다니, 너도 몰랐니? 귀띔이라도 했어야지. 갑자기 왜 안 하던 짓을 한다니. 어떡하면 좋니? 아무 일도 아니겠지. 왜 안 하던 짓을 할까.]

이연은 시어머니의 어쩔 줄 몰라 하는 연락을 받고, 모두 자신 때문이라는 죄의식에 한동안 푹 꺼진 마음으로 제자리를 맴돌다가 겨우 정신을 차리고 쥐고 있던 휴대폰을 내려다보았다. 그러나 남편에게 전화를 거는 것은 망설여졌다. 지금은 그의 맘이 안 좋을 것이 분명하기 때문이다. 몇 번씩 자신을 떠나라고 해도 소용없는 수호를 다시 설득하는 것 자체가 그를 힘들게 하는 것이니까. 그러니 그의 맘대로 움직일 수밖에 없다는, 가장 비겁한 방법을 따르고 있었다. 사실, 그녀는 마음 한쪽에서 수호가 용서한다면 다 괜찮아질 거란 어리석은 마음도 가지고 있었다. 이미 그를 보내려고 전혀 사랑하지 않는다는 거짓말을 되풀이해 놓고도 말이다. 그를 사랑하면서도 그 사랑이 강하지 않아 외로움을 견딜 길이 없어 배신했다는 값싼 변명을 설명할 길이 없기도 했다.
"저녁 식사 준비하셔야죠?"
"네, 내려갈게요."
이연은 아줌마를 따라 주방으로 내려갔다. 며칠 간 그녀는 아무 일도 없던 것처럼 보통 주부 같이 저녁 식사를 준비하고 남편을 기다렸다. 예전처럼! 달라진 것이 있다면 수호가 늦지 않게 퇴근해서 웃음을 보이고, 다정하게 안아주고, 그녀가 한 음식을 맛있다며 식사하는 것이었다. 식사 후, 같이 TV를 보며 과일을 먹고, 눈이 마주치면 온화하게 웃고, 얘기를 들어주는 자상한 남편이 되어 주었다. 너무도 바라던 모습이지만 이연은 수호가 얼마나 노력하는지 알고 있었다. 노력이 없으면 자연스럽게 자신에게 보일 수 없는 행동들이었다. 문득 그의 몸에 우연히 손이 스칠 때 경직되어 버리던 그가 떠올랐다. 당연했다. 그래서 가슴이 아팠다.
"거실에서 자면 감기 걸려. 다음부턴 기다리지 말고 방에서 자요."
어제 수호는 일로 인해 약간 늦게 귀가해 거실에서 기다리다 잠이 든 이연을 안은 채 그녀의 방, 침대에 놓고 자신의 방으로 갔다. 그는 미국으로 가서 다시 시작하자고 했다. 그때 가면 부부관계도 회복될 거라고. 그들은 오랫동안 부부관계를 안 하고 있었다. 그녀도 뒤로 물러나 있는 데다 그의 완벽주의도 한몫을 했다. 서로 마음이 열리고 나서야 육체적인 결합이 의미가 있기 때문이 란 그의 성품이 아내를 억지로 안는 것을 용납하지 않기 때문이었 다. 떠나기만 하면 정상적인 생활을 할 수 있다고 말하는 수호의 눈빛엔 오히려 상처가 역력했다.

"오늘 늦으시네요."

"그러네요."

이연은 아줌마에게 대답한 후, 몇 번의 주저함을 이기고 번호를 눌렀다. 남편과 통화를 마치고 창밖을 멍하니 바라보다 옆에서 듣고 식사를 혼자라도 하라는 아줌마의 말에 그대로 따라 자리에 앉아 밥을 한 수저 떴다. 그때, 눈물이 밥 위에 툭 떨어졌다. 아줌마는 모른 척했다. 그녀도 아픈 맘을 무시하며 쓰윽 닦고 말았다. 그러나 그녀는 본가에 간 것을 묻기 전에 그가 알아서 말해주길 바라는 자신을 발견했다. 다정한 그 목소리에 서운함까지 느꼈다. 차라리 화를 내면 좋을 텐데, 소리 지르면 좋을 텐데, 미련하게 용서하지 못하면서도 자신을 잡지 말고 버리면 좋을 텐데, 그러나 그녀는 수호에게 무얼 바랄 수 있는 자격을 스스로 놓치었다. 그가 원하는 대로 해야 한다. 그것이 벌이라도, 그럼에도 이연은 슬펐다.

수호는 계속 운전을 하며 쓸쓸함을 떨치려 했다. 그러나 그럴수록 마음이 아릴 정도로 허해졌다. 아버지에게 소리치고 나면 시원할 줄 알았는데 오히려 공허했다. 그는 얼굴을 찡그렸다. 차라리 미움이라도 안고 있을걸, 그것이 아무것도 없는 것보다 낫지 않을까? 수호에게서 쓴웃음이 나왔다. 그때, 휴대폰이 울리었다. 아내였다.

"응."

[저녁 어떻게 할 거예요?]

"먹고 올게. 일이 좀 있어서. 미안해, 신경 쓰지 마. 다음에 같이 하자고."

[네, 알았어요. 운전 조심하고요.]

"응. 그럴게. 기다리지 말고 먼저 자."

[네.]

그는 신호음을 확인하고 휴대폰을 놓았다. 그의 부드러운 음성이 지친 표정과 완전히 겉돌았다. 아내를 배려해 주는 마음이 깊어질수록 외로운 맘도 커져만 갔다. 곧 아내와 이 땅을 떠나면 엉망이 된 마음도 나아질 거라는 그의 다짐은 오늘도 계속되어졌다. 절대로 아내에게 이런 혼란스런 상태를 내비칠 마음이 결코 없었다. 이연이 겨우 제자리로 돌아왔는데 힘들게 해선 안 된다는 생각이 강했다.

수호는 방향을 바꿔 아주 가끔씩 들러서 술을 한잔하고 가는, 주성이 운영하는 비밀 주점으로 갔다. 간판도 없고, 화려한 네온사인도 없지만 여기는 언제부턴가 사람들이 혼자서 조용히 술 마시다 가는 곳이 되어버렸다. 왁자지껄한 시끄러움도 여기에는 없었다. 갈 때마다 주성과 거의 마주치지 않았는데 오늘도 주인은 다른 술집에 가 있는 듯 입 무거운 지배인이 눈도 마주치지 않은 채 주문만 조용히 받았다.

　수호는 바에 앉아 되는 대로 술을 마셨다. 무슨 술을 좋아하는지는 중요치 않다는 듯이, 그냥 입에 넣은 쓴 액체가 몸 전체로 퍼져 주면 그만이란 듯이, 그렇게 거듭 들어간 술은 그의 몸을 가누기 힘들 정도로 무너뜨리기 시작했다. 축 처져 내린 무거운 어깨는 바에 닿을 듯 말 듯했다. 그리고 어느 곳도 보지 않은 검은 눈동자는 사그라진 분노에 더욱더 초라했다.

　"수호 오빠?"

　등에 낯익은 목소리가 부딪치자 그가 고개를 돌렸다.

　"오빠구나. 여기서 뭐 해요?"

　강해신이었다. 수호는 어떤 움직임도 더하지 않았지만 그의 눈은 아는 사람을 보는 듯 편한 빛을 띠었다. 그녀는 어릴 때부터 외가 쪽으로 친해 왕래가 잦은 편이었다. 세 형제와 마음을 트고 지내는 유일한 여자, 아니, 동생이자 친구였다. 너무도 다른 세 형제의 유일한 공통분모라고 하면 거창하다 할지 몰라도 사실이었다.

　"술 마셔."

　보지도 않고 계속 술을 마시며 수호가 답했다.

　"오빠 같지 않다."

　알아서 옆 자리에 앉으며 해신이 말했다.

　"나다운 게 뭔데?"

　"음, 일에 미쳐 있으면서도 그 일과 친하지 않은, 일에게도 마음을 터주지 않은 고집불통의 검은 섹시 마왕."

　여전히 쳐다보지 않자 해신이만 열심히 보고 답했다.

"한마디로 미친놈이군."

"아, 이제야 오빠와 친해지는구나. 수안과 수창 형제는 내가 꽉 잡고 있었는데, 오빠만 남았거든."

그 말에 수호가 미간을 찡그렸다.

"우리 친했잖아."

"우리가? 오빠랑 나랑 진지하게 십 분 이상 얘기한 적이 없는데."

수호는 해신과 친하다고 생각했었다. 그러나 해신이 손을 저리 크게 내젓는 걸 보면 아닌가 보다.

"너 곧 결혼한다면서, 신랑 될 사람이랑 왔냐?"

"재건인 지금 다른 여자애랑 놀고 있어요."

수호의 검은 눈동자가 심상치 않게 꿈틀거리자 해신이 웃어 젖혔다.

"강해신 인생에 어디 정상이 있겠어요. 당연히 결혼도 그렇지."

수호는 해신의 마음속까지 볼 듯 응시하다가 눈을 내리깔아 자신의 술잔을 가만히 바라보았다.

"사람은 장난감이 아니야, 강해신. 감정없이 갖고 노는 것 쓰레기나 하는 짓이야. 너도 다친다는 걸 명심해."

운율이 느껴지지 않은 그의 말은 너무도 조용하게 내려앉았다.

"오빠, 나한테 실망했구나."

"난 네가 좋은 사람이라는 걸 안다."

"난 마녀잖아요. 에잇, 마음 약하게 하네. 알았어요. 잘해줄 거예요."

해신이 히죽 웃으며 모처럼 입을 열고 대답하는 수호가 신기한지 잡고 늘어졌다. 그렇게 이것저것 묻다가 손목시계를 자꾸 쳐다보았다.

"누구 기다리냐?"

"네. 학교 선배요. 오우, 저기 오네요. 안지령도 양반은 못 되네. 시간 많은 과부가 왜 이리 늦어? 이리로 와, 얼른. 술 사기로 했으면 후딱 와야지. 같이 마셔도 되죠, 오빠? 오빠도 알겠다. 워낙 이 바닥은 좁으니까. 아닌가?"

해신이 두 사람이 안면이 있는지 생각해 내고 있을 때 수호는 해신의 입에서 나온 지령이란 이름에 고개를 돌려 문 쪽을 바라보았다. 그녀를 구태여 다 잊었다고 말할 필요도 없는, 그런 사소한 느낌이라고 치부해 버렸었다. 세상을 살다 보면 그런 느낌은 저장할 필요도 없는 찰나일 뿐인 수많은 것들 중 하나라고 여기었다. 그러나 그녀가 골라준 그림은 아직도 서재 한 귀퉁이에 놓여져 있었다. 버릴 생각만 하고 행동은 그에 따르지 못했다.

따뜻한 느낌이 드는 연한 연두색의 끝이 둥글려진 재킷과 스커트를 입고 머리는 여전히 단정히 올린 안지령이 낯선 장소에 처음 발을 디딘 이답게 조심스런 걸음으로 들어오다 해신을 발견하고 온화한 미소를 지었다. 수호는 그 미소 띤 얼굴을 찡그린 시선으로 바라다보았다.

"이쪽은 내가 가장 사랑하지만 그 마음에 못 이르는 답답한 울 수호 오빠. 그리고 여기는 내가 가장 갑갑하게 생각하는 내 대학교 선배 안지령. 그러고 보니, 두 사람이 일맥상통한데. 둘 다 갑갑하니까."
 해신이 자신의 말에 웃다가 아무도 동조를 해주지 않자 헛기침 한번 하고 말을 이었다.
 "이번에 신혼 분위기 살릴 그림을 고르는데 절대적인 조력자이자 덤탱이를 씌운 장본인. 나만 재미있나?"
 뒤늦게 김수호를 알아본 지령의 얼굴이 눈에 띄게 창백해져 갔다. 다행히 눈치 빠른 해신이 웨이터에게 술과 안주를 더 주문하느라 고개를 돌리는 바람에 두 사람의 시선이 오가다 얽히는 장면을 보지 못했다. 수호는 자신의 지친 모습이 안지령의 맑은 눈동자에 담겨져 가는 걸 보며 인상을 썼다.
 "두 사람 인사들 안 해요?"
 술 한 잔을 들이키며 해신이 말하자 수호가 먼저 입을 열었다.
 "안녕하세요."
 그녀는 대답 대신 가벼운 목례만 했다.
 "두 사람 서로 알아요?"
 "응."
 수호가 짧게 답했다.
 "얼마나?"
 자신의 양옆에 앉아 있는 두 사람의 약간은 어색한 긴장감이 해신의 호기심을 건드렸다. 그녀가 안주로 나온 아몬드를 입에 집어넣으며 물었다.
 "인사할 만큼."
 그는 지령을 보지 않고 말했다. 그러나 고개를 돌리지 않아도 방금 시야에 들어왔던 그녀의 모습이 계속 보이는 것처럼 어른거리며 수호의 심기를 괴롭혔다.

"참, 오빠랑 지령 언니 시동생인 우현 씨하고 동창이지?"

"그런가?"

"안 친했나?"

수호의 검은 얼굴에 어찌지 못한 분노가 떠돌았다.

"나랑 다른 사람이니까."

이미 그는 그 분노를 놓아버렸다. 다만 그 감정이 그를 떠나지 못한 채 주위를 맴돌 뿐이었다.

"수창은 잘 지내죠?"

"응."

"아기가 완전 제 아빠와 붕어빵이더라. 세상에, 어디에 놔둬도 김수창 아들인 것 한눈에 딱 알아볼 수 있겠던데. 근데 성격은 제 아빠와 천지 차이야. 살랑살랑하니 얼마나 잘 웃는지 사교적인 타입이 될 게 분명해. 제 엄마도 한성격 하는데, 성격은 누구 닮았나. 고놈 참 삼삼하니 눈에 아른거리네. 우리 수창이 재미없어진 거나 통 얼굴 볼 일이 없어진 것도 고놈 때문에 참는다니까. 또 보고 싶다. 사람은 그렇게 살아야 돼, 제 짝 만나서. 참 오빠, 좋은 사람 있으면 소개시켜 줘요. 오빠처럼 성실한 사람으로!"

해신은 수창의 얘기로 넘어가자 두 사람의 긴장감을 순간 까마득히 잊어버렸다.

"왜? 재건이 놓아주게?"

해신이 소리 내어 웃느라 몸이 크게 흔들려 바에 머리를 박을 뻔했다.

"놓아준다는 표현을 쓰니까 내가 억지로 잡고 있는 것 같잖아요, 오빠."

"비밀도 아니잖니?"

이번에도 해신은 크게 웃었다. 흔들리며 웃는 해신이 사이로 조용히 앉아 있는 안지령의 모습이 수호의 눈에 들어왔다. 지령이 아래만 보다가 고개를 문득 들어 그녀를 보는 검은 눈동자와 마주쳤다. 수호는 시선을 거두었다.

겁이 난다. 지령은 마음을 헤집어놓는 울렁거림이 다시 일어났기 때문에 겁이 났다. 겨우 노력해서 그 울렁거림을 잦아들게 하면 김수호의 이름이나 그에 관한 연상되는 것들이 그녀의 노력을 헛수고로 만들어 버렸다. 지금처럼 아무 준비도 없이 그라는 존재 자체가 들이닥치면 더욱 감당할 수가 없을 정도로 파도 같은 감정이 덮치려 했다.

"내 얘기가 아니야. 난 잡아둔 예쁜 재건이가 있고. 지령 언니 말이에요. 이젠 안 되겠어. 조금이라도 친하다는 내가 나서야지. 빨리 연애라도 시켜야 사람답게 살지. 언제까지 좋은 집안의 꽃같이 장식처럼 살 수는 없잖아."

"해신아."

원래 하고 싶은 말은 거르지 않고 하는 강해신이지만 자신의 심장을 건드리는 위험한 말을 하는 그녀를 지령은 필사적으로 막으려 했다.

"왜? 제발 언니도 행복해야지. 인간은 인간답게 살아야 돼. 보기 안돼서 그러잖아요. 오직하면 내가 이러겠어. 나도 할 일 많아. 사업해야지, 재건이 잡으러 가야지, 공격하는 사람들과 맞장도 떠야지."

해신의 웃음에도 지령은 엄격한 표정으로 불안한 마음에 가면을 쓰고 경고했다.

"내 일은 내가 알아서 해."

아주 조용한 목소리가 술에 취해가는 수호의 귓가를 닿는 즉시 그의 마음은 고장이 났다.

"안전한 행복을 깨뜨리면 안 되겠죠."

"응?"

나지막하지만 상당히 삐딱한 말에 해신이 무슨 의미인지 몰라 수호에게 고개를 돌렸다. 반면, 지령은 말속에서 찌르고 싶어하는 공격적인 가시를 느끼고 경직되었다.

"행복한 사람이니까, 당신은."

해신이 인상을 팍 찌푸렸다. 절대 안면만 트인 사이에서 오고 갈 수 있는 말이 아니었다. 그것도 대책없이 제멋대로인 김수창이 아니라 그 자신을 넘으려고 안간힘을 쓰는 것만이 인생의 전부인 양 여겼던 김수호라면 더욱더 그랬다. 분명 감정이 진하게 넘나든 사이에서만 볼 수 있는 화난 비틀림이었다.

"왜 그래요? 오빠!"

"술 취했어."

"술만 취했어?"

해신이 고개를 반쯤 숙이며 수호를 들여다보았다.

"해신아, 나 좀 보자."

그때, 갑작스럽게 들이닥친 새로운 목소리에 강해신의 의심이 꺼지고, 미간에 싫은 주름이 생겨났다. 큰 키에 시원하게 잘생긴 이목구비와 단단한 턱을 가진 남자는 그녀의 큰아버지가 운영하는 한독 물산의 김성주 실장이었다.

"됐어요."

자세를 바로잡은 해신의 얼굴이 싸늘해지고 목소리 역시 차가워졌지만 고통의 흔적은 완전히 가시지 않고 마음 한켠에 눅눅하게 쌓여 있었다.

"나랑 상대해 줄 때까지 이 자리에 있을 거야."

해신이 죄를 짓고도 희망이 있다고 생각하는 김성주의 얼굴을 보며 어이없는 쓴웃음을 지었다.

"마지막으로 단 한 번, 끝난 말을 다시 하도록 하지. 갑시다, 김성주 씨. 잠깐만 실례할게요. 보시다시피, 안 좋은 일이 생겨서. 곧 올 거예요, 별일 아니니까."

해신이 자리를 뜨고 바엔 수호와 지령이 의자 하나를 사이에 두고 앉아 있었다. 어두컴컴한 조명이 그들의 침묵을 비추었다.

"무슨 뜻이죠?"

이삼 분간 꿈쩍하지 않았던 지령이 수호를 돌아보며 물었다. 마음은 그냥 지나쳐 일어서 버리라고 경고하지만 이미 그가 무슨 뜻으로 한 말인지 무시할 수가 없었다. 무시하기엔 그라는 사람은 그녀의 마음에 혼란을 일으키는 주범이 되어버렸다.

"당신이 행복하다는 거 말입니까?"

수호는 지령 대신 술이 가득 찬 잔을 바라보며 지적했다. 그러나 지령의 시선은 술이 아닌 수호를 정확히 보며 그가 내뱉은 말에 묻은 맘을 알려 했다.

"그게 마음에 걸리나요?"

그의 말은 무척이나 더딜 정도로 느리게 나왔다.

"잘 알지 못하면서 모든 걸 아는 것처럼 섣불리 얘기하지 마셨으면 해요."

지령은 여자로서 김수호가 자신에 대해 어떤 억측이나 비난을 갖고 있는지 정확히 캐려는 맘을 억지로 접고, 가까스로 장씨 집안의 며느리로 돌아와 있었다. 다신 저 거뭇한 얼굴을 보지 않겠다고 외면한 채, 해신이만 오면 이 자리를 바로 떠나면 된다고 어지러운 맘속에서 다짐했다.

"잘 알지 못한다고 누가 그러죠?"

지령은 결심과 달리 바로 수호를 쳐다보았다. 그녀의 눈빛이 흐트러진 감정으로 출렁거렸다.

"술 취하셨군요."

"당신의 검은 눈동자를 가만히 들여다보면 당신이란 사람이 어떤지 알게 되던데요. 그리 어렵지도 않았어요."

우울하게 읊조렸다. 정말로 김수호는 술에 취해 있었다. 그러나 흔들리던 육체는 안지령을 보며 서서히 중심을 잡았다. 하지만 마음은 반대로 가눠지지 않았다. 실수로 튀어나온 비틀린 말을 사과하고 싶지 않을 정도로 화가 나버렸다. 그래서 지금 죄없는 안지령에게 쏟아 붓고 있었다. 어리석게 마음 떠난 아내를 사랑하려

아등바등하는 자신에게 욕해야 함에도 그녀에게 하고 있다는 걸 그도 알고 있지만 멈춰지지 않았다.

"당신은 겁쟁이예요. 손쉬운 행복에 만족하고 그 행복에 안주하죠. 그 행복이 자신을 가두는 줄도 모르고. 아닌가요?"

수호의 눈이 혼란스런 빛이 역력한 지령을 정면으로 바라보았다.

"아니라고 말해봐요. 내가 틀렸다고. 당신이 겁쟁이도 아니고 비겁하게 인생을 훌륭한 그림자 그늘에서 웅크리며 안전하게 살지도 않는다고. 답을 알면서도 억지 부르지 않는다고 할 수 있어요?"

마지막 말은 김수호, 자신에게 겨냥한 말이었다. 그의 노골적인 비난의 외침에 지령은 자리에서 일어났다. 그녀의 손이 떨려 앞의 물 잔을 엎지른 것도 알지 못했다. 탁자 위에 흐른 물이 톡톡 소리를 내며 아래로 떨어졌다. 비틀거리는 몸을 이끌고 그녀가 가버리자 분노가 맥이 풀렸다. 풍선에서 소리 나며 공기가 빠져나가듯이 그의 분노도 소리를 내며 찌그러졌다.

'내가 무슨 자격으로 그녀를 험담하고 멸시했단 말인가!'

정체를 모르는 화가 그의 맘을 주도했지만 지금은 슬픔이 내려앉았다. 그녀의 화난 아픔이 느껴졌다. 서둘러 일어나 지령을 따라 나갔다. 택시를 잡으려는 지령의 모습이 눈에 들어왔다. 바람에 날아가 버릴 것 같이 휘청대며 불안정했다.

"미안해요."

수호의 손이 지령의 가는 팔목을 잡았다. 그녀의 몸이 그쪽으로 약간 돌려졌다. 그러나 잡은 팔이 팽팽해지며 곧 그의 손안에서 빠져나갈 것만 같았다. 두려웠다. 무엇이 두려운지 모른 채 그저 두려웠다. 그가 본능적으로 힘을 주어 잡아당기자 그녀가 그의 몸에 부딪쳐 왔다.

"화내지 말아요."

그가 그녀의 등 뒤로 안으며 까만 머리에 입술을 묻고 속삭였다.

"나 무지 못난 놈이라서 못난 짓 한 거예요. 그러니 당신이 용서해 줘요."

그의 오래된 한기가 그녀의 체온으로 인해 젖어들려 하자 수호가 지령을 놓아버리고 황급히 떠나 버렸다.

낭떠러지에 어떤 사람이 아슬아슬하게 서 있었다. 바람이 세차게 불어 그 형체가 순식간에 휩쓸려 흔적없이 사라져 버릴 것만 같았다. 우현은 얼른 뒤돌아 가족들이 무사한지 서둘러 확인했다. 낭떠러지에 위험하게 사람이 서 있는 걸 모르는 그의 사랑하는 부모님과 형수는 행복한 미소를 지으며 단란하게 대화를 도란도란 나누고 있었다.

휴우, 안도의 한숨과 함께 안온한 미소가 그의 잘생긴 얼굴에 퍼졌다. 다시 바람에 몹시 펄럭이는 사람의 형체로 시선을 돌리었다. 자신의 가족이 무사하다면 다른 것은 아무래도 상관없다는 간악한 마음이 그에게 호기심을 발동시켰다. 걸음이 가까워질수록 형체는 한낱 나뭇잎처럼 더 심하게 나부꼈다.

'다행이야. 내 가족이 이런 일을 당하지 않아서.'

또다시 안도하며 등 뒤에 있는 가족들의 행복한 미소를 재차 눈으로 확인하는데 어느새 좁혀진 거리에 들어섰는지 하얗고 여윈 손 하나가 쑥 내밀어져 그의 굵은 팔목을 약한 힘으로나마 잡아채었다. 잘못하면, 이 하찮은 여자 때문에 자신도 같이 밀려 떨어질 수도 있다는 생각에 손목을 막무가내로 잡아뗴었다.

"우현 씨."

익숙한 목소리가 몸속에 들어오자 우현은 고개를 휙 들었다. 최이연이었다. 그러나 이미 떠밀려져 그녀의 두 발이 허공에 붕 떠 있었다.

"안 돼."

뒤늦게 손을 잡으려 했지만 끝도 안 보이는 낭떠러지 저편으로 꽃잎처럼 아득하게 떨어져 버렸다.

"안 돼."

갑작스런 깊은 통증을 느끼며 소리 지르는 바람에 눈을 떠 튕기듯이 일어나 앉아 있을 때조차 이것이 꿈인 줄 몰랐다. 숨을 거칠게 몰아쉬는 그의 이마에 맺힌 땀방울들이 흘러내렸다. 심장에 선명히 전달되는 고통을 뚫고 손을 뻗어 시계를 들고 확인하니 아직 새벽 두 시였다. 그는 아무렇게나 시계를 옆 탁자 위에 내려놓고는 다시 베개에 머리를 대고 잠들려 했다. 하지만 떨어지는 여자가 최이연임을 알았을 때의 충격은 아무리 꿈이라고 해도 그 파동이 좀처럼 가셔지지 않았다.

'그 여자가 죽든지 말든지 무슨 상관이라고.'

그의 심장은 냉정한 머리와 따로 놀았다. 머리는 차갑게 돌아서 있지만 그의 마음은 아직도 꿈속의 일에 영향받으며 쿵쾅거렸다. 그녀가 곧 외국 지사로 가는 김수호와 함께 미국으로 떠난다는 소식을 접하고 나서 그의 심장은 계속 말썽이었다.

"차라리 잘된 일이잖아."

우현은 고장 난 심장에게 다그쳤다. 그러나 의지대로 손쉽게 마음을 움직이던 때를 잃어버리고 말았다. 어떻게 해야 평소의 자신으로 돌아갈지 그 방법조차 몰랐다. 식은땀이 맺힌 그의 단단하고 탄력적인 맨몸이 활기를 잃고 앞으로 기울어졌다. 그는 눈을 감았다가 다시 떴다. 오늘 잠자긴 틀려 버렸다.

높은 천장의 아름다운, 그 자체로도 예술품 같은 샹들리에가 눈이 부신 화려한 빛을 내뿜으며 거대한 결혼식의 서막을 알리었다. 당당하고 언제나 주인 같은 강해신은 대기실에서 인사하러 오는 친분있는 사람들을 웨딩드레스를 입은 채 장부처럼 맞이하고 있었다. 밖에선 초콜릿처럼 달콤하게 잘생긴 신랑이 변화무쌍한 표정은 어디로 가고 혼난 아이처럼 풀이 죽었다. 그렇게 얼마 살지도 않은 인생 다 산 모습으로 하객들의 인사를 부모님과 함께 마지못해 응대하고 있었다.

방금 도착한 수창 부부 내외가 신랑 부모님에게 친근하게 인사하며 이번 결혼식을 축하했다. 재건의 아버지인 황정욱은 만족스런 웃음으로 그 축하를 받아들였다. 강해신이란 사업의 귀재를 며느리로 얻게 되었는데 어느 누가 기쁘지 않겠는가! 이젠 늙어서 감도 무뎌진 그는 안심하고 여생을 보내게 되었다. 아들이 너무도 싫어하긴 하지만 뭐 저렇게 마음이 드세지 못한 놈은 강한 여자가 와서 지켜줘야 한다는 것이, 본인 의사에 반한 채 사업을 위해 강해신에게 아들을 통째로 넘긴 황정욱의 변명이었다.

쟁쟁한 인사들이 하객으로 강해신과 황재건의 결혼을 축하하러 왔다. 그러나 겉으론 축하를 하면서도 속으로는 너무도 다른 두 사람이 과연 끝까지 모양새 좋게 살아갈지 의문시되는 모양이었다. 하지만 강해신이 한다면 그 누가 말리겠는가.

여러 추측들이 난무한 가운데 예식에 다다른 시간에 수호 부부가 느릿하게 도착하자 사람들의 많은 시선이 잠시 이 결혼에 대한 호기심을 젖혀두고 그들에게 쏠리고 있었다. 친한 이들은 수창에게 소식을 얻으려 했지만, 그다지 아는 것도 없는 데다 심각하게 생각지도 않은 눈치여서 건질 것이 없었다. 대놓고 수군거리진 않았지만 그들의 눈빛은 아버지에게 제대로 찍혀 외국 지사로 곧 쫓겨나는 수호의 안색을 살피며 조금이나마 충격의 여파를 찾으려 했다. 그렇게 얘깃거리를 만들고 싶어했지만 살이 눈에 띄게 빠진 것 외에는 그의 표정은 어떤 것도 드러남 없이 닫혀졌다. 수호는 수안의 아내인 소윤이 이연에게 말을 걸자, 아내에게 잠깐 갔다 오겠다고 말하고는 해신이 있는 대기실로 향했다.

"축하한다."

대기실엔 그녀의 옷을 연신 봐주는 직원들 두 명만 있었다. 거울 대신 휴대폰을 들고 뭔가 부하 직원에게 당부하는 말을 방금 끝낸 해신에게 축하의 말을 건네자 그녀가 수호를 뚫어지게 쳐다보았다.

그 눈빛에 담긴 자신에 대한 이야기를 읽고도 수호는 인상을 찌푸리지 않았다. 눈치 빠른 강해신이 술 취해 안지령에게 헛소리를 지껄여 대는 걸 많이 놓쳤다 해도 뭔가 낌새를 느꼈을 것이다. 무슨 말을 할지 짐작했지만 그 말을 듣지 않은 걸로 하기로 했다. 안지령과 있었던 일을 이미 수술하듯 다 드러내 버리려고 마음먹은 것과 마찬가지로, 들을 필요는 없었다.

"행복해져야 돼요, 오빠!"

화난 눈빛과 어울리지 않은, 전혀 예상치 않았던 말이 해신의 입에서 툭 튀어나오더니 그녀의 커다란 왼손이 까칠한 그의 뺨을 감쌌다.

"무조건."

수호는 순간 할 말을 잃고 해신을 바라보았다. 생각지 않은 말이 자신에게 향해지자 무시하지 못하고 반응하며 미간이 좁아지고 말았다.

해신은 자신이 보고 느낀 것에 대해 책임을 가지고 있었다. 충고해야 한다는 생각이 떠나지 않았으나 수호의 검은 눈을 대하니 그 수많은 말들 중에 해야 할 말이 없음을 직감했다. 자신이 참견할 일이 아니라는 걸 이 순간에 깨달았다. 그래서 전혀 준비도 안 한 말을 하고 말았다. 자신도 모르게 튀어나온 그 말이 정말로 하고 싶었던 말임을 알았다.

"행복해져요."

해신이 수호의 얼굴에 손을 떼지도 않은 채 강조하자, 직원 두 명이 신부와 이 남자와의 관계를 머릿속으로 설왕설래하고 있었다. 하지만 말을 옮겼다간 뭔 일을 당할지 모르는 강해신의 힘을 알기에 입을 다물어야 했다.

"그건 내가 할 소리인데, 행복해라."

"오빠 먼저, 알았죠?"

수호는 대답하지 않았지만, 자신의 뺨을 따스하게 감싸는 해신의 손을 떼지도 않은 채 그저 그녀를 쳐다보았다. 그의 눈은 이렇게 말하는 것 같았다.

'행복이란 김수호에게 그리 쉬운 일이 아니라고.'

"딱 걸렸어."

그때 수창이 문을 열고 눈을 가늘게 뜨며 현장을 목격했다고 소리를 드높였다.

"둘이 바람났지?"

수창이 워낙 제멋대로 말하는 것을 알지만 수호는 그때마다 적응이 안 되는 얼굴이었다. 그러나 해신은 가장 친한 친구가 수창이기에 웃어 젖혔다.

"저것도 동생이라고."

그녀는 친한 눈빛으로 수창을 보며 수호 입장에서 한마디 했다.

"다 불어버린다."

연주는 뒤늦게 들어왔지만 동생을 먼 산 보듯 바라보는 수호와 해신의 한심하다는 표정을 보고 나서야 자신의 남편이 또 뭔 일을 저질렀다는 걸 알았다.

"무슨 실수를 한 거야? 아까는 재건 씨 놀리더니? 내가 그러지 말라고…….."

수창은 잔소리를 하려고 눈을 동그랗게 뜨는 아내가 너무 귀엽게 보이자 순간 여기가 어디인지 잊어버리고 그녀의 입술에 키스했다.

"염장 지르러 왔냐? 빨리 가, 김수창! 연주 씨, 정말 이러면 미워할 거예요."

연주가 해명하려고 하자 얼른 수창이 손을 잡고 '다 봤어'를 외치며 나갔다.

"신부 입장 준비하시면 되겠습니다."

무진장 말을 어렵게 하는 직원에게 해신은 고개를 대강 끄덕였다.

"알았어요. 갑시다."

해신이 거울에 자신의 모습을 잠깐 비추고 나서 나가려다 수호에게 다시 말했다.

"수창네처럼 살아요, 오빠."

"너도."

"오빠부터요. 약속! 상대가 그 누가 됐든. 갑시다, 재건이 잡아먹으러."

심사가 꼬이고 아픈 그녀의 아버지 대신 해신이 혼자 성큼성큼 씩씩하게 식장으로 들어가는 걸 뒤에서 지켜보던 수호는 수창 부부처럼 살라는 그녀의 말을 되뇌었다. 이연 때문에 아프고 이연으로 인해 괴로우면서도 아내가 행복하길 바라는 맘은 버려지지 않았다. 그것도 자신으로 인해서 행복해지길, 그는 최이연의 남편이 니까. 그때 문득 다른 상념이 침범하려고 하자 수호는 자신이 가져선 안 된다는 생각을 가차없이 버렸다.

'상대가 그 누가 됐든.'

그 말은 해신이 흐리게 말하는 통에 그는 듣지 못했다.

결혼식은 화려하면서도 꽤 고상하고 격식있게 치러졌다. 180㎝에 조금 못 미치는, 키도 많이 큰 신부의 마르고 탄탄한 몸에 잘 맞는 심플한 엠파이어 스타일의 웨딩드레스는 물 흐르는 듯한 라인으로 아름다웠다. 그리고 결혼 서약을 한숨처럼 하는 신랑의 모습 또한 동화 속 예쁜 왕자처럼 근사하긴 마찬가지였다. 식이 끝나고, 피로연이 이어졌다. 그대로 오고 싶었지만 이연이 끝까지 있겠다고 하자 수호는 아내 옆을 지켰다.

옅은 주황빛이 감도는 노랑색의 카펫에 하늘거리는 좀 더 짙은 색의 커튼이 넓은 연회장을 파티 분위기로 이끌었다. 하얀 색 덮개를 씌운 수많은 의자들이 주황색 탁자마다 들어찼다. 곳곳에 위치한 여러 장식들은 피로연의 분위기를 한껏 고조시키는 데 한몫했다. 사람들은 피로연이 시작되기 전 워낙 쟁쟁한 사람들이 가득한 이곳을 놓치지 않기 위함인지 인사를 하거나 아는 얼굴들과 가벼운 담소를 나누느라 약간은 소란스러웠다.

"수호야."

귀에 익은 구 여사의 목소리에 수호는 아내와 함께 뒤돌아 봤다.

"참, 두 사람 서로 아는 사이지?"

늦게 온 장우현이 안지령과 함께 수호 부부를 발견하고 경직된 상태로 시야에 가득 찬 그들을 보고 있었다. 그들의 절친한 친구인 임해승의 어머니 구 여사는 많은 자선 모임 중 단연 활동적인 상록수 회장이었다. 상류층 사모님답지 않게 활발하고 소박하며 욕심이 적은 사람으로 특히 웃음이 많았다. 풍성한 몸과 함께 그 후덕한 표정이 깃든 살가운 말솜씨는 사람들의 시선을 붙잡는 힘이 있었지만 지금 네 사람에겐 굳은 인상만을 선사해 주었다.

"우리 아들도 왔으면 좋았을 텐데, 그 애 출장이 길어지는 바람에 못 왔어. 날 해승이라고 생각하렴. 근데 수호 어디 아프니? 얼굴 살이 쏙 빠졌네. 빠질 때가 어디 있다고. 해승이가 너 챙기라고 난리도 아니야. 괜찮아?"

"네, 어머니. 걱정하지 마세요."

"그래. 참, 챙겨줄 아내가 있었지. 내가 깜박했구나. 서운해하지 마요. 워낙 수호를 어릴 때부터 봐서 그래."

이연이 아무 말도 하지 않자 기분 나빠서 그런다고 생각했는지 구 여사는 더 말을 늘어놓다가 화제를 겨우 바꾸었다.

"이 결혼식 너무 아름답지 않니? 난 점쟁이는 아니지만 보기만 하면 잘살지 감이 오는데 내가 보기엔 소문과 달리 잘살 것 같구나. 신부 얼굴에 기상이 만만치 않아서 신랑을 먹여 살릴 것 같다. 잘 이끌기도 하고. 뭐, 그건 다 아는 사실이라고, 호호호. 참 오늘……."

구 여사는 끝도 없이 말을 계속 이어가며 수다를 떨었다. 그러는 동안 그들은 서로 부딪쳐 가는 시선 안에서 피할 줄 몰랐다. 자신을 쳐다보지 않은 최이연을 응시하는 우현의 눈이 어두워졌다. 의지와 상관없이 이연을 보게 되는 그를 무표정으로 노려보는 김수호의 시선이 무겁게 느껴지면서도 우현은 이연이란 존재 아래 갇혀 버렸다.

'제발 내가 없는 것처럼 굴지 마.'

장우현의 마음속이 제멋대로 중얼거렸다. 그 맘이 통했는지 이연의 밝은 눈동자가 그를 향했다. 그 누가 눈은 마음의 창이라고 했던가! 마음을 볼 수 있는 문이 닫혀진 최이연의 눈은 삭막하고 차가웠다. 미움도 증오도 거기엔 없었고 서늘함만이 군데군데 남아돌아, 김수호 곁에서 그의 부인으로 장우현을 저 멀리 거리감을 두며 건너보고 있었다.

일에 미친 능력없는 남편과 사는 불행한 최이연을 발견했을 때조차 그녀의 얼굴엔 생기가 있었다. 그러나 지금 그녀의 얼굴엔 아무런 감정의 껍질도 느껴지지 않았다. 불빛이 전부 나간, 어둠에 싸여 그 아름다움이 눈으로 확인되지 않은 저택처럼 예전의 빛났던 그 윤곽만이 들어올 뿐이었다. 저렇게 만든 것이 다름 아닌 자신이라니, 장우현은 심장에 무거운 추를 달아놓은 기분에 휩싸였다. 처음으로 죄의식이 마음속을 비집고 들어와 독을 퍼뜨리려고 했다.

'대체 무슨 생각을 하는 거야?'

장우현은 최이연에게서 쉽사리 눈을 뗄 수가 없었다. 그녀가 무슨 맘을 먹고 있는지 알 때까지는 영원히 바라볼 것만 같은 눈을 억지로 돌리고 안지령을 보았다. 하지만 아직도 마음에 비치고 있는 이연을 생각했다. 자신의 속에 공존해 있는 이연의 존재가 지령을 위협하자 그는 거센 분노가 일었다. 그런 마음일 때 수호의 차분한 눈과 맞부딪쳤다. 우현은 자신의 감정 하나, 하나를 무심히 보면서도 그 속까지 파고드는 수호를 대면하자 먼저 시선을 피하고 말았다.

'난, 죄지은 것이 없어. 저 자식이 먼저 아내를 불행하게 만들었을 뿐이야.'

다시 그 눈동자를 보기는 힘들었다. 찌푸리지 않고, 그렇다고 분노에 사로잡히지도 않은 무심한 눈동자가 깊이 꽂혀졌다. 피할 수 없이 심장까지 이르는 긴 전파가 자신을 균열 가게 하면서 꼼짝 못하게 만들었다.

저런 못난 자식이 장우현을 어떻게든 꼼짝 못하게 하는 것은 말이 안 된다며, 우현은 다시 수호를 의도적으로 쳐다보았다. 그리고 예전처럼 무시하듯 내려다보았지만 그럴수록 심장에 생각이 더 많이 그어지고 건장하게 잘빠진 몸은 잔뜩 힘이 들어갈 뿐이었다.

"참, 너희들 서로 안부인사도 안 했구나. 나는 사람들만 보면 늘 이렇단다. 우리 해승이가 이런 날 닮지 않아서 다행이야. 제 아버지를 닮아 진중하지. 난 하고 싶은 말들이 너무 많아서 큰일이란다. 입 다물고 있을 테니, 서로 하고 싶은 말해라."

구 여사는 지키지도 못할 말을 하며 그들 사이의 무거운 침묵에 잠깐의 정적을 보탰다. 수호는 경직되어 가는 우현을 마주 보다가 옆에 서 있는 안지령에게로 시선이 천천히 갔다. 무언가 닿으려는 느낌이 심장에 부작용을 일으키기 전에 수호는 정면을 보며 장우현에게 더던 인사를 했다.

"반갑습니다."

그 짧은 말은 그의 얼굴처럼 감정도 실리지 않은 채 시작이 아니라 끝을 말하는 것 같았다.

"동창이라면서 웬 존댓말이니, 너희들 싸운 사람 같다."

뭐가 재미난지 구 여사는 자신의 말에 고개를 흔들며 웃어댔다. 다섯 사람 중에 즐거운 사람은 유일하게 그녀뿐이었다. 그 기분으로 그녀는 자선 행사에 대한 얘기를 꺼내 그들에게 단답형이지만 기부에 대한 확답을 받아냈다.

피로연은 무슨 연유인지 좀처럼 빠르게 시작되지 않았고 지연되었다. 그러나 사람들은 저마다 얘기에 빠져 약간 늘어지는 이유를 그다지 이상하게 여기지 않았다. 시간이 촉박한 사람들은 이미 자리를 비운 뒤였다.

"참, 외국으로 간다면서. 수호야, 정말이니?"

제일 하고 싶었던 말을 깜빡했다가 겨우 떠오른 구 여사가 자리를 뜨기 전에 용케 꺼냈다. 아들이 지나가는 말로 했을 때조차 믿지 않았다가 소문이 자자해지자 긴가민가했던 그 얘기를 확인해야 했다. 둥근 그녀의 얼굴이 호기심 반 걱정 반으로 채워져 갔다.

"네."

거품처럼 자자했던 소문에 비해 수호의 답은 너무도 쉽고 간단하게 나왔다.

"어쩌면 좋으니."

구 여사의 걱정이 호들갑스럽게 보일 정도로 수호는 담담했다. 최고에 오르기 위해서 하나라도 놓치기 싫어하던 욕심 사나운 모습은 그 어디에도 없었다. 구 여사 또한 그가 예전과 좀 많이 다름을 둔한 신경 속에서도 느끼었다. 무심한 것은 수안이지 수호의 모습은 아니었다. 그녀는 안정치 못한 감정 선이 도사리고 있는 수호에게 사람들이 싫은 소리를 해도 그가 수안보다 더 인간적으로 느껴져 자신의 아들만큼 정이 갔다. 그런데 지금 수호는 감정을 놓아버린 것처럼 보였다.

'어디 아픈 건가?'

아버지에게 쫓겨나서 외국으로 가게 된 것이 사실이라면 그전처럼 화나 있어야 했다. 구 여사가 뒤늦게 수호의 표정을 살피고 있을 때였다. 이연이 지나가는 사람과 부딪쳐 휘청거리자 수호가 얼른 아내의 허리를 손으로 감아 지탱해 주었다. 잠깐 흔들렸던 그의 표정이 다시 제자리로 찾아왔다.

"괜찮아?"

이연이 남편의 물음에 짧게 고개를 끄덕거렸다. 우현은 이연이 흔들릴 때 자신도 모르게 손이 갈 뻔했다. 순간 그녀가 넘어지려 할 때 우현의 심장 역시 넘어질 듯 출렁거렸다. 우현은 점점 늪처럼 빠져드는 어리석은 마음을 다잡지도 못한 채 무방비한 기분으로 그들을 뚫어지게 바라보았다. 그러는 바람에 안지령의 얼굴이 슬픔에 빠져 있다는 것도 그리고 그녀 역시 어리석은 맘에서 헤어 나오지 못하고 있음도 모르고 있었다.

"언제쯤 떠나?"

우현의 질문에 수호는 길다 싶은 침묵으로 그를 쳐다보다 그걸 견디지 못한 구 여사가 끼어들기 일보 직전에 대답했다.

"곧."

구 여사는 혹시 두 사람이 진짜 싸웠는지도 모른다고 생각했다. 팽팽한 긴장감이 경직된 분위기를 타고 그녀에게도 전달되었다.

"완전히 가는 거야?"

"가봐야 알겠지."

아무리 성품이 일시에 변했다고 해도 수호가 화가 났으면 이렇게 우현의 물음에 대답하지는 않았을 것이다. 우현 역시 싸워서 적을 만들었다면 철저히 무시하는 스타일이란 것을 아들의 친구라 좀 알고 있었다.

'싸운 건 아니야.'

구 여사가 천성대로 속 편하게 생각할 쯤 그녀를 부르는 또 한 무리의 사람들에게로 몸이 돌아갔다.

"너희들끼리 할 얘기들도 많은데 시간 빼앗아서 미안하다. 그럼, 이만 갈게."

볼일이 끝난 구 여사는 자신을 찾는 사람들에게 가서 다시 얘기꽃을 피웠다. 그러나 네 사람은 서로를 뚫어지게 바라보며 상대방의 시선을 놓아주지 않고 있었다.

"눈싸움해? 왜 이렇게 노려봐? 눈 아프겠다. 안녕하세요들. 댁네 무고하시죠? 그럼, 이만. 형 이리 와."

눈치없는 수창이 아니었다면, 그들은 다른 사람들의 시선을 끌만큼 오랫동안 서로를 찌를 듯이 응시하며 서 있었을 것이다.

"우리 연주 이런 자리 불편해해. 그러니 같이 있어줘. 형수님, 이리 오세요."

수창이 둘째 형수에게 얼른 팔짱을 끼며 수호를 앞서서 다정히 아내에게 걸어갔다.

"형수님, 형이 바람피운 거예요? 그래서 형수님이 화난 거예요?"

수창은 자신이 하고 싶은 말이 너무 많을 땐 상대방 기분은 아랑곳없었다. 그는 형수 귓가 쪽에 소곤거리듯 물었다.

"해신이는 아니에요. 하고 싶은 일은 하고야 마는 성미가 있지만 정도를 어기는 애가 절대 아니에요. 그리고 한 번에 한 남자만 상대예요. 재건이 있는데, 그러니 오해는 하지 마세요. 포옹이나 뺨 만지는 것은 친근하단 표시예요. 걔가 원래 우리 형제들을 그냥 좋아하는 거예요. 그리고 우리 집 형제들이 결혼하면 바람 잘 안 피워요. 날 보면 알잖아요, 형수! 나 같은 사람도 결혼하니까 딱이잖아요. 그러니까 신경 쓰지 마요. 일에 미쳤으면 미쳤지, 여자에 미치지 않는 것이 김수호잖아요."

수창은 연주가 웃는 모습에 시선이 팔려 형수의 얼굴이 굳어지는 걸 그다지 신경 쓰지 않았다. 이연은 수창의 말 한 마디 한 마디에 깨어져 가는 허술한 벽을 억지로 잡아채었다. 금이 간 방어벽이지만 남편에 대한 죄책감만으로도 혼란스러운 시선으로 자신을 바라보는 장우현의 존재를 밀어낼 수 있었다. 장우현과 나눈 가벼운 사랑도, 지저분한 이별의 상처도, 괜한 흔들림도 이제 자신의 것이 아니라고 중얼거렸다. 그녀는 가슴에 작은 통증이라도 생기는 걸 스스로 용납하지 않았다.

막 피로연이 시작될 무렵, 우현은 일에 관한 급한 전화를 받고 자리에서 앉기도 전에 떠나야 했다. 그때서야 몹시 불안정하여 안절부절못하는 지령의 모습이 눈에 들어왔다.
"지금 가야 돼요. 근데 무슨 일 있어요?"
"네? 아니요, 아니에요."
"아픈 거예요?"
혈색이 비치지 않은 얼굴은 하얗게 질려 있었다.
"아프지 않아요. 아무렇지도 않아요. 빨리 가보세요. 회사 일 같은데."
그녀는 아파 보였다. 손에 닿을 수 없는 곳에 있는 안지령이 어쩔 줄 몰라 하고 있었다. 뭔가 문제가 생기었다. 그러나 뒤죽박죽 된 그의 마음이 그녀의 거짓된 미소를 보며 안도하려 했다.
"괜찮은 거죠?"
지령은 아내가 있는 남자를 마음에 두고 있는 자신이 창피해 누구와도 시선을 마주칠 수가 없어 얼버무리듯 고개를 끄덕거리고는 돌려 버렸다. 우현은 고민에 빠진 창백한 그녀를 놔두고 회사로 달려갔다. 이연의 모습을 마음에 채 지우지 않은 상태로.

피로연이 막 시작되어 당당한 신부 해신과 도망가다 붙잡힌 얼굴이 역력한 죽을상인 신랑 재건이 짧은 소매가 살짝 어깨를 덮는 검붉은 긴 드레스와 감색 양복으로 갈아입은 후 등장했다. 그들의 사소한 모습까지 재미난 듯 수창은 웃으며 손뼉 치다가 다른 곳에 정신이 팔린 수호의 시선을 발견하고 쫓아가다 형의 등을 퍽 쳤다.

"형, 어디 보는 거야?"

이런 모습은 처음이었다. 주위에 아무도 없는 양, 고개를 완전히 돌려 한 형체를 멍하니 최면에 걸린 사람처럼 보면서도 연신 마음에 안 들은 듯 얼굴을 찌푸리는 수호의 모습은 너무 낯설어서 얼른 흔들고 싶을 정도였다.

"무슨 일 있어?"

"뭐가?"

수호는 자신이 무엇을 보고 있었는지 방금 깨달은 것처럼 움찔 놀라더니 고개를 돌려 버리고는 아무 일도 없는 것처럼 해신과 재건을 주목했지만 딴생각에 잡힌 사람 같았다. 수창은 형이 봤던 곳을 다시 봤다. 설마? 안지령과 바람난 것은 아니겠지. 아까도 그렇고, 수호는 장우현을 노려봤고, 지금은 안지령의 뒷모습을 쳐다보고 있었다. 설마? 수창은 아무리 설마가 사람 잡는다고 해도 떠오른 의심을 좀처럼 믿을 수가 없었다.

안지령이 얼마나 골 때리게 정숙한지 모르는 사람은 없었다. 눈에 띄는 외모는 아니지만 단아하고 잔잔한 모습에 반해 그이의 마음을 빼앗고 싶은 얼빠진 남자들을 고여들게 했다. 그러나 그들은 백이면 백 다 실패의 쓴 잔을 맛보았다. 작은형이 남자라 그 가능성이 전혀 없다고 할 수는 없지만 일에 미쳐 있는 데다 심지가 곧은 면이 있어 그런 얼빠진 대열에 들어갈 만큼 정신없는 남자는 아니었다.

그럴 시간이 있었으면 아내에게 잘해줬을 테지. 여자는 아내밖에 없고, 그 아내조차 제대로 사랑하지 못하는 남자가 자신의 둘째 형이 아닌가. 그럴 가능성이 제로에 가깝기 때문에 바람났다는 것으로 실컷 놀려도 무방한 것이었다. 아마 이번 외국 지사도 곧 해결날 것이다. 아버지의 둘째형 길들기 일환인 엄포일 테니. 한두 달 갔다 다시 돌아오게 할 것이 분명했다. 은근히 형들을 좋아하는 수창은 자신의 생각을 믿고 있었기 때문에 걱정을 아예 하지 않았다.

"형, 무슨 일 있는 거 아니지?"

그래도 뭔가 다른 느낌이 드는 형에게 수창이 확인하고 싶은 듯 재차 묻자 수호가 그런 동생을 물끄러미 바라보다 대답했다.

"아무것도 아니야."

정말 아무것도 아니어야 한다.

집으로 들어선 지령은 엉켜 버린 마음속을 집안사람들에게 들키지 않으려고 온화한 미소를 뒤집어썼다. 그러나 방 안의 문을 열고 등 뒤로 닫는 순간 힘이 탁 빠지며 서 있기도 힘들었다. 그녀는 한 올 흐트러지지 않게 올려진 머리를 풀기 위해 화장대에 겨우 앉았다. 하나씩 머리에 핀을 빼니 머리카락이 어깨로 쏟아져 내렸다. 그러자 거울 속 그녀 얼굴이 장씨 집안의 미망인에서 안지령의 모습으로 돌아왔다.

 사람들 시선에 맞춰 마음을 어기고 미소 짓느라 뺨에 경련이 일 것 같았다. 매순간 아무런 고민도 없다는 듯 행복한 척하느라 지쳤다. 그녀는 문득 자신이 원하던 색상과 거리가 먼 그 생기없는 무채색의 정제된 옷을 내려다보았다. 갑옷을 입고 있는 것처럼 갑자기 숨이 막혔다. 서둘러 옷을 벗어버리고 옷장을 열었다. 그러나 옷장에서도 그녀가 입고 싶은 옷은 하나도 없었다. 방 안을 둘러봐도 이곳은 미망인 안지령의 방이지 여자인 그녀의 방 안은 아니었다.

'난 여자야. 마치 생명 없는 죄인인 미망인으로 살고 싶지 않아. 사랑하는 사람과 같이…….'

자신의 생각에 죄의식을 갖고 소리 없이, 눈물 없이 몸이 흔들린 채 울고 있었다. 고개를 드니 사진 속 남편이 늘 그랬던 것처럼 밝게 웃으며 바라보고 있었다.

"미안해요, 우석 씨. 어떡하지? 나 당신 말고 다른 사람은 이 세상에서 사랑 안 할 줄 알았는데."

지령은 모든 사람들을 속여도 자신은 더 이상 속일 수 없다는 걸 깨달았다.

"사랑하면 안 되는 사람을 덜컥 사랑하게 됐어요. 그럼 안 되는데."

우석의 잘 웃는 눈이 마치 걱정으로 스며드는 착각에 빠져들었다.

"걱정하지 말아요, 우석 씨. 당신 창피하지 않게 할 거야. 곧 지나갈 거예요, 한때 폭풍처럼. 그 사람 떠난다니까 나도 괜찮아질 거야. 절대로 다른 사람 아프게 하지 않아요. 이것만으로도 죄라는 거 아니까. 죽은 듯이 살 거야. 그러니 걱정하지 말아요."

지령의 눈가가 빨갛게 변해 버렸다. 그런 아내를 사진 속에서 보기만 하는 장우석은 자신을 위해 팔 년간 혼자 살아온 그녀에게 아무런 위로도 해주지 못했다. 전에는 사진만으로도, 그가 존재했다는 사실만으로도 충분히 위태한 순간을 넘어갈 수 있는 힘을 주었는데 이젠 모든 것이 변해 있었다. 이제 남편은 그저 사진에 불과했다.

"할 말 있어요."
우현은 친구들 모임에서 나와 혼자 멍하니 걷던 이연을 다짜고짜 잡아서 정신을 차리기도 전에 자신의 차에 태웠다. 누군가가 그들을 볼 수 있다는 것도 미처 신경 쓰지 못했다. 두 사람이 얘기를 할 수 있는 곳을 찾아 그의 차는 서둘러 차량 불빛 속으로 헤쳐 들어갔다.
"하고 싶은 말이 있다고······."
이렇게까지 하려고 했던 것은 아니었다. 어제만 해도 모든 걸 다 지울 수 있을 것만 같았다. 그러나 다시 하루가 지나가자 또 참을 수 없는 고통이 스며들었다. 이미 끝난 일에 대해서 섣불리 책임질 행동을 하지 않던 그가 지금 어떻게 하겠다는 생각도 없이 최이연을 붙잡고 말았다. 그래야만, 이 고통에서 조금은 헤어나올 수 있을지도 모른다. 그에겐 분명 하고 싶은 말이 있었다. 아직 그게 무언지 모르지만, 우현은 얼굴을 찡그렸다.
"차, 세워요."
이연이 마른 어조로 명령했다. 그러나 우현은 갑자기 사람들의 시선을 의식한 듯 한적한 곳까지 차를 몰고 갔다.
"할 말이 뭐죠?"

우현은 무감각한 이연의 말과 맞대자 무언가 속에서 탁 끊어짐을 느꼈다. 그리고는 이치에 맞지 않은 말이 그의 입에서 툭 튀어나왔다.

"가지 마."

마음이 원하는 말은 그에겐 독소였다. 그 말이 무슨 뜻인지 이연에게 들어오자 그녀의 얼굴이 심하게 비틀어지면서 웃기 시작했다. 정말 웃긴 상황이란 듯 그 웃음은 좀처럼 그쳐지지 않았다.

"웃지 마. 웃지 말라고. 제발, 그만 해."

우현이 이연을 흔들어댔다. 그러나 그녀의 웃음소리는 흔들림에 진동되어 더욱 퍼지었다. 그렇게 점점 더 걷잡을 수도 없이 커지면서 그녀의 어깨에서 손이 툭 떨어졌다.

"웃긴다는 거 알아. 나도 내가 왜 이러는지 모르겠어."

이연이 웃음을 그제야 멈추고 우현을 똑바로 쳐다보았다.

"상황을 제대로 봐요, 장우현 씨."

그녀 같지 않았다. 냉정한 목소리, 감정이 차단된 건조한 눈빛, 자신을 사랑한다던 이연은 지금 그의 눈앞에서 찾을 수가 없었다.

"당신은 재미로 날 유혹했고, 난 그런 당신에게 넘어가서 신의를 저버렸어요. 그리고 난 그걸 사랑이라고 착각하면서까지 내 행동을 정당화시켰어요. 불륜에 불과한 건데. 아니, 사실 사랑이라고 믿고 싶었죠. 아닌 걸 알면서도, 사랑이니까 나쁜 짓을 해도 된다고 나에게 면죄부를 주고 싶었으니까. 외롭다는 것이 끔찍해서 그랬어요."

그렇다. 그가 노린 것이 바로 불륜이었다. 아름다운 그녀의 외모에 속속들이 박힌 쓸쓸한 모습을 낚아채어 같이 즐기고 그리고 끝내 버리는 거. 그런데 그 현실을 직시한 그녀의 말들이 너무도 건조하고 너무도 날카로웠다.

"그리고 당신은 날 버렸어요. 그게 우리 사이의 전말이에요. 아무것도 없다고요. 왜 이제 와서 당신이 나한테 뭐라 말할 수 있죠? 양심이 뒤늦게 걸린다면 다른 여자들이나 그렇게 가볍게 건드리지 마요. 내가 해줄 말은 그뿐이에요."

차문을 열고 이연이 내렸다. 점점 멀어져 가는 그녀, 심장이 조여들었다. 근원을 알 수 없는 통증이 목을 칭칭 매고 있었다.

그의 인생에 수많은 최이연이 있었다. 그리고 그는 죄의식없이 그들을 지나쳐 버렸다. 이번에도 아무렇지 않아야 했다. 즐거웠다. 그럼 잘 끝난 것인데 작은 부스러기 하나가 마음속에 생기더니 계속 번졌다. 그리고는 염증이 멈추질 않는다. 맞는 약이 없었다.

'이건 아니야. 최이연과 다신 만나지 마.'

우현은 마음의 경고도 외면한 채 차 문을 열고 이연을 쫓아 뛰어갔다. 그리고 몇 걸음 만에 그녀를 잡아 자신을 보게 했다.

"놔요."

휘청하던 그녀가 손을 뿌리치려 하면서 소리 질렀다.

"……"

아무 말도 나오지 않았다. 그가 잡은 손을 떨치기 위해 몸부림을 치는 최이연을 보며 왜 자신이 그렇게 떨치고 싶은 것을 움켜잡고 있는지 알 수 없었다. 버리고 싶은데도 버려지지 않았다. 그녀 마음이 자신의 심장과 연결되어 같은 통증을 느끼게 되어버린 듯했다. 우현은 지령을 사랑하는 이기적 마음에서 생겨난 고통과 또 다른, 이 아픔이 너무도 생소했다.

짝, 그녀의 손이 우현에게서 겨우 벗어나자 그의 뺨을 후려쳤다.

"정신 차려. 당신은 피해자가 아니라 가해자라구."

이연은 자신과 닮은, 외로운 상처를 나타내는 그 갈색 눈빛이 너무도 마음에 들지 않았다.

"어리석은 피해자인 난 아무렇지도 않아. 나 역시 가해자이기도 하니까. 그러니 돌아가."

"그게 안 돼."

"우린 서로 사랑하지 않았어. 당신 또한 날 사랑하지 않아. 그렇게 쳐다보지 마. 그건 진심으로 사랑하는 사람만이 가질 수 있는 눈빛이야. 흉내 내지 마. 역겨워. 우리에겐 어울리지 않아."

이연은 혐오스러운 감정으로 얼굴을 있는 대로 일그러뜨리며 소리쳤다.

"그래, 난 최이연을 사랑하지 않아."

우현은 혼란스러운 얼굴로 인정했다. 그런데 왜 괴로운지 알고 싶었다.

"당신은 날 사랑했어."

우현은 마음대로 말했다. 그녀의 사랑을 갖고 싶다고 미친놈처럼 외치고 나서 그녀에게 죽도록 맞고 싶었다.

"아니, 아니에요. 장우현 씨, 당신과 나에겐 순간의 쾌락밖에 없었어요. 내가 착각하고 싶었던 거예요. 당신을 사랑한다고. 너무도 사랑하고 싶은 내 남편이 맘을 닫고 있어서 괴로웠거든요. 이미 남편을 사랑하는데, 또 누굴 사랑하겠어? 내 남편은 날 사랑하지 않았거든. 근데 그 자리에 너무 쉽게 다가온 당신을 남편 대신이라고……."

이연은 자신이 솔직하면서도 한편으론 거짓말을 하고 있음을 어렴풋이 깨달았다. 남편을 사랑하고 사랑한 만큼 홀로 있는 것이 외로워 그 쓸쓸함으로 장우현을 안았는지는 모르지만 남편과 그를 착각하지는 않았다. 사랑까진 아니었지만 장우현은 자신의 마음속에 남편과는 또 다른 의미로 자리 잡고 있었다. 시간이 지날수록 그랬다. 장우현을 떠오르면 아팠다. 그러나 마음속에 있는 그 장우현을 칼로 잔인하게 도려내어 버릴 것이다.

"생각했던 것 같아요. 이젠 분명히 깨달았어요. 그러니 당신과 다신 만날 리는 없을 거예요. 안심하고 당신도 이러지 말아요. 나와 당신에게 있었던 일은 끔찍한 실수였어요."

이연이 돌아섰다. 그녀가 던진 말이 그에게 어떤 힘으로 마구 때리는지도 모르고 그녀는 한 번도 돌아보지 않고 걸어가더니 끝내 보이지 않았다. 이렇게 커다란 몸이 흔들리고, 목소리가 나오지 않고, 머리가 아프게 할 수 있단 말인가? 그 가냘픈 여자가 어떻게 커다란 자신에게 감당하기 힘든 고통을 줄 수 있단 말인가? 안지령도 아닌데.

"김수호를 사랑했다고? 내가 아닌 김수호가 진심이라고?"

짐을 하나씩 정리하며 떠날 준비를 하는 수호는 갑자기 몸을 일으켜 또 하나의 일터였던 서재를 둘러보았다. 빽빽하게 채워졌던 커다란 책장들은 하나씩 비어가고 있었다. 석 달 후에야 떠날 거지만 미리 박스에 넣어두었다. 지금 당장 읽을 책들만 놔둔 채로 늘 제자리에 있던 것들을 정리하고 있었다. 그의 마음속에 아직도 있을 한국에 대한 미련을 송두리째 없앨 수 없다면 이런 행동을 통해 제거되길 바라는 것일지도 모른다.

'다시 태어나는 거야, 김수호가 가진 모든 감정들을 여기에 다 버리고 아무것도 없는 이처럼 그런 마음으로. 그곳에서 다시 단순한 것부터 파고들면서 쉽게 손잡고, 작은 것에 행복해하는 사람이 되는 거야.'

불교 신자가 불경을 외듯이 기독교 신자가 성경을 읊듯이 그는 그 말을 자신에게 계속 주입시키었다. 공통점은 있었다. 완전히 이해하지 못해도 거기에 의지한다는 것.

따르릉, 전화벨 소리가 울렸다. 수호는 번호를 보고 좀 망설이다가 수화기를 들었다.

[형이다.]

"왜?"

[여기 청솔이다. 나와라.]

"나, 할 말 없어."

[……]

삐이익, 용건만 말하고 전화를 끊는 것은 김씨 집안 남자의 공통점이었다. 수호는 무시하고 다시 책들을 정리하다가 손을 놓고 일어서고 말았다. 항상 형을 이기고 싶어 바동거리지만 한순간에 마음이 약해져 버리는 자신의 단면을 보는 것 같아 씁쓸했다. 그러나 기다리게 할 수는 없었다. 형 성격에 기다린다면 무턱대고 기다릴 양반이니 어쩔 수 없었다.

방을 나서려는데 발에 걸리는 액자 속 그림에 수호의 눈이 잠깐 멈춰 섰다. 초봄, 막 새싹이 돋기 시작한 나무들과 언 땅이 녹는 포근함 속에 동네 자락을 뛰어내려오는 두 꼬마의 신나는 얼굴 표정까지 세세히 그려져 있어 따뜻함이 전해지는 그림이었다. 자신이 좋아하는 우중충함 대신 안지령이 추천해 준 것이다. 그녀가 좋다던 이 작품을 가져가지 않아야 한다. 그래, 다 버리고 가자. 미국에서 아내와 살아가는 것에 방해되는 것은 다 버리고 갈 거다. 그 무엇이든지, 그는 매번 주문처럼 외우는 그 말을 되뇌고 발을 옮기었다.

집을 나오는데 택시에서 막 내린 아내가 터벅터벅 걸어오는 모습이 보였다. 바람결에 흩날리는 머리 사이로 지친 한숨을 내뱉고 있었다. 한 걸음이 그렇게 무거울 수가 없었다. 시야가 막힌 사람처럼 그녀의 걸음이 참 불안했다.

"왔어?"

미안하다는 말과 아파 보인다는 말은 이제 두 사람 사이에 금기시되어 있었다. 그는 그녀의 아픈 모습을 모른 척하고 다가와 팔을 다정히 붙잡고 처진 시선을 잡으려 고개를 숙였다.

"여보!"

"잘 갔다 왔어?"

"네."

이연이 미소를 지으려 애썼다. 오늘 그녀의 친구들과 정기적인 모임이 있는 자리라 떠나기 전에 인사차 갔다 온 것을 수호도 알고 있었다.

"모임 있으면 나한테 말하지 말고 갔다 와요."

이연이 남편의 얼굴을 보고 고개를 끄덕거렸다.

"피곤해 보인다. 들어가. 난 형이 불러서 술 한 잔 걸치고 올게. 기다리지 말고 먼저 자."

각자의 방을 가지고 따로 자지만 항상 그가 올 때까지 잠들지 않은 아내가 또 오늘도 그럴까 봐 수호는 매번 당부했다.

"들어가요."

수호가 눈을 맞추고 뒤돌아서는데 이연이 갑자기 그의 등 뒤에 얼굴을 푹 숙이고 기대었다.

"왜 그래? 이연아!"

"미안해요."

가장 듣기 싫은 말에 수호의 얼굴에 경련이 일었다.

"다 떨쳐 내. 미안함도 떠날 때 절대 가지고 가면 안 돼. 그럼, 나 못살아. 알았지?"

"……."

"알았지?"

수호가 뒤돌아 화나고, 아픈 눈빛으로 쳐다보자 이연이 울 것 같은 얼굴로 황급히 고개를 끄덕였다.

"갔다 올게."

장우현이 묻어 있는 이연의 얼굴을 수호는 모른 척했다. 아직 아내는 장우현을 완전히 지우지 못했다. 마음대로 되지 않는 모양이었다. 수호가 마음을 안정시키려 잠시 걸음을 멈췄다 다시 걸었다.

어느 땐 장우현이 자신들을 균열 내었다는 것이 믿어지지 않을 때도 있었다. 그러나 또 어느 땐 너무도 선명한 그 자국에 막막하기까지 했다. 지금이 그랬다. 수호는 아내의 미안하다는 그 말로 장우현을 떠오르는 것이 끔찍했다. 미안하다고 할 때마다 조금이라도 장우현과 연관되고 마는 것이 싫었다. 어떻게든 안정을 찾고 싶었다. 거짓이라도 좋았다. 잠든 것처럼 살아 있다는 느낌을 잠시 잊고 이 기억을 넘어도 상관없었다. 초라해지는 슬픔과 무작정 위안을 받고 싶은 맘을 지울 수 있다면 뭐든지 좋았다.

수안은 늘 가는 술집, 익숙한 탁자에 그 커다란 덩치로 자리 잡고 앉아 천천히 술을 마시고 있었다. 그러다 맞은편에 우두커니 서 있는 수호를 발견하고 왜 이렇게 늦었냐는 물음없이 툭 말을 건넸다.

"앉아라!"

전화한 지 한 시간이 훨씬 넘은 뒤였다. 바람을 쐬다 왔는지 수호에게서 찬기가 느껴졌다. 수안은 개의치 않았고, 수호는 가만히 있다가 자리에 앉았다.

이곳은 상류층 전용 술집이 아닌 수안의 단골집으로 흔히 볼 수 있는 주점이었다. 탁자들이 벽 쪽으로 나란히 붙어 있고, 훤히 들여다보이는 주방에선 도마에서 리듬을 타는 칼 소리와 안주로 나오는 찌개 끓이는 소리가 귀를 울리었다. 그다지 돈을 들이지 않고 엉덩이 붙이고 술 먹다 가는 편한 장소였다.

이곳 주인도 그가 재벌 2세라는 걸 전혀 모르고 분식회계 뉴스를 보며 재벌가를 입에 거품을 물고 욕하다 그에게 동조를 구한 적도 있었다. 그래서 같이 맞장구를 쳐주기도 할 정도로 그를 평범하게 알아주는 곳이었다. 어찌 보면 수안은 그 평범함을 무척이나 원하고 있는지도 모른다.

"마셔."

형이 따라주는 소주를 가만히 들여다본 수호가 한꺼번에 입 안으로 부어 넣었다.

"천천히 마셔."

"명령하지 마."

상처 입은 동물처럼 나지막이 으르렁거리는 동생을 수안은 걱정 어린 눈으로 바라보다가 물었다.

"무슨 일 있지?"

"무슨 일?"

오히려 수호는 반문했다.

"지사로 가는 거 어떻게 된 거니?"

외국 출장 갔다 오자마자 측근이 마치 한여름에 소나기 소식이 있는 것처럼 전해온 말이었다. 사실, 항상 대적하려 드는 골칫거리가 사라지는 것이긴 하지만 수안은 하나도 기쁘지 않았다.

"아버지가 보내서 가게 됐어."

이젠 거짓말까지 한다. 수안은 아버지가 수호의 마음을 몰라 점점 안절부절못하며 초조해하는 걸 눈치 챘다.

"아니라는 것 다 안다. 무슨 일 있니?"

"오히려 잘된 거잖아. 신경 쓸 상대가 나자빠졌으니."

"넌 내 동생이야."

"나도 알아."

"네가 힘든 거 원치 않아."

"고양이 쥐 생각해 주시네."

웃긴다는 듯 언짢은 미소를 보이며 수호는 직접 술을 따랐다.

"여하튼, 고마운데. 건배! 김수안과 김수호의 형제애를 위해서!"

빈정거리다가 이번에도 한 번에 입 안으로 털어 넣었다.

"가지 마라. 여기서 해. 무슨 일인지 모르겠지만 떠난다고 해결되는 건 아니야. 그러니 네 자릴 지켜."

수호의 얼굴색이 갑자기 변하더니 이마에 주름이 확 잡히며 진지해졌다.

"이곳에 내 자리가 어디 있는데?"

"수호야!"

술잔을 내려놓고 거짓 미소까지 같이 벗어놓은 후 수안을 나지막이 마주 보았다.

"내 자린 여기 없어."

수안의 둔탁한 눈가가 가늘어졌다. 이런 적이 없던 수호라 수안은 난감했다. 악다구니를 하며 날뛰던 김수호를 다스리는 방법은 그의 마음속에 있지만 체념해서 모든 걸 손에 놓아버린 김수호를 대하는 법은 어디에도 없었다. 처음 보는 그런 수호를 그는 미간을 잔뜩 찌푸리는 것 외엔 다른 수를 찾지 못하고 있었다.

"주름 지겠다. 얼굴 펴. 별거 아니잖아."

수호는 주름으로 완전히 남아버릴 것 같은 찡그린 수안의 얼굴을 보며 웃을 듯 말 듯했다.

"네가 떠나면 빈자리가 생길 거야."

"누구든지 메울 수 있는 자리니 걱정하지 마."

수안의 잡으려는 시도는 수호에 의해 너무도 맥없이 차단되었다.

"이러지 마."

"뭘?"

"왜 모든 걸 포기하려 들어?"

감정을 이기지 못하고 수안이 낮게 소리치자 수호가 그게 아니라는 듯 고개를 저었다.

"포기가 아니야, 형. 다시 시작하려는 거지. 행복해지려 그러는 거야. 사람답게 살아보려고."

이해하지 못하는 수안을 두고 수호는 술 몇 잔을 거푸 마신 후 일어나 버렸다.

"수호야, 좀 더 얘기하자."

"할 말 없어. 똑같은 말 계속하고 싶지 않아."

그가 주점을 벗어나려 하니, 뒤에서 기사 불러 집에 데려다 주겠다는 형의 소리가 들리었다. 아예 무시해 버리고, 무작정 사람들의 어깨를 스치며 인파 속에 묻혀 걷다가 택시를 잡아탔다.
"어디 가십니까?"
"……."
수호는 자신의 집이 어디인지 스스로에게 묻느라 대답을 잠시 하지 못했다. 집이 없는 것만 같았다. 스멀스멀 기어드는 차디찬 생각이 그를 몰아세우고 있었다. 그 상념은 노력해도 안 되는 것이 있다고 그를 잡고 흔들었다. 겨우 동네를 말하고 창가에 머리를 기댔다. 그리고 그를 뒤흔드는 생각에 지쳐 잠시 눈을 감았다.
얼마 후, 차가운 바람이 배로 많아졌다. 기사 아저씨는 그가 취해서 완전히 잠들까 봐 걱정이 되었는지 라디오 볼륨을 높여서 차 안에 뽕짝이 휘돌아 감고도 남을 정도였고, 겨울임에도 창이 반쯤 내려져 있었다. 아마도 술 취한 사람들 때문에 힘들었나 보다. 사람은 뭐에 힘들면 더욱더 준비를 하니까.
수호는 눈을 뜨고 창으로 지나가는 사물들을 보다가 정거장에 서 있는 어떤 낯선 여자를 보고 가슴이 철렁했다. 자세히 보니 그저 낯선 여자였다. 아이보리 색 정장에 165㎝가 안 되는 키에 머리를 잘 올리어 단정히 서 있는 폼이 그에게 누군가를 떠올리게 할 뿐이었다. 닮지 않은 여자가 조금 비슷한 옷차림을 했다고 해서 심장이 그녀인 양 가슴을 떨리게 반응할 뿐이었다. 그가 헛웃음을 터뜨리다 얼굴을 찌푸렸다.
안지령은 낯선 여자나 다름이 없었다. 그러나 자꾸 그 여자를 닮은 영상을 만들어내는 그의 머릿속은 변함이 없었다. 부수고 다시 만들고, 그렇게 계속 반복하고 있었다.

　대체 왜? 왜, 그 여자가 마음 언저리에 걸려 빠져나가지 않는 걸까?

　그는 이유를 알지 못하면서도 알까 봐 두렵기도 했다.

수호는 집으로 가는 차 안에서 택시의 방향을 완전히 바꾸었다. 안지령이 있을지도 모른다는 막연함을 가진 채 갤러리에 도착했다. 그럼에도 이렇게 다시 여기에 올 생각은 아니었다. 그러나 마지막 인사를 해야 한다는 어처구니없는 자신의 고집에 그는 넘어가고 말았다. 다시 못 볼 테니까, 그 생각이 여기까지 오게 한 것이다. 웃기는 일이었다. 무슨 관계를 맺었다고 마지막 인사가 필요하단 말인가.

하지만 이곳을 곧 떠난다. 김수호란 인간을 다 두고 떠날 것이다. 자신을 완전히 버릴 테니, 그 불운했던 김수호에게 마지막 원하는 걸 해주고 싶었다. 단지 눈으로 그녀를 더듬어 보기만 하면 되었다. 갈피를 못 잡고 서성이는 마음에 그녀를 잠시만이라도 담아두게 하는 못된 사치를 해주고 싶었다. 떠날 때 눈 안에 스며든 아주 사소한 기억까지 같이 버리면 될 거라고, 말도 안 되는 회유에 넘어가고 만 것이다.

 수호는 어둠 속에서 한참을 서 있다가 그곳에서 나오는 안지령을 보았다. 단정하고 온화하면서도 쓸쓸한 그녀의 모습이 눈에 닿았다. 다행히 그녀를 보는 맘에 욕심이 일지는 않았다. 안고 싶거나 갖고 싶은 욕망 대신 그저 보는 것이 좋았다. 그늘처럼 드리워져, 옅은 슬픔을 안고 있는 맑은 얼굴을 보는 것이 그에게 수많은 세상의 돌아가는 소리를 잊게 만들었다. 자신이 누구인지, 어떤 아픔 속에서 허우적거리는지, 아픔을 딛고 일어서려고 어떻게 애를 쓰는지, 그 살려고 파닥거리는 모든 움직임을 그녀를 바라보는 지금 이 순간 잠시 잊을 수 있었다.

 지령은 시어머니인 듯한 사람과 얘기를 나누다가 무심코 하늘을 쳐다보았다. 그녀가 보는 것에 수호의 시선도 따라갔다. 그렇게 그녀의 행동을 주시하고 있었다. 곁에 있는 사람이 눈치 채지 못한, 적은 한숨을 내쉬고 있는 지령에게서 고민이 느껴졌다. 하늘은 무척이나 어둡고 검었다. 먹구름이 몰려와 뭔가를 힘껏 쏟아낼 것만 같았다. 겨울에 눈일까, 비일까를 가늠하는 하늘의 모습은 무척이나 찌푸렸다.

 그런 하늘을 자꾸 바라보는 지령을 응시하는 그의 시선이 흔들렸다. 그녀의 얼굴 또한 밤하늘을 닮아 있었다. 수호는 무슨 일인지 걱정이 일었다. 문득 쓴웃음이 났다.

 '보기만 해라. 간섭하고 궁금해하는 것은 더 이상 네가 할 일이

아니다.'
 수호는 그녀가 빨리 떠나기를 바랐다. 그러면서 그는 한 치도 움직이지 못했다.

 "……."
 시어머니가 차 속에서 웃는 낯으로 여러 이야기를 하며 그녀의 의중을 묻는 듯 자상한 표정으로 쳐다보았다. 그러나 지령은 단어가 머리 속으로 쪼개지고 흩어져 하나도 알아들을 수가 없어 당황했다. 자신의 것인 양 잘 짓던 차분한 표정을 겨우 잡아채어 말했다.
 "어머니께서 알아서 하세요."
 "……."
 이젠 아예 시어머니의 목소리가 음소거를 한 것처럼 하나도 들리지 않았다. 바로 앞에서 말하는 어머니의 목소리는 그녀의 귓가에 윙윙거리는 진동만 더해줄 뿐이었다. 어머니가 자신을 바라볼 때마다 그녀는 '네'라고만 대답했다. 다행히 손 여사는 며느리의 태도에 만족스런 미소를 지으며 계속 얘기를 해나갔다.
 지령은 의연함을 잃었다. 어둠인 양 서 있던 김수호 앞에선 잃지 않았던 차분함이 지금 그가 없는 이곳에선 무너져 내렸다. 오직 그에 대한 생각뿐이었다. 자신의 마음을 김수호에게 절대로 표현해선 안 된다고 다짐해 놓고 이젠 쓸쓸하게 남겨두고 왔다는 생각에 괴로웠다.
 "무슨 생각 하니?"

"아니에요."

"안색이 안 좋구나."

"괜찮아요."

숨이 막히었다. 차가 그들이 사는 한남동으로 진입해서 접어들어 고급 저택 촌에 멈추자 그 현상은 더욱더 심해졌다. 다시 돌아가야 한다. 그녀는 이미 제정신이 아니었다. 아직도 그가 그곳에서 자신을 기다리고 있을 거라는 망상에서 빠져나올 수 없었다.

"들어가자."

"어머니!"

변명거리를 찾아야 했다. 지령은 숨을 급하게 들이쉬며 무언가 말을 하려 했다.

"제가 깜빡했어요."

"뭘?"

손 여사가 딸 같은 며느리의 손을 잡은 채 어쩔 줄 몰라 하며 한 곳에 눈을 두지 못하는 지령을 바라보았다.

"친구와 약속이 있는 걸 깜빡했어요."

"무슨 약속?"

"잠깐 갔다 올게요."

지령은 어머니가 잡은 손을 물끄러미 바라보다 그 손에서 빠져나왔다.

"아가, 시간이 너무 늦었어. 이런 밤길에 어떻게 혼자 나가니? 내일 만나라."

"죄송해요, 어머니."

지령은 결혼하고 나서 한 번도 장우석의 아내로서, 이 집안의 며느리로 마음의 죄를 지은 적이 없었지만 올해는 흔들거리며 넘나드는 자신을 잡기도 버거웠다. 이젠 터질 듯한 이 감정에 대응하는 일은 어려웠다. 거센 맞바람에 모든 걸 다 날리고 껍데기만 맞서는 것은 못할 짓이었다. 그녀는 바람에 따라 달려가기 시작했다.

"지령아!"

걱정스런 시어머니의 부름에 지령은 문득 발이 멈춰졌다.

"곧 올게요."

그리고 다시 돌아섰다.

"아가, 정 그럼, 이 차 타고 가라. 이 밤에 너 혼자 가지 말고."

그러나 손 여사의 말은 주택가 길을 울리며 메아리칠 뿐 부산한 발걸음 소리를 붙들지는 못했다. 바람을 탄 성급한 걸음은 어느새 그 소리도 잦아들고 묻혀져 버렸다.

"무슨 큰일은 아니겠지?"

걱정스런 혼잣말이 손 여사에게서 나왔다. 중요한 무언가를 놓고 온 사람처럼 허둥대는 모습이 심상치 않았다. 하지만 한 번도 그들의 심중에서 벗어난 적이 없던 아이라서 그녀는 며느리가 사라진 곳을 쳐다보며 곧 걱정을 잠재웠다.

"별다른 일은 아니겠지."

손 여사는 안심하고 싶어 문자를 보냈고 지령에게서 곧바로 답장이 왔다.

〈한 시간만 있다 올게요. 걱정하지 마세요.〉

문자는 지령의 흐트러진 표정을 충분히 숨길 수 있다는 걸 손 여사는 지나치고 있었다.

택시를 겨우 잡아타서 도착한 지령은 갤러리 쪽으로 정신없이 뛰어갔다. 그러나 불빛마저 다 꺼진 갤러리 주위는 깊은 어둠만이 있을 뿐이었다. 에너지를 아끼는 행동의 일환으로 올해부터 자체적으로 밤엔 모든 불을 끄기로 했었다. 전엔 환했던 곳이 이젠 어둠으로 무겁게 모든 것을 덮고 있었다. 그녀는 깜깜함 속에서도 무언가를 애타게 찾으려고 주위를 돌아다보았지만 그녀의 성급한 움직임에 올림머리가 풀려 엉켜지며 뺨에 닿을 뿐이다.

'있을 리가 없지.'

얼이 반쯤 빠진 얼굴로 그녀는 시선을 떨어뜨렸다. 말할 수 없이 허한 기운이 마음속을 침투했다. 거친 숨결로 어두컴컴한 바닥에 시선이 꽂히며 막연했던 그리움이 대상을 찾아가려고 마음을 갉아먹기 시작했다.

그때 어둠을 뒤집어쓴 하나의 형체가 움직이며 그녀 앞에 모습을 내보였다. 한 걸음씩 지령에게 다가갈수록 수호는 뒤범벅된 자신의 감정을 미처 숨기지 못했다.

"왜 왔어요?"

수호는 얼굴을 찡그리며 질책하듯 그녀를 나지막이 몰아세웠다. 그러나 이미 그의 두 손은 눈앞의 그녀가 사라질까 봐 두려워

팔을 꽉 잡고 있었다.

"왜 돌아왔어요? 바보처럼 그저 보다 가게 내버려 두지, 그러다 포기하게. 난 당신한테 아무것도 해줄 수가 없는데……."

적막한 그의 검은 눈동자에 지령의 모습이 비치었다.

"당신은 지금 실수한 거예요. 집에서 한 발자국도 나오지 말았어야 했어. 단란한 가족 속에서 보호받으며 행복하게 지내야 했어요. 당신의 운명을 만날 때까지. 나 같은 놈은 당신에게 병만 옮길 테니까, 오지 말았어야 했어. 그래야 나도 멍청한 짓만 하다 갈 수 있잖아요."

자학하는 김수호의 얼굴은 깊게 그늘져 있어 그녀의 눈을 아프게 했다.

"당신이 보고 싶었어요."

그래서 지령은 용기를 낼 수 있었다. 쉽게 마음을 드러낼 수 없었던 그녀는 그 그늘을 가시게 하고픈 마음에 부끄러움을 잃어버렸다. 그녀의 고백에 자조가 배인 수호의 얼굴이 흐려졌다.

"종일 당신 생각만 했어요."

그녀의 목소리가 마음을 담아내기엔 역부족이라는 듯 흔들렸다. 하지만 지령은 자신과 닮았으면서도 너무도 까마득히 보이는 그 검은 눈동자에 배인 떨림에 시선을 피하지 않았다.

"당신 생각이 안 떨어져요, 언젠가부터."

"당신은 나한테 멀리 있어야 돼요. 난 당신에게 해만 될 테니까."

수호는 시선을 맞추기 위해 지령의 높이 쳐든 얼굴을 마주하다

보니, 약한 자신에게 그만 화를 내고 싶었다. 그러나 마음속 가득 찬 감정을 조금이라도 그녀에게 말하지 않을 수는 없었다.

"나도 당신이 보고 싶었어요."

그의 손이 얼굴에 내려온 그녀의 머리카락을 쓸어주었다.

"너무도 많이."

수호는 안겨오는 지령의 체온을 느끼고 그녀의 머리에 얼굴을 묻으며 덧붙였다. 지령을 힘껏 안으니 그녀가 자신에게 주는 감정이 물밀듯이 몰려왔다. 의지가 그곳에 둥둥 떠서 이리저리 휩쓸려가고 있었다.

고개를 들어 올려다보는 지령의 모습에 수호는 그녀의 두 손을 더욱 가삐 심장 가까이 잡고 내려다보았다. 생각지도 않은 욕심이 일었다. 그의 숨이 거칠어졌다. 모든 것이 다 지워지고 오직 눈앞에 있는 이 여자가 다가왔다. 그가 그녀의 얼굴과 스쳐 떨어질 듯 마주쳤다. 그리고 붉고 불안정한 입술을 찾았다.

그녀의 입술 역시 그처럼 떨고 있었다. 마치 닿으면 안 되는 존재에 이르는 것처럼 그는 아주 살짝 그녀의 입술에 닿았다. 그 작은 감촉만으로도 독이 퍼지듯 온몸에 그라는 사람이 가져야 할 감정 이상의 변화가 생기었다. 분명 독일진대, 오히려 따뜻함이 온 혈관으로 빠르게 전달되어 차갑고 메마른 그의 원천을 바꿔놓으려고 했다. 그의 죽어버린 눈동자에 생기가 살아났지만 또 다른 슬픔이 새어 올라오는 것도 막을 수는 없었다.

"비 한바탕 쏟아질 것 같다. 겨울인데 눈이나 왔으면. 근데 이쪽으로 가는 거 맞지?"

"아니야."

지나가는 낯선 무리의 목소리가 바람을 타고 들려오자 그의 입술이 떨어졌다. 살짝 입술만 닿은 것임에도 두 사람의 호흡은 흐트러져 있었다.

"그래도 이쪽인 것 같은데."

웅성거리는 소리가 몰려오면서 그들이 서 있는 쪽으로 발자국 울림이 점점 크게 들리었다.

"가요."

수호가 작은 소리로 말하더니 지령의 손을 잡고 걸어나갔다. 웅성거리던 소리들도 그들의 걸음에 따라 등 뒤로 멀어졌다. 그러나 대신 하늘에서 빗방울이 눈과 코, 그리고 입술, 손등에 하나씩 떨어지더니 세상에 노출된 그들의 온몸에 쏟아지기 시작했다. 두 사람은 서로의 손을 꽉 잡고 뛰었다. 수호는 택시를 잡으려다가 자신의 손을 잡고 숨을 가라앉히고 있는 지령을 바라보았다. 그녀는 세찬 비에도 지금까지 본 적 없는 환한 미소를 수호에게 짓고 있었다.

"걸을래요?"

비는 이젠 무섭게 폭우가 되어 모든 걸 쓸어버릴 기세로 몰아쳤다. 그러나 지령은 상관치 않았다. 아예 한쪽 손으로 머리를 가리던 것도 내리고 고개를 끄덕거렸다. 두 사람은 서로의 손을 잡고 무작정 한 걸음씩 내디뎠다.

우산을 쓰고도 앞으로 나아가기 힘들 정도로 쏟아지는 비에 사람들은 건물로 숨어버렸다. 그 통에 거리는 텅 비어갔고, 그들은 두 손을 맞잡은 채 푹 젖으며 하염없이 빈 거리를 걷고 또 걸었다.

무섭게 내리는 비가 온몸을 때렸다. 곧 놓아야 할 손임에 분명하지만, 수호는 지금 이 순간만은 꽉 잡고 있었다. 찰나의 기쁨이 그의 몸을 타고 돌았다. 그는 자신의 옆에서 일정한 발걸음 소리를 같이 내고 있는 지령을 다시 쳐다보았다. 그녀의 얼굴에도 웃음이 배어났다. 머리끝부터 발끝까지 젖은 그녀는 갇혀진 막에서 방금 터져 나온 희열을 느끼고 있었다.

"추워요?"

지령이 고개를 저었다. 한여름의 폭우처럼, 그녀에게 그동안 참았던 모든 것이 다 적시는 시원함을 가져다주었다.

"춥겠어요."

이미 수호는 그녀가 살았고 앞으로도 평생 살아가야 할 입구로 데려다 주려 했다.

"택시가 안 보이네. 조금만 더 걸어야겠어요."

그는 그녀와의 짧은 소나기 같은 자유를 조금 더 연장시켰다. 조금 더 그녀와 걷는다고, 조금 더 거센 비를 맞는다고, 세상이 바뀌어지지 않을 거라고, 그는 스스로에게 외쳤다. 이 순간은 그에게 잠시 꾸는, 현실이 아닌 짧은 꿈이라고, 실제로 그가 살아가는 인생은 아닐 거라고 믿고 싶었다.

짧은 자유가 끝나고 그들은 택시 정거장으로 가고 있었다.

"춥지 않아요."

온몸을 떨면서도 지령은 걱정스러워하는 수호에게 그렇게 대답했다. 수호가 손으로 살짝 그녀의 머리와 얼굴에 묻은 물방울을 떨어뜨리고 있을 때, 지령은 주머니에서 손수건을 꺼내 그를 어설프게나마 닦아주기 시작했다.

　그는 그 손수건을 보고 딱 멈추었다. 자신이 주었던 손수건! 복수가 아른거렸던 그 시기의 손수건, 그런데 그것을 너무도 소중히 간직해 보물처럼 내보인 지령. 그는 이제 끝내야 함을 알았다. 그러나 지금 끝내려던 마음은 다른 물꼬를 틀고 말았다. 여리지만 강한 지령의 검은 눈이 들어왔다. 같은 일렁임이 있는 그 눈이 자신을 보고 있었다.

　수호는 자신도 모르는 사이, 비에 완전 젖은 그녀의 얼굴을 만지었다. 그의 호흡이 그녀의 몸 안으로 점점 스며들어 갔다. 서로의 아픔이 호흡을 타고 상대에게 넘어갔다. 갑자기 잘 안다고 할 수 없는 서로가 너무도 많이 아는, 마치 자신처럼 느껴지는 그들이었다. 두 사람이 아닌 이미 한 사람으로 순간 착각하게 되었다.

　그들의 입술이 자석에 끌리듯 포개어졌다. 아까의 깃털 같던 부딪침은 없었다. 수호는 허겁지겁 오랜 목마름을 겪은 사람이 물을 들이키듯, 온통 원한다는 것만이 존재하는 사람처럼, 그녀의 입술을 빨아들이며 거칠게 밀고 들어갔다.

　지령 역시 두려워하지 않고 그의 거친 키스를 온전히 받아들였다. 그의 모든 감정이 육체적 접촉만으로도 느껴지고 만져졌다. 그래서 더욱더 그를 원하고, 그라는 존재를 더욱 알고 싶어졌다.

　열렬한 갈구는 키스를 깊어지게 했고, 두 사람의 입술은 깊이 파고들며 맞물렸다. 폭우가 미친 듯이 쏟아지는 속에서 빗소리 대신 서로의 소리를 듣고 있었다. 그러나 그들의 키스는 마음에 솟는 또 다른 현실의 소리에 떨어지고 말았다.

독약을 마신 것처럼 수호는 목이 더 타 들어갔다. 열정적인 눈이 다시 걱정으로 물들었다. 아무것도 해줄 수 없는 사람에겐 자제라도 있어야 했다. 그리고 무엇보다 자신에겐 아내가 있었다.

그는 당장 원하는 것에 자꾸 마음이 가는 걸 느끼면서도 그녀의 손을 천천히 놓았다.

지령은 그가 놓은 손을 들어 아픈 수호의 눈가를 부드러이 쓰다듬어 주었다. 그의 눈동자가 더 푹 들어가 보였다.

지령 역시 바로 끝날 수밖에 없다는 걸 알지만 그를 탓하지 않았다.

'후회하지 않아요.'

그녀는 눈으로 답했다. 그러나 수호는 후회했다. 그녀라는 존재를 마음속에 담아내고 나서 어떻게 다시 내보내야 할지 암담했다. 버릴 수 있다고 생각했는데, 아무리 버려도 버려지지 않고 몸과 마음에 박혀 있을 것만 같았다. 이미 한 행동은 돌이킬 수 없었다. 그러나 지금은 다시 제자리로 돌아와야 한다. 잊어야 한다. 눈앞의 지령을 보고 수호는 다짐했다. 잊어야 한다고, 그러나 마음대로 되지 않을까 봐 겁이 났다. 너무도…….

인수인계는 착착 진행되며 속도가 붙었다. 수안이 자신의 사람으로 대기시켜 놓고, 언제든지 마음이 변하면 붙잡으려는 수단을 동원하려 했다. 그러나 수호는 개의치 않고 자리를 비우는 작업을 하고 있었다. 그동안 벌여놓은 일들은 말끔하게 마무리 짓고, 접촉했던 여러 거래처와의 정보사항과 그가 맡고 있는 현재 진행 중인 주요업무들과 함께 앞으로 추진할 일들에 관련된 부분은 사소한 것도 빼놓지 않고 세세히 직접 문서로 정리한 후, 자신의 비서도 다른 부서로 발령을 내린 뒤였다.

"여기보단 훨씬 일하기 편할 거예요. 그동안 나 때문에 힘들었죠?"

"아닙니다."

입 밖으론 힘들다는 말을 하지 않는 삼십대 초반의 건실한 남자 비서이지만, 그동안 직속상사의 철야 근무로 신혼이던 그는 마음고생이 심했을 것이다. 수호는 형에게 특별히 부탁해서 주 비서가 승진으로 이동하게 만들었다.

"언제가 돌아오시면 절 꼭 불러주십쇼."

눈에 물기까지 어리는 비장한 표정의 주 비서를 보고 수호는 피식 웃었다.

"나랑 있으면 힘들어요."

"돌아오실 때까지 기다리겠습니다."

"고마워요. 하지만 그런 일은 없을 겁니다. 주 비서는 성실하니까 앞으로 잘해나갈 거예요."

수호가 손을 내밀자 두 손으로 조심스레 잡으며 주 비서는 90도로 인사했다. 좋은 상사도 아니었는데 너무 서운해하자 그가 오히려 머쓱할 정도였다. 다행히 그때 전화가 울렸다. 수호는 비서를 돌려보냈다. 돌아선 주 비서는 손으로 눈가를 훔치며 자리로 돌아갔다.

"왜 또 전화질이냐?"

해승이 만나주지 않자 이젠 회사에까지 전화를 해대고 있었다.

[수호야, 그러지 말고 나랑 사업하자. 나도 아버지 밑에서 주눅들기 싫었거든.]

"웃기는 놈!"

아버지의 전폭적인 지원과 자상한 보살핌으로 사업가로서 크고 있는 해승을 알고 있기에 수호가 한소리 했다.
[됐어, 네가 몰라서 그래. 우리 아버지가 날 얼마나 못살게 구는지.]
"그만 해."
해승은 가장 좋아하는 친구인 수호와 우현 중 수호를 유독 챙기었다. 애들이 수호에게 시집가라는 악담을 할 정도로 그를 좋아했다. 사실, 여자로 태어났으면 수호는 자기 것이었다는 말을 했다가 수호에게 얻어맞은 적도 있었다. 그만큼 이 세상이 김수호라는 사람의 진가를 모르기 때문에 자신이 여자로 태어나 결혼했다면 내조는 끝내주게 하지 않았을까 하는 바람에서 말했다가 뼈도 못 추릴 뻔했던 기억이 있다. 사람 좋아하기로 유별난 해승에겐 사실 둘 다 소중한 친구들이었다. 어릴 때부터 어울려서 더 마음이 가는, 그런데 그중 하나가 떠나면 어쩌란 말인가.
[수호야, 가지 마.]
"결혼이나 해."
오랫동안 사귄 첫사랑과의 이별로 마음의 병을 앓고 나선 결혼을 차일피일 미루더니 아예 생각이 없어 보이는 해승에게 수호가 받아쳤다.
[수호야.]
"꺼져."
수호는 일방적으로 전화를 끊고 일하기 시작했다. 그러나 미안한 그가 다시 문자로 건강 챙기라고 보내자마자 기다렸다는 듯이 해승의 긴 문자가 다다닥 왔다. 요점은 '가지 마'였다. 지겨운 자식, 그러면서도 수호는 친한 친구를 두고 갈 생각에 마음이 안 좋았다. 완전 다 버리려고 하니 참 힘들다. 김수호에게 버릴 것이 그다지 없을 거라고 생각했는데, 막상 다 떨치고 가려니 마음을 잡는 것이 한둘이 아니었다.

그는 심호흡을 하고 나서 다시 일에 몰두했다. 비집고 들어오려는 존재를 원천봉쇄하려는 듯 일만 생각하고 서류를 보았다. 그러나 잠시 후, 메일을 확인하자 안지령이란 이름에 가슴이 덜컥 내려앉았다. 그 이름이 주는 파장은 시간이 지날수록 약해지기는커녕 강도가 세졌다. 수호는 어떻게 그녀가 메일을 보냈나 생각하다 갤러리에 갔을 때 주고받았던 명함을 떠올렸다. 거기엔 자신의 개인 메일 주소가 적혀 있었다.

아직 열어보지 않은 메일 제목엔 '잘 지내시죠? 부탁이 있어요'라고 적혀 있었다.

한참을 응시한 수호는 읽지도 않고 삭제하려 했다. 그러나 손이 마우스를 움켜잡기만 한 채 망설이었다. 며칠 전 그들이 마음을 확인하고 바로 끝냈던 그날이 떠올랐다. 술 취해 약해진 마음으로 그녀를 찾아갔던 그날의, 헤어질 무렵의 비겁함으로 기억이 돌아가고 있었다.

"난 당신한테 아무것도 못해줘요. 그냥 지워요. 한낱 꿈이라고. 아무…… 것도 아니니까."

수호는 지령과 함께 택시를 탄 후 그녀가 사는 집, 한참 못 미치는 곳에 같이 내리었다. 언제 그런 폭우가 내렸냐는 듯 시치미를 뜨고 있는 하늘을 보다가 그가 어둑한 눈으로 잔인하게 말했다. 아직도 그들은 마르지 않은 채였다.

"아무것도 아니라고요?"

"그래요."

힘든 그녀의 물음에 짧은 대답을 했다.

"그렇게 말하지 마요."

부드러운 음성엔 슬픔이 잔뜩 묻어 있었다. 상처받았을 것이 분명한 그녀의 눈동자가 가슴에 선명히 떠올랐지만 눈으로 차마 확인할 수가 없었다. 그녀가 아픈 것을 보면 그 역시 아플 것 같았기 때문이다.

"그렇지 않다고 해서 달라질 것은 없어요."

"알아요."

"그럼, 잘 가요."

자신이 진짜 나쁜 놈인 걸 뼈저리게 느끼며 그가 내뱉었다. 그러나 오히려 그의 맘이 상처받은 듯 축 가라앉아 버렸다. 그녀는 돌아서는 대신 처져 있는 그의 손을 잡았다. 검은 손 위에 하얀 손이 살짝 포개져 있는 모습을 보던 수호의 눈동자가 꿈틀거렸다.

"당신을 좋아해요."

흔하디흔한 말 중 하나였다. 좋아한다는 말은 누구한테든 잠깐 동안 머무를 감정을 표하기에 쓰기도 하고, 관계 개선을 위해서도 쓰고, 호감의 표현으로도 쓴다. 별다른 말이 절대 아니었다.

"아주 많이."

그런데 그 말이 그녀의 작은 손에서 느껴지는 체온과 함께 그에게 영향을 미치고 있었다. 마치 마술을 부르는 주문처럼! 마음속 꺼졌던 암흑 속에서 작은 불들이 켜지면서 전체로 번지고, 꿈틀거리며 어리석게 들썩였다. 수호는 괴로운 마음에 쓴웃음을 지었다.

"염려 마요. 당신에게 뭘 원하진 않아요. 곧 끝낼 거예요."

그녀가 손을 떼었다. 수호는 멀어진 그녀의 손을 바라보다 시선을 치워 버렸다. 혼란스럽고 약한 맘에 휘둘려 가며 중심을 잡을 수가 없지만 확실히 해야 했다. 자신은 이연의 남편이며 아내에게 모든 걸 열중해야 한다. 잠깐 정신을 잃고 이탈하는 행동을 조금이라도 했다면 즉시 돌아와야 한다. 그것이 옳으니까. 그 결심이 그를 안지령에 기울었던 마음을 가까스로 잡아주었다. 다만 최이연, 그녀의 남편이란 자리가 그라는 초라한 존재를 부각시키긴 했지만 더는 자신의 변명을 들어주어선 안 되었다.

"미안해요. 오는 게 아니었어요. 술에 취해서 내 정신이 아니었어요. 다 지우고 없었던 일로 해줘요. 그리고 나란 인간은……."

"추억이 될 거예요."

지령이 조용히 그의 말을 가로막았다. 지울 수 없다는 말 대신한 대답이었다.

"……춥겠어요. 빨리 들어가요."

그의 말에 지령은 웃으려 하며 고개를 끄덕거렸다.

"가는 모습 볼게요. 먼저 가요."

"아니요. 먼저 가세요. 내가 볼게요."

"돌아서요."

수호의 나직한 명령에 지령은 먼저 돌아섰다. 그러나 몇 발자국 떼지도 못하고 연거푸 돌아보았다. 젖은 머리, 젖은 마음, 젖은 눈동자의 그를 그렇게 눈으로 확인했다. 수호는 천천히 떠나는 그녀를 보며 잊으려 했다.

수호는 다시 며칠 전의 기억에서 돌아와 삭제로 마우스를 움직였다. 클릭만 하면 되는 일이다. 그러나 부탁이 있다는 그 단어가 주저하게 했다. 수호는 안지령의 문자가 준 많은 생각으로 얼굴을 찡그리며 모니터를 응시하다가 끝내 지우지 못하고 열고 말았다.

〈잘 지내시죠? 곧 떠나시겠죠. 부탁이 있어요. 들어주지 않아도 되지만 들어주실래요? 더 이상 잡지 않을게요. 이번 주 금요일에 하루를, 아니, 반나절 나에게 주세요. 가고 싶은 곳이 있어요. 절대로 더는 욕심 부리지 않을 거예요. 같이 가고 싶은 곳이 있어서, 그곳에 같이 가주세요. 이러면 못 쓰는데, 욕심을 막기 위해선 반나절이 필요해요. 역 정문 쪽에서 열 시부터 한 시간 정도 기다릴게요. 심한 억지겠지만 그래도 기다리려고요. 오고 싶지 않으면 오지 않으셔도 돼요. 한 시간만 기다릴 거니까.〉

그는 바로 답장을 썼다.

〈미안해요. 가지 않을 겁니다. 그러니 기다리지 마세요.〉

그리고 바로 보내 버렸다. 그러나 막상 답장을 보내놓고 안지령의 글을 다시 읽는 자신을 발견했다. 그녀의 말투가 묻은 문체가 소리가 되어 귀에 들어오자 수호는 아예 그녀가 보낸 메일을 삭제해 버렸다. 하지만 이미 마음엔 그대로 들어차 있었다. 시간이 필요하겠지. 곧 허무할 정도로 지워져 있을 거야. 굳이 삭제하지 않아도 어느새 잊어버린 자신을 발견할 것이다. 수호는 그렇게 믿었다.

일 분만 지나면 금요일 한 시가 된다. 역 근처에 이렇게 와서 본 지 삼십 분이 다 되어갔다. 그런데도 조그맣게 보이는 안지령은 서울 역 광장 앞에서 움직일 줄 모르고 있었다. 세 시간 넘게 기다렸을 텐데, 시계도 보지 않고 말뚝 박은 것처럼 서성거리지도 않는다. 지나가는 차들, 무수한 사람들의 움직임, 그 어수선한 속에서 그녀가 서 있다. 수호는 그 모습에서 눈을 떼고 바닥으로 시선을 떨어뜨렸다.

점심때가 되자 식사하기 위해 나왔고 막상 나와보니 배가 고프지 않았다. 뒤에서 흐릿하게 형이 부르는 소리가 들리는 것 같아 확인하는 대신 그는 곧장 주차장으로 가서 차를 탔다. 무심하던 형이 형제애를 발휘하는 모습은 낯설고 오히려 편치 않았다.

차를 운전하던 그는 주변을 몇 번 돌다 다시 회사로 돌아갈 생각이었다. 그리고 손이 내키는 대로 운전하게 내버려 뒀다. 그런데 어느덧 그는 안지령이 기다리겠다던 역 근방으로 와 있는 자신을 발견하고 차를 한쪽에 멈추었다. 다시 유턴해서 곧바로 돌아갈 작정이었다.

'혹시 와 있을까?'

말도 안 되는데 그 생각에 그는 선뜻 가지 않고 있다가 서 있겠다던 장소로 갔다. 그런데 그곳에 눈에 익은 여자가 서 있었다. 청바지와 하얀 티셔츠 위에 점퍼를 입은 지령은 그를 기다리고 있었다. 수호가 시간을 확인했다.

'몇 시간째야. 미쳤군. 미쳤어. 김수호가 대체 뭐라고.'

수호는 그녀에게서 점점 멀어지더니 차로 돌아왔다. 그러나 회사로 방향을 틀지 못하고 그녀가 기다리는 곳으로 운전해 갔다. 스쳐 지나가면 그만이었다. 그러나 그러질 못했다.

"타요."

화난 듯 말하자 지령은 놀라 서 있기만 하다 잠시 후 차에 올라탔다.

"안 올 줄 알았어요."

"근데 왜 기다렸어요?"

정말 멍청하고 바보 같다는 시선으로 그가 쳐다봤다.

"기다리고 싶어서."

잠시 아무 말도 두 사람 사이에 오가지 않았다. 열어둔 창문 사이로 한겨울의 싸늘한 바람을 타고 주위의 소음이 들려왔다. 차 소리, 경적 소리, 사람들 소리, 세상의 모든 소리들. 그러나 그 속에 그들의 목소리는 없었다. 그렇게 한참 시간이 흘러갔다.

"가고 싶은 곳이 어디예요?"

그가 물었다. 마음을 정한 듯 보였다. 단 하루니, 거의 반나절! 그 시간을 거절한 자신을 무작정 기다린 안지령에게 주고 싶었다.

오직 반나절만 떼어내어 주기로 결심했다.

"안면도요. 거기, 낙조가 유명하대요. 가보고 싶어서……."

전에 그곳의 낙조를 찍은 사진을 여행 잡지에서 본 적이 있었다. 그걸 보고서 그녀는 막연하게 언젠가 가보고 싶다는 생각을 했다. 그러나 막상 가게 되지는 않았다. 자꾸 미루게 되었다. 실제로 그 아름다운 자연의 모습을 보면 무언가 마음 안에 쌓여 있던 것이 스르르 무너져 내릴 것 같은 두려움이 일곤 했다.

자신이 살고 있는 삶이 진짜가 아닌 가짜이고 허상이라고 깨닫게 될까 봐 두려웠다. 그런데 지금은 꼭 그와 같이 보고 싶었다. 이것이 죄라는 걸 안다. 만약 그의 아내가 안다면, 얼마나 분노하고 속상할지도. 남의 마음에 상처를 줘선 안 된다고 배워왔고 또 그렇게 살아왔다. 그러나 지령은 처음으로 이기적인 마음이 드는 걸 억누를 수 없었다. 김수호를 사랑하는 마음에, 그의 반나절을 온전히 가지고 같이 그 낙조를 보고 싶은 욕구, 그것만 충족된다면 절대로 그가 자신에게 온다고 해도 받아들이지 아니하리라 다짐했다. 그 반나절은 꼭 갖고 싶은 시간이었다. 그것은 자신을 달랠 수 있는 마지막 선물이다.

"가본 적 없어요?"

퉁명스런 말에 그녀가 고개를 끄덕거렸다.

"알았어요."

수호는 시내를 벗어나기 시작했다. 그녀가 어디를 말하는지 감을 잡았다. 안면도의 낙조가 유명한 곳이라면 꽃지 해수욕장일 것이다.

"미안해요."

서해안 고속도로에서 인터체인지를 지나 국도로 접어들 때 안지령이 손을 꼼지락거리며 고개를 약간 수그린 채 중얼거렸다.

"미안해하지 않기로 했잖아요. 나 오늘 일 나중에 지워 버릴 거예요. 다 없던 걸로. 내가 원래 얍삽한 놈이라서 다 잊을 거예요, 아마."

왜 '아마'를 붙였을까? 미안해서? 잊지 않을지도 몰라서?

"수호 씨도 미안해하지 말아요."

"안 미안해요."

그가 웃지도 그렇다고 찡그리지도 않은, 정색으로 말하는 데도 그녀는 고개를 또 끄덕거렸다. 휴대폰이 울렸다. 그는 확인하고 나서, 받는 대신 내버려 두다가 비서에게 문자를 짧게 보낸 후 전원을 아예 꺼버렸다.

두 사람은 다시 침묵 속에 하염없이 달리었다. 며칠 전 서로를 붙잡고 키스하고 포옹한 적이 전혀 없는 것처럼 어색함마저 흘렀다. 안면교를 건너자 잠시 후 비포장도로 길이 이어졌다. 그들의 몸이 덜컹대는 차의 움직임에 같이 덜컹댔다. 작은 초등학교를 지나고 나서야 침묵 속의 꽤 많은 시간을 소요하고 도착지에 도달했다.

"다 왔어요."

그가 내리고 그녀도 내렸다. 주차장에 차를 놓고 두 사람은 걸어서 해수욕장에 이르렀다. 올 겨울은 변덕스러웠다. 겨울답지 않게 포근하다가 그 포근함이 싫었던지 갑자기 기온이 확 내려갔다.

오늘은 그 중간이어서 그런지 겨울 바다의 몰아치는 바람도 쌀쌀하지만 그럭저럭 견딜 만했다. 백사장과 물에 빠져 드러난 갯바위에 잔잔한 바다의 숨겨진 요동침이 시야에 펼쳐졌다.

"아!"

안지령이 감탄사를 내며 바다를 향해 걸어갔다. 막 시작한 황혼이 두 바위 사이로 지고 있었다. 그 모습을 빨려 들어갈 듯이 보던 지령이 돌아서 그를 향해 미소 지었다. 검붉은 황혼이 뒤로 번지며 그녀의 실루엣이 어둡지만 빛이 났다. 황혼이 아니라 안지령의 모습을 수호는 바라다보았다. 문득 의문이 들었다. 그녀를 잊을 수 있을까, 하는…… 평생 잊지 못하면 어떡하지? 그럴 리는 없겠지.

수호는 사랑하고픈 완벽한 아내와 노력조차 못하고 절대로 깨지 못한다. 그것은 그가 해야 될 의무가 되어버리고 말았지만 강한 의지였다. 그러면서 마음은 안지령을 향하고 있었다. 다시는 만나지 않아도 그녀를 향하고 있을 것이다. 한동안은! 모순에 빠졌다.

"아름답다."

그녀가 저 멀리서 조용하게 말했지만 웬일인지 그의 귀까지 들려왔다. 지령이 잠시 모든 걸 잊고 순간의 기쁨만 찾으려는 듯 소녀처럼 팔랑거렸다. 수호가 그녀의 손짓에 따라 초겨울 바다를 자신만의 색으로 물들이는 낙조를 바라보았다. 사진작가들이 셔터를 누르며 순간 순간 달라지는 다채로움을 찍어대고 있었다.

"아름답죠?"

옆의 모르는 노인이 감탄하며 동조를 구하듯 물었다.
"네, 아름다워요."
수호는 눈이 아팠다.
"사랑하나 봐. 당신을!"
멀리서 그에게로 오는 지령을 보며 중얼거렸다. 아무도 들을 수 없는 자신만의 소리로! 아내를 놔주지 못한 그만의 이기적 거미줄에 스스로가 덜컥 걸리고 만 것이다.

지령은 잠시 이 순간을 아무런 후회나 자책없이 기억하고 싶었다. 김수호를 가지려는 생각을 완전히 버리기 위해서. 황혼에 물들인 하늘을 보다 그를 보니 더욱더 아련해졌다. 그의 옆으로 가서 아무 말 없이 해가 지고 그 여운을 세상에 남긴 채 어둠이 내릴 때까지 서 있었다. 수호는 무언가 깊은 생각에 머물다 있던 사람처럼 아득해지고 동시에 뻣뻣해져 버렸다.

후회하고 있는 건가? 굳어진 그의 모습에 지령은 차마 자세히 표정을 보지 못했다. 그가 후회해도 지금 이 하늘을 김수호와 같이 봤다는 서글픈 기쁨은 영원히 지워지지 않을 것이다. 자신의 운명은 그런가 보다. 누군가와 짧은 행복을 안고 뒤에 혼자 남아 살아가는 일. 남편을 그리며 살던 긴 세월의 마침표가 남의 남자를 마음에 담는 것이 되다니. 그러나 그런 마음을 안고 또 혼자 살아갈 것이다.

"가요. 이제."
지령이 차분히 그에게 말했다. 수호의 얼굴은 그녀의 예상대로 더 검어지고 언짢아 보였다. 그가 외롭고 힘들 때 자신이 괜히 끼어든 것 같다. 그래서 그의 마음에 혼란을 일으킨 것이 아닐까 싶다. 약해진 마음을 숨기고 잔뜩 그를 신경 쓰며 걷고 있는데 차가 옆으로 아슬아슬하게 온 모양이었다.

"조심해요."

그가 지령을 바싹 안으며 휑하게 가버린 차를 노려보다 그녀를 살폈다.

"화내지 마요."

지령은 그가 곧 자신을 안은 손을 풀려고 하자 속삭였다.

"화난 거 아니에요. 다칠 뻔해서 놀라서 그래요."

"화내지 마요. 다 지나간 일이 될 테니까. 다신 힘들게 하지 않을게요."

"그래요, 화내지 않을게요."

수호는 지령을 안은 채로 말했다. 두 사람은 무례한 차를 핑계로 자신들의 얘기를 나누고 있었다.

"배고프죠?"

그의 말에 그녀가 몸을 떼고 고개를 저었다.

"그럼, 가요."

"그래요."

수호는 당신 때문에 화가 난 것이 아니라고, 당신을 사랑하게 된 나 자신 때문에 화가 난 거라고 말하고 싶었지만 하지 않았다. 차에 탄 두 사람은 올 때처럼 침묵 속에서 서울로 향했다.

"이젠 가야 되겠네요. 정말 고마워요. 너무 말도 안 되는 부탁해서 미안했는데 들어줘서 고마워요."

"당신이 행복하길 바랄게요."

수호는 나직이 말했다.

"네, 수호 씨도요."

지령이 차에서 내렸다. 그리고 잠시 멈칫함은 있었지만 그것을 제외하고는 한 번도 뒤돌아보지 않고 걸어나갔다. 그의 차가 뒤에서 움직임없이 있다가 그녀가 골목길로 접어들자 차 소리가 나는 것이 마치 환청처럼 들렸다. 돌아보니 방금 출발한 듯 쏟아지는 차 속으로 사라져 가고 있었다.

'사랑해요. 잘 가요. 행복해요. 이젠 당신을 위해서 절대로 약한 모습 보이지 않을게요.'

지령은 영원히 잡을 수 없는 자신의 사랑을 아픈 마음으로 떠나보냈다.

"형, 가지 마."

수호는 막내 수창에게 잡혀 술주정을 들어줘야 했다.

"정신 차려. 집에 가자."

큰일났다는 갑작스런 전화에 부랴부랴 왔더니 수창은 이미 술에 만취한 상태였다. 제 하고 싶은 말만 목청 높여 외치는 수창을 말려보아도 소용이 없었다.

"가지 마."

"얼른 일어나."

"그럼 데려다 줘."

긴 팔, 긴 다리를 쭉 뻗으며 억지를 부리는 막내를 바라보며 수호는 어이없어했으나 그래도 저런 상태로 내버려 두고 혼자 갈 수는 없었다. 다행히 아파트 근처 포장마차에서 술을 먹어서 택시를 잡을 필요 없이 그냥 들쳐 업었다. 원래 세 형제 중 무지막지하게 힘 좋은 수안에 근접할 만큼 센 수호라 184㎝인 동생을 어렵지 않게 업고 갔으나 수창이 자꾸 목을 두 손으로 조여서 갑갑했다.
"목 조이지 마."
"형, 가면 안 돼."
"시끄러워."
그 긴 팔다리로 허우적거려 업고 걸어가기가 점점 버거워지자 땀이 이마에 맺히며 수호의 걸음이 무거워졌다. 얼른 집에다 처박아두고 나와야겠다는 생각뿐이었다. 제법 널따란 아파트 마당 안엔 떠돌이 개가 그들의 모습이 재미난지 쳐다보고, 관리인의 술 많이 마셨냐는 친근한 참견을 들으며 수호는 엘리베이터로 들어갔다.
수창의 신혼집에 온 것은 집들이 할 때 잠깐 들렀던 것을 합해서 지금껏 두 번밖에 되지 않았다. 그만큼 수호는 수창의 되풀이된 결혼과 관련된 모든 짓거리에 대해 처음엔 이해하지 못했었다. 이런 스무 평 갓 넘을 것 같은 아파트에 사는 그들도, 그리고 두 사람이 붙어서 속닥속닥 하는 몸짓도. 그러나 이젠 조금 알 것 같기도 했다. 왜 김수창이 제 기질과 너무도 다른 짓을 하면서도 행복하게 웃을 수 있는지, 동생이 그런 작은 행복을 가졌다는 것이 신기하면서도 다행으로 여겨졌다.
"오셨어요?"
벨을 누르자 얼마 안 있어 문이 열리고 연주가 나와서 인사를 했다.

"네, 제수씨. 수창 이놈이 술이 말이 아니게 취했네요. 죄송해요. 말리려고 했는데."

연주가 얼른 이중 미닫이문까지 활짝 열어 그들이 들어올 수 있게 한쪽으로 비켜섰다.

"이쪽으로 오세요."

따뜻한 거실 마룻바닥에 눕혀진 수창이 수호 모르게 연주에게 윙크를 했다.

'못 말려.'

며칠 전부터 형하고 들어오면 무조건 붙잡아서 태웅이를 안기고 집에 먹던 걸로 한상 차려 꼭 밥을 먹이라고 한 말 때문에 두 사람은 작은 말싸움을 했다. 아무리 그래도 어려운 아주버니인데 어떻게 집에서 먹던 걸로 대접을 하냐는 것이 연주의 불만이었다. 날짜 딱 정해놓고 하자고 했지만 남편이 한 번 하겠다 하면 아무리 꽉 잡고 있는 아내라고 해도 그 고집을 꺾기는 힘들었다.

"그럼 이만 갈게요, 제수씨."

미적거리던 틈에 수호가 일어나자 수창이 순간 코와 이마에 잔뜩 주름을 잡았다. 남편의 다급한 맘이 아내인 연주에게도 온전히 전달되어졌다.

"여기까지 오셔서 그냥 가신다구요? 어서 앉으세요. 차라도 드셔야죠. 얼른요. 안 그럼 저 섭섭해요."

자신에게 이렇게 친근하고 적극적으로 말한 적이 없던 막내동생의 아내이기에 수호는 좀 놀라 그녀의 말에 따라 소파에 앉고 말았다.
"식사는 하셨어요?"
'묻지 말고 그냥 가지고 와.'
뒤에서 수창이 입 모양으로 주문하고 있었다.
"괜찮아요."
'빨리!'
"기다리세요."
연주는 형 뒷전에서 몰래 재촉하는 수창을 노려보았다. 그러나 곧 인상을 풀고 얼른 주방으로 가서 재빠르게 손을 움직여 음식 준비를 하기 시작했다. 그러면서도 속으론 툴툴거리었다. 그러나 아버지가 겁주기 위해 형을 보낸 것이 아니라 형의 의사로 가는 것이며, 아주 오랫동안 안 올 수도 있다는 걸 뒤늦게 안 남편의 걱정이 얼마나 심했는지를 알기에 작은 아주버니에게 어색하게 친한 척한 것에 대한 불편함을 잊기로 했다.

남편은 형들을 무척이나 좋아했다. 겉으론 그리도 사이 안 좋아 보이는 형제가 그래도 속으론 서로를 위한다니 천만다행이었다. 하지만 수창의 방법이 통할지는 확신할 수 없었다. 가족의 화목함을 느낀다면 작은형이 야심을 버리고 다시 회사에서 이인자 자리에 만족할지 모른다고 수창은 말해왔다. 야망 때문에 유학 차원으로 외국에 나가는 것이라 추측하고 있었기 때문이다.

하여튼 부자 집안은 너무 복잡해서 문제다. 왜 가족 간의 문제까지 추측해야 하는지 이해불가능이었다. 그럼에도 연주는 수호가 갈까 봐 마음이 조마조마해 손을 바삐 움직이면서 연신 거실로 눈길이 갔다.

'참, 태웅이가 잠에서 깨어나 엄마 찾으면 어떡하지.'

"우왕!"

엄마의 걱정이 전달되었는지 안방에서 잘 자던 아기가 갑자기 울기 시작했다. 기저귀도 갈아준 지 얼마 안 됐고, 젖도 다 먹이었는데 아기의 울음이 계속되자 마음이 급해졌다. 게다가 찌개까지 끓자 손이 여기저기 필요해서 정신이 없었다. 겨우 가스 불을 줄이고 손을 씻고 보니 울음소리가 뚝 끊어지고 대신 아이 웃음소리가 간간이 들려왔다. 연주는 남편이 술 취한 연기를 멈추고 아기를 보러 간 줄 알았다.

"당연히 그래야지."

수호는 아기 울음소리가 나자 자리에서 일어났다. 나무로 된 아기침대에서, 막 잠에서 깨어나 뺨이 빨간 태웅이는 두 손을 꽉 쥔 채로 마구 흔들며 울고 있었다. 제수씨를 부를까 생각하며 주방 있는 쪽으로 쳐다보다가 아기의 울음이 커지자 어설프게나마 어르기 시작했다. 아기는 맘에 그다지 들지 않은 듯 인상을 찡그렸지만 울음은 곧 그쳤다. 그러다 작고 둥그런 배를 살짝 간질이자 마지못해 웃음소리를 내었다. 아기가 잠들 때까지 옆에 있어주려고 하다가 아무래도 마음에 걸려 욕실에 가서 손을 씻고 왔다. 그리고는 다시 아기를 살폈다. 눈을 감을 듯 말 듯하고 있는 아기는 수호를 바라보았다. 그러다가 뭐가 마음에 안 드는지 코의 주름을 잔뜩 잡으며 또 울음보를 터뜨리기 직전이었다. 그는 어쩔 수 없이 아기를 아주 조심스레 안아 등을 받쳐 주었다.

 태웅이는 사람 품을 따지지 않고 자신에게 계속 관심을 보인 대상에게 눈을 맞추었다. 아기 냄새가 그의 맘을 편하게 해주었다. 수호는 아기가 잠들 때까지 안아주었다.

 수창은 몸을 엎드린 채로 기어가 열려진 방문으로 형의 행동을 유심히 관찰했다. 어쩐지 아기를 안은 뒷모습이 쓸쓸해 보이었다. 제발 태웅이를 보며 가정에 정착할 마음이 들어야 할 텐데, 남자들에겐 자신을 닮은 아기를 갖고 싶은 맘이 다 있지 않은가. 멀리 가려고 하지 말고 주위를 돌아다 보길 바라다 보니 수창은 자신이 작은형보다 훨씬 어른이란 생각이 들어 갑자기 으쓱해졌다. 사랑스런 아내와 아기, 그리고 가정이란 책임도 기꺼이 받아들이지 않았는가.

 '역시 김수창은 난 놈이야!'

 주변 파악을 하지 못한 자기감상은 어쩔 수 없는 김수창의 일부였다.

 보글보글 끓고 있는 뚝배기 된장찌개, 그리고 역시 뚝배기 계란찜이 작은 상 위에 옹기종기 들어차 있는 반찬들과 함께 차려졌다. 수호는 그 정성이 가득한 밥상에 입맛 없는 껄끄러운 입에도 젓가락질을 하고 있었다. 그러나 완전히 속지는 않았다. 수창이 자신의 아내에게 수차례 윙크한 것을 모른 척하기가 더 힘들 정도였다. 술에 완전히 취하지 않았을 뿐 술기운에 아내에게 수호가 안 볼 때마다 장난을 치고 있었다. 제 딴엔 모르게 데리고 와 밥상

받게 한 정성을 봐서라도 그는 쉽사리 수저를 놓을 수는 없었다. 왜 이 짓을 벌렸는지 둔한 사람도 이미 눈치를 챘을 것이다. 수호는 수창의 노력을 고맙게 여기었지만 달라질 것은 없었다.

"맛있게 잘 먹었습니다. 늦은 시간에 죄송해요. 또 여러 가지로 고맙구요. 그럼, 그만 가볼게요."

"가시게요?"

"네, 가야죠."

"찬도 별로 없었는데요. 다음에 다시 오세요."

"벌써 가?"

술에 곯아떨어졌다는 놈이 벌떡 일어나 수호를 붙잡았다.

"술이 다 깼어."

수호가 쳐다보자 수창이 변명하듯 중얼거렸다.

"한 번만 더 그래. 너 혼난다."

수창에겐 경고를 날리었지만 연주를 보는 수호의 시선은 정중했다. 인사를 하고 사랑이 넘친 신혼집을 나왔다.

집에 돌아와서도 수호는 잠을 이루지 못했다. 한밤중인데도 침대에서 누워 있기가 고역일 정도로 잠자리가 불편했다. 자리에서 일어나 적막한 밤에 혼자 서서 서재를 바라보았다. 누워 있는 것보단 이게 더 나았다. 며칠 전 우연히 안지령을 봐서 그런지도 모른다.

회사 인수인계도 모두 끝내고, 짐도 거의 정리를 마친 상태로 정해진 날짜가 다가오기만을 기다리며 모처럼 쉬면서 시간들을 흘려보내고 있었다. 그 지나가기만 해야 하는 시간들에 할 일이 없어 서성이었다. 아무것도 남기지 않고 가만히 있기만 하면 되는데 그게 더 수호에게 어려웠다. 해승이 거의 반강제적으로 자선 모임에 데려갔을 때도 그런 맘이었다. 아무것도 남기지 않고 비우려는 맘!

아는 사람들도 간혹 있었다. 잠깐 인사만 하고 나오려 할 때 안지령이 보였다. 수호는 마주친 시선을 다른 곳으로 돌리었다. 많은 생각이 드는 것도 시선과 함께 빗기었다. 그녀 역시 자신을 보고 있지 않은 것이 느껴졌다. 응시하지 않고, 등지고, 서로 마음에 두지 않은 채로 그렇게 모르는 사람처럼 돌아섰다. 그리고 한 치도 헛되이 머무르지 않은 채 그곳을 빠져나왔다. 그의 결심은 확고해 보였다. 밀려오는 안지령에 대한 생각을 잡으려 하지 않았다. 휩쓸리는 그리움도 가만히 서서 보내 버렸다.

수호는 욕실로 가서 차가운 물로 세수했다. 얼굴에서 물이 뚝뚝 떨어졌다. 거울 속 자신의 모습을 보고 그는 움찔 놀랐다. 퀭하고 그 어디에도 정을 붙이지 않으려는 삭막한 얼굴이 낯설었다. 그는 뒷걸음쳐 거울에서 도망치듯 욕실을 나왔다. 그리고는 눈앞의 긴 복도를 걸어갔다. 그러나 복도 끝 자신의 방에 이르렀지만 들어가지 못하고 문에 그대로 기대어 섰다. 갑자기 두들기는 듯한 감정들이 또 한차례 몰려왔기 때문이다.

며칠 전 그녀를 한 번의 머뭇거림도 없이 지나친 것처럼 지금도 그렇게 해야 했다. 어렵지 않을 것이다. 눈앞의 안지령이 있는 것도 아니고, 그녀와 헤어지고 줄곧 해온 일이니 할 수 있을 것이다. 그러나 쉽지 않았다. 어려웠다. 그가 순간 허물어졌다. 바닥에 주저앉은 수호는 무거운 한숨으로 자신을 내리눌렀다. 슬픔이 다가왔다. 점점 몸과 맘이 닳아 웅크리고 앉아 그 슬픔에서 나오지 못했다. 한심하다는 생각도 하지 못할 정도로 마음이 가라앉아만 갔다.

"당신이에요?"

언제까지 이러고 있었는지 수호 자신도 시간을 헤아리지 못하고 있을 때 복도 끝에서 불빛이 새어나오더니 문이 열렸다. 이연이 자신의 방에서 나와 어둠 속에 둥그렇게 만 수호의 몸을 보고 놀라 물었다.

"응."

아내가 다가와 주저앉은 그를 의아하게 쳐다보며 왜 여기 있냐고 재차 물었다.

"그냥."

그녀의 눈빛은 쉽사리 그에게서 떠나지 않았다.

"무슨 일 있죠?"

같이 몇 년을 살았던 사람으로서 이연은 수호의 몸에서 흐르는 이상 기류를 느끼었다.

"아니라니까."

그의 말에 가시가 돋았다.

"알았어요."

자격이 없다는 듯 이연이 죄지은 무거운 어깨로 돌아서 걸어가는 걸 보는 수호의 얼굴은 어두웠다. 자신은 아내의 부정을 아는데, 아내는 모른다는 것이 공평치 않았다. 몸이 따르지 않았다고 해서 이미 정신으로 가득 차 오른 딴 맘을 부정할 수는 없었다. 그녀의 어깨는 계속 그렇게 자신 앞에서 아프게 처져 있을 것이다. 시간이 켜켜이 쌓여도!

"이연아."

그녀가 뒤돌아봤다.

"말할 게 있어."

"뭔데요?"

그녀의 얼굴에 걱정이 올라왔다. 아름다운 얼굴을 흐리는 그 기운에 수호는 망설이다가 고백했다.

"좋아하는 사람이…… 생겼어."

너무도 낮은 목소리인데도 순간 침묵이 흘렀다. 공기가 다 무겁게 내려앉아 버렸다. 그러나 수호는 아내가 계속 이해 못하는 갈색 눈동자로 바라보자 침묵을 깨뜨렸다.

"미안해."

지금 그 말은 그녀가 듣고 싶은 말이 아니었다.

"좋아하는 사람이…… 생기었다고요?"

상세히 말할 자신도 없으면서 수호는 아내에게 어느새 설명하고 있었다. 이연이 충격으로 흔들리고 있었기 때문에 그는 말들로 덧칠하고 있었다.

"아무 일도 없었어. 근데…… 마음엔 그 사람이 있어. 하지만 별거 아니야. 다 지울 거야. 다만, 시간이 걸릴 것 같아서 말하는 거야. 지우기로 했어. 하지만 노력해야 될 것 같아서."

이연의 눈빛에 슬픔이 어리었다.

"당신도 누군가를 사랑할 수 있구나."

그것은 아픈 중얼거림이었다.

"이연아, 그건……."

이연이 그에게 다가와 주저앉았다.

"난 당신의 마음에 아무도 들어올 수 없다고 생각했는데."

저지른 모든 죄를 잊어버린 채 이연은 그를 사랑했던 여자로서 남편에게 묻고 있었다.

"너무 어렵다고 생각했는데……."

처음 그를 봤을 때 김수호는 단정하고 정직한 눈을 가지고 있었다. 남들은 그가 너무 자신의 그릇에 비해 많은 걸 담으려는 욕심 많은 사람이라고 수군거렸지만 이연은 그 깨끗한 눈에 어린 삶의 피곤함을 보고 그게 다가 아님을 느끼었다. 그리고 그의 집에서 공공연히 이루어지고 있는 수호에 대한 부모의 차가운 처사들은 확신을 가져왔다.

'내가 열리라. 저 굳게 잠긴 단단한 철문을, 상처로 틈도 안 보이는 저 문을 열고 말리라.'

그녀의 시도는 번번이 실패했고 싸움까지 번지었다. 그리고 그녀는 지쳤다. 남편을 사랑하고도 다른 사람에게 기댈 정도로. 위로받고 싶었다. 이연은 자신의 잘못을 인정하면서도 다른 한편으론 남편의 마음은 그 누구도 열 수 없다고 단정 지었다.

이연이 멍한 시선으로 그를 응시하며 혼잣말처럼 중얼거렸다.

"누군지 몰라도 너무도 쉽게 했네."

"미안해. 노력할게."

"난 당신에게 뭐였어요?"

그것은 참을 수 없는 궁금함이었다. 자신의 상황도 생각지 않고 그녀의 맘이 너무 아프도록 궁금해서 묻고 있었다.

"이연아!"

수호가 상처를 드러낸 얼굴을 찡그렸다.

"알고 싶어."

"그러지 마."

마음속 묻어난 모든 미움이 일시에 터질까 봐 수호가 애원했다.

"난, 난 알아야 돼. 알 자격이 있어."

"없어."

순간 수호가 미움을 드러냈다.

"아니, 있어. 난 당신을 사랑……."

이연이 얼굴을 구기며 울먹거렸다.

"그래, 노력한 거 알아."

수호가 분노를 애써 누르고 불쌍한 아내를 달래려 했다. 물기 어린 아내의 눈가를 보니 분노를 잠깐이지만 터뜨린 것을 후회했다.

"그래요, 노력했어요. 그러니 말해줘요."

이연은 사랑했다는 말을 하지 않았다. 지금 그에게 사랑했다는 말을 하는 것은 부질없이 느껴졌다.

"내가 사랑하고픈 완벽한 나의 아름다운 아내."

"아!"

이연은 아픈 감탄사를 내뱉으며 허망함 속에 깨달아갔다. 항상 왜 자신이 못했는지, 너무도 차갑게 거부해서 지쳐 버려 그를 사랑하는 맘마저 저버리게 했는지 의아했었다. 그렇게 노력했는데, 사랑하고 싶다는 말도 항상 먼저 하고, 이해하려 숱하게 다가갔음에도 남편은 상대의 맘을 철벽으로 방어벽을 친 사람처럼 내치기만 했다. 그녀는 항상 잘못은 남편에게 있다고 생각했다. 그가 너무 아픈 사람이기에, 사랑을 받아본 적이 없기에 그런 감정이 싫고 노력도 하지 않는다고, 그런데 문제는 자신에게 있었다.

"내 잘못이었어."

그가 지금 혼란스러운 눈으로 최이연을 정의하고 있지 않는가! 사랑하고픈 완벽하고 아름다운 아내! 아픈 사람에게 모든 걸 이해한다며 동정하듯이 그를 보고, 상처 없는 눈으로 그 아픈 문을 억지로 열려고 했다. 그리고 왜 열리지 않느냐고 소리치고, 당신은 왜 그러냐고 탓하며 그를 더 낮추고 말았다.

이연은 아무 말도 못하고 자신의 잘못을 돌이키며 그를 바라보았다.

"사랑하는 사람, 당신 많이 닮은 사람이겠구나, 아픔이 있는."

수호는 고개를 돌린 채 아무 말도 하지 않았다.

"누군지 알고 싶어. 내가 아는 사람이야?"

그 말은 해서는 안 되는 말인 것을 이연은 하는 동시에 깨달았다. 남편의 동창과 일을 저질러 끝내 배신한 자신이 할 말이 못 된다.

"다 잊어버리자. 내가 말한 것은 나도 당신을 단죄할 수 없는 놈이란 거야."

"당신은 날 용서해 주려고 했잖아요."

수호가 고개를 저었다. 그리고 헛웃음을 지었다.

"그건 용서가 아니야. 내가 이루지 못한 수두룩한 것 중 제일 큰, 당신을 누구에게도 빼앗기지 않으려는 나쁜 욕심일 뿐이야. 난 아직도 용서 못했어. 지금도 그래. 어쩌면 벌주고 싶은지도 모르지."

이연은 그의 손을 잡고 아픈 미소를 지었다.

"미국으로 떠나지 않아도 돼요. 당신 사랑하는 사람한테 가도……."

말을 끝맺을 수가 없었다. 마음이 아팠다. 그녀가 내내 못했던 것을 너무도 쉽게 해버린 사람에게 남편의 행복을 맡긴다는 것이, 자신이 다시 용서받을 기회도 놓치고 보내고 만다는 것이 싫었다.

"미국으로 가자. 다시 한 번 해보자."

"그래도 될까? 우린 너무 많이 엇갈렸는데."

"응. 난 최이연을 선택했어. 이젠 노력하기만 하면 돼. 시간이 걸리겠지만."

이연은 고개를 끄덕거렸다. 두 사람은 복도에 앉아 서로의 눈에 들어찬 다른 사람을 느끼면서 바보 같은 약속을 했다.

지령은 수화기를 들어 번호를 누르다가 신호음이 가기 전에 얼른 놓고 말았다. 엄마가 보고 싶어서 목소리라도 들으려고 했지만 불안한 마음이 말리고 말았다. 그녀는 전화기를 물끄러미 쳐다보았다. 육 년 전 아버지가 지병으로 돌아가시고, 혼자가 된 어머니마저 외국에서 교수로 일하는 오빠를 따라 떠난 뒤 사 년째였다.

심장이 약한 엄마에게 고민을 나눌 수도 그렇다고 속마음을 들킬 수도 없었다. 더군다나 지금 이 상태로는 목소리만으로도 흐트러진 맘을 들킬 것이 뻔했다.

김수호를 앞에다 두고도 보고 싶은 맘과 달리 보지 않았다. 자신이 욕심내어 받은 그 반나절에 대한 대가를 치르기 위해서 지령은 더 냉정하게 굴었다. 그가 그곳에 없는 것처럼 우연히 마주친 그의 눈동자를 무심히 지나쳐 버렸다. 그 역시 약속에 철저했다. 그녀는 끝내 뒤돌아서는 그의 뒷모습에선 눈을 뗄 수가 없었다.

이 주일 전의 일인데도 바로 지금 벌어진 일인 양 괴로움이 밀려오자 지령은 심호흡을 했다. 이런 상태론 가까운 사람에게 얼굴을 보일 수도 없었다. 다행히 시부모님이 여행을 가신 덕분에 그녀는 한결 맘을 놓았다. 엄마한테 전화를 하고 싶은 맘을 당분간 접어야 한다. 딸자식 잘되길 바라는 마음은 그지없지만, 이미 이 생활에 길들여져 있는 어머니에게 충격을 줄 수 없었다. 일이 다 해결된 다음에 알려도 될 것이다. 떠나고 나서, 기반을 잡은 뒤에 꺼내도 늦지 않을 것이다.

지령은 자리에서 일어나 제법 커다란 자신의 방을 왔다 갔다 하다가 마치 손님처럼 둘러보았다. 점점 이곳과 어울리지 않은 감정이 들어찬 마음으론 여기 주인이 될 수가 없었다. 떠날 준비를 해야 한다. 어떻게 살아야 할지 계획을 세워야 했다.

"할 수 있어. 안지령, 넌 하게 될 거야."

지령은 보호만 받고 살아와서 자립한다는 사실에 미리서부터 겁을 먹는 마음에게 조용히 힘을 주며 다그쳤다.

"잘할 수 있어."

그녀는 노트를 꺼냈다. 뭔가 혼자 살아갈 방도에 대한 계획을 세우려 했다. 어디로 떠나야 할지가 먼저 목표를 뒷받침할 제일 우선으로 세워야 할 문제였다. 서울 어디로 가야 할까? 아니면 서울을 떠나야 하나? 어떻게 할지 아직 갈피를 못 잡은 그녀는 연필을 잡아 쥔 손이 긁적이는 대로 그냥 내버려 두었다.

쓱쓱, 그런데 단어가 아닌 선이 그려졌다. 순간 무언가 그리고 싶은 욕구가 솟구쳤다. 시부모님 그림도 그동안 그렇게 그리려고 했을 땐 잘되지 않다가 몇 달 전 연필 잡은 손이 저절로 움직이는 것처럼 그려지더니 지금도 마찬가지였다. 그러나 도중에 연필을 툭 놓아버렸다. 그 반동으로 연필이 책상 위에서 구르다가 떨어졌다. 그리려는 대상을 알자 마음이 막고 나섰다. 그러나 그녀는 그런 마음에 의문을 당기었다.

'그러면 안 돼.'

'왜?'

거센 마음의 파도와 맞닿았다.

'그를 소유할 수도, 외면한 채 응시할 수도 없는데 그리워하지도 못한다는 건 견딜 수 없어. 혼자서 마음에 담는 것마저 안 된다고 하지 마. 제발!'

지령은 떨어진 연필을 집어 다시 그러잡고 그리기 시작했다. 정성을 다해서 마음에 떠오른 얼굴에 집중을 다했다. 예전에 그리고 지웠던 것과는 비교도 안 되는 노력이 그녀의 온 정신을 사로잡았다. 머리카락 한 올에도 그녀의 감정이 들어가서 마치 살아 숨 쉬어 움직일 것만 같았다. 그의 검고 어두운 눈동자엔 자신의 그리움이 가득 쌓인 얼굴이 비출 것만 같았고, 입술은 뭔가 이야기를 삼키고 있는 듯 보였다. 오직 김수호만을 생각하고 단숨에 그린 스케치는 그렇게 살아 움직일 것만 같은 생기를 그녀에게 부여받아 지령을 바라보고 있었다.

"나를 잊더라도 꼭 행복해져야 돼요. 사랑해요."

지령이 마음에 통증이 이는 걸 무시하고 속삭일 때, 노크 소리가 들렸다.

"네?"

"형수님!"

우현의 목소리가 들리자 지령은 서둘러 덮느라 노트를 바닥에 떨어뜨렸다. 그사이 우현이 들어왔다. 다행히 노트는 덮여져 있었다.

"내가 보면 안 되는 건가요?"

우현이 떨어진 노트를 보며 물었다. 그녀가 서둘러 감추려는 기색을 알아차린 듯했다.

"……"

지령이 너무도 당황해 아무 말도 하지 못하고 그 노트만을 뚫어지게 쳐다보았다. 우현은 그런 지령의 모습에 미간이 찡그려졌다. 그리고 그 노트를 지령보다 먼저 손에 넣었다.

"주세요."

떨리는 목소리로 지령이 요구했다.

이연은 우현의 연락에 반응이 없다가 계속 전화가 오자 그가 나오라는 곳으로 차를 운전했다. 희미한 겨울 햇살이 오히려 눈을 부시게 해 주위의 지나가는 모습들은 하나도 시야에 들어오지 않는, 경기도 어딘가 인적이 드문 그의 별장 근처까지 왔다. 자신의 의사를 확실히 해서 완전히 끊으려고 여기까지 온 이연은 차에서 내리었다. 그 역시 밖으로 나와 손때 묻지 않은 풍경을 바라보고 있었다.

"자꾸 이러면 정말 곤란해요. 난 당신을……."

"날 사랑하지 않고, 당신 남편을 원하는 지친 맘으로 날 잠시 그인 양 받아들였다. 알아요, 알았어요. 당신을 붙잡으려고 이러는 게 아니에요."

그녀의 말이 끝맺기도 전에 우현이 조용히 가로챘다. 진회색 양복을 입은 그가 이연을 마주 보았다.

"확실히 하려고 왔어요. 내가 당신에게 못되게 굴어서 사과하려고."

그가 진지하게 이연을 바라보며 말했다. 그의 트레이드마크였던 자신 가족 외에 세상을 가볍게 보던 웃음기도 완전히 사라졌다.

"당신은 아름다운 여자예요. 갖고 놀 생각이었지만 당신에게 빠져들었던 같아, 같아요."

우현은 그녀에게 존댓말을 하며 의식적으로 거리감을 두려 했다.

"물론 아주 깊은 감정이라고 보지는 않아요. 당신이란 여자에게 매료된 거지. 그런 적 그다지 없었기 때문에 당황해서 당신을 너무 모질게 밀쳤어요. 그래요, 내가 나빴어요. 당신에게 시도하지 말았어야 했는데……."

"그 말 하려고 여기까지 왔나요?"

우현의 말을 이연이 냉정하게 끊어버렸다.

"어디에 가든 행복해요. 당신이 행복하게 살길 바랄게요. 다신 서로 만나지 말고."

차가운 이연에게 나머지 말을 그는 단숨에 해버렸다. 그녀는 약간 굳어진 얼굴이었지만 변함이 없었다.

"상처 준 거 미안해요. 당신은 좋은 여자예요."

"사과를 받아들이죠. 그래요, 다시 보지 말아요. 잘살 거니까.

빨리 잊어버려 주는 것이 서로에게 좋을 테니까요. 안녕히 가세요."

이연은 그의 말이 다 끝나자 일분일초도 헛되이 머무르지 않고 몸을 돌렸다. 그리고 자신의 차로 갔다. 마음의 요동 없이 정말 그가 아무것도 아닌 것처럼 즉각 차를 출발시켰다.

장우현과의 관계는 욕정에 사로잡힌 불륜에 불과한 참으로 가볍고 의미없는 짓거리였다. 아무리 사랑이 아니다 할지라도 이렇게 무의미하게 느껴지는 것 보니 정말 한때 욕망에 불과한 것인가 보다, 그녀는 그렇게 생각했다.

"그렇구나."

어떤 감정도 얼씬거리지 못할 만큼 이연은 무감각했다. 그렇게 쉽게 정리할 때쯤 무심코 튼 라디오에서 DJ의 발랄한 목소리에 이어 행복한 노랫말 가사의 가요가 흘러나왔다. 그런 밝은 음악이 쨍쨍거리는 소음처럼 들리더니 갑자기 마음에 균열이 가기 시작했다. 쩍쩍 소리까지 나면서 금이 가고, 심장이 병에 걸린 것처럼 아파왔다. 자리를 못 잡아 없는 것처럼 느껴졌던 아픔이 점점 실체를 드러내 커지더니 살갗을 찢고 밖으로 나오려 했다. 눈물이 뺨을 타고 흘러내렸다.

"이게 무슨 일이지?"

조절하지 못한 눈물은 뺨을 적시고 또 적시었다. 그녀는 이제야 깨달았다. 자신의 심장은 장우현에게 영향력을 줘버렸다는 것을. 그게 사랑이 아닐지라도 그녀의 오감은 이미 그라는 인간에게 기대고 있었다. 그래서 아무리 모른 척하고 무감각해졌을 때도 심장에선 그로 인한 상처로 소리 없이 진물이 흐르고 있었던 것이다.

이연은 이런 불쌍한 감정에 화가 나 앞을 안 보고 질끈 눈을 감았다가 하마터면 턴해서 오는 차와 부딪칠 뻔했다. 다행히 살겠다는 본능이 두 손으로 핸들을 돌려 위험한 순간을 모면했다. 욕 소리와 함께 떠난 차들을 피해 가드레일을 아슬아슬하게 비켜 겨우 한쪽에 차를 멈추었다. 그녀는 거친 숨을 몰아쉬며 핸들에 얼굴을 박았다. 그러다 갑자기 이 마음대로 안 되는, 어리석은 심장에 묶여 있는 자신이 싫어 소리를 질러대기 시작했다.

"아!"

그리고 고개를 들었다.

"경고야, 내 말대로 해. 그렇지 않으면 하잘것없는 이 심장에서 피가 철철 나게 해줄 테니까. 알아들었어, 최이연!"

그녀는 자신에게 윽박지른 후 마음을 진정시키고 다시 차도로 진입해서 집으로 향했다.

우현은 이연의 차가 보이지 않을 때까지 지켜보았다. 단순명료했던 것은 다 어디로 가고 딱 떨어지는 명쾌함은 이제 그에게선 더 이상 존재하지 않았다. 그는 누군가가 몸을 낮춘 채 숨어서 그들이 함께 있었던 모습에 초점을 맞추며 사진을 찍고 갔다는 것도 눈치 채지 못했다. 그렇게 주위 돌아가는 상황은 하나도 들어오지 않았다.

모든 것이 끝났음에도 여전히 그의 맘은 앙금에 시달렸다. 한 달 내내 일만 매달리고 밤엔 환락을 찾아다녀도 그의 몸은 최고의 긴장 상태를 잃어버렸다. 하나만 생각하던 집중력도 흐려졌다. 안지령에 대한 사랑은 그에게 절망을 안겨주었지만 긴장 상태를 잃지는 않았었다. 가질 수 없다는 것에 반발하듯 오히려 강하게 조여드는 온몸은 다른 일에 대한 무자비한 욕심을 만들었고, 일에 대한 명성과 잔인한 바람둥이가 되어버렸다.

그러나 지금은 달라졌다. 그의 몸은 이제 아무리 여자들이 손대며 몸을 비벼대도 우울한 듯 흥미를 잃었다. 마지못해 일어난 성기는 생기를 잃고 욕망을 지겨워했다. 일도 지겹고, 아양 떠는 여자들의 시중도 마찬가지다.

뭐가 잘못된 거지? 우현은 말끔하게 이연을 보내면 자신의 몸 상태도 달라질 거라고 믿었다. 그런데 오히려 더 나빠졌다. 몸이 누군가가 마구 때린 것처럼 통증이 일었다. 모든 걸 손에 쥐어야 직성이 풀리던 성미도 한풀 꺾여져 버렸다. 의욕을 잃었다. 왜 그런 것일까?

우현은 상류층 자제들이 잘 드나드는, 그들만의 아지트 중 하나에 들렀다. 오래간만이었다. 재벌가의 아웃사이더인 이주성이 하는 술집은 자주 왔다 가는 곳이지만 언제부턴가 잘 가지지 않았다. 이연과 만나면서 생긴 습관이었다.

그답지 않게 구석진 곳에 앉아 주문하지 않아도 그의 취향에 따라 나온 술을 마시었다. 우현은 뜻대로 안 되는, 자꾸 늪에 빠지고 있는 기분 속에서 벗어나지 못했다. 나오려고 하면 할수록 질척하게 잡아끌며 더 허우적거리게 되어 오히려 그 자신을 방치하듯 내버려 두었다. 그때 중앙에서 시끌벅적한 소리가 났다. 김수창이 어울리는 무리들과 방금 와서 술을 마시다가 아는 여자가 오자 두 손을 내밀며 막아선 것이다.

"안 돼. 떨어져서 인사해. 안기면 안 돼. 네 향수 내 옷에 배이면 곤란하단 말이야."

"간만에 와놓고 가벼운 포옹도 하지 말라고? 언제부터 이렇게 고리타분해졌어. 이건 반가움의 인사야. 나도 너 건드릴 생각 없어. 아, 기분 더러워."

전 같으면 소심한 유부남으로 변모한 김수창을 놀리고, 재미있어해야 정상인 조민희가 마구 성질을 부렸다.

"내가 이 옷을 얼마나 좋아하는데."

수창이 자신의 옷을 손으로 쓱 쓰다듬자 옆에서 재건이 옷 찢는 흉내를 내며 작은 소리로 말했다.

"다른 향수 진하게 묻여오면 옷을 갈기갈기 찢는다."

아침에 들렀다가 상냥한 연주 씨가 저지른 그 갈기갈기 찢어진 셔츠를 보고 경악했던 기억은 아직도 무섭다. 수창은 인사로 여자들과 포옹하는 버릇이 있는데 그것에 대해 봐주다가 한번 날 잡아 경고를 하는 것이란다. 수창이가 사랑하는 여자는 아름답고 예쁘면서 가끔씩 팍 풀어주지만 심기가 상하면 아주 무서워진다. 그리고 웃으며 일절 잔소리 없이 아침밥을 해주는 걸 보면 참 놀랍고 희한하다. 알아서 조심하려고 애쓰는 수창이를 보면 더욱 신기한 일이라고 재건은 생각했다. 그래도 예쁜 여자하고 결혼한 수창이 부러웠다. 자신의 아내를 떠올리니 더 그러했다. 그러나 재건은 그 예쁘지 않은 해신이가 지금 뭐 하는지 괜히 궁금해졌다.

"너, 난 네 친구야."

조민희가 다시 안기려고 고집을 부렸다.

"조민희, 너 왜 이렇게 억지 부려. 그러지 말고 네 애인한테나 가."

수창이 귀찮은 듯 두 손가락으로 민희의 이마를 밀자 버둥거리는 그녀가 짜증스럽게 중얼거렸다.

"내가 언제 연애했냐?"

"하여튼 쟤는 요즘 왜 이렇게 꼬였어?"

재건이 예쁘장한 민희가 요즘 그녀답지 않게 부리는 심술을 보며 툴툴대자 수창이 사랑 때문이라고 언급했다.

"난 사랑하지 않았어!"

민희가 언제 들었는지 화나서 외쳤다.

"시끄러워. 야, 우리 2차나 가자."

수창은 재건을 비롯한 친구들을 이끌고 일어서다가 한쪽에 있는 우현을 발견했다. 시선이 마주치자 가벼운 눈인사를 하고 떠났다. 우현은 수창의 인사에 경직되어 버렸다.

"헤이, 오빠! 여기서 조용히 뭐 해?"

민희가 무릎까지 오는 시폰 원피스가 구겨지는 것도 신경 쓰지 않고 다가와 풀썩 앉았다.

"왜 인상을 써?"

민희가 모델마냥 가는 긴 다리를 쭉 뻗으며 물었다.

"그냥."

우현은 예전 민희에게 성적 매력을 느꼈던 기억이 났다. 마를 대로 마른 데다 연하고 가는 뼈대는 제법 큰 키에도 그녀를 여성적인 매력이 한껏 나게 했다.

커다란 눈동자와 말아 올라간 큰 입술을 가진 민희가 우울한 눈빛으로 그를 뚫어지게 쳐다보았다. 그녀 역시 장우현이 자신에게 성적 매력을 느꼈다는 걸 알고 있었다. 뭐, 그런 남자가 한둘이 아니니까. 지금 당장 필요한 것은 이런 매혹이었다. 그래야 그 하찮은 인간을 잊을 수 있을 것이다. 민희가 장우현의 두툼하면서도 잘빠진 입술을 훔치었다. 망설임은 없었다. 혀가 엉켜들었다. 그리고 서로의 타액이 섞여 들어갔다. 그러나 눈을 뜨는 순간 민희는 자신이 빌어먹게도 상대를 또 착각했음을 깨달았다. 게다가 우현 역시 아무런 반응도 하지 않고 애송이마냥 빳빳하게 굳어버렸다.

"스카치로! 얼음 넣지 마."

기분이 더러워지자 민희가 주문했다. 그러나 주성이 구시렁거리며 아무 술이나 따라 얼음을 무척이나 많이 넣자 그녀가 노려보았다.

"그렇다고 내가 안 취할 줄 알아?"

주성은 성난 표정 짓는 것도 지겹다는 듯 아예 울상이 되어버렸다.

"제발, 조용히 장사 좀 하자. 내가 미치겠어. 수창이 결혼해서 인간 되니까 심심하냐? 왜 네가 이러는데?"

주성은 답답하다는 듯 소리치다가 인영의 모습이 보이자 웃는 얼굴로 바뀌었다. 인영이와는 사귄 지 몇 개월 만에 잘되지 않아 헤어졌지만 지금도 서로 낯을 붉히지 않은 좋은 사이로 남았다. 그러나 여전히 좋아하고 있었다. 아기자기하게 사귀고 싶은 인영과 자유로운 그가 서로 맞지 않을 뿐이어서 친하게 지내는 데 문제는 없지만 아마도 깊은 사랑으로 발전할 기회는 없을 것 같았다.

"재미없어. 다 재미없어."

민희가 혼자 투정 부리다가 고개를 돌려 우현에게 시비 걸듯 물었다.

"오빠도 재미없어. 언제 사랑에 빠진 거야?"

그녀의 술 취한 말에 우현이 얼굴을 찡그렸다.

"무슨 말이야?"

민희가 다시 생기를 차리며 웃었다.

"정말 몰라? 장님이 되셨군. 오빠 사랑하는 사람 생겼잖아. 오빠처럼 능력있는 사람이라면 자신의 변화는 알 줄 알았는데, 아닌가 보네. 키스 한 번에 들켜놓고 말이야. 육체가 마음에 좌우된다는 것은 말기 증상인데, 근데 누구야? 비밀로 해줄게."

민희가 발로 우현의 다리를 슬쩍 치며 물었다. 아니라는 듯 언짢은 미소가 나오자 조민희가 입술을 쭉 빼며 말했다.

"맞다니까, 심장을 저당잡히셨네요. 빨리 찾아오지 않으면 위험해져. 아니면 그 사람에게 빌붙어 살든지. 정말 사랑이란 재수없어. 어떻게 상대를 잘 찾지 못하는지 모르겠어. 나한테 맞는 사람한테 맞춰서 화살을 쏴야지. 누군지도 알아보지 않고 아무나 쏘니, 이건 직무유기야! 잘 알아보고 쏴야 되는 거 아니냐고. 꼴 같지 않은 놈 말고 말이야!"

조민희가 바락바락 소리 지르자 주성이 아예 손으로 귀를 막으며 '내 팔자야'를 외치는 중에 우현은 일어나 버렸다.

"오빠, 맞아. 사랑에 빠졌어요. 상대가 영 마음에 안 들면 얼른 고쳐. 내버려 두다간 온몸으로 퍼지니까. 그렇게 되면 자신을 버리지 않고서는 힘들어져, 나처럼!"

우현은 휘청거리며 본가로 들어섰다. 널따란 정원의 나무들을 지나 고개를 들어보니 이층 형수의 방이 은은한 불빛으로 밝혀져 있었다. 그의 눈빛은 세월의 흐름에도 변함없이 언제나 이곳에 빨려 들어가곤 했다. 변할 수 없는 사실이었다. 그는 오로지 한 여자만을 사랑해 왔다. 그리고 그 사랑은 자신을 절망하게 하고 아프게 해도 좀먹게 하진 않았다.

그런데, 지금 자신을 갉아먹는 이 감정이 사랑이라고…… 그것도 최이연 때문에? 그는 고개를 저었다. 여린 잔디를 세게 밟으며, 온몸이 인정하는 사실을 그렇게 부정했다. 그럴수록 그의 몸은 물먹은 솜처럼 무거워져 갔다.

거실로 들어가니 부모님의 겨울여행으로 일층은 고요했고, 아줌마는 뒤채로 갔는지 아무런 인기척도 들리지 않았다. 부모님이 없을 때는 다른 이들에게 맘을 들키지 않기 위해 되도록이면 우현은 본가에 발을 들이지 않았다. 그러나 지금은 그런 여유조차 차릴 수가 없었다. 당장 사랑하는 사람의 얼굴을 봐야 한다. 그래서 잘못된 대상에 병들어 있는 심장을 일깨워 주고 싶었다. 네가 사랑하는 사람은 안지령이라고! 만져서도 흔들어서도 안 되는, 오로지 보호만 해야 되는 대상뿐이라고!

그는 계단을 두 개씩 한꺼번에 올라갔다. 점점 빨라지는 걸음으로 다 올라가자 곧 불빛이 새어나오는 방에 이르렀다. 손잡이를 잡고 항상 설레던 기분마저 느끼지 못한 채 황급하게 열어젖혔다. 그러나 안지령의 체취가 가득한 깨끗한 방 안은 주인 없이 덩그러니 비어 있었다.

우현은 벽에 몸을 기대고 주인이 없는 곳에 있어선 안 된다는 생각도 잊은 채 그녀의 숨결이 머물었던 방 안을 바라보았다. 아늑함을 주는 크림색 벽지에 벽에 탁 붙어 있는 작은 침대, 안지령의 몸에 꼭 맞는 소파와 작지만 튼튼한 책상과 형의 사진으로 가득한 높다랗고 좁은 책장. 그녀의 기호와 눈높이에 딱 맞춘 인테리어로 가득한, 늘 맘이 갔던 이곳을 지금은 공허함이 깃든 눈으로 쳐다보았다.

욕심 많은 마음을 항상 숨죽이게 했던 사람, 그 사람의 방 안에서 우현은 지금 그 어느 때보다 길을 잃고 마구 흔들리는 자신을 그녀가 잡아주길, 그래서 이 헛된 마음을 없애주길 간절히 바랐다. 그러나 그도 안다. 자신은 지령에게 어떠한 요구도 못할 것이다.

허한 웃음이 그에게서 빈 깡통이 울려대듯 나왔다. 숙인 고개를 들어 얼굴을 젖히자 그의 지친 갈색 눈동자 안으로 화장대 위에 노트가 비쳤다. 우현의 머리 속에 며칠 전 기억이 들어왔다.

몇 번씩 부르고 노크까지 하고 들어갔는데도 지령은 무언가를 넋 놓고 보다가 그가 눈앞에서 다시 불렀을 때야 노트를 서둘러 덮느라 바닥에 떨어뜨렸다. 우현은 떨어진 노트를 찬찬히 바라보다 고개를 드니 지령이 창백한 얼굴을 한 채 두 손을 떨고 있었다.

"내가 보면 안 되는 건가요?"

우현은 떨어진 노트에 다시 시선을 두며 물었다. 무언가 비밀일기라도 되는 것처럼 평소의 침착한 형수의 모습은 그 어디에도 없었다. 그의 물음에 그녀는 아무런 대답도 못하고 노트만 뚫어지게 보며 당황했다. 우현은 땅에 떨어진 노트를 먼저 주웠다.

"주세요."

그녀가 요구했다. 우현은 그녀가 보여주고 싶지 않은 것은 굳이 볼 생각이 없었다. 다만 떨어진 것을 주워주려고 했을 뿐이었다. 그러나 지령의 당황한 모습에 그는 그 노트를 보고 싶어졌다.

"얼른요."

그녀의 요구에 보겠다는 맘보다 손이 먼저 앞서 건네주었다. 근데 지금 이 노트가 다시 그의 눈앞에 있었다. 그렇게 중요한 거라면 왜 자꾸 이렇게 흘리는 이유가 뭔지 궁금했다. 그의 의문에 답인지, 노트는 그동안 많이 본 듯 가장자리가 닳아 있었다. 그의 손이 저절로 두꺼운 겉장에 닿았다. 그러나 딱히 의심은 없었다. 형수가 보여주기 싫어한 이 노트엔 분명히 형의 스케치나 보고프다는 단어들로 가득할 테니, 질리도록 말이다.

우현은 노트를 한 장 넘기었다. 첫 장은 그녀의 필치로 가득하게 떠나겠다는 말이 온통 채워져 있었다. 우현의 눈은 놀라고 어두워졌다. 그녀에게 무슨 일이 있었나? 다음 장을 넘기었다. 순간 그는 노트를 놓치고 말았다. 심장이 마구 뛰기 시작했다. 방금 본 것을 믿을 수가 없었다. 그가 떨어진 노트를 바라보며 다시 천천히 들어 올렸다.

　암울하고 행복하지 않은 검은 눈동자가 놀란 우현과 딱 마주쳤다. 뺨은 말랐지만 날카로움보다는 지쳐 보였고, 입술은 많은 말들을 숨기듯이 닫혀져 있었다. 일 초만 봐도 누군지 알 수 있을 만큼 너무도 상세히, 섬세하게, 선 하나하나에도 정성을 다한 흔적이 느껴졌다. 손으로만 그린 그림이 아니었다. 온 마음을 다 줘서 완성한 것이었다. 그린 사람의 애정이 꿈꾸어 창조된 결과물이 지금 장우현 눈앞에 있었다.

　'왜 여기 김수호가 있는 거야?'

　충격에 빠진 우현은 안지령의 마음에 담아서 만들어진 김수호의 얼굴을 경련을 일으킨 채 마주했다. 그가 그 누가 설명하지 않아도 이 그림만으로 충분히 알 수 있었다. 자신의 기나긴 사랑은 항상 벽에 부딪쳤는데 김수호는 안지령의 마음을 단박에 차지했다는 것을.

　안지령은 김수호를 사랑한다. 과거형도 아닌 진행형이며 미래가 될 것을 이 그림이 말해주었다. 심한 현기증이 일어났다. 바닥이 자꾸 흔들리어 고꾸라질 것만 같았다. 왜 하필, 안지령의 마음 속에 김수호가 있단 말인가! 그의 호흡이 거세지고 심장이 터질 것만 같았다. 그때 뒤에서 문소리가 나더니 헉하는 가느다란 지령의 숨소리가 들렸다.

"나, 나가세요. 여긴 내 방이에요."

당혹스러움을 애써 누르며 안지령은 시동생에게, 그것도 자신을 오랫동안 사랑한 그에게 명령했다. 그러나 한마디 설명 없이 장우현을 이 방 안에서 내칠 수는 없었다.

"그 누구도 함부로 내 방에 올 수 없어요."

유부남을 사랑하게 된 자신의 처지가 떳떳하지 못한 부끄러움에 그녀의 뺨이 붉은색으로 물들었다.

"왜 하필…… 김수호죠?"

그의 음성이 눈동자와 함께 아프게 떨렸다. 지령은 입을 다문 채 아무 대답도 하지 않았다.

"하고 많은 남자 중에 왜 김수호냐고? 날 이해시켜 봐요. 왜 아무것도 아닌 김수호인지, 아니라고 말할 순 없겠지. 이미 이것으로 다 증명했으니까."

우현이 노트를 그녀의 발치에 내던지며 물었다.

"나가요. 난 도련님에게 말할 의무 없어요."

"의무가 없다구요?"

그가 되물었다. 어이없는 헛웃음이 신경세포를 타고 돌았다.

"형님은 내 마음속 깊이 사라지지 않을 거예요. 하지만 지금 느끼는 마음까지 형님 것일 순 없어요. 세월은 사람을 변하게 해요. 그는 추억이 되어버렸어요. 아마 우석 씨도……."

장우현의 웃음소리는 잦아들지 않았다. 그가 다가오자 지령은 방에서 나가려고 했으나 그의 손이 빨랐다. 문을 세게 닫아버리고 그녀를 문과 자신의 몸 사이에 가둬 버렸다.

"형이 아니라 나한테 할 말 없냐고. 죽은 형을 말하는 게 아니잖아!"

한 번도 형수에게 남자로서 맞닿은 적 없던 우현이 시동생을 벗어던지고 소리 질렀다. 그의 목울대가 심하게 흔들리고 눈은 충혈되었다.

"그만 해요."

여전히 이렇게 온 상황에서도 안지령은 그들의 말없이 이루어진 평화협정을 깨길 원치 않았다.

"왜요? 장우현이 형수 좋아한다는 소리가 아무도 모르는 비밀이라서? 그래도 당사자들은 알고 있잖아요. 모른 척하지 마. 이미 다 알고 있다는 거 아니까."

지령은 얼굴이 심하게 일그러졌지만 엄격함을 방패로 장우현을 밀어내려 했다.

"안 들은 걸로 할게요. 도련님 술 취했어요."

"그래야 마음 편하나요? 하지만 달라지는 건 없어요. 장우현이 자신의 형수를 처음 본 순간부터 마음에 뒀다는 거. 처음부터 형수가 아니라 여자로서 받아들이고 갖은 상상을 다 하며 뜨거운 심장을 겨우 진정시켰다는 거. 어떻게 하면 죽은 형만 생각하는 형수를 꼬드겨 도망가서 단둘이 살까 며칠씩 궁리한 적도 있는 것이…… 없는 것처럼 되지 않으니까. 어떻게 하면 형수랑 잘 수 있을까 하는 마음이 가시는 건 아니니까."

짝!

그의 노골적인 사랑이 쏟아지자 안지령은 손을 들어 그의 고개가 돌아갈 정도로 뺨을 세차게 쳐버렸다. 그러나 그 어떤 것도 그를 진정시킬 수는 없었다.

"난 당신을 사랑해. 십 년 가까이 당신만을 사랑했어. 내 사랑에 당신이 다칠까 봐 마음 조이며 미칠 만큼 신경 쓰고 또 썼어. 그런데 지금 누구와 사랑에 빠져? 그것도 너한테 가장 상처를 줄 수 있는 그런 놈인 김수호와……."

그의 꽉 쥔 주먹이 그녀 옆 벽을 있는 힘껏 연신 내려쳤다. 주먹이 문드러지고 피가 뚝뚝 흘러내렸다.

"그만 해요!"

지령이 소리치며 부탁했다. 장우현을 남자로 사랑한 적이 단 한 번도 없지만 그를 시동생으로 염려하고 있었다. 자신감이 충만하고 이기심이 강해서 남의 기분도 잘 헤아리지 못할 때가 많은 잘난 그가 어느 순간 곤두박질쳐서 다칠까 봐 걱정이었다.

"제발 이러지 말아요, 도련님! 헛된 마음 버리고 자신의 행복을 찾으세요. 이건 절대 아니라는 거 알잖아요."

"내가 시동생이라서요?"

"도련님!"

정신을 차려주길 바라고 바랐는데, 지령은 후회가 되었다. 진작 껄끄러워도 입에 담고 말로 끊어야 했다.

"김수호는 되고 난 안 돼요?"

이미 지령은 온 맘을 차지하지 않았다. 아직도 그녀가 그 맘에 존재해 있고, 억지로 내몰지 않는 한평생 있을 존재이지만 예전만큼은 아니었다. 그러나 우현은 지령의 맘을 앗아간 것이 이젠 형이 아닌 김수호라는 사실에 더 충격을 받았다. 최이연이 사랑하기에도 부족한 그놈을 안지령도 사랑한다니 견딜 수 없었다.

"그렇게 말하지 말아요."

"왜 난 안 돼?"

그는 낮게 부르짖었다. 감정이 흉하게 덕지덕지 묻어 있었다.

"도련님!"

"제발 날 그렇게 부르지 마요. 모든 걸 다 잃어도 당신만은 가지고 싶었어. 그런 나에게 제발 형의 동생으로 부르지 말라고. 그렇게 애가 탔건만 당신은 마음 조각 하나 보이지 않았어. 근데 그 단단함이 김수호에겐 그렇게 쉽게 흔들려? 어떻게 그럴 수 있어? 왜 김수호냐고! 그 보잘것없이 하찮은 놈을 어떻게 좋아할 수 있어!"

우현이 지령을 잡고 흔들었다. 그가 휘어잡은 그녀의 손목은 벌써부터 멍이 들 지경이었지만 지령은 수호를 욕하는 소리에 더 고통스러울 정도로 화가 났다.

"장우현 씨!"

그가 모든 동작을 딱 멈추었다.

"난 당신을 가족이기 때문에 사랑한 거야. 그렇지 않았으면 조금도 좋아하지 않았을 거야. 당신이란 사람 조금도 마음에 들지 않았어. 자신밖에 모르는 에고적인 남자, 난 끔찍해. 알아? 네가 내 시동생이니까 의무적으로 좋아한 것뿐이야."

지령은 가장 독한 가시로 그를 찔렀다. 어느 면에선 사실이고, 또 어느 면에선 사실이 아니었다. 그를 시동생으로 사랑한다. 그래서 그가 다치지 않길 바랐다. 그러나 한계에 직면한 그녀는 공격을 했다.

우현은 장검으로 배를 찔린 사람처럼 푹 고개가 숙여지더니 몇 발자국 뒤로 물러났다.

"전혀?"

"전혀."

상처가 완전히 드러난 그의 얼굴을 보는 것조차 가슴이 아팠다. 지령이 후회하고 가까이 다가오려고 하자 그가 피해 버렸다.

"오지 마."

"사랑은 마음대로 되는 게 아니에요. 마음대로 된다 하더라도 도련님을 사랑하는 일은 절대 없어요. 당신은 내 가족이나 마찬가지니까. 욕심에 눈이 흐려지면 많은 걸 잃게 돼요. 당신의 오만이 시간을 얼마나 낭비했는지 돌이켜 봐요. 날 진정 사랑했다면 단념했을 거예요. 이건 나에 대한 사랑이 아니라 집착이고 자기애에 불과해요."

잔인한 말에 이어 위로한답시고 한 그녀의 설교는 더 심한 상처를 냈다.

"제발 진실을 봐요, 도련님."

지령이 그에게 손을 내밀려고 하자 우현은 도망치듯 그 방을 나와 버렸다.

"김수호가…… 이런 복수를 하는군."

이연을 건드린 죄였다. 마음을 차지하고 있는 여자와 아직 마음에 남아 있는 여자! 그 둘 때문에 우현은 심한 고열에 시달리기 시작했다.

술이 필요했다. 지령의 말들을 다 잊어버릴, 그녀가 김수호를 사랑해 버린 걸 지우기 위해 그는 정신없이 술을 마시었다. 그러나 아무리 마셔대도 머릿속에 지옥 같은 지령의 말들은 그대로였다.

술집에서 얼마인지 묻지도 않은 채 수표 몇 장을 던지고 나오다가 그는 긴 계단이 있는 출입문에서 자신의 인생처럼 발을 헛디뎠다. 균형을 찾으려는 어떤 노력도 없이 그대로 굴러 떨어져 버렸다. 온몸이 욱신거리고 이마에는 뜨겁고 끈적거리는 피가 흘렀다. 우현은 아프다는 감각보다 지령의 말을 먼저 떠올렸다.

"제발 진실을 봐요, 도련님."

진실? 그래, 진실이 뭔지 알려주겠다. 어리석은 안지령에게! 몸이 아프다는 것도 느끼지 못한 채 그가 일어섰다. 발목이 심하게 삔 것 같은데도, 어디선가 피가 흐르는데도 그는 개의치 않았다. 제정신이 아닌 장우현은 순간 자신을 망치고 남을 망치고 싶을 만큼 미치었다. 끔찍한 진실을 마구 파헤치고 싶을 만큼 미친 것이다.

우현 때문에 걱정이 된 지령은 밖으로 나와 어쩔 줄 모르는 얼굴로 어둠 속을 막연히 바라보았다. 그녀는 찬바람 속에서 불안하게 서성거리었다.

"난 당신을 가족이기 때문에 사랑한 거야. 그렇지 않았으면 조금도 좋아하지 않았을 거야. 당신이란 사람 조금도 마음에 들지 않았어. 자신밖에 모르는 에고적인 남자 난 끔찍해. 알아? 네가 내 시동생이니까 의무적으로 좋아한 것뿐이야."

우현에게 그렇게 말하지 말았어야 했다. 그가 모든 것을 갖춘 잘난 남자임에도 성품에선 부족한 점이 많다는 걸, 포용하지 못하고 이기적인 면이 강하다는 걸 알고 있지만 그녀만은 탓하지 말아야 했다. 이 집을 떠나도 그는 영원히 가족임을 잊지 않아야 했다.

지령은 후회되는 맘에 저절로 얼굴이 찡그려졌다. 자기중심적인 사람일수록 상처가 얼마나 무섭게 자리 잡는지 잘 알고 있기 때문에 더 걱정이었다.

"저놈은 실패를 해봐야 돼. 그래야 정말 멋진 놈이 될 거야. 한 번도 실패를 해보지 않아서 넘어지는 게 뭔지 몰라. 하는 일마다 잘되니 더 걱정이야. 남을 배려하는 맘이 생기면 진짜 완벽한 놈인데."

사랑이 담긴 눈으로 건너편에 있는 동생을 보며 우석이 했던 말이 떠올랐다. 그러나 또 한편으론 우현이 실패해서 크게 좌절할까 봐 걱정하는 맘이 숨어 있었다.

"미안해요. 당신 동생 잘 다독였어야 했는데……."

지령이 걱정과 후회로 혼잣말을 하고 있을 때 우현의 차가 저 멀리서 보였다. 일정치 못하고 좌우로 흔들리며 오는 차는 그녀 앞에서 마찰음을 내며 거칠게 멈추었다. 다시 올 거라고 생각지 못했던 지령이 차에서 내린 우현에게 다가갔다. 그를 잡고 어떡해든 마음을 다독이려다가 우현의 절망적인 눈동자와 찢어진 이마에서 흘러내려 이젠 끈끈하게 말라 버린 피를 보며 놀라 짧은 비명을 질렀다. 그는 걸음도 부자연스러웠다.

"도련님, 다쳤어요?"

그에게서 술 냄새가 강하게 났다.

"이 상태로 운전을 하면 어떡해요. 얼른 들어가요. 의사선생님 부를게요."

우현은 무척이나 위태로워 보였다.

"어서요."

곧 쓰러질 것 같은 그의 팔을 잡으니 우현이 탁 뿌리쳤다. 그리고는……

"타, 보여줄 게 있어."

지령의 손목을 아프게 잡아채어 다짜고짜 차로 밀어버렸다.

"당신을 사랑한 것이 아니에요. 그렇게 믿고 싶었던 거지. 내 남편에 대한 사랑이 오류를 일으켰어요. 사랑하는 날 밀치기만 하는 내 남편에게 화가 났으니까. 그래서 눈앞의 당신이 필요했던 거예요."

이연의 말이 마구 엉킨 회로 같은 머릿속에도 선명히 남아 맴돌았다.

"자신밖에 모르는 에고적인 남자 난 끔찍해. 알아? 네가 내 시동생이니까 의무적으로 좋아한 것뿐이야."

지령의 말까지 합세했다.

"그래, 난 아무것도 아니었다고."

김수호에게 제대로 한방 먹었다. 그놈이 이런 치명적인 복수를 할지 꿈에도 몰랐다.

"이러지 마요. 지금 취했어요. 그리고 피 나요. 병원 가야 한다구요. 이런 상태로 운전하면 안 돼요!"

우현의 혼잣말에 더 무서워진 지령은 소리를 치며 어떻게든 차에서 나와 우현을 집으로 데려가려고 했지만 그에겐 마음속의 미친 소리만 들릴 뿐 그 어떤 말도 들리지 않았다.

"죽고 싶어요!"

그녀가 소리쳤다.

"겁나요?"

그가 빈정거렸다. 강제적으로 차에 태워진 지령이 정신을 차렸을 때는 운전석에 탄 우현이 운전대를 잡고 차를 출발시키기 직전이었다.

"이러면 안 돼요."

아무리 말해도 소용이 없었다. 안개에 싸인 눈앞의 길에서 그는 오직 자신의 심장을 짓이겨 버린 상황에 빠져 버리었다. 이것이 그 누구도 그나마 덜 다치고 나올 수 있는 마지막 기회라는 걸, 자신의 감정만 중요시하는 이기적인 인간인 장우현에겐 보이지 않았다.

"진실이 뭔지 가르쳐 줄게."

우현이 운전하는 차가 도로 사이를 누비며 다른 차들을 아슬아슬하게 앞지르고 있었다. 제발 음주운전에라도 걸리길, 지령은 이대로 가다간 사고라도 날까 봐 손잡이를 꼭 잡고 마음을 조이며 눈을 감고 말았다.

'제발!'

날뛰는 심장을 갖고 있는 그를 도저히 진정시킬 수 없었다. 그녀는 그의 광기로 말려들어 가는 자신 역시 붙잡지 못한 채 그저 보고만 있었다. 무언가 터질 것 같은 예감에 심한 두려움이 몰아쳤다. 우현이 모는 차는 혼잡한 도로에서 운 좋게 무사히 빠져나와 한적한 주택가로 접어들었다. 다행히 아무런 사고 없이 차는 멈추었다.

긴장된 숨을 내쉬며 고개를 든 지령의 눈에 주택들이 들어왔다. 지령이 꿈속에서 그리던 그런 적당한 크기의 제각각 개성을 가진 아름다운 집들이 모여 있었다. 행복한 사람들만 살 것 같은 집들을 보던 지령의 눈빛은 무언가를 느꼈는지 불안함으로 흐려졌다.

"여기가, 어디예요?"

"어딜 것 같아요?"

우현은 광기 어린 눈으로 되물었다. 그러나 그의 미친 마음 한쪽에서도 약한 소리가 들리었다. 돌아가라고, 네 상처 때문에 지령과 이연을 아프게 할 거냐고. 그들을 망칠 수도 있다고. 그러나 너무도 작은 소리였다. 그는 돌이킬 수 없는 길에 들어서 버린 채 머리에 다시 흐르는 뜨끈한 피를 느끼며 차에서 내렸다.

"안 추워?"

"괜찮아요."

"잠바 벗어줄까?"

"추우면 그때 말할게요."

수호와 이연은 손을 잡은 채 집 근처를 산책하고 있었다. 드라이브를 하기로 했지만 좀 걷다가 하자는 이연의 말에 두 사람은 느리게 걷기 시작했다. 아내의 손에 차 열쇠가 쥐어져 있었다. 그녀가 운전하겠다며 고집을 부렸기 때문이다. 회색 잠바에 검은 바지를 입은 수호는 하얀 니트에 청바지를 입은 아내를 보며 감기라도 들까 봐 걱정스러웠다. 외투를 입으라고 해도 그녀는 갑갑하다며 입지 않았다. 겨울치곤 포근한 날씨였으나 바람은 무지 찼다.

그러나 고개 들어 하늘을 바라보니 검은 구름이 전체로 퍼지고 있어 속을 알 수 없을 정도로 까마득한 것이 폭풍이 칠 것만 같았다.

"눈보라가 칠 것 같다."

"눈보라 치기 전에 얼른 갔다 오면 돼요."

수호가 미소를 지었다.

"감기 걸리면 안 돼. 아프면 싫어."

"당신도."

"그래."

'난, 당신이 행복해졌으면 좋겠어. 근데 그 행복이 아직도 너무 멀리 있는 것 같아서 불안해. 언제야 손에 닿을 수 있을까? 당신을 위해서라도 꼭 노력하고 싶은데.'

이연은 남편의 손에 깍지를 끼어 꼭 잡으면서도 마음속 불안이 다시 스며들었다. 이젠 거의 의식적으로 잊으려 하는 또 다른 얼굴이 불안과 함께 침투하려 하자 그녀는 막아냈다. 그리고 남편의 허리를 감쌌다. 죄를 지은 후 한 번도 한 적 없던 표현에 수호가 깜짝 놀라 아내를 쳐다보았다. 그의 시선이 참 깊다. 그가 그녀를 자신의 어깨에 기대게 하고 그녀의 팔을 감싸며 한 걸음씩 발맞추어 걸었다. 그러나 발걸음이 맞지 않아 서로 맞추려다 보니 더 어긋나 버리었다. 그들은 웃고 말았다. 그 웃음에 슬픔이 끼어들었다. 그러나 그 슬픔에도 두 사람은 웃음을 그치지 않았다. 수호는 이연을 보며 아내만을 생각했다. 그것이 운명이란 것을 받아들이고 있었다. 노력하고 순응하며 살 것이다. 서로를 마주 보며 잔잔히 웃는 그들의 모습은 어쩐지 닮아 보였다. 마치 부부라기보다는 남매처럼 보이기까지 했다, 서로를 많이 걱정하는.

"드라이브는?"

"해야지, 당신이 운전한다면서."

이연이 손에 들고 있는 열쇠를 흔들고 차가 있는 곳으로 가다가 왠지 누군가가 지켜보는 또 다른 시선을 느끼고는 고개를 돌리었다.

"누구지?"

표정이 다 부서지고 일그러진 남자가 어둠 속에서 걸어나오자 그녀의 입술이 다물어지지 않았다. 수호는 이연의 안색이 점점 변하자 그녀의 시선을 따라 고개를 돌렸다. 장우현이 그들에게, 아니, 자신에게 덤빌 듯이 다가오고 있었다.

"여길 네가 어떻게 감히······."

장우현이 면상을 들고 어떻게 이곳에 올 수 있는지 수호는 자신의 눈을 믿을 수가 없어 뺨에 경련이 일었다.

"못난 김수호가 복수에 성공하셨군. 네가 모든 걸 다 가지다니."

우현은 술에 취해 맘과 몸을 가누지 못한 가운데서도 웃음이 가득한 김수호와 최이연을 보고 머리를 관통하는 통증이 일었다. 안지령의 마음을 차지한 김수호가 최이연의 사랑도 가지고 있다는 걸 눈으로 확인하는 것은 끔찍했다. 자신은 그 아무것도 가진 것이 없는데, 저놈은 그 소중한 것을 모두 소유했다. 늘 무시했던 항상 못 미치던 놈이 가장 중요한 걸 모두 가져가 버린 것이다. 이기적인 분노가 온몸을 파고들었다.

"남의 가정을 깨뜨린 놈은 잘났다고 생각하는 건가? 잘한 일이라고? 아니, 넌 쓰레기야. 너 같은 놈은 잘난 게 아니야!"

수호는 소리쳤다. 술 취한 우현의 행패가 꾹꾹 눌렀던 분노를 터뜨렸다.

"그래서 내 형수를 건드렸어?"

부들부들 떨며 우현이 이를 갈듯 물었다.

"난 네가 아니야."

수호는 그 커다란 놈이 정말 하잘것없이 느껴지는 것은 처음이었다.

"마음은 농락해도 되나 보지?"

"네가 지금 그런 말 할 자격이 있어, 이 새끼야!"

수호의 눈에서 불이 날 듯 뜨거워졌다. 순간 놀라 멀어지는 아내를 잊은 채 그는 소리를 계속 질러댔다.

"넌 내 동창이야. 감히 내 아내를 건드려? 그러고도 네가 내게 할 말이 있어? 못났다고? 그래도 난 이 세상에 해악은 끼치지 않았어. 힘들어도 지킬 건 지키려고 노력했어. 그래, 난 못난 놈이야. 하지만 네가 아닌 걸 천만다행으로 생각한다. 난 너처럼 장난으로 사람을 희롱하지 않아. 난 너처럼 장난치지 않아!"

우현이 수호의 옷 덜미를 쥐어 잡았다.

"넌 깨끗한 줄 알아? 네가 내 형수를…… 형수를, 지렁이를 감히 네가?"

"왜 넌 해도 되고 난 안 돼? 네가 너무도 사랑하는 네 형수는 안 되고 내 아내는 돼? 이 더러운 나쁜 새끼!"

어느새 아내가 사랑이 아닌 자존심이 되어버린 수호가 자신의 셔츠를 잡은 우현의 손을 치우고 완전 덮치듯 그를 마구 때리기 시작했다. 그러자 우현 역시 그의 얼굴을 받아쳤다. 두 사람은 그렇게 한데 엉키어 서로를 치며 발로 짓밟았다. 수호는 거기에 지령도 같이 왔다는 걸 전혀 모르고 있었다. 우현 역시 이연을 자신의 입으로 짓이겼다는 걸 깨닫지 못했다. 그는 술이 깨면 아무 기억도 나지 않을 만큼 미친 듯이 술과 감정에 취해 버렸다. 무엇이 자신에게 이익이 될지 정확히 걸렀던 마음도 완전히 깨졌다.

"죽어! 죽어버려, 이 쓰레기야!"

수호는 자존심을 뭉개 버린 우현을 끝도 없이 때리며 소리 질렀다.

"널 가만두지 않을 거야!"

우현도 지지 않고 외치었다. 그러나 그의 주먹은 술에 취해 빗나갈 때가 더 많았다. 두 사람은 몸만 자라고 아직 성숙하지 못한 정신을 가진 소년들처럼 서로의 가장 소중한 것들을 앗아간 상대방에게 물리적인 충격을 더 주려고 발악을 해댔다. 그러는 와중에 지령은 새하얗게 질린 얼굴로 자신을 보는 이연과 마주했다. 지령은 상처 입은 생명이 어떻게 변해가는지 똑똑히 볼 수 있었다. 지금 사랑하는 김수호가 들이댄 날카롭고 깊숙한 칼날이 마음을 들쑤시면서도 앞에 있는 여자의 낯빛만큼은 아니었다.

지령의 충격은 믿어지지 않아 더디게 마음에 스며든다면, 눈앞의 여자는 번개처럼 내리치는 아픔에 상처를 입고 신음을 흘리었다. 동공이 번지며 그녀가 지령을 지옥 불처럼 바라보았다. 그리고 하나의 단어를 뱉어냈다.
"안지령!"
'내 남편이 사랑한 여자, 그리고 장우현이 사랑한 여자!'
그 둘이 동일인물이라니, 그녀에게서 웃음이 났다. 그 웃음이 허파에 새는 바람처럼 너무도 심히 그녀의 몸을 흔들리게 했다. 중요한 것이 다 빠져나가는 무서운 독소 같은 웃음이었다. 그러나 남자들에겐 들리지 않았다. 그들은 마음의 상처를 그대로 상대의 육체에 새기려는 데에만 혈안이 된 불쌍한 치들이었다.
"안 돼, 안 돼……."
자신을 앗아가는 웃음이 거둬지고도 이연은 목을 조이는 고통을 느끼며 고개를 가로저었다. 그리고는 갑자기 주위를 둘러보았다. 그녀는 도망가고 싶었다. 이곳에 산 증거처럼 진실을 안고 있는 저 여자와 그것 때문에 싸우고 있는 두 남자에게서 벗어나고 싶었다. 지금 껍데기가 되어버린 자신의 맘이 웬일로 육체와 손을 잡고 한뜻이 되어버렸다. 도망가자, 이연은 손에 쥐어진 열쇠를 보며 차로 뛰어갔다. 차에 올라타자마자 시동을 걸고 운전대를 잡았다.
이연은 진작에 떠났어야 했다는 생각이 들었다. 도망가듯 이렇게 말고 남편을 놓아줬어야 했다.
그러나 너무 늦어버렸다. 그녀는 술 취한 장우현도, 이성을 잃은 김수호도, 그 두 남자가 사랑한 안지령도 평생 잊지 못할 것이다. 눈앞에서 안개가 피어났다. 모든 것이 다 뿌옇다. 자신이 가야 할 길이 보이지 않았다. 그럼에도 그녀는 가속페달을 세게 밟아 더욱더 속도를 내며 앞으로 향했다. 이곳만 벗어나면 된다.

쾅—!

"악!"

그 천지를 흔들리는 소리에 모든 걸 지켜본 지령의 비명 소리가 묻혔으나 수호와 우현을 동시에 일깨우기에는 충분했다. 아내의 은회색 차가 전봇대를 그대로 들이받았다. 차체가 완전히 박살나 처참할 정도로 오므라들었다. 앞 유리창은 다 깨지고 와이퍼 역시 꺾여진 채로 좌우로 움직이고 있었다. 추돌 당시 에어백이 터졌지만 이연은 정신을 잃고 머리에 피를 흘리며 앞으로 고개를 고꾸라뜨리고 있었다.

우현은 자리에 주저앉은 채 정신을 놓은 사람처럼 그런 이연의 모습을 쳐다만 보았다. 그는 온몸이 마비된 듯 움직이지 못했다. 그러나 수호는 곧바로 아내에게 뛰어갔다. 차에서 휘발유가 냄새가 역하게 나고 추돌로 인해 반으로 꺾여진 전봇대의 전선이 불꽃을 일으켰다. 곧 무슨 일이 일어날지 수호의 머릿속에서 번개처럼 지나갔다.

"이연아! 이연아!"

그가 아내를 깨우려고 있는 힘껏 불렀지만 하얀 니트에 붉은 피가 무섭게 번지고 있는 이연에게서는 아무런 응답도 없었다.

"전화해, 빨리! 119 불러!"

수호가 소리소리 질렀다. 그러자 우현이 떨리는 손으로 휴대폰을 꺼내 들었으나 그만 떨어뜨리고 말았다. 자신이 저지른 짓에 왜 최이연이 피를 흘리고 있는지 술 취한 채 엉망인 우현은 알 수가 없었다.

"빨리!"

돌아보지도 않고 부르짖는 수호의 목소리에 한쪽에 서 있던 지령이 떨어진 우현의 휴대폰을 들어 올렸다. 그리고 119를 눌렀다.

"교통사고가 났어요. 빨리 와주세요. 여기는······."

우현이 망가진 자동인형처럼 이연의 동네를 읊어대고 지령은 그대로 따라 했다. 우현은 여전히 멍해 있었다. 지령 역시 지금 이 상황이 현실로 다가오지 않았다. 그녀의 눈은 수호가 아내를 살리기 위해 달려가는 모습을 아득하게 바라보고만 있었다.

그나마 다행히 한쪽으로 틀어진 상태에서 부딪쳐 조수석이 더 쪼그라진 상태이고 아내가 탄 운전석은 조금의 틈이 있었다. 수호는 어떻게든 문을 열려고 했다. 심하게 깨진 유리창에 의해 손이 찢겨져 피가 흘러도 문을 여는 데만 급급해했다.

"이연아!"

계속 아내를 깨우며 열려고 애를 쓰자 문짝이 툭 떨어져 나갔다.

"잠깐만 기다려."

틱틱, 불꽃이 이쪽으로 튈 것만 같았다. 수호는 시간이 없음에도 아내가 척추를 다쳤을 수도 있기에 그녀의 몸을 아주 조심스럽게 두 손으로 에워싸서 겨우 안아 들고 밖으로 나왔다. 그는 자신의 신발이 벗겨졌는지도 알아차리지 못했다. 아내의 피가 그의 셔츠를 적시는지도 모르고 조심스럽게 바닥에 눕히었다. 그와 동시에 날뛰던 전선이 차 옆을 흐르는 휘발유와 만나 불꽃이 일더니 순간 펑 소리를 내며 타오르기 시작했다. 순식간에 부서진 차체는 화염에 휩싸였다.

　수호는 펑 소리가 나자마자 얼른 아내를 자신의 몸으로 감쌌다. 그런 후, 이연의 몸을 더 이상 움직이지 않게 하며 그녀의 이름을 불렀지만 깨어나지 않았다. 그는 아내에게 계속 인공호흡을 했지만 그녀의 숨은 약하고 불규칙했다.

　오 분도 안 되어 근처 병원이 있는지 응급차가 급한 소리를 내며 달려왔다. 정신없던 수호가 구조대원들이 아내를 간이침대에 눕혀 응급차로 옮기는 것을 한 치도 시선을 떼지 않고 있다 같이 올라탔다. 그의 눈빛이 지옥에라도 있는 것처럼 절망으로 빠져들었다. 그러나 그는 더한 절망을 발견했다.

　그곳에 장우현만 있었던 것이 아니었다. 아내의 피가 고대로 묻은 수호의 모습을 지령이 절망적으로 바라보고 있었다. 수호의 눈빛이 떨렸다. 지령의 눈 안에 수호는 이연의 남편으로 박혀 버렸다. 그것이 엄연한 사실이었다. 그러나 사랑한 사실까지 굴절되어 있었다. 그럼에도 그가 지령에게 할 수 있는 일은 아무것도 없었다. 사랑하진 않았어도 그동안 같이 살아온 아내에게 수호는 강하게 연결된 끈을 느끼고 있었다. 아내가 행복해야지만 끊을 수 있는 이 끈은 절대로 아내의 불행 속에 그 혼자서 빠져나올 수 없는 것이었다.

　응급차 문이 닫혀졌다. 아픔은 아픔으로 끝나지 않는다. 마침표가 없는 진행형으로 어느새 거기에 길들어져 자신을 놓아버리게 된다. 수호는 사랑하는 지령을 저버린 채, 의식을 잃고 피를 흘리며 누워 있는 아내가 기도를 트고 목을 고정시키며 응급조치 받는 모습을 지켜보았다.

'미안해. 살아야 돼.'

수호는 아내의 그 축 처진 손을 잡았다.

'살아야 돼.'

오직 그 생각을 주문처럼 외우며 죽은 것처럼 처참하게 피로 범벅인 채 누워 있는 아내만을 바라보았다. 응급차는 병원에 급하게 도착하자마자 바로 수술실로 직행했다. 수호는 신발을 잃어버린 맨발 차림으로 아내의 피를 묻힌 채 따라가려다 수술실 앞에서 저지당했다. 그는 그 자리에 우두커니 서 있었다.

응급차가 다급한 소리로 가버리자 우현이 자리에서 일어나 미친 사람처럼 따라가기 시작했다.

'내가 뭔 짓을 한 거야.'

갑자기 무언가 그의 머리를 심하게 내려치며 그동안 갖고 있던 안지령에 대한 집착이 부서지는 소리가 들렸다. 지령을 사랑했다. 그것은 절대 거짓이 아니었다. 하지만 영원할 사랑이 아니었다. 그 누구도 불행해지기 전에 놓아버리고 혼자서 정리해야 할 감정이었다. 그런데 우현은 그 사랑의 줄을 끝까지 잡고 늘어지느라 이연을 죽이고 말았다.

"내가 죽였잖아."

우현이 나무가 베어져 쓰러지듯 그 자리에서 넘어지고 말았다. 그녀가 피를 흘리며 차 속에 있을 때 자신은 아무것도 못하고 가만히 보고만 있었다. 멀리서 소방차 사이렌 소리가 들려왔다. 우현이 아직도 불타는 자동차를 바라보았다. 이연이 저렇게 쓰러져 한낱 재가 될 뻔했다. 그렇게 되어야 할 것은 바로 자신임에도. 그가 불타는 차로 넋을 잃고 걸어갔다.

"정신 차려요!"

지령이 우현을 붙잡고 못 가게 외쳤다.

"제발 더 이상의 바보짓은 하지 마. 내가 용서 안 해. 넌 죽으면 안 돼, 살아서 아파해야 돼. 알았어!"

지령은 아픔이 완전히 온몸에 박혔다. 제일 침착했던 그녀가 지금 울부짖고 있었다.

장우현을 건드리는 짓은 아주 위험한 일이었다. 어떤 보복도 능히 할 수 있는 힘과 기질을 가진 그이기에 웬만하지 않고선 장우현은 내버려 두는 것이 좋다는 게 몇 십 년 잡지사를 운영한 홍성욱의 지론이었다. 더군다나 김수호와 최이연의 대단한 집안까지 같이 걸려 있다면 더욱 그러했다.

그걸 잘 알고 있는 홍 사장이지만 지금 그에겐 선택권이 없었다. 익명의 누군가가 자신에게 보내온 장우현과 최이연의 사진들은 지금 그에게 로또나 다름이 없다. 양면의 동전처럼 불행과 행복을 모두 가져다줄 횡재인 것이다. 그만큼 위험한 것이지만 지금은 그걸 덥석 잡을 수밖에 없었다.

홍성욱은 자리에서 일어나 직원들이 있는 사무실로 내려왔다.

활기찬 분위기는 온데간데없었다. 이미 직원 반이 나간 상태이고 나머지 반도 생기없이 축 처진 어깨로 컴퓨터 모니터만 들여다보다 그를 보고 자리에서 일어나 힘없이 고개를 까딱거릴 뿐이었다.

지금 한 건을 하지 않으면 이대로 무너져 버린다. 이번만 제대로 한다면 제값을 받고 인수될 가능성이 컸다. 그렇다면 이 바닥에 발 디디며 살아왔던 세월을 돈으로 건질 수 있는 것이다.

홍 사장은 무서운 횡재를 그저 흘려보낼 수 없었다. 뼈쩍 마른 몸에 눈만 유독 심하게 빛나는 자신의 몰골을 벽에 걸린 거울로 비춰본 그는 음습한 웃음을 지었다.

"해보는 거야!"

이대로 무너지는 것보다 커다란 소용돌이를 일으키는 것도 괜찮았다. 그는 심호흡을 한 후 실장을 불렀다.

"이거 기사로 한번 만들어봐."

그는 자신의 손에서 떠난 그 사진들이 실장의 눈에서 새롭게 재탄생되는 과정을 지켜보며 불안한 행운이 자신들 머리 위로 퍼져 나가는 걸 새삼 느끼었다.

아내가 들어간 수술실을 보며 정신 나간 사람처럼 서 있던 수호에게 의사가 다가와 종이를 건네주며 무언가 설명을 하고 있었다. 수호는 들으려고 애썼지만 수술 중에 죽을 수도 있다는 내용만 알아들었을 뿐이다. 그 각서 같은 수술 동의서에 서명을 하라는 것이다. 그는 종이에 적혀진 내용을 읽어보려 했으나 글씨들은 눈에 전혀 들어오지 않았다. 의사는 늘 있던 일인 듯 간단히 설명을 하는데도 볼펜을 쥔 그의 손이 흔들렸다.

'이연이 죽을 수 있다는 것에 동의하라고?'

그러나 꼭 수술을 해야 한다는 것에 치우쳐 자신도 모르게 긁적이듯 사인을 하고 말았다. 아내가 수술 중 죽는다 해도 의료진 누구에게도 책임을 물을 수 없다는 내용의 종이 위해 떡하니 끄적여져 있는 자신의 사인을 물끄러미 쳐다보았다. 무능력한 이름을, 지금껏 아내를 내버려 둔 바보 같은 그 어리석은 '김수호'라는 이름 석 자를!

"치료 받으세요, 피 나요."

찢어져 벌어진 채로 피와 진물이 섞인 그의 손을 지나가던 간호사가 발견하고 들어 올리자 수호는 빼버렸다.

"덧날 수 있어요."

그는 반응없이 다시 문만 바라보았다. 연달아 물어보는 사람들의 말소리도 점점 엷어지며 멀어졌다. 지금 수술대 위에 정신을 잃고 사경을 헤매는 이연만을 마음속에서 보고 있었다. 아내를 보호하지 못했다. 오직 자존심에 빠져 치고받고 싸우며 악다구니를 했다. 어지럼증이 왔다. 자신이 한 짓이 마음을 짓눌렀다. 그는 두 손으로 얼굴을 싸매지도, 눈물을 흘리지도 못했다.

"형!"

수창이 병원의 연락을 받고 왔는지 헝클어진 채 뛰어오며 수호를 불렀다.

"어떻게 된 거야, 형?"

아무리 불러도 수호는 넋이 빠져 있었다.

"형도 다친 거야? 피 봐."

수호는 수창이 팔을 붙잡고 흔들며 잠바에 묻은, 그의 피가 되어버린 이연의 피에 대해 묻자 고통을 느낀 듯 얼굴을 심하게 일그러뜨렸다.

'이연의 피.'

그는 아무런 말도 하지 않았다. 목구멍이 타 들어갈 듯 아파왔다. 실제로 아프다기보다 정신적으로 강하게 압박해 온 고통이었다. 밀치려고 하는데 수창이 수호가 다치지 않았는지 빠르게 살펴보느라 붙잡고 있는 통에 그러질 못했다. 두 손의 찢겨진 상처만 있다는 걸 겨우 확인하고 나서도 수창은 수호를 잡은 손을 놓지 않고 흔들었다.

"어떻게 된 거야? 응? 무슨 일이 있었어? 말을 해봐."

수창이 수호를 들여다보다 뭔가 심상치 않은 표정에 놀랐다.

"왜 그래? 어떻게 사고 난 거야?"

수창은 수호를 자리에 앉히려 했지만 그는 다시 일어나 수술실만 바라볼 뿐이었다. 곧 수안이 그 무겁고 큰 걸음으로 성큼성큼 다가왔고, 아기를 친정에 맡긴 연주도 헐레벌떡 달려와 수창에게 눈짓으로 물었다. 그러나 수창은 아무런 설명도 할 수 없었다. 대신, 경찰이 와서 말해주었던 상황만 나열했다. 형수가 왜 혼자 한밤중에 차를 몰아서 한쪽에 있는 전봇대를 들입다 박았는지 경찰도 수호에게서 아무런 설명도 듣질 못했다. 아내의 수술이 끝나기를 기다리는 그의 입은 그렇게 굳게 다물어져 버려 그 누구도 열 수가 없었다. 그는 아내가 살아 있다는 걸 알 때까지 반쯤 죽어버리고 만 듯 그렇게 수면 아래로 깊이 잠겨 버렸다.

 지령은 어떻게 돌아왔는지 기억이 나질 않았다. 남편이 사고로 세상을 떠났을 때조차 시부모님의 슬픔 아래에서 흐느끼는 것밖에 못했던 그녀가 지금은 소리 내어 울었다. 결혼하고 남편을 잃은 후 좋고 싫은 감정이 아닌 평정심을 내내 찾으려 했던 얼굴은 구겨지고 온몸이 흔들린 채로 울부짖었다. 가장 중요한 것을 통째로 빼앗긴 못난 외침이 끝도 없이 계속되었다. 한참 후, 기운이 빠진 채 지령은 그렇게 침대에 푹 꺼지듯 주저앉아 버렸다.
 얼어붙길 바랐다. 오늘 밤에 일어났던 모든 일들이 다 얼어붙어서 깨져 버리길 바랐지만 오히려 송곳마냥 뾰족하게 일어난 생각들은 무섭게 찌르려 했다. 그녀는 그 생각이 자신을 찌르지 못하도록 한동안 조금도 바삭거리지 않고 웅크렸다. 그러나 자꾸 조여드는 칼날을 피할 수는 없었다. 이젠 모든 생각이 그녀를 공격하고 있었다. 가장 날카롭게 공격한 것은 다름 아닌 사랑하는 김수호의 말이었다.
 "너는 되고 나는 안 돼?"
 아픔에 찌든 목소리가 터져 나오는 파열이 지금도 그녀의 심장을 찌른다. 지령은 두 손을 꽉 쥐며 그 말을 어떻게든 지우려고 했지만 되지 않았다. 그가 자신을 사랑한다고 믿었다. 그 사려 깊은 검은 눈동자에 너울대는 자신의 모습을 믿었다. 그러나 쩍쩍 금이 가는 균열은 이미 온 마음을 갈라놓았다.
 힘겹게 몸을 일으켰다. 그리고는 책상 앞으로 걸어갔다. 밤낮없이 보던, 자신이 그린 김수호가 있는 노트를 집어 들고 거칠게 한 장씩 넘기었다. 그녀는 온 정신을 다해 자신의 눈과 마음에 새겨진 수호를 쫙쫙 찢기 시작했다. 하나도 남지 않을 때까지, 절대 알아보지 못하게 갈기갈기 그가 있던 종이를 찢어버렸다. 자신이 사랑한 김수호를 그렇게 다 없애 버렸다.

그러나 분노는 허망하게 힘을 빠지게 했다. 미움이 클수록 그녀의 맘은 더욱 지탱하지 못할 정도로 아플 뿐이었다. 수북하게, 한낱 종잇조각으로 변한 김수호를 보며 지령은 피할 수 없는 눈물을 떨어뜨렸다. 그를 용서하지 못하면서도 그의 아픔이 그녀를 울게 만들었다. 지쳐 버린 영혼이 가득한 그의 분노가 자신의 사랑을 압박했다. 그리고 그의 아내가 부서짐을 보는 것 또한 그녀 역시 죄인으로 만들어 버렸다.

문득 거울에 비친 눈물로 얼룩진 미운 얼굴을 바라보았다. 하루 사이 십 년이란 시간이 흐른 것처럼 그 얼굴은 늙어버리고 빛이 꺼져 버렸다. 그러나 마음은 여전히 살아 움직였다. 그녀는 문드러진 사랑으로 수호를 걱정하고, 그의 아내를 감히 가엽게 여기는 맘과 대면했다. 그리고 뒤늦게 잘못을 깨달은 우현을 한낱 불쌍함으로 느끼는 마음을 보고 말았다.

"너도 아파야 해. 네가 저지른 짓에 대해 처절한 대가를 받아야 한다고. 아프고 또 아픈데도 또 아파야 할 일이 남아 있다는 걸 깨달으며 살아가야 해. 알았어?"

뱉어버렸던 말과는 달리 그녀는 눈을 감아버렸다. 아무도 미워할 수 없다는 것이 더욱 슬프고 아팠다. 자신이 여기까지 오면서 다른 이를 아프게 한 것이 순전히 남의 잘못이라고 떠넘기는 것은 이기적이다. 원하든 원하지 않든 자신 역시 공범이었다. 그녀는 사랑이 짓물러져 버린 마음으로 힘겨운 숨을 내쉬었다. 이젠 그 누구도 의지할 수 없는 철저한 혼자가 될 뿐이었다. 혼자가······.

"또한 장이 파열됐고, 출혈이 심했어요."
 전문의는 긴 수술이 끝나고 성공적이었다는 말과 함께 가족들에게 얼마나 큰 사고였는지를 설명해 주고 있었다.
 "게다가 약간 복잡한 골절이라 피부를 절개하고 맞춰서 단단히 고정했습니다. 차후 2차 수술도 해야 하고, 정밀검사도 받아야 될 것 같습니다. 허리와 목도 충격을 받았어요. 그러나 수술은 잘 끝났습니다. 대퇴부의 골절도 잘 연결됐고요. 이제 잘 붙기만 하면 됩니다. 시간이 오래 걸리더라도 치료를 잘하고 재활치료를 받으면 완쾌할 수 있습니다. 다만, 문제는 의식을 빨리 찾느냐에 달려 있어요. 뇌에 출혈은 없지만, 머리에 충격을 받아서 지금은 시일 안에 깨어나는 일이 무엇보다 경과에 큰 영향을 끼칩니다."
 수술실에서 같이 합류한 주치의가 가족들에게 설명을 마저 했지만 수호는 하나도 알아듣질 못했다. 그러나 묻고 싶어도 말이 나오지 않았다. 처음엔 어떤 말도 하지 않은 채 입을 다물었지만, 지금은 목구멍을 타고 나오는 소리가 순간 꺼져 버리었다. 그는 얼굴을 일그러뜨리며 의사의 손을 잡았다.
 "의식이 깨어나면 빨리 회복될 수 있을 거예요. 환자가 낫겠다는 의지만 있으면 다시 정상적으로 생활할 수 있으니까. 그러니 지금은 기다릴 수밖에 없네."

정 박사는 최악의 상황을 항상 환자들에게 주지시켰으나 수호에겐 되도록 희망을 주려고 했다. 그의 얼굴이 너무도 창백하게 질려가며 정신을 놓을 것만 같았기 때문이다. 의사가 아니라 어려서부터 보아왔던, 한쪽에 주뼛하게 서 있는 외로운 아이에게 어른으로서 손을 내밀었다. 수호가 말하지 못하는 입을 벌리며 애원하듯 정 박사의 두 손을 잡았다.

"형, 왜 그래? 말이 안 나와? 말해봐, 얼른. 왜 그래? 형도 다친 거예요?"

수창이 수호의 상태를 눈치 채고 그를 잡고 흔들며 자꾸 재촉하자 수안이 그 손을 떼었다.

"가만히 있어. 충격받아서 그래."

수안이 수창을 수호에게서 멀리 떨어뜨렸다. 수호는 정말 넋이 빠진 사람 같았다.

"어떻게 된 일이냐?"

김인산이 둥그런 어깨를 흔들며 큰 걸음으로 복도 끝에서 다가와 수호에게 물었지만 그는 아무 대답도 하지 못했다.

"왜 네 아내가 멀쩡한 전봇대를 들이박아? 그 자리에 너도 있었다며?"

아버지가 수호의 어깨를 강하게 잡으며 말하다 그에게 묻은 피를 보았다.

"다친 거냐? 수호야, 말을 해."

수호가 아버지를 남 보듯 바라보다가 고개를 돌려 버린 채 외면했다.

"이놈아, 어디 아픈 거야?"

"내버려 두세요. 지금 제정신 아니에요, 아버지."

수안은 얼른 아버지를 말리었다. 큰아들의 힘에 인산은 금세 수호에게서 밀려났다. 수안은 아버지를 진정시키며 수호와 아버지 사이를 가로막은 채 간단히 요약정리를 했다.

"그저 사고일 뿐이에요. 제수씨가 깨어나기만 하면 큰 문제는 없대요."

무언가 이상한 조짐을 느낀 수안이 아버지에게 오히려 반대로 설명했다. 그러나 김인산은 이해를 할 수가 없었다. 한 번도 병원 간 적이 없을 만큼 건강한 아이였다. 혼자 놔둬도 아프지 않고 저절로 크는 나무처럼 투정한 적 없이 자란 애였다. 커서 너무 많은 욕심을 부려 속을 썩이긴 했으나 분노가 아닌 저런 아픈 눈으로 자신을 본 적 없기에 인산은 맘이 불안했다. 그저 사고라면 저런 얼굴일 수가 없었다. 지금도 수호는 벽에 기대어 멍한 시선으로 무언가를 생각하고 있었다. 여기 있는 사람들 하나도 의식하지 못한 채 무언가 자신을 괴롭히는 것을 하염없이 잡고 있는 것처럼 잔뜩 아픈 표정이 가득했다.

"면회 시간은 정해져 있습니다. 한 분씩만 할 수 있구요. 하루에 오전과 오후 두 번입니다. 한 번에 삼십 분으로……."

수간호사가 설명하자 수호는 그들을 제치고 나갔다. 의사는 고개를 끄덕이며 허락했고, 그녀는 수호를 집중치료실로 데려갔다. 가족들은 떨어져 나간 연처럼 멀어진 수호를 저마다의 시선으로 바라보았다.

공기부터 다른 그곳에 발을 디딘 수호는 이연이 온몸에 붕대를 감고 다리에 깁스를 한 채 여러 호스들이 그 다친 몸에 칭칭 연결된 것을 차마 제대로 보기 힘들었다.

'당신을 놔줘야 했어. 자유롭게 풀어줬어야 했어. 답답하고 불운한 남자의 아내로 잡아두지 말아야 했는데.'

수호는 아픈 아내를 바라보았다. 너무도 감당 안 된 슬픔이 내려치니 물기도 말라 버렸다. 아내가 죄지은 것보다 더 심한 벌이 내린 것 같아 가슴이 아팠다. 자신이 받을 벌까지 대신 받고 있는 것 같아 온몸이 죄어왔다.

'일어나야 돼. 제발 깨어나야 돼. 무조건!'

수호는 소리가 되어 나오지 않는 말들 대신 속으로 외치었다. 그러나 아내는 창백한 얼굴로 죽은 사람처럼 아득한 싸늘함만을 줄 뿐이었다.

우현은 눈을 떴다. 길거리에 널브러진 그는 너무도 아픈 머리에 얼굴을 찡그렸다. 그러나 곧 기억이 되살아나 이연의 몸에서 흐르는 그 많은 피가 온몸에 스며들더니 소소한 두통을 삼켜 버렸다. 바닥에 넘치도록 흘린 피가 다 이연의 것이다. 그는 자신이 한 짓을 돌이켰다. 술을 마시고 저지른 일이 하나도 지워지지 않은 채 그대로 머리 속에 저장되어 있었다.

쾅하는 소리가 다시 울렸다. 마치 지금 눈앞에서 벌어진 일인양 화들짝 놀랐다. 우현은 두 손을 들어 귀를 막았다. 그러나 그

소린 마음을 타고 흘러 멈추지 않았다. 그 산산이 부서지는 소리와 함께 그의 머리는 어리석은 껍질을 깨고 말았다. 그는 온몸이 떨리고 자신이 한 짓으로 겁이 났다. 그녀가 죽는다면 견디지 못할 것 같았다. 그녀가 아프면 자신도 이렇게 아픈데 왜 그녀에게 칼날을 후비고 만 것일까? 무엇 때문에? 그의 걸음이 불안정하게 휘청거리었다. 자신만만했던 걸음은 이제 모든 것이 두려움으로 변해 흔들리었다.

"최이연!"

흔들림 속에서도 우현이 오직 한 이름을 계속 불렀다. 점점 그 이름은 커져 버렸다. 이젠 모든 공기를 가르고 있었다. 가야 한다. 이연에게…….

그녀가 무사한지 보고만 오면 된다. 그러나 그녀에게 한 발짝도 가면 안 된다는 소리가 들리었다.

'너는 칼이고 그녀는 그 칼날에 무자비하게 찔렸어. 가면 안 돼. 네가 다가가면 갈수록 아플 거다.'

그의 발이 멈추었다. 그와 동시에 휴대폰이 울렸다. 그는 무시했다. 그러나 다시 울리고 또 울리었다.

"여보세요?"

그는 누구인지 확인도 하지 않았다.

[당신이 힘든 걸 보고 싶었을 뿐이에요. 다른 것 없어요. 뭐, 그렇다고 무너질 장우현은 아니니까.]

자신이 누구인지 밝히지 않은 여자 목소리가 단도직입적으로 흘러나왔다.

[당신처럼 잔인하고 완벽한 남자는 또 아무렇지도 않게 그 유부녀를 버릴 테니까. 그녀 혼자 모든 걸 감당할 테죠. 그래도 당신이 좀 곤란해질 거야. 그걸 보고 싶었어요.]

여자의 웃음소리가 낮게 깔리었다.

[그래요, 내가 이렇게까지 할 필요는 없어요. 웃긴다는 거 알아요. 우리 서로 합의하에 놀았으니까. 그러나 내가 사랑에 빠졌다고 했을 때 당신은 코웃음을 쳤죠. '사랑? 그건 진지한 거야. 우리처럼 가벼운 사이에서 남아나겠어?' 당신이 한 말이죠. 그래, 난 당신에게 생채기를 주고 싶을 뿐이에요. 흉터가 되지 않을 한낱 작은 상처! 잡지에 나올 거예요. 당신과 최이연을 별장에서 찍은 사진이랑 함께. 당신 참 통 한 번 커. 유부녀를 건드릴 생각도 하고, 그것도 김수호 아내랑. 놀아도 탈없는 사이만 만들던 사람이 제대로 미치셨군. 참, 한 가지 소식 하나 전할까요? 내가 아는 이가 의사로 있는 병원에 그 최이연이 들어왔더라고요. 그것도 사고로! 어떻게 된 건지 잘 모르겠지만 그 여자 죽을지도 몰라. 생사를 넘나들고 있다더군. 차라리 죽는 것이 장우현에게 쉬울까? 당신은 어떻게든 빠져나갈 테니 걱정할 필요 없겠죠. 어떻게 나올지 지켜볼게요. 염려 마요. 내 공격은 여기까지니까. 안녕.]

그의 손에서 휴대폰이 툭 떨어졌다.

수창은 일주일마다 나오는, 잡다한 가십을 다루는 잡지를 있는 대로 구기며 몸을 거칠게 돌려 벽에다 던져 버렸다.

"쓰레기 같은 것들!"

그리고는 분을 이기지 못해 거친 숨을 연신 내뱉으며 대기실을 계속 왔다 갔다 했다.

"이건 조작이야! 내가 이 쓰레기들을 가만두지 않을 거야. 감히 우리를 건드려? 이것들을 다 죽여놓고 말겠어."

가족이나 회사에 잡혀 있지 않은 자유분방한 수창도 결혼하고 나서 조금씩 변하더니 가족의 위기 앞엔 가장 공격적으로 변했다. 예전, 약간 떨어져 가족 대소사를 평가하던 김수창은 그 어디에도 없었다.

"거짓말을 지껄이면 어떻게 되는지 똑똑히 알게 해주겠어."

길길이 날뛰는 수창 사이로 수호가 가만히 시선을 정지시킨 채 앉아 있는 모습을 보자 수안은 걱정이 되었다. 자신과 수창이 바로 옆에 있는데도 같이 있는 것이 아닌 동떨어진 느낌이다. 그의 얼굴에선 분노가 보이지 않았다. 다만 밤낮 없이 병원에 있어서 그런지 지치고 까칠해져 보였다. 자잘한 감정은 곧잘 차단시키는 단점을 가진 수안이지만 동생의 마음이 전해지자 안색이 변했다.

'무슨 일이 있었구나!'

"내가 해결하고 올게."

수창이 씩씩거리며 병원을 나서자 수안은 수호에게로 한걸음 다가갔다.

"수호야?"

그는 아직도 병원으로 온 뒤 아무 말도 하지 않고 있었다.

"수호야?"

그제야 수호가 고개를 무겁게 들었다.

"잘될 거야."

말문이 막혀 버린 그에게 들을 수 있는 말도 없지만 뭐라고 물을 수도 없었다. 간호사가 오자 수호는 벌떡 일어났다.

"아직 그대로입니다."

간호사의 말에 수호는 힘이 빠져 곧 쓰러질 것처럼 휘청거리자 수안이 얼른 뒤에서 안아 받히었다. 수호는 아내 면회 시간까지 기다리는 일 외엔 아무것도 중요하지 않은 것처럼 다시 자리로 가서 앉아버렸다. 수안은 그런 수호를 바라보다 깊은 한숨을 내쉬었다. 식사도 거르니 이러다간 이연보다 수호가 먼저 큰일 치르겠다. 그에겐 이연보다 동생이 중요하니 어떻게든 그를 정신 차리게 하기 위해서라도 이연이 깨어나야만 한다. 이연을 위해서가 아니라 동생을 위해서!

그러나 정 박사는 점점 얼굴이 어둡게 변하더니 여러 가능성을 열어두어야 한다는 말까지 했다. 저렇게 정신을 못 차리는 수호가 앞으로 짐작조차 할 수 없는 미래들을 감당할 수 있을지 걱정이 되었다. 그 와중에 소윤이 복도 끝에서 쭈뼛하게 서 있는 것이 보이자 수안이 그쪽으로 걸어가 자신보다 30㎝이나 작고 십삼 년이나 어린 아내를 내려다보았다.

"밥 먹었어요?"
"아니요. 동서는요?"
"곧 깨어날 거예요. 걱정하지 말아요. 그러니 먼저 밥 먹어요."
"당신은요?"
"난 괜찮으니까 어서 먹어요."
"도련님은 아직도 안 드세요?"
"지금은 아무것도 안 들어갈 거예요. 나중에 먹일 테니 걱정하지 말고요."
"네."

수안이 아내의 머리를 살짝 쓸어내리고 그녀가 떠나기도 전에 얼굴을 돌려 자리로 가버렸다. 소윤은 그런 남편에게 약간 속상한 듯 콧등에 주름을 지었다가 지금이 어느 때인지 깨닫곤 자신의 머리를 양손으로 번갈아 토닥거렸다. 정신 차리자! 그녀는 발길을 돌리었다. 자신에게 잘해주는 남편에게 왜 이리 바라는 점이 많아졌는지 정말 모를 일이다. 그녀는 불만을 비워 버리고 마음속으로 동서가 얼른 깨어나길 빌다가 의자 위에 놓인 연예잡지에 우연히 시선이 가자마자 눈이 배로 커졌다.

"이게 무슨 일이야?"

동서와 장우현의 염문설? 이 신문이 미쳤나. 소윤은 다른 사람이 지나가자 지레 놀라 털썩 그 위에 앉아버렸다. 남편한테 알려줘야 하는 거 아닌가? 그러나 자신이 아는데 그가 모를 리 없다. 자신은 언제나 다른 사람들이 다 알고 난 뒤 아닌가. 자신의 일조차. 그럼, 지금 그녀가 안다는 것은 세상 사람들 다 안다는 뜻? 큰일났다!

"이게 뭐야?"

바닥에 쓰러진 우현을 집으로 데리고 온 장한식은 며칠씩 정신을 놓아버린 아들놈 때문에 일이 손에 잡히지 않았다. 어디가 아파도 쓰러져 본 적 없던 아들이기에 아내의 걱정은 끝없이 커져만 갔다. 그러나 걱정의 끝은 더한 걱정의 시작이었다. 그들은 거실에서 막 하루의 시작을 여는 아침에 비서가 가져온 잡지를 들고 뭐라 형용할 수 없는 얼굴로 몇 분씩 서 있었다. 며느리가 바닥에 고대로 쓰러질 뻔한 아내를 부축하지 않았으면 크게 다칠 뻔했다.

"사실이 아니지?"

장한식은 아내가 잘 알지도 못하는 며느리에게 그 말만 계속적으로 물어보는 모습을 보았다. 며느리는 입술을 잘라먹을 듯 꽉 깨물며 아무 말도 하지 않은 채 놀란 시어머니를 붙잡았다.
 "잘못 난 기사일 거요. 그러니 걱정하지 말고."
 장한식은 자기네들을 실망시킨 적 없던 아들의 이름이 싸구려 기사 틈에 나뒹구는 것만으로도 호흡곤란이 오는 아내를 진정시켰다. 그러나 아들이 누워 있는 이층으로 올라가는 그의 표정은 아내를 향한 것과는 판이하게 달랐다. 의심이 묻은 얼굴은 무겁기 그지없었다. 누가 뭐라고 해도 아들놈의 말을 믿는 그이지만 며칠 전 길거리에서 쓰러져 있던 걸 운전기사가 운 좋게 찾아서 데리고 온 후부터는 점점 의심의 싹이 돋기 시작했다.
 침대에 누워 있는 아들의 입에서 나온 열에 들뜬 이름은, 분명 최이연이었다. 그때까지만 해도 동명이인이나 자신이 잘못 들은 것으로 넘겨 버렸다. 우현은 반듯하고 누구에게도 흠잡을 데 없는 놈이기에 절대로 잡음을 내지 않을 거라고 굳게 믿었기 때문이다. 그러나 지금 그의 마음은 갈피를 잡을 수가 없었다.
 문을 열고 들어가니 아들이 긴 잠에서 깨어났는지 침대 바닥에 발을 내딛고 앉아 엉클어진 머리로 고개를 숙이고 있었다. 그는 그런 아들놈의 모습에 확신하곤 다시 나가 잡지를 가져와서 아들 앞에 던져 버렸다.
 "정말이냐?"
 이런 초췌한 모습을 본 적이 없기에 이 말도 안 되는 더러운 기사가 점점 사실로 다가왔다. 그의 나이 든 몸에 끔찍한 소름이 돋았다.
 "묻잖니, 유부녀와 사귀었다고?"

우현은 침묵으로 모든 걸 인정하고 있었다.

"그것도 김 회장 아들놈 아내를? 제정신이냐!"

장한식은 믿을 수 없는 사실에 핏기가 얼굴로 올라와 벌겋게 변했다.

"왜 그런 끔찍한 짓을 해? 대체 왜!"

"용서하세요, 아버지."

우현은 아버지를 보지도 못하고 힘겹게 말했다.

"왜 일을 꼬이게 해. 너에게 모든 것이 열려진 세상인데, 왜 잘못된 길을 구태여 갔어?"

심한 분노 속에서도 아들에 대한 애정은 끝내 놓아지지 않은 장한식이었다. 어떻게든 아들놈을 살리고 볼 일이었다. 어떤 짓을 저질렀다고 해도 그에겐 하나밖에 없는 아들이었다.

"잠시 나갔다 와라."

긴 침묵이 흐른 뒤에 장한식은 아들에게 명령했다.

"용서하세요, 아버지."

"다 잊어버리고 당분간 떠나. 일로 가는 거면 모양새도 나쁘지 않아."

"용서하세요."

그제야 장한식은 되풀이되는 용서하라는 그 말이 심상치 않음을 깨달았다.

"무슨 말이냐?"

"……이연이 그 사람만 아프게 할 수는 없어요."

"그래서?"

어처구니없는 응답에 장한식의 언성은 잔뜩 힘이 들어갔다.

"용서를……."

우현은 그 단어만 내뱉은 채 아무런 말도 잇지 못했다.

"잊어버려. 잘못된 길로 들어선 걸 알았으면 늦었더라도 얼른 나올 생각부터 해야지."

우현은 고개를 들어 아버지의 말을 되뇌었다. 잘못된 길!

"여기 자주 오나 봐요?"

"가끔씩 와요."

"벌써 세 번째인데, 이연 씨가 여기서 수수께끼 같은 얼굴로 혼자 멍하니 앉아 있는 걸 본 게."

처음 이연에게 말을 걸었던 가벼운 대화가 그의 가슴을 아프게 했다. 잘못된 길이었다. 우울한 맘으로 아름다운 동창 부인의 외로움을 파고들지 말아야 했다. 그러나 그가 후회되는 것은 길이었다, 대상이 아니라. 그의 눈이 힘겹게 감기었다.

"집안을 생각해. 넌 혼자가 아니야. 너희 어머니 쓰러지는 것 보고 싶은 거냐? 정숙한 네 형수까지 해를 끼치는 일이 아니냐? 출장 갔다 와. 그리고 어떤 얘기도 다 무시하고 일만 해. 뒷일은 내가 알아서 할 테니. 아직 사진들이 그다지 강하진 않아. 다음 게재를 막을 테니 넌 빠져 있어."

우현에게서 괴로운 신음 소리가 새어나왔다. 지금 자신이 나서면 그들의 상처를 후벼 파는 일이 될 것이다. 가만히 있어야 할지도 모른다. 가만히!

"산 사람은 살아야 돼. 그걸 명심해라."

"네?"

"이연은 죽었어."

"네?"

그가 벌떡 일어났다.

"죽어요?"

전화 속 목소리도 같은 말을 했었다. 죽을지도 모른다는…….

"죽은 거나 마찬가지야. 곧 떠날지도 몰라. 그러니 넌 잊어버려. 사고가 난 모양이다."

우현의 몸이 후들거리었다.

"그러니 마음 독하게 먹고 지워."

"내가 했어요. 내가 이 손으로 그녀를 찔렀어요. 그녀를 아프게 하는 것이 날 아프게 할 거라는 걸 전혀 모르고, 어리석고 잔인하게 저질러 버렸어요."

장한식은 무슨 말을 하는지 알아들을 수 없는 아들의 혼잣말 때문에 더 불안한 얼굴로 중심을 잃은 우현을 보았다.

"가야겠어요."

그가 몸을 돌려 잡히는 대로 옷을 입기 시작했다.

"무슨 소리야?"

"가야 돼요."

"누구한테? 최이연한테? 미쳤니? 거길 네가 왜 가! 최이연은 엄연히 김수호의 아내야. 네가 있을 자리가 아니란 말이다. 게다가 그 앤 죽을 거야. 죽어가는 사람 고이 보내게 여기 있어."

장한식은 아들을 막으려는 성급한 맘에서 나오는 말 그대로 내

질렀다. 그러나 그 말은 오히려 장우현의 잠재의식을 확실히 깨어 그에게 마지막 목적을 새기게 했다.
"죽는다면, 옆에 있을 겁니다."
우현이 방을 나서려고 하자 장한식은 아들놈을 서둘러 잡았다.
"기어코 망칠 거니?"
그러나 돌아오는 것은 망연자실 한 마음의 내깔림이었다.
"이미 제가 망쳤어요."
장한식은 아들놈을 더 잡지 못한 채 가는 뒷모습만 멍하니 바라보고 서 있었다.

가족들을 위해 병원 측에서 따로 마련해 준 공간이 떠나갈 만큼 큼지막한 소리가 터져 나왔다. 연예잡지와 신문을 펄럭이며 노기 어린 얼굴로 사실이냐고 묻는 김인산을 바라보는 수호는 이미 그렇다는 대답이 필요없었다. 검은 눈동자엔 더 검은 그늘이 달라붙었고, 서늘한 괴로움이 드러났다. 그러나 연이어 수호와 관련된 실망스런 일로 그 상처는 뒤늦게 인식되고 사실만이 김인산에게 크게 들어올 뿐이었다. 그런 일을 겪어서 아프다는 사실 자체만으로도 김인산은 화가 들끓었다.
"그래서 미국 가겠다고 한 거냐? 네 아내 바람피운 거 덮으려고? 이 못난 놈아! 어찌 번번이 날 실망시켜! 어떻게 가정 하나 간수를 못해서 이 망신을 시켜? 그러고도 네가 김인산의 아들이라고 할 수 있어?"
"……."

수호는 아버지의 노기 어린 시선을 피하지 않았다.

"항상 믿었던 그 애가 그런 짓을 하다니, 이렇게 속일 줄이야. 죽어도 싸다, 죽어도 싸. 할 짓거리가 없어 제 남편 동창과 바람을 피워? 얼마나 바보처럼 보였으면 이런 일이 생겨? 혹시 원래 그런 애 아니냐? 우리가 그동안 완전 속은 거 아니냐고!"

"그만 하세요."

아내를 공격하는 말에 며칠 동안 막혔던 말문이 터졌다.

"네 아내가 장우현 말고 다른 놈이 없는 건 확실해? 넌 어떻게 밤에 싸돌아다닌 것도 몰랐냐?"

하지만 김인산은 집안에 심하게 금이 가게 한 데다 그것도 믿고 믿은, 수호에게 과분한 며느리가 한 짓이기에 속되고 천한 말들이 더 술술 입에서 나와 단죄를 하려 했다.

"그만 하세요. 그만 하라구요! 아버지가 무슨 상관이세요? 내 아내가 바람을 피우든 말든 내 소관입니다. 상관치 마세요. 아무 소리도 하지 말아요. 듣고 싶지 않으니까!"

수호는 아픈 속을 계속 아버지에게 소리치는 것으로 내달렸다. 그러나 김인산은 그런 아들의 뺨을 커다란 주먹으로 쳐버렸다. 퍽 소리와 함께 수호의 뺨이 한쪽으로 휙 돌아갔다. 수호는 무례한 내지름을 멈추었다. 서서히 고개를 돌려 침묵한 채 아버지를 바라보았다. 너덜해진 심장으로 자신을 바라보는 아들의 모습에 인산은 순간 움찔했다. 뭔가 돌이킬 수 없는 길을 지나간 기분이었다. 그러나 항상 자신의 잘못을 인정치 못한 그답게 바로 그런 맘을 접어버리고 화난 얼굴로 응대했지만 그 분노에 수호는 이미 맞닿아 있지 않았다.

아버지에게 뭔가 소리치고 대든 것이 마지막 외침이었는지도 모른다. 그는 아버지를 등진 채 그 자리에서 조용히 나갔다. 수안이 모든 걸 봤다는 것도 개의치 않았다.

수안은 그런 동생의 뒷모습을 보고 아버지에게 얼굴을 찡그렸다.

"꼭 그러셔야 했어요? 아픈 애한테 더 힘들게 하실 필요까지는 없었잖아요. 굳이 헤집으셔야 하셨어요?"

수안은 처음으로 아버지에게 언짢음을 보이고 밖으로 나왔다. 동생을 찾으러 가는 길에 수호가 주치의의 손을 잡고 매달리는 모습이 보였다.

"뭐든지 할게요, 뭐든지. 깨어나게만 해주세요. 네?"

"수호!"

"그렇게 해주세요. 제발!"

"기다립시다."

"무조건 해주세요."

수안은 쉰 목소리로 억지를 부리며 정 박사 가운을 붙잡는 수호의 절박한 손을 떼어냈다.

"가자. 응?"

그렇게 달래듯 동생을 대기실로 끌고 갔다. 뭔가 먹을 것을 가지고 와도 통 쳐다보지도 않고 다시 입을 다문 채 가만히 앉아 돌처럼 굳어버린 수호를 보며 무슨 수라도 내야 한다는 생각이 들었다. 그러나 수안은 동생을 바라볼 뿐 어떤 도움도 주지 못하고 있었다.

시간이 흐르자 수안과 수창도 수호를 닮아 말을 잃어갔다. 그들 형제는 어지러운 맘을 입에 담아내지 못하고 침묵 속에 수호가 하는 간절한 생각만을 공유하게 되었다. 수호를 위해서 최이연이 제발 저세상으로 편안히 가지 않기를 바랐다.

어떤 소리도 다 잡아내는 공간에 있는 듯한 조용한 대기실 복도에 발자국 소리가 점점 크게 났다.

뚜벅, 뚜벅, 뚜벅, 뚜벅.

수호를 빼놓고 수안과 수창은 연이어 그 소리가 나는 쪽으로 고개를 돌리었다. 수안이 먼저 장우현을 발견했다. 항상 어느 곳에서 만나도 당당했던 모습은 온데간데없이 헝클어진 머리와 반쪽이 된 초췌함으로 걸어오고 있었다. 수안의 무심한 얼굴에 잔물결이 일어나는 순간 수창의 외침이 쩌렁 울리었다.

"미친 자식! 네가 여기 왜 와!"

수창이 돌진하듯 그의 면전으로 무섭게 걸어나갔다. 지금 그의 입에선 생전 해보지 않았던 욕들이 마구 쏟아져 나왔다. 그러나 우현은 그런 수창은 쉽게 건너뛰면서도 그 어떤 위협조차 가하지 않고 있는 수호의 모습엔 경련이 일었다. 그가 마른 입술을 축였다.

"미안하다."

"당장 안 나가?!"

수창이 소리소리 질렀다. 그러나 우현의 시선은 수호에게 계속

가 있었다. 수호는 움푹 들어가 버린 눈과 상해 버린 얼굴로 어디도 바라보지 않았다.

"미안하다."

"꺼지라고 했어."

수창이 짐승처럼 이를 드러내며 으르렁거렸다.

"이연이를…… 보게 해줘. 제발!"

"뭐야?"

수창이 눈 깜짝할 사이 우현의 얼굴을 주먹으로 가격하더니 잡히는 대로 주먹을 휘둘렀다. 우현이 휘청거리자 아예 달려들어 되는 대로 때리었다. 수안은 그 모습을 벽에 기대어 볼 뿐 말리지 않았고, 수호는 그들을 여전히 의식하지 않았다. 그러나 수창의 주먹은 그다지 상대에게 심각한 상처를 주지 않았다. 우현은 수창의 주먹 속에서도 굴하지 않고 수호 쪽으로 얼굴을 향하더니 무릎을 꿇었다.

"제발, 부탁이야. 제발! 제발."

"쫓아내."

수안이 수창에게 한마디 했다. 그러나 수창이 계속 때리자 그때서야 그를 끌어냈다.

"네 발로 왔으니 네 발로 가라. 꼴사납게 굴지 말고!"

수안이 동생을 벽 쪽으로 한 번에 떼어낸 후 우현을 내려다보며 입술만 움직여 명령했다. 그러나 우현은 끝까지 무릎을 일으키지 않았다.

"용서해 달라는 말도 할 수 없다는 거, 이젠 알아. 하지만 제발 이연이를…… 한 번만이라도 보게 해줘."

"이놈은 죽을 때까지 맞아야 돼!"

수창이 다시 뛰쳐나와 우현에게 덤비려 했다. 그러나 수안에 의해 바로 저지되어 버리자 소리치고 몸을 부딪치며 저항했다. 그 시끄러운 속에서 조용한 목소리가 들리었다.

"들어가게 해."

수호가 고개도 돌리지 않은 채 중얼거렸다. 그 낮은 소리는 소동을 한 번에 잠재웠다.

"형!"

"들어가."

수호가 우현을 쳐다보았다. 간호사가 오자 수안이 고개를 끄덕였고 우현은 일어나 그 뒤를 따랐다.

"너 미쳤구나! 제정신이 아니야. 돌았니?"

수창이 수호에게 외치자 수호가 아주 작은 소리로 내뱉었다.

"이연이가 좋아하는 사람이야. 내가 뭘 해야겠니?"

"둘 다 죽여 버려."

수창은 말은 그렇게 해놓고도 형 옆으로 가서 바닥에 주저앉아 수호의 무릎에 고개를 묻어버렸다.

우현은 의식을 잃고 누워 있는 이연을 보자 순간 눈을 감았다. 그러나 이내 고개를 들어 그녀의 모습을 보았다. 한동안 말이 나오지 않은 채 감정이 복받쳐 왔다. 혼자만의 힘으로 생명을 이어가지 못해 여러 선들이 기계와 이어져 그녀를 지탱하고 있었다. 축 처져 있는 아픈 몸에 영혼이 안착하지 못한 채 곧 떠날 것만 같아 두려웠다. 죽을지도 모른다는 사실이 눈앞으로 다가왔다. 고통으로 인해 그의 온몸이 심하게 전율이 일었다. 어느새 그녀가 자신이 되어버렸음을 죽음 문턱에서 헤매고 있을 때 알아버리다니, 그녀에게 닿을 수 없이 멀어져 버려놓고 뒤늦게 허겁지겁 뛰어오는 자신을 보며 그는 울고 싶었다.

"이연아……."

온몸을 붕대로 감은 채 코에 관을 연결해 겨우 생명을 지탱하고 있는 이연을 불렀다.

"이연아!"

자꾸 부르면 그녀가 눈을 뜰 것만 같았다. 그렇게 자신을 미움의 눈으로라도 바라봐 주길, 자신이 사는 이 세상에서 원망으로라도 살아주길 바라는 맘이 그의 온몸을 터뜨리려는 듯 팽창했다.

"사랑해."

허망한 목소리가 저절로 속삭였다. 그녀조차 들을 수 없는, 오직 자신만이 듣게 되는 그 말을! 의지가 아닌 그렇게 되어버린 사랑한다는 말은 그의 맘을 아프게 했다. 몸이 떨려와 그녀의 손조차 건드리지 못하고 바라보기만 하던 우현의 표정이 잔뜩 구겨졌다. 이연이 죽을 수도 있다는 커다란 두려움에 자꾸 부딪치자 그는 견디지 못하고 심하게 나부꼈다. 눈물이 마른 뺨을 줄기차게 흘러내렸다. 그리고는 종교도 없으면서 신을 찾고 있었다.

"제발, 이연을 살려주세요. 제발. 그녀가 행복할 수 있도록 제게 기회를 주세요."

그 와중에도 우현은 이기적 맘이 깨어나 이연을 움켜잡으려 했다. 그녀를 위해서라면 몇 발자국이 아닌 아주 멀리 떨어져 살아가야 함에도 그는 끝까지 자기 맘이 먼저인 남자였다. 그녀를 사랑하고 그 아픔이 자신의 것이 되어버린 이상 아예 그녀 옆에 있겠다는 욕심이 들었다. 끝까지 몸속부터 속물인 맘으로 아픈 그녀를 손에 쥐려는 자신에게 신께서 어떤 벌도 주지 않기를 바랄 정도로 장우현은 어리석었다. 동시에 이젠 그의 맘에도 한가닥의 죄의식이 길게 내리뻗기 시작했다.

수호는 우현이 이연의 병실로 들어가자 자리에서 일어났다. 수창이 그를 불렀으나 대꾸하지 않았다.
"형! 왜 그래?"
"김수창, 가만히 있어."
수안이 말리자 수창 역시 입을 다물었다. 수호는 지친 몸에서 들리는 자신의 목소리를 따라 발걸음을 움직였다. 창가로 간 그는 우두커니 서서 밖을 내다보았다. 누군가가 다쳤는지, 응급차가 사이렌 소리를 내며 들어오자 응급실의 인턴들이 다급하게 뛰어와 환자를 이동시키고 있었다. 그 와중에도 환자의 심장을 살리려는 시도는 계속되었다. 살려는 시도, 그동안 살아왔던 모습들이 눈앞의 풍경들과 섞여 지나가고 있었다.

김수호, 바보 같은 자식. 욕심만 부리고, 타협도 모르고, 손에 쥔 것만으로 만족 못하고, 항상 분노하고, 항상 부족하다 말하는 못난 사내. 사랑받고 싶고 인정받고 싶고 모든 걸 이룬 완벽한 사람이 되고 싶어 항상 바둥거리던 아픈 아이.

그것이 두 사람이 아닌 한 사람이란 걸 수호는 안다. 자신을 잘 안다. 그러나 지금껏 그는 김수호와 마주하지 않았다. 그가 얘기를 나누자고 할 때마다 시선을 피해왔다.

근데 지금 그 김수호가 자신에게 말하고 있었다. 그것도 되풀이해서. 살려는 시도를 포기하지 말라고, 남들이 다 바보로 아는 것은 이미 익숙한 일이라고. 더 이상 사람들의 눈에 맞춰 아파하고 힘들어하고 짓눌러 살지 말라고 한다. 부모조차 모든 걸 감싸줄 수 없고, 핏줄이라 하지만 어느 땐 그냥 남이라고, 기대하지 말자고. 아내가 자신의 맘을 열려고 했던 필사적인 노력조차 모멸감을 느끼던 자신을, 돌아서 버린 아내를 용서치 못하면서도 잡았던 자신을, 그리고 그 못남으로 상처를 준 것도, 어쩔 수 없이 장우현에게 아내를 보게 허락한 것도, 그 모든 걸 놓아버리라고 계속 말한다.

 수호는 점점 차가워진 자신과 대면했다. 이젠 아파할 것도 없다. 슬퍼할 것도 없다. 자기 것이 아닌 것에 아픔도, 슬픔도, 분노도, 모멸감도 모두 던져 버리면 된다. 작아진 자신을 인정하는 거, 그것부터 시작하면 된다. 무수하게 둘러싼 두껍고 버거운 껍질이 그의 것이 아니라며 떨어져 나가고 있었다. 이젠 죄의식조차 갖지 않을 것이다, 그것조차.

 우현의 무거운 발자국 소리가 들리었다. 보기도 싫다는 듯 수창이 나가 버리자 수안도 똑바로 우현을 응시하며 그 덩치만으로도 충분한데 무심한 눈빛으로 노려보았다. 그러나 수호를 생각해서 걸음을 밖으로 옮기며 억지로 물러섰다.
 "미안하다."
 수호가 우현을 차디차게 쳐다보았다.
 "내가 몹쓸 짓을 했다는 거 알아. 난 정말 너에게 죄인이야."
 "그래, 넌 쓰레기지."
 수호는 우현을 노려보지 않고 응대하며 낮게 말했다. 순간 우현의 얼굴이 일렁이었다.

"왜, 아닌 줄 알았어? 변하지 않아."

수호는 화를 터뜨리는 것도, 삭이는 것도 포기했다. 그는 조소 없이 일자로 변한 입매로 거리를 두며 장우현을 보았다.

"난 변했어."

우현이 성마르게 말하자 수호의 눈이 가느다래졌다.

"너는 참 뭐든지 쉽구나!"

우현의 눈빛이 수호의 담담한 시선에 피하고 말았다.

"미안하다."

자기 인생에서 지금 이 순간만큼 이 말을 많이 한 적이 없었다. 그래서 우현은 힘이 들었다.

"내 자신이 바뀌는 데 삼십 년 넘게 걸리던데, 너는 한순간이야."

수호는 그 미안함을 받아들이지 않았다.

"내가 너에게 준 상처는……."

"됐어, 네가 준 상처 이젠 네 것이 아니야. 내 것이겠지. 내가 알아서 해."

"……."

우현은 김수호에 대한 정의가 흔들리는 것을 온전히 받아들임이 버거웠지만, 분명한 것은 눈앞의 그는 자신이 아는 김수호가 아니었다.

"대신 더러운 소문은 네가 알아서 해. 최이연을…… 좋아한다면…… 네가 알아서 해결해. 잠재우라고. 그리고 다신 오지 마."

"미안하다."

그 말속에 포기할 수 없음이 드러났다. 수호는 아주 가까이 우현에게로 왔다. 185cm인 우현이 그보다 거의 7cm나 큼에도 개의치 않았다.

"달라졌다면서, 겨우 이거야? 여전히 넌 이기적이구나. 일을 크게 만들지 마. 최이연을 생각한다면."

수호는 우현을 계속 쳐다보며 시선을 놓지 않았다.

"가라."

"난……."

"가."

수호의 음성은 전혀 높지 않았다.

"미안하다."

우현은 포기하지 못했다. 그는 돌아서 뚜벅뚜벅 걸어나갔다.

수호는 마음속 무언가가 다시 흔들리는 걸 억지로 눌렀다. 그리고는 잠시나마 이 기다림의 장소를 서둘러 빠져나왔다. 의식없는 이연에게서 무작정 멀어지려 했다. 그는 방향감각 없이 아무 데나 걸었다. 그러다 무작정 눈에 보이는 의자에 앉다가 옆에 있는 주인 없는 빵을 발견했다. 자신의 것도 아닌데 그걸 뜯어서 지금까지 거의 물 외엔 음식이라곤 집어넣지 않은 위 속에 거칠게 쑤셔 넣었다. 위가 비틀대며 아파왔다. 그러나 한편으론 만족스러웠다.

수호는 빈속에 거친 밀가루 음식을 넣은 죄를 받기라도 한 듯이 화장실로 가서 모두 게워냈다. 물을 내리고 그는 세면대로 와서 콸콸 쏟아지는 물로 얼굴을 세게 문질렀다. 좀 정신이 들었다. 그는 잠시 비워두었던 대기실로 향했다. 지금 당장 그의 자린 그곳이었다.

"깨어났습니다."

몸을 웅크린 채 대기실 의자에 깊이 잠든 수창 옆에 앉아 있던 수호에게 야간 근무를 하는 간호사가 급히 말을 전했다. 그는 집중 치료실로 달려갔다. 아직 면회가 허용되지 않은 채 상태를 체크하는 손들이 바빴다. 그동안 기다렸던 시간보다 지금 이 순간이 수호를 더 힘들게 했다.

"환자가 아직 현실과 꿈의 중간 단계에 있기 때문에 충격을 주지 않는 내에서 설명해 주세요. 알아들으니까요."

수호는 이연에게 다가갔다. 그녀에겐 여전히 여러 관들과 호흡기가 얼굴의 반을 차지하고 있었다. 이연의 눈이 초점을 잃고 있다가 점점 맞춰졌다. 그리고 그를 보았다. 눈물이 그녀의 눈동자 안에 차 오르기 시작했다. 아직 현실감각이 돌아오지 않은 이연이지만 심한 육체적 고통과 함께 정신 역시 깨어나는 그 순간부터 느꼈다. 심장을 누르는 커다란 아픔을!

"살아야 돼. 어떻게든 살아가야 해."

거의 소리가 나지 않은 입술로 수호는 그렇게 중얼거렸다. 그리고 이연의 손등을 잡았다.

"우린 사고를 당했어. 우리 모두."

무의식적으로 그 말이 수호의 입에서 나왔다.

"이젠 치료할 일만 남은 거야. 다른 생각 하지 말고."

이연은 눈물을 멈추지 못했다. 수호는 그 눈물을 닦아주지 않고 보기만 했다. 의사가 이젠 환자가 쉬어야 한다며 나가달라고 그를 재촉했다.

"또 올게."

수호는 그 말을 끝으로 나와야 했다. 의사는 좀 더 상태를 봐야 하겠지만 점차 호전될 수 있다고 말해주었다. 그러면서 앞으로 재활훈련에 따라 정상 생활이 달려 있다는 말까지 덧붙였다. 이제 막 산에 오르기 시작한 거라고. 수호는 고개를 끄덕거렸다. 엄청난 고통이 수반될 거란 것을 알고 있었다. 그럼에도 깨어났다는 안도가 먼저였다.

그는 의자에 앉아 긴 숨을 내쉬었다. 긴장이 일시에 풀려 쓰러질 것만 같았다. 자신이 정신을 차려야 이연을 온전히 살릴 수 있다는 생각에 기운을 놓지 않으려 했다. 그러다 순간 쓴웃음이 나왔다.

'이 세상에 네가 굳이 살기를 바라는 걸 보면 나도 참 못됐지. 내가 살기 위해서 이러는 거 보면 말이야.'

괴로움이 넘친 이 세상에서 아직도 살길 바라는 맘은 본능적 생존과 같았다.

문득 장우현이 오고 아내가 깨어났다는 사실이 떠올랐다. 자신이 아닌 그의 존재가 그녀를 깨어나게 한 것일까? 아내가 그런 남자를 사랑한다는 것이 믿어지지 않았지만 수호는 다 제쳐 버리었다. 그리고 오직 아내를 온전히 살리는 것에 집중하려 했다. 그 생각만이 전부였다. 그때 안지령이 순간 가슴속에 스치었다. 사고 후, 잊으려고 했던 이름이고 존재였다.

 깨어났다는 연락이 병원 소식통에서 들리자 우현은 눈물을 흘렸다. 울컥해서 목소리도 제대로 나오지 않았다. 그는 전화기를 내려놓고 바닥에 앉아 어린아이처럼 울고 말았다. 몸이 계속 들썩였다. 울음을 한동안 그칠 수가 없었다. 살았다는 말은 죽을 수도 있었다는 무서움이 포함되어 그를 더 떨게 만들었다. 고맙습니다. 고맙습니다. 그는 또 그 말을 미친 사람처럼 외쳐 댔다.
 "보러 가야 돼."
 그는 아파트에서 무작정 나와 병원으로 향했지만 도착하진 못했다. 수호의 목소리가 그의 앞길을 가로막았기 때문이다.
 "넌 여전히 이기적이구나."
 보고픈 열망만을 생각한다면 다시 병원으로 뛰어가야 하지만, 김수호의 말대로 이연을 생각하고 그녀의 가족을 위해서라면 참아야 했다. 우현은 운전대를 틀지 못한 채 병원 앞을 스쳐 지나가 버렸다. 깨어난 이연을 지금 보지 못하면 미칠 것 같지만 참아야 한다. 그러나 그는 절대로 최이연을 포기할 수 없었다.
 '그래, 난 이기적이야. 사랑으로 보상하고 싶다. 최이연을 이대로 놓칠 수는 없으니까.'
 "나예요. '즐거운 연예지'에 대해 자세히 알아봐요. 음, 내 이름 말고 다른 쪽으로 삼켜 버리도록 해요. 인수하라구요. 그래요."
 그는 비서실장에게 명령하고 회사로 갔다. 맘을 독하게 먹고 제자리를 유지하려 최선을 다할 것이다. 그리고 그대로 그 자리에 이연을 데리고 오겠다는 허튼 맘까지 세워두었다.

"자꾸 아프다고 한다니까요. 어떻게 좀 해주세요."
"방금 진통제 넣었으니까, 좀 있으면 괜찮아지실 거예요."
그럼에도 소윤은 쉽사리 다시 병실로 들어가기 겁났다. 빠르게 호전되어 집중 치료실에서 특실로 옮겨진 이연이지만 아직도 온몸을 붕대로 싸맨 채 신음하며 누워 있었다. 간병인이 있긴 하나 수호가 항시 대기해 있었고, 가족이기 때문에 그녀와 연주 역시 순번으로 돌며 자리를 지켜야 했다.
"의사 선생님 불러야겠어요."
소윤이 울상이 되어 수호에게 말했다.
"형수님은 좀 쉬세요."
"하지만……."
온 지 한 시간밖에 안 되었다는 말을 소윤이 하기도 전에 수호는 다시 병실로 들어갔다. 하루 종일 환자에 붙어 있는 둘째 도련님을 떨어뜨려서 건강을 잃지 않게 해야 한다는 것이 김씨 형제의 다짐이었다. 며칠 전 쓰러질 뻔하기까지 해서 남편이 억지로 영양제를 맞게 했지만 반쪽이 되어버린 얼굴과 몸은 나아져 보이지 않았다. 그래서 소윤은 자신이 대신 병실을 지켜야 함에도 연신 아프다는 말만 하는 이연이 무서워 꺼려졌다. 정말 많이 아파 보여서 의사나 간호사를 불러도 별 소용이 없었다.
지난번엔 큰형님 같은 막내동서가 달려와 많이 위안이 되었지만 아기도 보고 본가 살림도 맡게 된 연주를 매번 불러 매달리는 것은 엄연히 나이는 젤 어리다고 해도 큰형님인 자신이 해선 안 되는 일이었다. 남편도 은근히 당부하지 않았던가.

"당신은 큰형님이에요. 그걸 잊으면 안 돼요. 그러니 힘들어도 주변을 잘 챙겨줘요. 나이로 말하는 거 아니니까 막내동서에게 말 놔도 되고 알았죠? 자상하게 살펴주면 돼요."

어린 학생 다루듯 말하는 남편의 목소리가 귓가에 들리는 것 같다. 그런데 그게 말처럼 쉽지 않았다. 게다가 자신처럼 실수와 건망증이 심한 사람이라면 더욱 만만치 않은 일이다. 그녀는 이곳에 혼자 있는 것이 싫었지만 남편과 동서에게 전화하지 않겠다고 굳게 맘먹으며 앉아 있었다.

수호는 안으로 들어갔다. 호흡기를 떼었고, 머리도 이상이 없었다. 2차 수술도 모두 끝났다. 이젠 수술한 자리가 아물고 부러진 다리가 붙은 후 노력 여부에 따라 그녀는 다시 정상적인 최이연으로 돌아올 수 있을 것이다. 그러나 지금 절망적인 얼굴로 누워 있는 아내는 자꾸 포기하려고만 든다. 아프다는 말이 몸보다 맘을 의미한다는 걸 그도 알고 있었다. 문에 기댄 채 수호는 아내의 어둔 모습을 바라보았다.

"마음 약하게 먹지 마. 그러면······."
"떠나요."
아내의 말에 수호의 말은 끊어졌다.
"당신이 여기 있는 거 원하지 않아요. 그러니 떠나요."
"일어날 생각부터 해. 많이 힘들겠지만."

수호는 이연의 말을 듣지 않은 것처럼 그녀 옆으로 다가와 이리저리 살펴주었다.
　"당신 인생 살란 말이야. 제발, 날 모른 척해줘. 당신 이러는 거 너무 싫다고!"
　이연은 마음대로 안 되는 몸으로 소리 지르며 그를 밀어내려 했다.
　"그럼 어서 건강해져. 그래서 튼튼한 두 다리로, 단단한 마음으로 병실을 나서란 말이야. 그럼 나도 더 이상 이렇게 있지 않아. 떠나라고? 그래, 떠날 거야. 하지만 지금은 안 돼."
　수호는 깨지기 쉬운 이연을 똑바로 보며 모질게 말했다.
　"조건 없이 떠나요. 당신 조건 싫으니까."
　"당신이 나라면 떠날 수 있어? 그럴 수 있어? 내가 아플 대로 아픈데 아무렇지 않게 돌아설 수 있어? 말해봐. 그럼 지금이라도 떠날게."
　"난 떠나려고 했잖아요. 이미 당신에게 돌이킬 수 없는 아픔도 주고."
　이연이 흐느끼듯 중얼거렸다.
　"우린 서로 상처를 줬어. 돌이킬 수 없는."
　이연은 수호의 눈에서 단호함을 보았다.
　"미안하다는 말 이젠 하지 않아. 나도 죄를 졌고 당신도 졌어. 더 이상 잘잘못 따지고 싶지 않아. 그러긴 지쳤어. 날 보내고 싶으면 나으면 돼. 더 이상 최이연을 잡을 생각 없으니까. 하지만 당신 제대로 낫고 제대로 살아가려는 의지가 보여야 돼. 그럼, 구태여 말하지 않아도 떠날 거야."

그는 냉정하고도 차분했다.

"우린 지금 최악이야. 그래서 나을 생각만 해야 한다고. 어떻게든 이 세상에서 살아가야 하니까. 난 살고 싶어. 마지막 정리라고 생각해. 당신에게 연연하지 않지만 이대로 돌아설 순 없어. 우린 이 거친 파도를 견뎌야 돼. 그럼 다음 항구에서 내려 각자 길을 가면 되니까. 그러니 지금은 안 돼. 정신 차려. 최이연, 더 이상 감상에 빠져선 절대로 여기서 못 살아. 정신 차려야 돼."

이연은 아무 말도 하지 못했다. 수호 역시 자신만큼 아프다는 걸 깨달았다. 그도 아플 거라고 생각했지만 자신만큼 아플 줄은 몰랐다. 부서지고 부러진 자신의 몸처럼 눈에 보이지 않는 그의 심장도 부서지고 부러졌다는 것을.

"우린 사고를 당했어."

깨어났을 때 왜 그가 우리라는 말을 썼는지 이연은 알았다. 살이 너무도 빠진 채 아주 몰라보게 변한 검은 얼굴로 수호는 살아남기 위해 투쟁 중이었다. 울지도 않고, 아프다는 말도 잊고 있는 그에게 아프다는 말을 해선 안 되었다. 이연은 마지막 눈물을 흘리며 남편이 아닌 차가운 동지가 되어버린 수호를 바라보았다.

'우린 나아야 돼.'

그 말이 지금 전부가 되어버린 수호로 인해 그녀는 더는 아픔에 빠져 울 수가 없었다.

수호는 아내가 잠들 때까지 기다렸다가 겨우 일어났다. 다시 몸이 휘청거렸지만 용케 참았다. 마침 일을 마치고 여기로 퇴근한 수안을 보고 그는 인상을 찌푸렸다.

"당신 왔어요?"

"음."

수안은 반가이 맞이하는 소윤에게 고개를 끄덕이며 또 그 습관처럼 묻는, 밥 먹었냐는 안부인사를 하더니 수호에게로 왔다. 소윤은 남편이 자신에게 한없이 친절하면서도 웃음은 잘 보여주지 않는 인색한 커다란 늙은 남편이라고 속으로 투덜거리다가 지금 상황을 떠올리며 순응했다.

"김수호, 너 당장 집에 들어가서 씻고 와."

그냥 들어가라고 하면 말을 안 들으니 이 방법이라도 써야 했다.

"너한테 냄새 나. 빨리 가."

끄떡하지 않던 수호가 그 말에 일어났다.

"형수님이 힘드셨겠네요."

수호가 소윤을 보며 말하자 소윤이 고개를 저었다.

"냄새 하나도 안 나는데……. 아, 생각해 보니 좀 나요. 제가 예민해서 그래요."

눈치가 둔치인 소윤이 겨우 남편의 생각을 알아채고 맞장구를 쳤다.

"빨리 갔다 올게요."

"지금 저녁 일곱 시니까 내일 와라."

"바로 올게."

수호는 수안의 말을 듣지 않은 척 서둘러 나갔다.
"사실은 냄새 안 났어요."
"응?"
"냄새 난다는 말 그냥 했다고요."
"그래요, 잘했어요."
수안이 동생의 멀어진 뒷모습을 보다가 소윤을 보며 고개를 끄덕거렸다.
'이봐요, 커다란 덩치 씨. 난 어린애가 아니걸랑요. 당신 부인에게 유치원생한테나 쓰는 말을 한다는 것은 큰 문제라고, 안 그래, 김수안!'
"무슨 할 말 있어요?"
"아니에요."
상황이 상황인지라 소윤은 선생님 같은, 아니, 젊은 교감 같은 남편을 보며 얼른 말을 삼키었다.

"오빠, 어디 가?"
"응, 집에 가서 씻고 오려고."
"타."
"병원 온 거 아니니?"
"김수호 보러 왔어."
좀 머뭇거리다가 수호는 해신의 지프에 올라탔다.
"얼굴이 그게 뭐야?"
"좀 아팠어."

수호의 솔직한 말에 해신은 잠시 쳐다보다가 차를 출발시켰다.

"내가 형 얼마나 사랑하는지 알지?"

그녀는 기분에 따라 반말과 존댓말을 번갈아 하며 수호를 형이나 오빠, 아니면 김수호라고 부르곤 했다.

"그래. 나도 너 사랑한다."

해신은 씩 웃었지만 그녀의 눈가 주위도 자기 개인 일로 꽤 어두컴컴했다. 게다가 좋아하는 수호 일까지 겹치니 마음이 심란하기 그지없었다. 더는 말을 하지 않고 있다가 그녀는 수호를 집 근처에 내려다 주었다.

"다음에 또 보자."

"건강 챙겨요, 오빠."

"그래, 그럴게."

"안지령……."

그 이름이 해신에게서 나오자 수호는 경색되었다. 아픈 이름이었다. 안지령이란 이름은!

"오빠만큼 얼굴이 안되었더라고요. 개인 일로 그런 것 같던데. 난 내가 좋아하는 사람들 아픈 거 정말 싫어. 그것도 내가 가장 좋아하는 김씨 형제와 안지령이 아프면 내 일보다 더 갑갑해지더라고. 그렇더라고요."

그 말만 남기고 해신은 떠났다.

　　기사가 운전하는 고급 중형차는 꼬박 한 시간 이상 달리었다. 서울을 벗어나 좁은 국도로 접어들자 시골 길이 쭉 이어졌다. 시금털털한 버스만이 달릴 것 같은 먼지가 이는 도로를 또 한참 지나서 작은 산 문턱에 이르러서야 멈추었다. 지령과 아줌마는 짐을 들고 시리도록 밝은 햇살에 눈을 거의 감은 채 차에서 내렸다. 그리고는 주위를 둘러보지 않고 바로 걷기 시작했다. 기사는 그 뒤를 약간의 사이를 두고 천천히 따라 산길에 들어섰다.

　　끝없는 능선이 변함없이 펼쳐진 산의 경치를 구경할 새 없이 지령은 숲 속의 그리 높지도 그렇다고 낮지도 않은, 걷는 사람이 걸을 수 있을 만큼 힘든 오르막길을 말없이 올라가고 있었다. 경기도에 위치한 조그마한 절은 긴 숲 속 길 정상 끝에 있었다. 근심

하나씩을 머리에 이고 오는 사람들을 내려다보듯이 그렇게 높다랗고 오롯한 곳에 처연히 자리 잡았다.

떨어진 나뭇잎을 밟으며 걸어 올라가는 지령의 숨소리를 따라 남편의 숨결이 아주 오래간만에 바람을 타고 느껴졌다. 갑자기 들어선 사람들의 인기척에 놀란 산새들의 지저귐 속에도, **빽빽한** 나무들 사이로 한줄기씩 내리쬐는 햇살 아래에도 어딘가 남편의 숨소리가 잡힐 듯했다.

유독 이곳을 좋아하던 사람이었다. 그래서 연애 시절에도 그녀를 데리고 여기에 자주 오곤 했었다. 좋은 가정교육 아래서도 종교를 가지지 않았던 지령은 어느 곳에도 영혼이 메이지 않은 채 감정의 파동대로 살아가는 삶을 꿈꾸었다. 그러나 윤회사상을 믿는 남편의 생각에 그를 사랑하는 것처럼 동화되고 말았다. 우석은 어릴 때부터 어머니 따라왔던 이곳이 마치 고향 같다는 말을 자주 하곤 했었다.

"내가 죽으면 이곳에 묻히고 싶어. 한없이 자유롭잖아. 기운을 다 소진한 노인으로 죽음을 맞이할 때 편안한 이곳에 내가 사랑하는 사람과 같이 묻히면 참 행복할 거야."

고개를 드니 절이 희미하게 보였다. 목탁 소리와 풍경 소리가 함께 은은하게 퍼지었다. 남편이 말했던 것처럼 이곳은 한적하면서도 한없이 자유스러웠다. 울창한 숲이 전체로 이어지고, 자연 속에 항상 주인 행세를 했던 사람이 오히려 작은 산새 앞에 손님인 양 자신을 낮추게 만드는 힘이 느껴지는 그런 곳이었다.

"나도 가야 하는데……."

남편의 기일이 되어 다른 때처럼 절에 가겠다고 지령이 나서자 자리에서 힘겹게 몸을 들척이던 어머니는 말했었다. 그러다 아들 문제로 까맣게 되어버린 속 때문에 신경 쓰지 못했던 눈이 며느리의 얼굴에 오래 머물게 되자 그 초췌함에 깜짝 놀랐다.

"어디 아프니?"

아름답게 도독했던 뺨은 꺼지고 눈은 푹 들어간 채 광대뼈가 두드러졌다.

"감기에 걸려서 그래요."

"너무 아파 보인다."

시어머니는 몸을 일으켜 이제 여식이 되어버린 지령의 마른 뺨을 이리저리 만졌다.

"이번 감기가 너무 지독해서 금세 안 낫네요. 하지만 곧 나을 거예요."

"그래, 나아야지. 안 되겠다. 이번엔 가지 마라."

"갈게요."

고마워하는 어머니를 앞에 두고 아마 이번이 마지막이 될지도 모른다는 말은 차마 하지 못했다. 모든 걸 등지고 떠나야 하는 사람의 맘이 얼마나 독해야 하는지 지령은 깨달았다. 정리하려 할수록 자신에게 의지하는 가족들이 떠올라 마음을 잡아당기었다. 그러나 그녀는 더 이상 장우석의 아내로 살아갈 수 없다. 그에 대한 생각과 사랑이 오래된 책처럼 옅어지고 희미해져 버렸다. 더 버티다간 그 아름답던 추억마저 빛바랠지도 모른다. 그러고 싶지 않았다. 남편을 너무도 사랑했던 순간은 그 자체로 아름답게 남기어야 한다.

나지막한 산이지만 숨이 목까지 차서, 겨우 정상까지 올라갔을 때는 잠시 멈춰 한숨 골라야 했다. 고개를 드니 절이 그 모습을 완전히 드러냈다. 크지 않은 법당이 보이고 향냄새가 전체로 퍼졌다. 미리 연락 받은 큰스님이 그들을 맞이했다. 지령 일행도 두 손을 합장해서 몸을 숙이었다. 사고로 죽은 남편의 유골이 이곳 납골당에 모셔져 있다. 기일 때마다 이곳에 와서 위패를 모시고 제를 지내었다. 지령은 음식들을 올리고 남편의 영혼을 위해 절을 올렸다. 끝없이 이어지는 그녀의 절에 아줌마는 따르지 못하고 뒤로 물러났다. 얼마 뒤 그녀는 한쪽에 마련된 납골당으로 가서 남편과 마지막 인사를 했다.

'당신만의 아내로 영원히 남지 못해서 미안해요. 좋은 곳으로 가셨길 믿어요. 그곳에서 행복하기만 바랄게요.'

지령은 남편의 유골함을 손으로 만지다가 끝내 돌아섰다. 그리고 떠나기 전 그녀는 다시 법당을 찾아 가족들을 위해 절하기 시작했다. 그들의 안위와 행복을 무릎이 닳고 휘청거릴 때까지 빌었다. 시아버지와 시어머니, 그리고 장우현을 보살펴 달라고 그들의 가족으로 마음을 다해 정성껏 절을 올렸다.

"그만 가셔야죠."

아줌마의 나지막한 목소리에 지령은 땀에 흠뻑 젖은 채 일어나 합장하며 고개를 숙이다가 떠오른 사람 하나를 끝내 지나치지 못했다.
 '김수호가, 그가 행복하고 건강하게 살 수 있게 도와주세요. 그의 아내인 최이연도 완쾌할 수 있게 지켜주세요.'
 지령은 그에 대한 집착을 놓으려고 최선을 다했다. 자신을 사랑했는지 궁금하지 않기를, 그리고 사랑해서 미워하지 않기로 마음먹었다. 마음에 고이지 않고 다 흘려보내기로 했다.

 집으로 돌아온 지령은 갤러리 운영까지 어머니 대신 전부 도맡게 되었다. 그녀는 점점 자신의 자리를 비워가려고 애썼지만 아직 말조차 꺼내지 못했다. 장우석의 아내가 되면서 거의 의무적으로 맡게 된 이 부관장 자리는 그 당시에는 그녀를 들뜨게 만들지 못했으나 어느새 정이 들었다. 창밖에 비치는 잘 조성된 아름다운 나무들을 보며 지령은 곧 떠난다고 생각하니 감회에 젖어들었다.
 지령은 아쉬움을 접고 자리에서 일어났다. 새로운 기획안은 되도록 만들지 않으려 하면서 정리 쪽으로 무게를 잡았다. 이젠, 이 일은 그녀의 손에서 떠나고 있었다.
 "부관장님!"
 강 실장이 그녀에게 다가와 업무 보고를 하기 시작했다. 그녀는 오 년 동안 같이 일해온 강 실장에게 하나씩 일을 더 얹어주었다. 다행히 그녀보다 작가 심리를 더 잘 이해하고, 섭외를 비롯한 전시 기획까지 통괄하는 전문가이므로 걱정은 덜 되었다.
 오늘은 어머니 간호에 잠시 미루어두었던 일을 하느라 퇴근 시간이 늦어졌다. 퇴근 전에 어머니의 전화를 받고 곧 간다고 답한 후 정리정돈을 시작했다. 다행히 어머니도 많이 안정이 되어갔다. 우현이 자신의 힘을 이용해 모든 걸 우격다짐 수면 아래로 밀어 놓아버린 것이 한몫을 했다. 물론 소문은 여전히 잡히지 않은 구름처럼 떠돌았다.

그녀는 묵직해진 마음으로 일어나 창가 쪽으로 걸어갔다. 오늘 내내 이곳에 발길이 머물렀다.

깊은 밤을 짓누르는 어둠을 보고 있던 중 어떤 한 형체가 들어왔다. 그러자 또 어김없이 가슴이 쿵하고 내려앉았다. 형체만 봐도 그가 누구인지 그녀의 심장은 알 수가 있었다. 그게 싫었다. 단지 검은 형체일 뿐인데도 그가 김수호라는 걸, 눈이 아닌 마음이 먼저 알아보는 것이 지금 이 순간 마음에 들지 않았다.

"퇴근 안 하세요?"

"네, 갈 거예요."

그녀의 말에 비서가 인사를 하고 사무실을 나갔다. 지령은 잠시 동안 어둠에 가려진 김수호를 놓치지 않고 보았다. 사랑한다는 것이 참 덧없을 때도 있지만 끈질기게 아픔으로 남을 때도 있었다. 김수호가 그러했다. 그는 끝내 그녀에게 아픔으로 자리 잡았다. 그러나 아물 때가 있을 것이다. 지령은 자신도 어쩌지 못한 상처를 내버려 둔 채 가방을 들고 회색 정장 차림으로 사무실을 나왔다.

갤러리에서 나와 차로 걸어가는 지령은 아직도 어둠 속에 있는 그를 어둠인 양 보내려 했다. 그러나 수호가 어둠에서 나와 그녀에게로 다가왔다. 더 모른 척하지 않고 지령도 걸음을 멈추었다.

수호는 아무 말도 하지 않았다. 그의 체취가 공기 중에 퍼지었다. 지령이 먼저 몸을 돌려 그를 마주했다.

"아내는 괜찮으신가요?"

모든 것을 차단하는 그녀의 정중한 질문에 수호의 마음속엔 일순 혼란이 일었다. 흔들리는 그의 눈이 그녀의 얼굴을 배회했다.

"깨어나셨다는 소식은 들었습니다."

"네."

"쾌차하시길 바랍니다."

돌아서려는 지령을 수호는 몇 발자국 떼어 불렀다.

"지령 씨!"

"……."

그는 대답이 없는 지령의 단정한 뒷모습을 바라보았다. 그녀는 손가락 사이로 빠져나가려는 차고 시린 겨울바람 같았다.

"용건이 있으신가요?"

그녀가 물었다.

"……."

이번엔 그가 아무 대답도 하지 못했다. 입을 다문 채 그녀를 보는데 눈이 아팠다. 그녀가 뿜어내는 차가운 단절보다 그녀답지 않은 차가움을 억지로 쓰고 있는 것이 그를 더 아프게 했다. 자신이 준 상처가 그녀에게 너무도 깊숙이 박혀 버렸다는 반증이었다. 어떻게든 가시게 하고 싶었지만 그녀 인생에 수호는 이미 오래 머물 수가 없는 존재였다.

"미안해요."

너무도 무책임한 그 말은 결코 하지 않으리라 다짐했건만 이 말조차 하지 못하면 스스로가 견디기 힘들 것만 같아 이기적인 사과를 했다.

"안 들은 걸로 할게요. 모두 지우기로 했으니 이젠 상관없어요. 그러니 여기 오지 마세요."

지령은 흔들리지 않았다.

"가세요."

"나는, 난 안지령을……."

"듣고 싶지 않아요. 들어서 달라질 것은 없으니까."

"그렇군요."

수호는 혼란한 맘을 접었다. 절망하지 않으려 했다. 그리고 마지막 시선으로 지령을 쳐다보았다. 어떤 해명도 할 수 없는 눈이 그녀에게 잠시 머물렀다. 몇 초의 흐름은 그가 사랑을 위해 가진 전부였다. 사랑했다는 말조차 그녀에게 짐이 될 수 있다는 걸 느꼈다. 그렇게 마지막으로 그녀를 보는 것에 마침표를 찍었다.

"안녕히 계세요."

그는 지령을 스쳐 한 걸음도 쉬지 않고, 느리지도 빠르지도 않은 걸음으로 그녀의 인생에서 완전히 나가 버렸다. 지령은 그 모습을 보지 않았다. 다시는 그를 보지 않을 것이다. 손끝이 떨려오고 굳게 먹은 마음이 한쪽에서부터 저려왔지만 절대로 그의 모습을 마지막에 담아두는 실수를 범하지 않으려 했다. 그녀는 힘든 맹세를 했지만 그것을 지키고 있었다.

수호는 병원으로 가야 한다는 재촉하는 맘에 따라 방향을 잡았지만 택시를 잡아타지 못했다. 그냥 걸었다. 걸음이 모래주머니를 찬 것처럼 무거웠다. 그런데도 멈추지 않았다. 걸어가면서 시간을 자꾸 뒤로 보내고 있었다. 방금 전까지 현재였던 것이 금세 과거가 되어버렸다. 갑자기 어지럼증이 왔다. 자신에게 달라붙은 것들이 과거가 되길 원치 않는다. 과거가 아니라고 소리쳤다. 그래도 그는 계속 걸었다. 안지령에 대해선 하나만 기억하면 된다. 많이 사랑했었다는 것! 안지령과 관련된 현재로 통하는 문을 완전히 부숴놓았다. 지금 그녀에 대해 남아 있는 것은 그에게 모두 과거뿐이어야 한다.

　수호는 병원을 향해 다시 걷기 시작했다. 두 시간이 넘어 도착해 현실에 들어섰다. 많은 생각들을 놓고 정신을 차리며 병원 입구로 들어가는 순간 이연의 오빠이자 그와 동갑인 최이수와 부딪치듯 만났다.

"참 일찍도 왔구나."

수호는 이수를 보고 말했다. 일 터지고 나선 코빼기도 보이지 않았었다. 외국 지사에서 막 온 그를 탓하기보단 이연의 다른 가족들을 탓하고 있었다.

"미안하다."

늘씬하고 냉정한 이수는 입 사이로 바람을 내며 말했다.

"일이 이렇게 되어서."

그의 조소가 느껴졌다. 원래 거만한 녀석인지라 수호는 그런 그의 감정 따윈 상관치 않았다.

"네 동생이잖아."

"그놈의 계집애 절대 용서 못해."

수호는 이수가 동생을 많이 아끼고 있다는 걸 알고 있었다. 집안 내력이 차가워도 하나밖에 없는 여동생은 모두 귀하게 생각했다. 그 동생이 이렇게 됐으니 사랑만큼 용서가 안 될 수도 있었다. 차가움이 도가 넘어서는 녀석이지만 정이 있는 만큼 무섭게 폭발하는 일면도 있었다.

"아픈 사람한테 헛소리하고 왔다면 가만 안 둬."

수호가 나지막하게 경고했다.

"너도 책임이 있어. 내 동생 이렇게 만든 거 네 책임도 있다고."

"그래, 있어."

이수가 수호의 옷자락을 두 손으로 잡아채어 차가운 눈빛 속에 불꽃을 튀기며 노려보았다. 잠시 침묵이 흘렀다. 수호는 그 눈을 피하지 않으면서도 화를 내지는 않았다.

"김수호, 내가 너라면 장우현을 가만두지 않아. 그 자식을……."

"내버려 둬. 그래서 달라지는 거 없어."

그는 이수의 손을 자신의 옷에서 잡아떼었다.

"일 만들지 마. 원하지 않으니까."

이글이글 타오르는 냉정한 이수에게 마지막 경고를 덧붙인 수호는 병실로 향했다.

"바보 같은 자식!"

수호는 귓속으로 들어온 낮게 일렁이는 그 분노의 말을 무시해

버렸다.

"신경 쓰지 마세요, 형님!"

연주가 이연의 하얗게 질린 얼굴을 보며 안정시키려고 별일 아니라는 듯 말했다. 그러나 표정엔 생각이 그대로 나타나 버렸다.

'어떻게 오빠라면서 그따위 소리를 하는 거야? 잘못을 저질렀다 해도 가족이라면 무조건 감싸줘야 되는 거 아니냐고! 사람이 살면서 완벽하게만 살 수 있는 것은 아니잖아?'

그녀 역시 속으론 이연을 줄곧 탓해놓고도 직계가족이 욕은 할지라도 싸늘하게 내치는 것은 이해할 수가 없어 이연의 잘못마저 덮으려 했다.

"괜찮아요."

이연의 그 말은 더 이상 간섭하지 말라는 뜻 같았다.

"마음 편하게 가지세요."

"네."

이연은 대답하면서도 시선은 맞추지 않아 연주는 더 말을 할 수가 없었다. 혼자 떠드는 타입도 못 되니 그저 내버려 둘 수밖에. 연주는 이연의 옆모습을 보다가 그녀가 사고 후 말을 놓지 않은 걸 기억하고 이상한 기분을 느끼었다. 시선도 계속 피하고, 이젠 아프다는 말도 하지 않았다. 큰형님인 소윤은 다행이라고 했지만 연주는 오히려 그게 더 마음에 걸리었다. 그러나 아무래도 자신이 더 도와줄 일은 없을 것 같아 오래 생각하지 않았다.

연주는 병실과 연결된 보호자실로 가려고 주변 어지러워진 물건들을 대강 치우고 일어섰다. 지금 소윤도 거기에 있었다. 아픈 사람 대하는 걸 무서워하는 어린 형님은 온몸에 붕대를 칭칭 감은 이연을 보는 것만으로도 아이처럼 불편해했다.

"필요한 것 있으면 부저 누르세요."

"저기."

이연이 나가려는 연주를 불렀다.

"네. 뭐 필요하세요, 형님?"

"수호 씨에겐 오빠가 와서 한 말에 대해 얘기하지 마세요. 걱정하니까. 나 괜찮다고 말해줘요. 다 나아간다고."

"그럴게요."

"고마워요."

그녀가 힘겹게 손을 뻗쳐 연주의 손을 스치며 말했다.

"뭘요."

"잊지 않을게요."

작별인사 하는 사람처럼 말한다.

"다른 생각 하지 말고 얼른 나을 것만 생각하세요."

연주는 일부러 웃어 보였다. 이젠 최이연이란 사람을 판단하는 생각은 비우고 한 인간으로서 바라본 후 나왔다. 인간은 죄를 짓는다. 자신에게, 아니면 타인에게. 가볍고 무거움의 차이가 있을 뿐이다. 그래서 가여운 것인지도 모른다. 스스로 힘든 길을 가고 있으니.

보호자실에서 소윤이 눕지도 못하고 의자에 앉아 고개만 침대에 기댄 채 자고 있는 모습을 보고 있을 때 수호가 들어왔다.

"수고하시네요. 이연이는요?"

"괜찮아요."

그는 아내의 병실로 가서 눈을 감고 있는 이연을 한참 바라보다가 잠이 든 걸 확인하고 다시 나왔다.

"형수님, 집에 가서 주무세요."

수호가 잠에서 막 깨어난 소윤을 보고 말하자 그녀가 허둥지둥 자리에서 일어나 다 잤다고 답하며 침을 닦았다.

"저녁 드셨어요? 제가 좀 챙겨왔는데."

연주가 도시락 통을 꺼내며 말하자 방금 일어난 소윤도 배가 고팠는지 도시락 통을 뚫어져라 바라보았다. 커다란 그릇이 연달아 위로 쌓여 있는 걸 보니 꽤 많은 음식이 있는 것이 분명했다.

"식사하세요. 전 괜찮아요."

이번에도 음식을 거부하려는 수호를 본 연주가 풀던 도시락을 다시 빠른 속도로 정리하자 소윤의 표정이 같이 변했다.

"아주버님의 입맛 돌아올 때까지 우리도 기다릴 수 있어요. 그렇죠, 형님?"

소윤은 잠에서 깨어나자마자 공복감을 심히 느끼는 듯 맥없이 고개를 끄덕거렸다. 그러나 곧 몇 초도 안 되어 소윤의 뱃속에서 꼬르륵 소리가 나자 연주는 웃고 말았다.

"점심을 걸러서 그래…… 요."

연주에게 자꾸 말을 놓지 못하는 그녀의 요즘 버릇이다. 그러나 걱정은 안 하고 있다. 이렇게 길게 말하다 보면 언젠가 '요' 자가 떨어져 나갈 테니, 겁 많지만 긍정적인 소윤은 편하게 생각했다.

"어서 드세요."

"아니에요. 형님, 참을 수 있죠?"

"그럼…… 요."

"생각해 보니 배고프네요."

수호의 말에 연주가 얼른 도시락을 풀자 색색이 가득한 먹음직스런 김밥이 모습을 드러냈다. 그녀는 보온 통에서 수호가 먹을 죽도 같이 담아냈다.

"제수씨가 다 하신 거예요?"

"아니요, 저 혼자 못해요. 아줌마가 거의 다 하셨죠. 그래도 죽은 제가 했어요."

"맛있네요."

수호가 아픈 맘을 무시하고 음식을 넘기며 자신의 반응을 살피는 두 형수님들을 위해 미소를 보였다.

"다음엔 제가 음식 해서 대접할게요."

큰형수의 말에 수호의 주름진 입가에 미소가 잠깐이나마 유지되었다.

"네, 감사하게 먹을게요. 참, 형수님, 궁중요리 배운 거 어떻게 되셨어요?"

"너무 어려워서 도중에 그만뒀어요. 아무래도 보통 요리를 배울까 봐요. 사실 요리 선생이 너무 엄격해요. 마름모로 썰지 않았다고 얼마나 잔소리를 해대는지 궁중 자만 떠올려도 소화가 안 돼요."

연주가 김밥을 입에 넣다가 새어나오려는 웃음을 참느라 쿡쿡거렸다.

"좋은 선생님 만나면 잘 배우실 거예요."

"그럴 거라 믿어요."

소윤의 눈이 반짝반짝 빛났다. 그러고 보니 수호는 가족들을 거의 챙기지 못했다. 그들이 어떤 생활을 하는지 관심을 두지도 않고, 얘기도 나누지 않은 채 계속 일만 했었다. 바보같이!

"제수씨는 본가 살림 맡느라 고생이 많으시죠? 힘드시면 참지 말고 불만도 말하고 그러세요."

"네."

수호는 자신의 일을 잊기 위해서 가족들에 관한 화제로 돌렸다. 그들의 노고를 생각하고, 그들의 얘기에 웃으며, 그들의 물음에 대답했다.

"도련님 미소 보니까 너무 좋아요. 저 결혼하고 처음 보는 거 같아요. 참 예쁘세요, 그 미소. 많이 웃으세요. 동서는 곧 나을 테니까요. 걱정하지 마시고요."

"네."

소윤의 말에 수호는 고개를 끄덕거리며 대답했다. 그러나 연주는 수호의 얼굴에서 뭔가 허한 기운을 느끼었다. 밥을 먹어도 채워지지 않은 그런 비워 있는 공간이 그에게 있어 보였다.

집에 돌아온 이수는 양복을 갈아입지도 않은 채 거실을 왔다 갔다 하며 분을 삭이지 못했다.

'감히 장우현, 그 자식이 내 집안을 건드려?'

그 자식이 어떤 놈인 줄 익히 들어서 알고 있었다. 여자들 알기를 노리개로 여기고 쉽게 취하고 쉽게 싫증 낸다는 걸. 그런 놈들이 원래 자신이 사는 세계에 종종 있긴 해도 관심 밖이었지만 감히 자신의 동생과 놀아났다고 생각하니 참을 수가 없었다.

외국 지사에서 이 개월만 더 있으면 기간을 채우고 돌아올 수 있었기에 집안에서 쉬쉬했던 모양이다. 그래서 동생의 이름이 인터넷 포털 사이트에 올라와 있는 걸 보고 알게 된 것이다. 그는 아버지가 모른 척하라고 했지만 가만둘 수가 없었다. 이연이가 정조 관념이 없는 애가 아닐진대, 분명 어떤 식으로 꾀였는지 훤히 짐작이 갔다. 그의 차가운 얼굴에 균열이 점점 심하게 그어졌다.

"내가 널 가만둬야 해?"

스스로 물은 질문에 분노를 참지 못한 이수는 탁자 위에 있는 시계를 낚아채 베란다 창문에 힘껏 내던져 버렸다.

[잡지사 일은 이젠 자리를 잡았으니 신경 쓰지 않으셔도 됩니다.]

"그래요. 계속 수고하세요."

마침 다른 전화가 왔다는 신호음이 들리자 우현은 과장과의 전화를 끊고 연결했다.

[장우현, 당신은 정말 비열해.]

우현은 분노로 인해 떨리는 상대방 목소리에 쓴웃음을 지었다.

"당신만큼은 아니지. 나는 다만 경고를 한 것뿐이니까. 김지혜 씨가 날 만만하게 보는 착각에서 벗어나기 위해선 확실한 증거가 필요하지 않겠어? 보낸 건 복사본이란 것 잘 알겠지? 까불지 마. 그럼, 너에 대한 실체가 다 뿌려질 테니. 날 시험하지 마."

갑자기 억양이 부드럽게 바뀌었다. 그러나 그것이 더한 경고의 의미를 가진다는 걸 듣는 이는 확실히 느끼는 듯 부르르 떠는 소리가 이어졌다.

"그 입에 날 올리지 마요. 그럼 난 정말 추잡하게 굴 테니까. 잘 지내요, 김지혜 씨."

우현은 수화기를 놓았다. 인간은 달라지지 않는다. 더군다나 그와 같은 인간이라면 더욱더! 다만 조금씩 변화할 뿐이다. 이연을 미친 듯이 사랑한다는 사실을 현실로 이루기 위해 홍 사장을 그대로 유지시키며 잡지사를 아무도 모르게 뒷문으로 샀다. 그리고 그 인간이 스스로 한 것처럼 사과문을 대대적으로 쓰게 했다. 그렇게 하나씩 장우현에 의해서 기사가 쓰여졌다. 물론 홍 사장이란 놈을 본 적은 한 번도 없었다. 그런 인간을 다룰 때는 얼굴을 대하지 말아야 한다는 것이 그의 철칙이었다. 그럴수록 손아귀에 쥐고 목을 더욱 조일 수 있으니까. 그렇게 다른 이슈를 만들면서 이 위기를 넘어가고 있었다.

또한, 자신을 엿 먹인 상대가 누군지 알아낸 후 그 여자에게 똑같이 할 수 있다는 경고를 날리었다. 이미 그의 손엔 그녀의 요 근래 행실이 사진으로 적나라하게 나와 있었다.

'나한테 펀치를 날리고 외국에서 놀면 모를 줄 알았나 보지.'

하지만 터뜨릴 생각은 없다. 이것은 입막음용이었다. 그도 시끄러운 것은 딱 질색이다. 다만, 자신의 약점을 알고 있는 사람이 장우현이란 걸 안다면 섣불리 행동할 수는 없을 것이다. 이 정도면 충분하다.

우현은 이름뿐인 사장인 홍성욱의 잡지책을 넘기다가 쓰레기통으로 던져 버렸다. 그 잡지책은 지금 연예인들의 열애설로 시끌벅적했다. 그는 아파트를 나와 직접 차를 몰고 병원으로 향했다.

"갈 시간이야."
수호는 누워 있는 이연을 재촉했다. 병원 침대에서 나온 그녀는 혼자서 힘겹게 휠체어에 몸을 옮기었다.
"걸어서 가자."
"싫어."
"그래, 그럼."
이연은 뒤뚱거리며 땀을 내어 한 발짝씩 건너 떼는 것이 끔찍했다. 아무런 감정도 드러냄 없이 자신의 곁을 지키고 있는 남편 앞에서 제대로 걷지 못해 하나씩 배워야 하는 것이 싫었다. 깁스를 다 풀고 재활훈련에 나선 그녀는 더딘 과정에 벌써부터 포기가 떠올랐다. 절망에서 빠져나오는 것보다 그 안에 허우적거리는 것이 더 쉬었다. 그러나 그럴 때마다 수호는 이연을 일으켜 세우려 했다.

그를 밀치려 했지만 소용이 없었다. 마음대로 안 되는 몸을 가누다가 침대에서 떨어진 후에야 그녀는 자신의 완쾌가 많은 시간과 끔찍한 노력이 필요하다는 걸 절감했다. 그리고 더는 김씨 집안사람들을 옆에 두지 않으려 했다. 그들의 도움을 받을 수 없었다. 간병인도 바꿔 버렸다. 오빠인 이수가 들를 때마다 차가운 비난이 쏟아졌지만 그녀는 오히려 자신을 위로하고 따뜻이 대해주는 연주와 소윤보다 더 맘이 편했다. 지금은 욕을 먹고 싶은지도 모른다. 위로받을 짓을 하지 않았으니까. 그러나 수호는 끝까지 떠나지 않았다.

"지긋지긋한 그 의무감, 당신은 나에게 그것밖에 없어."
"제발 떨어져 나가 버려!"
"숨 막혀."

이연이 고약하게 소리치고 정떨어지게 말해도 수호는 꿈쩍하지 않았다. 그가 끝내 자리를 지키자 어느새 그녀는 두려워졌다. 자신이 그런 그에게 마치 떨쳐지지 않은 악몽처럼 눌러 붙어버릴까 봐, 너무도 아파서 의지해 버릴지 몰라 더 그러했다. 큰 고통에 다시 길을 잃어 그의 길마저 완전히 막아버릴까 봐 정말 무서웠다.

"안녕하세요."
"……"

물리치료사의 활달한 인사에도 이연은 대답하지 않았다. 심리치료도 병행하고 있지만 마음이 자꾸 함몰하고 있었다. 한쪽이 푹 들어가 사람들과 부딪치며 제대로 살아갈 수 없을 것 같았다.

"안녕하세요. 오늘도 어제와 같은 치료인가요?"
"네."

대신 수호가 인사하고 물었다. 그는 가까이서 치료사가 그녀의 팔다리를 주물러 준 후, 아기를 대하듯이 팔다리를 '들었다 내렸다'를 손으로 반복해 주는 걸 지켜보았다. 몸의 근육을 한참 동안 풀어준 삼십대 초반의 통통한 여자는 이연을 일으켜 세워 봉을 잡고 다친 발쪽에 힘을 주게 하면서 균형 잡기부터 시키었다.

운동을 하지 않으면 신경이 살아나지 않기 때문에 빼놓으면 안 되지만 그만큼 힘이 들었다. 의지가 배이지 않은 이연의 얼굴에선 땀방울이 쉴 새 없이 뚝뚝 떨어졌다.

한참 하고 나서 그녀를 약간 높은 곳에 앉힌 치료사는 다친 발끝으로 쉬운 글자를 쓰라며 계속 다독이었다. 반복되는 지루한 운동요법을 반쯤 하고 있을 때쯤 그녀는 주저앉아 버렸다.

"더 이상은 못하겠어요. 안 할래요. 하고 싶지 않아."

의욕없는 이연 때문에 치료사는 수호를 쳐다보았고, 그는 이연에게 다가갔다.

"왜 그래?"

"하고 싶지 않아요."

"평생 휠체어 신세지고 싶어? 걷지 않을 거야? 정신 차려. 지금 하지 않으면 평생 걷지 못해."

수호는 냉정하게 이연을 다그쳤다.

"기우뚱거리며 걷는 것보단 낫겠지."

"바보 같은 소리 하지 마. 걸어, 힘들어도 해. 병신 돼서 남에게 의지해 살아가고 싶지 않으면 해야 돼."

수호의 입에서 험한 소리가 나왔다. 그러나 그는 미안하다는 말을 하지 않았다.

"어서 해."

이연은 아무 말 않다가 자리에서 일어나 다시 치료사의 지시에 따라 힘겨운 동작을 따라 하기 시작했다.

온열 치료까지 끝내고 지칠 대로 지쳐서 쓰러지듯 담요에 푹 싸여 나온 그녀의 휠체어를 수호는 아무 말 없이 밀었다. 병실로 돌아오는데 커다란 형체가 문을 가로막고 있었다. 수호의 얼굴이 찡그려짐과 동시에 이연은 병실 앞에 서 있는 장우현을 보았다.

"여기에 네가 왜 와!"

이연이 새하얗게 질린 얼굴을 한 채 소리쳤다.

"미안해."

"가버려. 너 보고 싶지 않아. 한시도 널 마주하고 싶지 않아."

이연은 숨을 거칠게 쉬며 우현의 미안하다는 말을 격렬하게 거부했다.

"날 계속 미워해도 좋아. 그래도 내가 말할 기회는 줘."

"듣고 싶지 않아. 어떻게 여기 올 수 있어? 사라져 버려."

경련을 일으키는 것처럼 몸을 비틀며 견디질 못하는 이연을 수호는 다급하게 나온 간병인에게 병실로 데려가게 했다.

"이연아!"

"가."

들어가 버린 문에 대고 허망하게 소리친 우현에게 수호가 조용히 명령했다.

"또 올 거야. 이연이가 날 용서할 때까지. 포기 안 해. 날 이해 못하겠지, 넌?"

"사랑한다면서 이래야 돼?"

수호가 얼굴을 일그러뜨리면서 반문했다.

"사랑하니까 그래."

"사랑? 이게 사랑이니? 그래, 와라. 난 쫓아낼 테니. 할 일이 또 생겼군."

우현은 수호가 문을 닫고 병실로 들어가 버리자 할 말을 잃은 채 서 있었다. 그러나 그의 맘은 본능처럼 확실했다. 이젠 이연 옆에 있고 싶었다. 그녀 옆에서 자신의 죄를 용서받고 그 상처를 치료해 줄 수 있는 기회를 가지고 싶었다. 저 자리는 더 이상 김수호가 있어선 안 되었다. 그럼에도 그는 다시 오겠다는 말만 되풀이하고 돌아서야 했다. 소리치며 강하게 거부하는 이연을 보자 우현은 맘이 아팠다. 자신이 했던 짓을 다 지워 버릴 수 있으면 좋으련만. 그러나 그녀가 안정되면 다시 올 것이다. 그가 할 수 있는 일은 이연에게 다가가 용서받는 일뿐이고, 그녀 옆을 차지하는 것이다. 그는 욕심을 버리지 못했다.

온몸에서 미움이 흘렀다. 장우현을 향한 증오가 이연의 몸을 경직되게 만들었다. 간병인이 몇 차례 주물러 주었을 때야 겨우 진정이 되었다. 그녀는 떨리는 몸을 눌렀지만 증오는 벗지 못했다.

"네 시에 광선 치료 있어, 잊지 마."

"안 해요. 듣기 싫어. 당장 퇴원할 거야."

"휠체어에 평생 살고 싶으면 그래."

"평생 이렇게 살 거야! 그러니 걱정하지 마. 싫으니까."

이연이 소리 지르자 간병인이 살짝 자리를 피했다. 수호가 아내 이연을 말없이 쳐다보았다.

"장우현을 원해?"

"싫어."

"원하면 가도 돼."

그녀 안의 장우현을 향한 넘치는 미움의 원천이 사랑일 수도 있다고 수호는 생각했다.

"싫다니까."

"대신, 다 나은 다음에 가."

"싫어, 싫어. 싫어. 안 가다니까! 그를 사랑하지 않아. 당신이나 가. 지겨우니까. 당장 나가, 당신도!"

"나도 이러는 네가 싫어. 지긋지긋해. 왜 이렇게 힘들게 하니? 지금 못 떠나는 거 알면서."

그는 병실을 나가 버렸다. 이연은 한 번도 불평을 하지 않은 초인적인 남편의 입에서 나온 말에 아파서 아무렇게나 지껄였던 자신의 말들을 겨우 멈추었다. 이연은 또 무기력한 눈물만 흘렸다.

몇 시간 후, 수호가 다시 병실로 들어섰다. 그리곤 아무렇지 않은 듯 치료 받으러 가야 한다고 말하려다가 아내의 눈물 자국을 보았다.

"미안해, 나도 모르게 그랬어. 지쳤나 봐."

"미안해요."

"가자, 치료 받아야지."

"수호 씨."

이연이 수호의 손을 잡아끌자 그가 그녀 옆에 앉았다.

"부탁이에요. 그만 떠나요, 제발. 감정대로 하는 말이 아니라 아무리 생각해 봐도 그게 좋을 것 같아요."

차분하게 말하는 이연을 보고 수호가 오히려 부탁을 했다.

"떠나게 해줘."

이연이 그런 수호를 멍하니 쳐다보았다.

"그래, 지긋지긋한 의무감일지도 몰라. 내가 당신을 이렇게 만들었으니까."

"그건 아니에요, 날 이렇게 만든 건 내 자신이니까."

이연이 수호의 눈을 응시하며 반박했다. 수호는 얼굴을 찡그리며 이연의 손을 내려다보았다.

"죄책감이 있어. 근데 그것만은 아니야. 내가 여기 당신 옆에 머문 것은 걱정 때문이야. 당신이 아픈 걸 보고 그냥 떠날 수가 없어. 당신이 잘되어야 나도 잘될 것 같아. 걱정하지 않고 떠나고 싶어. 떠난 후 언제든지 당신을 떠올릴 때 아픈 기억 말고 건강한 모습 생각 하며 살고 싶어. 그래서 이래. 지쳤으면서도."

수호의 모습이 슬프다, 이연은 그렇게 생각했다.

"나 웃기지?"

그녀가 수호의 손을 잡았다. 그러다 그의 어깨에 얼굴을 기대었다.

"아니."

이연은 자신의 인생이 김수호를 떠난 후에도 그와 아주 희미하게나마 연결될 것임을 느끼었다. 자신을 사랑하지 않는 남편을 사랑하는 맘이 퇴색되어 가도 그들은 서로 많이 생각하는 사이로 끝날 것이다. 서로 아프지 않길 바라고 서로 잘되길 바라는 사이.

"그래요, 힘을 내야죠."

이연은 오랫동안 남편의 어깨를 감싸 안고 있다가 몸을 일으켰다.

"할게요. 열심히 치료 받을게요."

"그래."

한 달 동안 몇 차례 찾아온 우현을 계속 거부하던 이연은 끝내 그를 병실에 들이게 했다. 남편은 잠깐 옷을 갈아입으러 집에 간 사이였다. 우현이 그녀를 향해 천천히 걸어왔다.

"괜찮은 거야?"

"괜찮아요."

이연은 침대가 아닌 의자에 앉았다. 많이 어설프지만 스스로 몸을 가누고 부축을 받지 않고도 뒤뚱거리며 걸을 수 있게 되었다.

"걱정 많이 했어."

그녀가 화를 내지 않고 차분히 바라보자 우현은 오히려 더 겁이 났다.

"고마워요."

"저기, 나……."

할 말이 참 많았다. 용서도 빌어야 하고, 사랑한다는 말도 해야 하고…… 그런데 막상 그녀가 그 밝은 갈색 눈동자로 조용히 쳐다보자 말문이 막혀 버렸다.

"사랑해!"

설명하기 힘들어지자 그 말부터 그에게서 터져 나왔다. 설명하다가 제일 중요한 말을 놓쳐 버릴까 봐 조바심이 났다. 그녀를 아프게 한 만큼 자신도 이 말에 대한 대가를 받아야 할지도 모른다. 그러나 그는 얼른 이연의 사람이 되고픈 맘뿐이었다.

"사랑해?"

그녀가 믿지 못한 눈빛으로 우현의 말을 되풀이했다.

"그래, 사랑하는 사람이 있었어. 그 사람뿐이었어. 그러나 점점 과거가 되어가고 있어. 지금도 좋아하지만 그 어리석음에서 많이 빠져나왔어. 이젠 당신을 사랑하기 시작했어. 제발 기회를 줘."

이연은 다급하게 말하는 우현을 보지 않고 그의 어깨 너머 허공을 바라보았다. 그는 얼른 다가가 그녀의 손끝을 잡았다. 자꾸 멀어지는 모습에 겁이 나서 견딜 수가 없었다.

"날 사랑한다고?"

"그래."

"그럼, 떠나줘요."

"싫어."

그가 일어났다. 예감이 맞아 들어가는 것이 두려웠다.

"난 장우현에게 안 가."

"당신도 날 사랑할 수 있을 거야."

자신의 감정만 중요한 남자이다, 장우현은! 그런데 맘이 그에게로 기울고 있는 것을 이연도 느꼈다. 그것이 사랑인지 모르겠지만 그러나 그런 감정조차 하찮았다.

"그래서?"

"그래서라니?"

그 가벼운 응대에 우현이 균형을 잃으며 되물었다.

"당신과 내가 사랑한다고 한들 그 사랑이 주는 게 뭔데? 주위를 망가지게 하는 거? 소중한 사람들 아프게 하고, 날 힘들게 할 뿐이라는 거? 싫어요. 곧 스러질 사랑에 그 많은 걸 지고 싶지 않아. 그러고 싶지 않아요, 장우현 씨! 당신도 곧 날 잊게 될 거예요. 어쩌면, 실패하기 싫은 맘 때문일지도 모르겠지만 사람은 누구나 실패하니까. 우리 사랑은 물거품일 뿐이에요."

"이러지 마. 지켜보지도 않고 그렇게 말하지 마. 내가 잘못했다니까, 우린 시작할 수 있어."

"가치가 없어."

"난 포기 안 해."

"피곤해요. 가줘요."

"절대로 당신을 잃지 않을 거야."

그녀의 눈빛은 열망을 잃어가고 있었다.

"절대로!"

우현은 간병인을 부르는 이연을 우두커니 보다가 다시 한 번 그녀에게 말하고 나와 버렸다.

'쉽지 않은 것뿐이야. 어렵다는 것 알았잖아.'

그는 아픈 속을 그렇게 달래며 열의를 절대로 놓지 않았다.

"죽고 싶은 모양이야."

뚜벅뚜벅 소리를 내며 다가온 남자는 차가운 미소 안에 배인 살의를 드러내고 있었다.

"최이수."

"개 같은 새끼, 어디서 내 이름을 불러?"

그는 음성 하나 높이지 않고 짓이길 듯 토해냈다.

"난, 난……."

"어떻게 낯짝을 들고 다닐 수 있어? 혼나고 싶은 모양이지."

"난 이연을 사랑해. 우린 같이 살게 될 거야. 그녀가 싫어해도 내가 설득할 거니까. 네가 이해를 해주었으면 좋겠다."

이수가 차가운 웃음을 내뱉었다. 그리고는 올라간 입꼬리가 내려오면서 인상이 굳어졌다.

"터진 입이라고 말도 잘하네."

"이수야!"

"너 같은 인간은 좀 당해봐야 정신을 차려. 그렇지?"

"시간이 해결해 줄 거다."

"개새끼!"

"다음에 보자."

이수의 냉기가 떨어지는 모욕적인 언사에도 우현은 흥분하지 않았다. 다만, 천대를 받아본 적 없던 그이기에 어쩔 수 없이 얼굴이 변하고 흔들렸다. 얼른 자리를 피하려는 순간 이수는 바로 우현의 멱살을 잡고 벽에다 밀어붙였다.

"다음은 없어."

"난 최이연을 포기 못해."

"분명 난 경고했어."

이수가 우현의 눈을 똑바로 보고 말한 후 더러운 걸 만진 것처럼 밀쳐 버리고 손을 털었다. 그리고는 더 돌아보지도 않고 병실로 들어가 버렸다. 우현은 벽에 기대어 숨을 거칠게 내쉬다가 몸을 떼어 그곳을 빠져나갔다.

"한 번 더 그 새끼 끌어들이면 가만 안 있어."
"내가 알아서 해!"
"너 대체 왜 그래? 미쳤어? 집안은 생각도 안 해? 네가 이미 벌려놓은 일로 수습이 안 될 지경인데, 무슨 생각으로 일을 또 벌려? 장우현은 절대로 만나지 마. 몇 번을 말해? 정 그러면, 외국에 있는 요양소로 보내 버릴 거야. 어머니가 겨우 막아서 그러지 않고 있는 줄이나 알아."

사실은 그가 막았다. 동생을 외국으로 보냈다가 모든 걸 포기하고 평생 못 걸을 수도 있어 노발대발하는 아버지를 겨우 설득시켰다. 수호만이 이연을 움직일 수 있다. 가족들의 말은 들어먹지를 않으면서도 수호가 하라는 말은 꼬박꼬박 따르니 지금 그만을 믿고 있을 판이었다. 잘하면 그 두 사람 다시 시작할 수 있지 않을까, 하는 생각까지 하고 있었다. 그럴 가능성이 조금이라도 있다면, 이수는 최선을 다해서라도 다시 그들이 시작할 수 있게 도움을 줄 작정이었다. 그런데 장우현이 자꾸 들락거리면 그렇잖아도 금이 간 것이 완전히 박살날 게 아닌가.

"마음대로 해."
"네가 다신 오지 말라고 해. 그렇지 않으면 장우현 가만두지 않을 거야."
"그래, 가만두지 마. 마음대로 해. 죽여, 죽이라고, 그럼 됐네!"
이연은 소리소리 질렀다. 시시때때로 찾아오는 통증에 그녀는 예전과 달리 자신의 감정을 마구 분출했다. 아파서 다시 베개에 얼굴을 파묻는 동생을 이수는 어떻게 해줄 수가 없었다.

전담 간호사가 와서야 겨우 안정되자 그는 병실에서 나왔다. 그러나 장우현은 자신의 경고를 그냥 지나칠 것이 뻔했다. 이수는 병원에서 나오면서 잘 아는 친구에게 전화로 앞뒤 설명을 한 후 짧은 부탁을 했다.

"손 좀 봐줘. 음, 심하지 않게 말이야. 그냥 겁만 먹게. 그래 줄 수 있지? 고맙다."

"무슨 말이니?"

시어머니의 놀란 얼굴을 쳐다보며 다시 반복하는 것이 힘들었다. 저녁시간에, 그것도 부모님이 오래간만에 안정을 찾아 다과를 하고 있는 시간에 안방으로 들어온 지령은 혼란을 일으킨 자신의 말을 없었던 일로, 그저 아니라고 하고 싶은 걸 꾹 참았다.

"어머니, 저 이젠 혼자서 헤쳐 가고 싶어요. 그동안 많은 버팀목 속에서 안전하고 행복하게 살았지만 앞으론 제 인생을 스스로 살아가야 할 때가 된 것 같아서요."

시아버지는 아무 말도 없이 생각이 머문 눈으로 며느리를 보았지만, 시어머니는 눈에 띄게 당황하며 지령의 손을 붙잡았다.

"왜? 왜, 그러니?"

"죄송해요."

지령은 차마 시어머니의 눈을 바라보지 못한 채 중얼거렸다.

"새 사람이 생긴 거니?"

"아니요."

지령은 고개를 들고 부인하며 거짓말을 하고 말았다. 무릎을 꿇은 그녀의 얼굴색이 더 창백해지고 눈동자가 흔들렸다.

"그럼 왜 갑자기 우리한테서 떠나겠다는 거니? 아가, 응?"

"자립하고 싶어요. 이젠 혼자 살아가 보고 싶어서요. 제 힘으로 제 평범한 삶을 살아가려구요."

거짓말과 진실 그 중간에 지령은 서 있었다.

"정 그러고 싶으면 조금만 참아라. 우리가 네 좋은 반려자를 찾아줄 때까지……."

"아니요, 어머니! 저 혼자 나아가고 싶어요."

그녀는 자신도 모르게 거칠게 반박했다. 그러다 놀라는 어머니를 보고 얼른 죄송하다는 말을 덧붙였다. 마음이 좋지 않았다. 너무도 잘해준 어머니를 설득하기가 어려웠다. 항상 자신의 의견을 내세우지 않고 따르기만 했었던 지령으로서는 그래서 지금 더 힘들었다.

"혼자서?"

"네, 혼자서요."

이미 결심이 서진 지령을 손 여사는 외면해 버렸다. 그녀는 마치 어린 자식이 집을 나간다고 말하는 것만큼의 충격을 받고 있었다. 지켜줘야 할 아이가 이 거친 세상을 혼자 간다고 하는 것과 같았다. 머리와 눈이 아프고 정신이 까마득해졌다.

"꼭 그래야 되니?"

힘겹게 침을 넘기며 손 여사가 물었다.

"네."

"지금은 아무 말도 못하겠구나. 생각…… 생각 좀 해보고."

손 여사는 어지러운 속을 피하며 지령을 쳐다보지 않고 손을 내저었다.

"피곤하구나. 그만 나가줄래?"

"네."

지령은 일어섰다. 장한식은 그들의 둥지 속에서 있을 것만 같던 며느리가 낯선 얼굴로 자신들을 바라보는 걸 확인하고 가슴이 철렁 내려앉았다. 항상 마음속에선 보낼 때가 되면 보내겠다고 했지만 그들은 자꾸 때를 놓쳤다. 자신들이 이 아이를 보며 마음이 편하듯 이 아이도 그럴 거라고 변명하며 넘어간 것이다. 그래서 그 아이가 가겠다고 했을 때 오히려 잡아야 할 이유만이 마음에 떠오를 뿐이었다.

지령은 무거운 맘으로 그 방을 나왔다. 거기엔 장우현이 서 있었다. 복잡한 심정이 담긴 눈동자는 안지령을 보자 더욱 어두워졌다.

"얘기 좀 해요."

지령은 그를 무시한 채 자신의 방으로 올라와 버렸다.

똑똑.

곧 문 두드리는 소리가 났다. 그녀는 천천히 문을 열었다.

"할 얘기가 있어요."

우현이 부탁하듯 말했다. 그녀가 잠시 그런 그를 쳐다보다가 문을 닫지 않고 뒤돌아 안으로 들어왔다.

"꼭 지금 가야 돼요?"

"네, 가야 돼요."

"이렇게 가면 안 돼요."

우현은 단정하게 서 있는 그녀에게 좀 더 다가가 설득하려 했다.

"이렇게 자신을 추스르지도 못하고 아픈 채로 가지 말아요. 부모님 말씀대로 좀 있다가 가세요. 나갈 곳도 알아보고, 또……."

"다 준비되고 다 마련된 채 나가라구요? 또 다른 보호 속에 살아가라구요?"

그의 말을 대신 지령이 이었다. 그녀의 얼굴과 음성이 그동안 힘겨웠다는 것을 미처 숨기지 못했다.

"혼자 나가서 다치고 아프면 어떻게 할 거예요?"

"날 잃고 안전하게만 살아갈 순 없어요."

"지령…… 형수님!"

우현은 혼란스러웠다. 사랑했던 여자, 그리고 지금도 여전히 마음 한 켠에 자국으로 남아가는 그녀, 그녀가 아픈 것이 싫었다.

"혹시, 김수호한테 가려고 하는 거예요? 그는, 그는……."

우현은 김수호라는 정의가 예전처럼 쉽게 내려지지 않았다. 자신이 알고 있던 김수호가 그동안 무너져 버렸기 때문이다. 그는 자신이 알고 있던 초라한 놈은 아니었다.

"그는 좋은 사람이에요. 하지만 지금 김수호와는 상관없어요. 내 자신한테 가는 거예요."

"그동안 그런 생각 하지 않았잖아요."

우현은 지령이 수호에게 가는 것이 싫었다.

"김수호는 안 돼요. 그는 불행하게 할 거예요. 그러니 시간을 둬서 깊이 생각한 뒤에 나가도 늦지 않아요."

고동색 치마에 하얀 셔츠 차림인 지령이 우현을 향해 얼굴을 심히 찡그리며 웃음을 지었다.

"당신은 그게 문제예요. 당신만 생각하는 거. 날 사랑했다면서, 날 열렬히 오랫동안 좋아했다면서 어떻게 나에 대해서 아무것도 몰라요? 눈만 보면 알 텐데…… 내 자신을 잃었다는 것을. 당신은 당신 감정에 빠져 그 상대에 대해선 항상 눈을 감아버려요. 사랑은 나보다 그 사람이 우선이 되는 거 아닌가요? 자신에게 그 사람을 오게 하는 것보다 그 사람이 원하는 대로 물러서고 그 사람 맘이 먼저일 때도 있는 거예요. 바보라서 뒤돌아서는 게 아니라구요. 바보라서 원하는 거 못 잡는 게 아니에요."

지령은 수호 생각에 눈물이 맺히려 하자 참으려고 눈을 깜빡이었다.

"지금도 마찬가지예요. 최이연을 사랑한다면 그녀 입장에서 생각해 봐요. 지금 그녀의 맘이 어떨지, 그것에 집중해요. 자신만 생각하지 말고. 최이연이 불행하면 당신은 행복할 수 있나요? 시간을 갖는 것은 내가 아니라 도련님이 해야 될 일이에요."

"……."

"생각해 보세요."

그는 지령의 방에서 확답은커녕 혼란만 얻은 채 나와야 했다.

우현은 차를 주차하고 아파트로 들어왔다. 옷도 갈아입지 않은 채 소파에 앉아 가만히 있었지만 그럴수록 맘은 다시 달음질쳤다. 지령에 대한 걱정과 그것보다 더한 이연에 대한 보고픔으로! 그는 억누를 수 없는 감정에 치여 지갑에 들어 있는 이연의 사진을 보았다. 그녀를 사랑한다는 걸 인식한 후부터 서랍 속에 뒹굴고 있던 작은 증명사진을 지갑에 넣고 다녔다.

"증명사진인데 웃음이 나와서 망친 사진이에요."

그녀가 그에게 꺼내준 사진을 보다가 방바닥 어딘가 떨어뜨린 모양이었다. 모질게 그녀를 떠나보낸 뒤 중요하지 않다고 생각했던 그 사진이 우연히 눈에 띄자 차마 찢어버리지 못하고 서랍 속에 넣어두었다. 언젠가 버릴 심산이었지만 지금은 놓지 못할 사진이 되어버렸다.

"보고 싶어."

보고 있어도, 생각하면 더 보고 싶은 사람이 된 지금, 그 사람 입장이 되어 물러선다는 것은 고통 그 자체였다. 그 고통은 쉽게 없어지는 것이 아니었다. 그런 괴로움 속에 살 순 없었다.

우현은 일어났다. 그리고 곧장 아파트를 나서서 차를 몰고 병원으로 향했다. 흰색의 높다란 건물을 보며 어둠을 헤치고 차를 주차하자마자 급히 들어가려는 우현의 발목을 잡은 것은 또 자신밖에 모른다는 수없이 들어온 그 말이었다.

우현은 경쾌하지 않은 발걸음으로 돌아섰지만 그렇다고 차로 돌아가지도 않았다. 걷기 시작한 그는 한 상점 앞에 멈추었다. 작은 빵집으로, 문은 이미 닫혀 있었다. 쇼윈도 너머의 케이크가 참 예쁘다. 그러고 보니 이연의 생일이 다가오고 있었다. 한 달 이상 남았지만 시간은 금세 지나갈 것이다.

그녀의 생일! 그녀가 태어난 날, 아픔만 주고 말았다. 정말 떠나보내 줘야 하는 걸까? 다시 온 정신을 잠식한 그 생각의 물음에 직면했다. 떠나보내야 하는 거냐고? 그것이 이연을 위해서라면 할 수 있어야 하는 거 아니냐고?

마음을 헤어지는 쪽으로 먹으려 할수록 싫다며 반발하듯 일어나는 속을 진정시키려 애를 써야 했다. 이연이 자신과 있어서 불행하다면 커다란 욕심을 버려야 하는지도 모른다. 갑자기 눈물이 그의 눈가를 적시었다. 모든 걸 가졌는데, 왜 유독 사랑하는 사람만은 갖지 못하는 건지, 자신의 어리석음 때문에 이연마저 보내야 한다는 것이 아팠다.

멍한 얼굴로 눈물을 흘리며 케이크를 바라보았다. 쇼윈도에 막혀 만져 볼 수 없는 그 케이크를 바라보며 유리창만 쓰다듬고 있을 때 어두운 그림자가 그의 어깨를 드리웠다.

"불 좀 빌립시다."

한 남자가 그를 잡아 끌어당기었다. 자신의 결심으로 얼이 빠진 우현은 초점을 맞출 수가 없었다. 누군가가 끌어당기다가 갑자기 주먹으로 배를 쳤는지 숨이 끊어질 듯한 통증이 배 부근에서 일어났다. 서너 번 치고 난 후 그를 바닥에 꽂아 박았다. 전혀 방어자

세도 하지 않았기 때문에 그는 이내 쓰러져 버렸다. 남자가 발로 그의 얼굴을 밟으려 하자 다른 쪽이 막았다.
 "이 정도만 하면 돼. 조금만 손봐주라고 했어. 겁만 주라고. 야 이 새끼야, 이제 꺼져. 알았냐? 가자!"
 남자들은 침을 뱉고 나서 어둠 속으로 빠르게 사라졌다.
 "생각보다 약한데."
 우현의 얼굴에서 쓴웃음이 배어났다. 이수의 경고가 행동으로 옮겨질 거라고 예상은 했었다. 워낙 한성격 하는 인물이니. 하지만 이수는 큰일을 저지르기엔 너무 생각이 많아 소심하다. 우현은 맞은 것을 흘려버리고 쓰러진 채로 눈을 감았다. 어떻게 해야 하는지 아직도 결심이 완전히 서지 않았지만 억지로라도 이연을 놔줘야 한다는 것만 아프게 뱅뱅 맴돌았다.
 그렇게 한참 누워 있을 때 어떤 손이 그에게 다가와 쓱쓱 검문하듯 지나가고 있었다. 아마도 소매치기인 것 같다. 술이 취해 쓰러진 행인들의 지갑을 터는 손길이었다. 그래, 모든 것 다 가져가라. 막고 싶지도 않았다. 그러나 그 순간 지갑 속에 이연의 귀한 사진이 들어 있다는 것이 생각나자 그는 막 가슴 춤에서 지갑을 꺼낸 손을 붙잡았다. 그것만은 절대로 빼앗길 수 없었다.
 "안 돼!"
 쓰러진 우현이 지갑을 거세게 잡고 놓지 않자 빼앗으려던 놈이 우현의 얼굴을 발로 짓밟기 시작했다. 눈이 빠질 듯 아프고 광대뼈가 무너지는 것처럼 강한 통증이 일었다. 그러나 얼굴을 감쌀 수가 없었다. 그러면 지갑 속 사진을 빼앗기기 때문이었다.

"이거 놔."

얼굴은 점점 피로 물들기 시작했다. 그럴수록 우현은 그 지갑을 필사적으로 잡고 늘어졌다.

"씨발!"

웅성거리는 사람 소리가 점점 크게 들리자 빼앗으려던 놈은 주위를 서둘러 살피다가 포기한 채 도망쳐 버렸다. 우현은 손에 지갑이 쥐어진 걸 확인하고 나서야 정신을 놓았다.

이연은 이제 복도를 지나 더 멀리 혼자 걸어갈 수 있을 만큼 많이 나아졌다. 열심히 재활훈련을 한 덕에 뒤뚱거리지만 휠체어 신세를 완전히 벗어났다. 주치의도 앞으로 계속 열심히 치료 받으면 다리도 절지 않고 걸을 수 있다고 그녀에게 말했다.

'그래, 얼른 멀쩡히 걸어서 남편이 자신이란 덫에서 빠져나갈 수 있도록 해야 한다.'

그녀는 혼자 걸음을 하나씩 떼어나갔다. 뒤에서 간병인이 부르는 소리가 들렸다. 이제 그만 하라는 말에 고개를 끄덕이면서도 조금 더 걸어나갔다. 일층까지 내려온 그녀를 간병인이 잡아 엘리베이터 쪽으로 부축하듯 이끌었다.

너무 지치면 안 된다며, 남편께서 걱정하시겠다는 말에 이연은 알았다고 순순히 응했다. 엘리베이터가 내려오기를 기다리다가 사람들이 웅성거리는 쪽으로 고개를 돌린 이연은 눈이 커지고 머리가 갑자기 어딘가에 맞은 것처럼 띵해졌다. 급하게 응급실로 실려가는 환자는 분명 얼굴에 피가 범벅이 된 장우현이었다. 그의 얼굴은 알아보기 어려울 정도로 망가졌지만 그녀는 그의 몸과 옆으로 떨어뜨려진 기다란 팔과 손만 봐도 알 수 있었다.

간병인이 부르는 소리도 무시한 채 그 뒤를 미친 사람처럼 따라 뛰어갔다. 생각이란 것이 머리에 들어올 사이도 없이, 인턴들과 간호사들의 손길이 분주한 응급실까지 가서 신음 소리를 내고 있는 장우현을 보았다. 간호사가 거즈로 피를 닦으니 퉁퉁 부은 얼굴이 드러났다. 입술이 찢어지고, 코가 부러지고, 광대뼈도 주저앉은 채 눈꺼풀이 부어 달라붙은 그의 모습을 이연은 멍하니 바라보았다.

"이연이야?"

그가 정신이 돌아오자 부은 눈 사이로 희미하게 보이는 이연을 불렀다.

"이연아……."

그가 손을 내밀었다. 이연은 그를 쫓아왔을 때와는 다르게 자신의 옷자락을 잡으려고 뻗은 손을 내려다보기만 할 뿐 자신의 몸을 두 팔로 감쌌다.

"이연아."

"……."

"보호자세요? 벌써 오셨나요? 전화했는데…… 여기 지갑이요."

이연은 지갑을 엉겁결에 받은 채 곧장 수술실로 들어가는 우현을 눈으로만 쫓았다.

혼자서 걸어보겠다는 이연이 서서히 걱정되었다. 간병인이 같이 가긴 했지만 아무리 기다려도 오지 않자 수호는 병실에서 나와 주위를 둘러보며 찾기 시작했다. 병원 생활한 지 꽤 되었지만 이곳을 살펴본 적이 거의 없었던 모양이다, 그의 눈에 들어온 미로 같은 복도가 무척이나 생소하게 느껴진 것을 보면. 그러나 병원 소독 냄새는 이미 적응이 되어버렸다. 알레르기 현상처럼 그 냄새가 참기 힘들었는데 지금은 참을 수 있는 아릿한 두통만을 줄 뿐이었다. 환자복을 입은 사람들 사이를 지나 그는 엘리베이터를 타고 로비까지 내려왔다. 그녀가 잘 가는 산책로를 따라가 보니 간병인이 응급실 부근에서 서성이고 있는 모습이 보였다.

"아내는요?"

다가가 묻자 간병인 아줌마는 안절부절못하며 말을 할 듯 말 듯 망설였다.
"무슨 일 있어요?"
"응급실에 가셨는데……."
"어디 다쳤어요?"
그가 놀라 시선이 응급실 쪽으로 몸을 돌리자 아줌마 손을 급하게 저었다.
"아니요, 아니요."
그때 친분있는 의사가 수호를 알아보며 다가와 간병인과 똑같은 표정을 지었다. 말할 수도, 그렇다고 안 할 수도 없다는 그 표정은 사람을 숨 막히게 했다. 수호가 무슨 일이냐고 묻자 의사가 망설이다가 입을 열었다. 좀 떨어져 있던 간병인은 의사의 말에 수호의 얼굴이 급히 가라앉는 걸 보고 맘이 덜컥 내려앉았다. 그렇게 정성으로 아내를 간호하는 사람은 드물었다. 어느 땐 의무처럼 보였지만 환자 위주로 생활을 해온 사람이었다. 상류층 남자가 이렇게 성실할 줄은 상상도 못했기 때문에 마치 가족처럼 그 표정에 따라 마음이 안 좋았다.
수호는 금세 자신의 감정을 감추고 간병인에게 병실로 올라가라고 한 뒤 아내가 있는 곳으로 몸을 돌렸다.
착잡한 맘은 그를 더 어둡게 했다. 이연은 수술 앞 대기실 작은 의자에 앉아 지갑 속 무언가를 보고 있었다. 수호는 부르지 않은 채 그런 아내를 잠시 지켜보았다. 시간이 갑자기 정지되어 버린 듯 모든 것이 멈춰 섰다. 그는 다른 세상에 가 있는 아내를 뒤로한 채 나와 버렸다.

 전화를 받은 지령은 갈아입을 새도 없이 입은 차림 그대로 무작정 집에서 뛰어나와 택시를 잡았다. 바깥까지 따라 나온 아줌마에게 부모님이 도착하면 알리라는 말만 한 채 간호사가 말해준 병원으로 달려왔다, 최이연이 입원한 그 병원으로!
 그녀는 북적대는 안내부로 가서 장우현의 이름을 대고 어디로 가야 할지 문의했다. 마음이 급해 빨리 가려고 서두르다 누군가와 부딪칠 뻔해 얼른 피하였다. 그러는 순간 정문 앞 사람들이 제법 많이 앉아 있는 로비에서 낯익은 등이 눈에 들어왔다. 지령의 빠른 걸음이 동시에 딱 멈추었다. 어깨 부분에서 구부려져 있는 그 등은 동그랗게 말아졌다. 고개 숙인 채 있던 그가 겨우 얼굴을 들고 멍하니 앉아 있었다. 마치 길을 잃은 사람처럼.
 "지령 씨!"
 아는 사람이 그녀를 부르며 안부인사를 전했다. 마음에 준비도 없이 수호를 보고 만 충격에 떨어져 자신에게 말을 거는 사람이 누구인지, 어떻게 아는 사이인지 기억해 내지 못했다. 그녀의 시선은 여전히 앞 사람을 뚫고 앉아 있는 수호에게로 갔다. 그 역시 이름을 부르는 소리를 들었는지 고개를 번뜩 들어 혼돈 속에 그녀를 발견했다.
 "……그렇죠?"
 뭐라고 계속 말하는 상대방이 그녀의 손을 잡자 지령은 그 여자에게로 얼굴을 돌렸다가 다시 방향을 틀었다. 그러나 이미 수호는 그녀를 보자마자 서둘러 고개를 돌리고 황급히 그 자리를 떠나고 있었다. 잡을 수 없을 정도로 그렇게 멀리 가는 그의 뒷모습을 바라보던 지령은 상대방 여자가 인사하고 가는 것도 몰랐다. 그렇게 넋을 놓고 그가 간 자리를 보다가 자신이 왜 여기 왔는지 한참에서야 깨닫고 수술 대기실로 향했다.

이연은 사진을 보았다. 장우현의 지갑에서 나온 그녀의 사진. 그러나 마음은 요동치지 않았다. 사랑한다고 말하는 장우현이 가진 자신의 사진은 빛바래져 있었다. 사진 속 그녀의 웃음도 그렇게 의미없었다. 그런데 왜 자꾸 장우현이 보았던 이 사진에서 눈이 떨어지지 않는 걸까? 무감각한 눈과 손으로 그 사진을 보는데도 시선은 여전히 거기에 달라붙었다. 사랑이 아니었는데, 귀한 감정이 아닌 천박한 외로움에 기댄 것에 불과한 것인데, 기울어진 마음은 많은 사건 속에서도 그대로 기울어져 있었다.

다가오는 발소리로 인해 고개를 드니 안지령이 서 있었다. 이연은 사진을 다시 지갑에 넣어두고 지령을 응시했다. 두 사람은 서로를 마주 보았다. 오랫동안 그렇게 서로 보기만 했다. 복잡한 감정이 그들 사이에 흘렀다. 차갑기도 하고 냉정하기도 하면서 감정적인 그들의 눈빛은 서로를 탓했다. 그러나 이연은 지령의 눈빛에 점점 밀리었다. 안지령의 눈빛 속에 수호에 대한 선명한 사랑이 지금 이 자리에 와 있는 이연을 비난하고 있었다. 이연이 점점 지령을 마주하지 못하자 지령 또한 외면해 버렸다. 그러면서도 두 사람은 대기실을 떠나지 않았다.

"가보세요."

앉아 있는 이연과는 달리 반대편에 서 있던 지령이 오랜 침묵을 깨고 이연에게 말했다.

"깨어나는 거 보고요."

지령은 작게 웅얼거리는 이연을 서늘한 맘으로 쳐다보았다.

'왜 김수호를 자꾸 아프게 하죠?'

눈은 그렇게 묻고 있었다. 분노보다 안타까움이 깃든 채, 선명하게 뜻이 담긴 지령의 눈을 이연은 피하지 못했다. 그러나 지령은 입을 다물고 있을 뿐이었다. 이연 역시 불편한 고요를 깨지 않았다. 그녀도 묻고 싶었다, 수호를 정말 사랑하는지. 그러나 듣지 않아도 지령의 단아하고 정숙한 미망인의 얼굴에 어울리지 않은 수호에 대한 갈망이 잡힐 듯했다.

'나처럼 도중에 끝내려면 그에게 가지 말아요. 상처만 줄 테니까. 내 남편은 무척 착하고 깊고 여린 사람이라 심지가 강한 사람이 그를 사랑했으면 좋겠어요. 당신 말고……'

역시 그 말도 이연의 음성을 타고 나오지 않았다. 마음속 단편일 뿐이니까. 떠올랐다 사라지는 생각이다. 이연은 수호가 행복해지기를 바라고 있었다. 그러려면 수호가 사랑하는 사람과 같이해야 할 것이다. 그가 이 세상에서 사람을 쉽게 사랑하기 어렵다는 걸 그 누구보다 잘 안다. 그는 안지령을 사랑한다. 이 세상에서 사랑에 또 다른 사람을 덧붙일 남자가 아니었다, 김수호는.

여전히 이연은 남편에 대한 걱정이 맘과 머리 속에 돌았다. 그것은 영원히 끝나지 못할 것이다. 그러나 자격이 없어 아무런 참

견도 하지 않았다.

  수술실에서 나온 우현은 병실로 옮겨졌고, 의사는 수술이 대체로 성공적이었다고 지령에게 말하면서도 약간의 부작용이 올 수 있다는 것과 함께 몇 차례 더 수술해야 한다며 스케줄을 일러주고 나갔다. 붕대로 압박된 채 퉁퉁 부은 얼굴로 누워 있는 우현을 이연은 한쪽에 서서 지켜보았다. 그때, 우현의 부모님이 달려왔다. 어떻게 된 일이냐는 말들이 쏟아졌다. 아들의 망가진 얼굴을 보고 실신하기 직전의 시어머니를 지령은 보듬어 의자에 앉히고 상황을 설명하면서도 의사가 한 말을 너무 직설적으로 옮기지 않으려 했다.

  이연은 자리를 떠나지도 못하고 벽에 바싹 등을 붙인 채 그 모습들을 불안하게 지켜보고 있었다. 우현이 막 마취에서 깨어나 진물이 가득 고인 눈을 힘겹게 뜬 채 무언가를 찾고 있었다. 부르튼 입술이 단어를 만들려 하자 그것을 본 어머니가 벌떡 일어나 자식에게로 갔다.

  "이연아…… 이연아……."

  그는 끊임없이 부르고 있었다. 제대로 뜨지도 못하는 눈으로, 망가진 얼굴로 사람들의 시선을 비집고 쉼없이 찾았다. 가족들이 고개를 돌려 그제야 이연을 발견하곤 섬뜩 놀랐다. 이연은 잔뜩 움츠린 몸으로 서 있다가 조금씩 앞으로 움직였다. 그리고는 그녀를 잡으려는 우현의 손끝을 바라만 보다가 무거운 손을 뻗어 아주 조금 맞잡았다. 그녀의 굳은 마음 일부가 무너져 내리었다. 그 무엇보다 약한 모습으로 욕심을 내는 그의 외침이 닫힌 마음을 두드리며 조금씩 열리게 했다.

　가족들은 아무 말도 없었다. 막지도, 그렇다고 받아들이지도 않았다. 그저 바라만 볼 뿐이었다. 이연은 자신의 손을 잡고 안심이 되어 웃는 그를 보곤 무심한 표정이 순간 흔들리었다. 무언가 말하려고 했지만 진정제를 맞은 그는 다시 잠들기 시작했다. 그러면서도 그의 손은 그녀의 손을 놓치지 않으려는 듯 잡고 있었다.

　잠시 후, 우현이 잠에 빠져 손이 펴지며 뚝 떨어지자 이연은 그 손을 침대 위에 올려놓고 일어섰다.

　"죄송합니다."

　이연은 우현의 부모님에게 그 말밖에 할 수 없었다. 고개를 숙이고 발을 끌면서 뒤뚱거리는, 정상적이지 않은 걸음으로 그곳을 나왔다.

　그녀는 병실로 돌아와서도 눕지 못하고 멍하니 밤을 지새웠다. 마음 가는 대로 행동하는 자신을 그렇게 마주하고 있을 때였다. 남편의 발자국 소리가 들린 건 새벽이 다 되어가는 시간이었다.

　"괜찮아?"

　그가 문을 열고 잠들지 못한 아내에게 물었다.

　"네?"

　"장우현 말이야."

　이연은 대답 대신 고개를 푹 숙였다. 수호에게 그런 질문까지 하게 한 자신이 미웠다.

　"앞으로 재활 스케줄 빼먹으면 안 돼. 의사가 하라는 대로 다 해. 그러면 똑바로 걸을 수 있다고 했어. 약속하지?"

그가 다가오지도 않은 채 조용히 요구했다.

"수호 씨."

이연이 고개를 들고 남편의 이름을 불렀다.

"대답해."

"약속해요."

너무 지친 얼굴로 확답을 원하는 수호를 보며 이연은 고개를 끄덕였다. 그는 그새 몇 살은 더 먹어 보였다. 그의 맘을 누르는 번민과 상처는 세월을 한꺼번에 끌어당기었다.

"당신이 퇴원할 때까지, 똑바로 걸을 때까지 같이 있으려고 했는데…… 한계가 왔어. 이제 우리 헤어져야겠다. 서류는 내가 보낼게. 곧 처리될 거야."

"미안해요, 내가 당신에게 너무 큰 상처를 줬어."

울음을 참으며 이연이 자리에서 일어나 그에게로 걸어갔다. 하지만 부정한 그녀는 감히 그의 손이라도 만질 수 없었다.

"잘살아. 행복을 움켜잡고 살아. 남의 시선 상관치 말고 마음껏 살아. 알았지?"

"……."

입을 꽉 다문 채 눈물을 흘리고 있는 이연을 수호가 차분히 바라보며 당부했지만 그녀는 자신의 죄조차 버거워 보였다.

"착한 것에 매달리지 마, 이미 우린 많은 걸 던져 놨으니까. 우린 착하지 않아."

"그래요, 맞아요. 수호 씨도 행복해져야 돼요. 그 누구보다 당신이 젤 행복해져야 돼."

"그래, 그렇게."

그가 담담히 말하고 돌아섰다. 그러나 이연이 다가와 어쩌지 못한 채 그 등을 만질 듯 말 듯하자 몸을 돌려 그런 아내를 바라보다가 품에 안았다.

"우리 서로 미워하지 말자. 미워하고 싶지 않아. 그러니 다 털어 버리자."

"당신을 사랑했었는데, 이렇게 되어서 미안해요."

"미안하다."

사랑하지 못한 아내의 얼굴을 손으로 쓸다가 내리었다. 잘살았으면 좋았을 것을, 사랑했으면 좋았을 것을, 서로 상처도 주지 않았을 텐데. 그러나 이미 그들은 엇갈린 길을 걸었고 이젠 갈라지는 길이 최상이었다. 그의 몸이 먼저 그녀를 남으로 인식해 버렸다. 돌아서 가는 그 뒷모습에 이연은 가장 못된 상황으로 그를 보낸 것이 마음을 찌를 듯 아팠다. 그녀는 직감했다. 이제 영원히 김수호와 대화하고 마주하는 시간은 다시 찾아오지 않을 진짜 헤어짐이라고, 그녀는 그렇게 사랑했던 남편과 완전히 헤어졌다.

'여기가 어디지?'

수호는 꿈결 속을 헤매고 다니다가 눈을 떴다. 하지만 여전히 현실성은 없었다. 커다란 공간에 누워 있다는 감각만이 느껴졌다. 눈을 떠도 모든 것이 어지러워 시야에 들어오지 않았다. 다 흐릿하고 초점이 맞춰지지 않는다. 그럼에도 맘에 쌓아올려진 감정들은 정확히 기억한다는 것이 놀라울 정도였다. 이연이 장우현의 사고에 달려가 그를 기다린 모습을 보고 빈 공간 없이 꽉 찰 만큼 슬펐다는 걸 기억했다. 자신이 지켜야 할 아내를 힘들게 하고 딴 사람을 사랑하게 했다는 자괴감뿐 아니라 강한 슬픔이 닥쳐왔다.

사랑하지 않아도 이연은 자신의 사람이란 맘이 있었다. 그런데 다시 한 번 장우현을 걱정하는 아내의 모습에 이젠 보내야 한다는 걸 깨달았다. 언젠가 떠나보낼 생각을 해서 준비는 하고 있었지만 일이 터지면 항상 들이닥친 기분은 피할 수 없었다. 잘된 일이라고 위로하며 나왔다. 한편으론 가벼워지고 자유로워졌다는 마음도 들었다.

'이젠 내 생각만 하면 되니까.'

그러나 심한 압박감에서 갑자기 풀려나자 방향감각을 잃었다.

이혼 서류를 접수하고 혼자가 된 수호는 어디든 여행이라도 다녀올 생각으로 집을 나섰다가 해신의 전화를 받았다. 서로 안부를 묻고 있는데 갑자기 머리가 핑 돌았다. 한 번도 쓰러져 본 적 없을 만큼 강한 체질이었기에 무리를 했음에도 그는 자신의 건강을 의심하지 않았다. 그러나 뭔가 검은 소용돌이가 덮치었고, 정신을 차리고 나니 이곳이었다.

"깨어났어?"

해신인 것 같았다. 자신의 위에서 내려다보며 묻는 형체에서 나온 목소리는 강해신을 닮았다.

"으음."

까칠한 목에서 소리가 잘 나오지 않자 수호는 얼굴을 찌푸렸다.

"더 자. 염려 말고."

그는 무슨 일 있었냐고 물으려 했다. 그러나 눈앞에 형체가 자꾸 희미해졌다.

"그동안 무리했어. 좀 쉬어야 돼. 나 믿지?"

해신의 목소리인 것이 틀림없다. 믿냐고?

"응."

그가 흐리게 대답했다.

"됐어, 그럼."

해신은 다시 눈이 감기면서 몸을 웅크리는 수호에게 이불을 당겨주었다. 그녀는 수호와 전화하다가 툭 소리와 함께 아무 말이 없자 그 순간 진땀 뺐던 걸 생각하며 깊은 숨을 내쉬었다. 다행히 쉽게 찾았다.

"깨어났어?"

"쉬이!"

임해승이 완벽하게 꾸며진 손님방에 들어와서 물었다. 무늬 없는 옅은 시원한 남색 빛이 감도는 벽지에 명화들이 걸려 있고, 높다란 천장엔 은은한 조명이 어둠 속에서 사람을 인지할 수 있을 정도의 밝기를 내었다. 커다란 침대는 조각품처럼 정성이 많이 들어간 듯했고, 시트와 이불은 남색 계통의 같은 색을 띠고 있었으며 은으로 장식된 타원형 거울과 수작업으로 만든 탁자와 의자, 그리고 원목으로 된 옷장은 필히 대중적이지 않고 한 사람의 취향을 위한 맞춤이 틀림없었다. 해신은 그런 방에서 그를 한 손으로 밀어내며 조용하라는 듯 입술을 모았다.

"뭐 좀 먹고 자게 하자."

"먹는 것보다 자는 게 급해. 그동안 잠을 통 못 잤나 봐. 그러니 내버려 둬요. 귀찮게 하려면 가든지, 남에 집에 와서 뭔 짓이야?"

절교한다고 지랄할 때는 언제고, 우현의 병실에 갔다 오더니 누그러진 임해승을 보는 해신의 눈이 고을 수만은 없었다.

"걱정되니까 그렇지."

"극과 극의 친구를 두셔서 좋겠수다. 오지랖도 넓으셔."

해신은 장우현을 완전 쓰레기 취급했다. 그녀가 사포로 문지른 느낌이 가득한, 약간은 거친 나무 바닥 위에 커다란 가죽 소파와 탁자가 있는, 넓고 시야가 탁 트인 거실로 나와 입술을 비틀며 빈정거리자 해승은 성질이 팍 났다.

"야, 강해신! 네가 아무리 잘났어도 난 네 손위야."

"그래서요?"

강해신의 강한 눈빛은 눈치를 모르는 해승이라 해도 감당하기 10% 부족했다.

"아니, 그렇다고. 알아두라고."

말 꼬랑지가 의지와 상관없이 자연스럽게 내려갔다.

"알아."

해승은 안중에도 없다는 듯 해신은 소파에 다리를 벌리고 소파 등받이에 손을 올린 채 주인장 티를 팍 내며 앉았다. 아니꼽다는 얼굴로 쳐다본 해승은 그래도 김수호를 제대로 아는, 한 손 안에 꼽을 수 있는 드문 사람이라 동질감이 살아났는지 화난 것도 잊고 그녀 옆에 옹색한 자세로 앉았다.

"앞으로 저놈이 어떤 생각 가질지 걱정이다. 훌쩍 떠날까 봐."

"내버려 둬요. 알아서 하겠지. 이혼도 했는데 자기 마음대로 살아야지. 안 그래요?"

"그래."

해승은 고개를 끄덕거렸다. 자유스럽게 사는 수호를 보는 것도 좋을 듯싶었다. 너무 멀리 떨어져 나갈까 봐 걱정이지만, 가장 좋아하는 친구이므로 해승은 그들의 생활권 안에서 수호가 있기를 바라고 있었다.

"오빠, 밥 먹었나?"

"아니."

해신의 집에서 일하던 돌산댁 아줌마가 오늘 개인 사정이 있어 일찍 가버린 상태였다. 살다 보니 강해신이 차려주는 밥을 얻어먹을 수도 있겠다는 생각에 해승이 눈빛을 빛내며 쳐다보았다.

"아줌마가 다 해놨을 테니 오빠가 주방에 가서 챙겨 가지고 와, 내 것도."

"윽!"

기대를 하지 말 것을, 강해신이 얼마나 군주적인지 잘 알면서도 이렇게 속아 넘어가는 자신이 순수한 건지, 아니면 어리석은 건지 해승은 갈피를 잡을 수가 없었다.

"난 손님이잖아."

그래도 한번 개기고 싶은 모양이었다.

"초대한 적 없는 손님은 불청객이야. 그럼, 밥값 해야지. 안 그래요, 오빠?"

혹시 했던 것이 역시가 되었다.

"황재건이가 참 불쌍하다."

재건의 얘기에 해신의 검은 눈썹이 꿈틀거렸다. 그리고 보니, 재건이 유명한 모델이 되고 나서 염문설이 끊이질 않더니 그것 때문에 사이가 틀어졌나 하는 생각이 들자 더 묻지 않았다.

"대강 먹자."

해승은 괜히 긁어 부스럼 만들기 전에 일어섰다. 뭐, 그 역시 주방은 낯선 공간이지만 그래도 연애할 때는 꽤 많이 들어갈 정도로 다정다감한 성격이라 음식 있는 곳을 금방 찾을 수 있었다. 그때 문소리가 났다.

"왜 왔냐?"

재건이 카드로 문을 열고 들어오려고 하자 해신이 물었다. 그는 구겨진 꽃 분홍 티셔츠에 검은색 카고 바지를 입고 있었다. 별게 다 소화되는군.

"내 짐 가지러 왔어."

"무슨 짐을 몇 번씩 가져가?"

"네가 갑자기 쫓아냈으니까 그렇지."

재건이 해신의 어깨를 밀치고 안으로 들어왔다.

"해신아, 내 염문설 부풀어진 거야."

재건이 용케 안으로 들어와서 불만스럽게 해명을 했다.

"알아."

"알아?"

아름다운 재건의 얼굴이 구겨졌다.

"응."

"그런데?"

"이유없어. 좀 혼자 있고 싶어."

"나 원, 미치겠군."

"빨리 짐 가지고 가."

복합 층으로 되어 있는 위층 나선형 계단으로 투덜대며 올라간 재건은 한참이 지나도 꾸물거리며 통 내려오질 않다가 해신이 '황재건' 하고 여러 번 부르자 겨우 내려왔다. 그의 손에 들린 것은 달랑 곰인형과 책이 전부였다.

"그 책 내 거야."

"가져라."

해신의 말에 재건이 바닥에 던져 버리며 못되게 굴었다. 그러나 해신은 씩 웃고 만다. 그 미소에 끌려 재건이 해신에게 다가왔다. 아직도 그는 별거 이유를 모르고 있었다. 그때 주방 쪽에서 부스럭 소리와 함께 남자 목소리가 들렸다.

"남자야?"

"남자야."

"흥."

재건이 곰인형을 해신의 가슴에 던지곤 삐쳐서 나가 버렸다.

"누구 왔냐?"

"응."

"누구?"

대답하기 전에 재건이 씩씩거리며 다시 들어왔다.

"해승이 형?"

"헤이, 안녕! 쫓겨났다면서? 배고프다. 밥 먹을래?"

해승이 양푼에 가져온 밥을 보여주자 재건이 고개를 저었다.

"너 해승이 형이랑 바람피우냐?"

해신이 대답하기 전에 해승이 킥킥거리며 웃었다.

"웃기잖아, 나도 보는 눈이 있는데. 무서운 여자는 싫어."

두 사람이 동시에 해승을 노려보자 그가 얼른 자신이 웃는 이유를 밝히었다.

"가!"

해신이 고개를 돌리고 말로 재건을 밀어냈다.

"그래, 나도 갈 거야."

"해승이 형…… 내 취향 아니야."

해신은 뒤돌아가는 재건이 등을 보며 괜스레 덧붙이었다.

"상관없어."

덤덤했던 해신이 큰소리치는 그를 갑자기 붙잡고 강하게 입술을 부딪쳤다. 뜻밖의 키스가 별안간 끝나고 해신은 얼른 그를 떼어내고 태연한 척 말했다.

"잘 가!"

그리고는 확 밀어버렸다.

"야, 너! 왜 그래?"

허를 찔린 듯한 얼굴로 서 있다가 재건이 소리쳤지만 그러나 이미 해신의 힘에 의해서 밀려 문 밖으로 저만치 나간 상태였다.

"참 요상한 부부야."

해승은 각종 나물을 넣고 대강 비빈 밥을 크게 떠먹으며 웅얼거렸다. 하루 종일 수호 걱정으로 굶었더니 이 상황에도 밥이 잘 넘어갔다. 그러나 해신은 억지로 문을 닫아놓고도 미쳤냐고 소리치는 재건의 음성을 더 듣고 싶은 사람처럼 문에 몸을 기댄 채 한참을 서 있었다.

수호는 아직도 꿈결을 헤매는 중이었다. 좀처럼 깨지 못한 꿈들 속에 서성이며 흘러가듯 여러 영상으로 스며들다가 한곳에 떨어져 버렸다. 가만히 있으니 한 남자 아이가 눈에 들어왔다. 6~8세로 보이는 아이는 구석진 곳에 웅크리고 앉아 머리를 무릎에 박고 울음소리를 죽이면서도 삼키지 못하고 있었다. 주위 어른들이 많은데도 한 사람도 아이를 살피지 않았다.

수호는 그 아이가 안타까워서 자꾸 쳐다보았다. 시선을 느꼈는지 아이가 고개를 들고 물끄러미 자신을 바라보자 웃음이 흔치 않은 수호의 얼굴에 미소가 배어났다. 그러자 아이가 울음이 묻은 얼굴로 일어섰다.

"이리 와."

수호가 손을 내밀었다. 아이가 더디게 다가오자 그가 먼저 몇 걸음 가서 아이와의 거리를 좁힌 후 안아 들었다.

"울지 마."

아이의 눈물에 셔츠가 다 젖고 있었다. 수호는 그런 아이의 등을 다독이며 다정하게 달래었다.

"이름이 뭐야?"

다정한 손짓과 말투에 아이의 마음이 풀어진 모양이었다.

"수호."
대뜸 대답을 했다.
"어? 나랑 이름이 같네."
수호가 아이를 높이 안아 올리며 말했다. 아이가 금방 까르르 웃음을 터뜨렸다.
"울지 마, 아가야. 이렇게 웃으니까 예쁘고 좋잖아, 알았지?"
"나, 아가 아니야."
그 말에 수호가 크게 웃자 아이도 따라 웃었다. 그러나 곧 다시 움츠러들며 아이답지 않은 침울한 얼굴이 되어버리자 그는 소중하게 아이를 품에 안고 어른들이 돌봐주지 않고 모른 척하던 그 싸늘한 곳에서 빠져나왔다. 그리고 서서히 꿈에서 깨어나 눈을 떴다.
그는 자리에서 일어났다. 그리고 물 먹은 솜처럼 되어버린 몸을 일으켰다. 여기가 어딘 줄 기억이 나자 창가로 갔다. 기운 빠진 손으로 창문을 힘들게 여니 시원한 바람이 물밀듯 들어왔다. 바람에 물기가 느껴지는 걸 보니 곧 비라도 내릴 것 같았다. 수호는 비바람이 얼굴을 적시게 내버려 두었다. 김수호를 일으킬 사람은 자신밖에 없다는 사실을 꿈 속 어릴 적 모습을 보고 다시 한 번 깨달았다.
'내가 나를 그대로 버려두면 안 돼.'
상처에 씻긴 눈이 점점 생명을 찾아가려 애를 쓰고 있었다.

점심시간, 식당에 들어선 두 사람은 김이 술술 나는 뜨거운 설렁탕을 커다란 깍두기와 함께 먹기 시작했다. 그러나 해승은 설렁탕을 크게 떠서 후르르 먹는 수호를 쳐다보느라 밥 먹는 것은 뒷전이었다.

"밥 먹어, 국 식는다."

"어."

해승은 뚝배기 그릇에 잘 우러나온 진한 국물을 떠서 입에 넣다가 다시 수호를 살피었다. 맛있겠다며 식사하는 그 모습은 커다란 일을 당하지 않은 평범한 남자로 보이기까지 했다. 회색 셔츠에 검은색 바지 또한 단출한 차림이라 재벌가로 보이지도 않았다.

"집 내놨다면서?"

마침 깍두기가 떨어진 것을 안 종업원이 챙겨주자 소소한 것은 신경 쓰지 않던 수호가 지답지 않게 고맙다고 말하며 해승의 질문은 듣지 않은 양 굴었다.
　"아파트 살 거야? 내가 알아봐 줄까? 어디가 좋을까? 내 근처로 올래?"
　외국으로 잠시 여행 간다는 걸 알면서도 해승은 조바심나는 마누라처럼 계속 말을 해댔다. 그러자 고개를 든 수호가 미간을 찡그렸다.
　"밥 먹어."
　계속 단순한 말만 하는 수호로 인해 해승은 열이 솟았다.
　"넌 그 말밖에 못하냐?"
　"내 머리 속은 지금 밥 생각밖에 없어."
　"왜?"
　"왜라니? 지금 밥 먹고 있으니까 밥 생각을 하는 거지. 멍청하긴."
　이놈 달라졌다. 차라리 많이 아플 때는 이리 마음이 급하진 않았는데. 마치 손에서 떨어져 어딘가로 날아갈 것 같은 헬륨 잔뜩 먹은 풍선 같다며 해승은 생각했다.
　"수호야, 갔다 와서 다시 아버지 회사 들어가기 싫거든 울 회사로 와라. 내가 네 자리 만들게. 울 아버진 너 좋아하거든. 아니면 사업할 거니? 내가 투자할까?"
　"……."
　"말대꾸 좀 해라."

"아직 정한 거 없어."

겨우 얻어낸 게 이 대답뿐이었다. 긴 한숨을 쉬자 수호가 그러지 말라는 듯 슬쩍 인상을 썼다. 수척한 얼굴은 그대로다. 요즘은 끼니를 잘 챙긴다곤 하는데 얼굴에 살이 잘 붙지 않았다. 원래 살이 잘 찌지 않는 늘씬한 체격이기도 했지만 그놈의 생각이 얼마나 많은지 먹은 것이 다 연소될 지경이라 그런 거라고 해승은 늘 투덜대곤 했다.

생각, 어린 시절 아팠던 사람은 생각이 많아진다. 자신에 대한 생각, 남에 대한 생각, 놓인 상황에 대한 생각. 생각이 많으면 오히려 사람들에게 오해를 사게 되고, 부모조차 자식의 맘을 꿰뚫어 보지 못하는 일까지 벌어진다. 그럼에도 수호는 그 생각을 멈추지 못했다. 그러나 지금 수호는 그 지긋지긋한 생각을 많이 버린 듯 보였다.

마른 얼굴의 예리한 눈이 아픔을 숨기지 않았지만, 그렇다고 드러내 놓지도 않았다. 쑥 들어가 선이 그어진 뺨은 초췌하고, 높다란 코는 허한 바람이 일며 건조한 입술은 변함이 없었지만 그래도 가끔 웃음도 짓는다. 눈가가 깊어지고 입 옆의 주름이 선명해진 얼굴은 아픔 속에 막 나온 듯 오히려 맑아 보이기까지 했다.

사람이 아프고 나면 달라지는 걸까? 해신의 집에서 육체적, 정신적으로 깊은 몸살을 앓은 수호는 어느 날 무섭게 자리에서 털어버리고 일어섰다. 의지로 인해 바로 상처에서 진물이 멈추었다. 고통은 아직도 선명하지만 벌써 흐려지기 위한 준비를 마친 흉터처럼 더는 곪지 않고 흔적으로 남기 시작했다.

수호를 보며 생각에 잠긴 사이, 벌써 그는 한 그릇을 말끔히 다 비워 버려 오히려 해승이 밥을 남기었다. 일어서 돈을 내고 나올 때도 쫄래쫄래 따라붙는, 걱정 많은 해승을 수호는 여행 잘 갔다 오겠다는 말로 떼어놓으려 했다. 그러나 그의 집 앞까지 와서도 가지 않고 오히려 따라 들어갈 기세이자 수호가 한마디 했다.
　"너 일은 안 할 거야?"
　"돌아온다고 약속해. 외국으로 영영 사라지지 않을 거라고 말해."
　"난 우리나라가 좋아. 한국에서 살 거야."
　"그럼 다행이고."
　그러나 수호의 얼굴은 자신이 살았던 좁고도 치열한 곳에 대해선 그다지 미련이 없어 보였다. 해승은 다시 조바심이 생겨 긴 설득을 하려고 안으로 기어코 들어가려 했다.
　"잘 가라, 이 지겨운 놈아!"
　수호가 그런 해승을 막아서서 마지막 인사를 한 후 집 안으로 혼자 들어가 버렸다. 해승은 그가 새로운 삶으로 나가려 하는데 뒷다리 잡는 미련한 짓을 하면 되겠냐는 강해신의 말을 상기했다. 휴우, 쉽지 않은 일이지만 이미 수호는 새로운 삶에 발을 떼어 나가고 있었다. 자신이 떠날 수 없는 이 세계에 그는 훌쩍 떠날 수 있게 감정들을 털어내는 것이 눈에 훤히 보였다. 남는 자가 떠나려는 자를 잡고 늘어질 순 없었다. 해승도 안다, 그러나 힘든 것은 어쩔 수 없었다. 그 누구보다 친한 친구이기에.

이 집은 이제 김수호가 주인이 아니었다. 그걸 말해주듯이 집 안은 서재 외에는 가구조차 남김없이 다 빠져나가 처분된 상태였다. 거실 마루엔 소파를 끈 자국이 긁혀 있고, 벽엔 장식장이 놓였던 자리가 흔적으로 남았다. 커튼도 떼어져 거실 창가는 햇빛이 고대로 흡수되어 눈이 부셨다. 이젠 서재에 있는 마지막 짐만 놓여 있을 뿐이었다. 곧 이 집을 떠나면 며칠 후 새 주인이 바로 공사를 시작할 것이다.

집은 내놓은 즉시 나갔다. 중개업자도 놀랄 만큼 이 집 가치를 제대로 치지 않은 상당히 낮은 가격이었다. 돈보다 얼른 팔아버리고 싶었다. 이것이 그가 여행 가기 전, 누구한테도 맡기지 않고 제 손으로 해야 할 일이라고 여긴 마지막 일이었다. 제 몸에 있는 짐을 덜어내는 절차.

서재로 올라가려다가 무겁게 누른 듯한 발자국 소리에 수호는 해승인가 해서 돌아다보았다. 그러나 그곳엔 아버지가 서 있었다.

"아버지, 웬일이세요?"

그의 말투엔 격렬하고 힘들었던 시간들이 이미 지나갔음을 의미했다. 오히려 둘째 아들이 지독한 아픔에서 벗어난 걸 보고 당황한 것은 모질었던 아버지, 김인산이었다. 아들이 홀로 상처를 치유하고 있다는 것이 문득 두려웠다. 점심시간을 이용해 회사에서 나온 그는 잘 차려입은 양복 차림이었지만 그 당당한 기세는 뭔가 나사가 빠진 것처럼 조여지지 않은 허술함이 보였다.

"최 변호사에게 얘기 들었다."

최 변호사는 가족들의 유산 문제를 관할하고 있는 사람이었다.

아내의 집안도, 그의 집안도 이쪽으로 전문인 최 변호사가 운영하는 사무실이 통괄했다. 직접 유언을 듣고 도장을 찍으며 촬영하는 모든 과정을 참관인으로서 같이해 왔다.

"내가 줄 것은 물론, 이미 받은 외가 쪽 유산도 포기했더구나. 그 소식에 네 어머니 다시 몸져누웠다."

"심하신가요?"

"그건 아니지만……."

그건 아니었다. 하지만 정신적인 충격은 심했다. 뒤늦게 두 노인네는 미워하기만 하고 밀쳐 두며 사사건건 마음에 들지 않는다고 지적하기만 했던 아들이 영영 자신의 손에서 떠날 것을 알고서야 잡으려 했다. 사람의 마음은 참 간사하다. 잘못을 알면서도, 언제가 고쳐야 한다는 걸 느끼면서도 시간이 주구장창 있는 줄 안다. 하지만 이미 연결 고리를 세차게 끊어버린 아들은 뒤도 돌아보지 않고 그 많았던 시간 동안 아무런 반성도 하지 않은 아비, 어미를 놓아버릴 심산이었다.

"다행이네요."

"그래도 많이 힘들어하신다."

"곧 괜찮아지시겠죠."

"네 어머니다."

수호의 무심한 태도에 인산이 강조했다. 그 속엔 숨길 수 없는 초조함이 묻어났다.

"제가 지금 해드릴 게 없어요."

수호는 사실대로 말하는 데 걸림이 없었다. 잠시 침묵이 흘렀다. 김인산은 그 넓고 단단한 몸을 좌우로 조금씩 흔들며 생각에 잠기다가 깨어났다.
"또 여행이니?"
해신의 집에서 몸살로 누워 있었던 근 한 달 동안 그는 해신과 해승이 말고는 여행 간 것으로 되어 있었다.
"네."
"또 헤매는 거냐?"
수호의 입가에 거리감있는 미소가 천천히 번지었다. 자신을 파악하지 못한 사람에 대한 썰렁하지만 한편으론 안심하는 미소였다. 그는 자신을 전혀 알지 못한 김인산의 아둔한 질문엔 답하지 않았다.
"언제 올 거냐?"
"모르겠어요."
"빨리 와서 네 자리 지켜라. 이혼했다고 남자가 흔들리면 쓰겠냐. 시간을 줄 테니 돌아와서 네 자릴 채워. 이상한 짓 하지 말고."
참으로 김인산다운 방법으로 아들을 부르고 있었다.
"사표…… 장난 아니에요, 아버지."
그다지 의미를 부여하지 않고 덧붙여 부르는 아버지, 라는 단어가 상당히 멀었다.
"네 자리가 어딘 줄 모르는 게냐?"
"네, 몰라요. 그래서 앞으로 알아내려구요. 곧 알 수 있겠죠."
"수호야!"
"그만 가세요. 바쁘시잖아요."

담담한 수호의 말들이 인산을 더 몰아붙이고 있었지만 그는 아들을 어찌지 못했다. 소리 질렀을 때, 분노했을 때 잡을 수 있었을지도 모른다. 지금은 그가 아들을 잡고 흔들 수 있는 기회가 지나가 버렸다. 이미 분노의 감정마저 떠나보낸 수호는 아버지라는 사람을 묵묵히 바라볼 뿐 바라는 것이 하나도 없어 보였다. 조금도.

"집에 들러."

당황한 기색을 감추고 서둘러 아들에게 말했지만 수호는 긴 이별을 고하듯 짧은 인사를 했다.

"당분간은, 아니, 오랫동안 못 갈 거예요. 건강하세요, 아버지."

김인산은 꼬투리를 못 잡은 채 아들의 서늘한 차분함에 밀려 어느새 돌아서 계단을 내려오고 있었다. 뭔가 잡아서 계속 물고 늘어지고 싶었다. 그러면 아들이 다시 자신에게 올 수 있는 길을 찾을지도 모른다. 하지만 뒤돌아보니 이미 고개를 돌리고 수호는 제 할 일에 집중해 있었다.

기사가 열어주는 차에 몸을 쿵하고 놓아버리 듯 앉은 인산은 눈을 감았다. 차가 떠나면서 그는 뼈저리게 자신이 그동안 숱하게 기회를 놓쳤음을 인정하지 않을 수 없었다.

'늦었구나!'

늦은 것이다. 귀한 아들 하나가 오늘 그의 품에서 영영 떠나 버렸다.

이연은 우현을 보러 그의 병실로 왔다. 자주는 아니지만 종종 들렀다. 오늘도 가족들은 보이지 않고 우현뿐이었다. 그녀가 온다고 하니 그가 먼저 배려한 것 같았다. 가족들과 이연 모두에게 불편한 상황일 수밖에 없으니까.

이연은 병실에 들어서면 처음 온 것처럼 언제나 주변을 두리번거렸다. 줄기차게 뚝뚝 때리는 빗줄기에 시달리는, 블라인드가 쳐진 창가와 가습기와 커다란 침대, 그리고 꽤 큰 TV를 보고 나서야 그녀의 눈은 뒤늦게 우현을 바라보았다. 마음속에 들어온 사람을 보고 있는 것이 참 어색했다. 너무도 큰 상처를 안고 생살을 찢듯 마주한 이라 더욱 그러했다.

"기다렸어."

우현은 개의치 않았다. 이연을 마주하는 것만으로 기뻐하고 있었다. 그녀가 희미하게 미소를 지었다. 손이 그의 얼굴을 스칠 듯이 만지며 바라보았다. 한차례 수술만 남은 우현은 많이 나았지만 여전히 사고의 흔적은 고스란히 안고 있었다. 예전 그 잘생긴 얼굴은 균형을 잃었다.

"아프지 않아요?"

"응."

이마에 내려온 그의 머리를 쓸어 올려준 후 그녀의 손은 다시 주머니 속으로 쏙 들어가 버렸다. 우현은 그 손을 잡아 자신의 가슴으로 끌어당기었다. 이연은 예전처럼 열정적이지 않았다. 허황되게 뜨거웠던 것은 현실을 부인하고 싶은 그녀의 고집이었다는 걸 알게 되었다. 지금은 어쩐지 주저하고 조심하고 어색해한다. 자신을 마음속에 담아두기 시작하면서 나온 그녀의 태도에 우현은 반응하며 집착하기 시작했다. 지금처럼, 그녀의 손을 잡고 눈을 응시하며 표정 하나하나 살피면서 수십 번 그 감정에 따라 움직였다. 기뻤다, 슬펐다 하며…… 우현은 이연에 대한 사랑이 짙어질수록 자신이 약해지는 걸 느끼었지만 그녀 앞에선 괜찮았다.

이연이 가려고 하자 이번에도 여지없이 우현은 그녀를 잡아 포옹했다. 침상에 앉아 허리를 잡고 가슴에 온전치 못한 얼굴을 묻어버렸다. 그녀의 편치 못한 마음이 느껴져 불안했다. 고개를 들어 그녀를 보니 따스한 눈빛이 자신을 향해 있었다. 그것만 확인하고 다시 시선을 피했다. 혹시 자신이 원치 않은 것이 그 눈동자 안에 떠돌까 봐 덜컥 겁이 났기 때문이다. 그녀의 맘이 자신이 바라지 않은 대로 흘러갈까 봐서 담대한 심장은 졸아들고 있었다.

우현은 이연의 눈에서 오늘 날씨처럼 잔뜩 낀 구름을 보고 말았다. 마치 할 말 있는 사람처럼 입술을 달싹이다 마는 그녀가 두려웠다. 그 말이 뭔지 모른지만 왠지 그의 사랑을 괴롭힐 것 같아 무작정 막고 싶었다.

"사랑해."

응답이 없었다. 우울한 이연의 눈은 또 뭔가에 걸려 머뭇거렸다.

"사랑해."

다시 우현은 그 말을 했다.

"알아요."

이연은 답해주지 않았다. 사랑이란 것이 뭔지 잘 모르겠다는 얼굴로 그녀는 우현을 바라다보았다.

"당신 생각 많이 했어요."

사랑한다는 말 대신 이것이 다지만 우현은 그것도 좋았다.

"나도 그래."

이연이 잘 보이지 않던 따스한 웃음을 보이며 그의 뺨에 입을 맞추었다. 그런 다정한 행동은 병실에서 한 적이 없기에 우현은 놀랐다. 그녀는 그의 손에 깍지를 끼며 잠시 동안 아무 말 없다가 그에게 멀어져 창밖으로 몸을 돌리더니 빗줄기를 바라다보았다.

"가끔씩 그런 생각 해요. 사람들에게 다 제 갈 길이 있다는, 다 자기 생활이 있어야 한다는, 그걸 놓치면 무척 불행할 거라는 그런 생각."

우현은 갑자기 숨이 턱 막히며 헐떡였다.

"날 버리지 마."

이연이 한 걸음도 다가오지 않고 몸을 돌리어 두려움에 떠는 우현을 응시했다.

"난 당신을 버리지 못해요. 당신에게 속해 있는 날 느끼고, 하루에도 몇 번씩 당신 생각을 하니까."

"그럼 된 거잖아!"

우현이 성마르게 소리치며 다가와서 그녀의 팔을 잡았다. 더 이상 마음을 거스르는 말은 듣지 않겠다는 의지가 강했다.

"그렇지만 당신 식으로 정당한 척 살 수는 없어요. 그건 못된 거니까. 죄지은 사람은 숨죽여 살아야 돼. 그것이 나도 편하고, 당신한테도 좋을 것이고. 잠시 떠나서 날 찾고 싶어요."

그의 어머니가 소리 없이 울고 있는 모습을 훔쳐보고 나서 이연은 더 마음을 정했다.

"그게 날 버리는 거야."

우현은 이연의 결심이 느껴지자 초조하게 경고했다.

"어디로 가는지 다 말할 거고, 언제든지 목소리도 들을 수 있고, 또 보고 싶으면 만날 수도 있는데도 그게 어떻게 버리는 거예요?"

"그런 식의 달콤한 말 하지 마. 날 떠나려는 걸 모를 줄 알아? 내가 이렇게 돼서 그래?"

우현은 믿지도 않은 말을 물었다.

"그렇지 않다는 거 잘 알잖아요."

"그럼 양심 때문이야? 양심?"

이연이 우현의 손에서 나와 설득하려는 듯 그의 손을 잡았다.

"난 그런 거 몰라. 이혼했잖아. 이젠 우리 식으로 살면 되잖아. 왜 숨죽여 살아야 되는데?"

"우린 생각을 할 짬이 필요해요. 당신도 그렇고, 나도 그렇고. 떨어져 있지만 언제든지 서로 볼 수 있으니까 힘들지는 않을 거예요. 난 이미 결정했어요. 한 달 후에 떠날 생각이에요."

"날 떠나면 우린 완전히 끝나는 거야."

우현은 이연의 손을 뿌리치고 침상으로 갔다. 이연을 볼 때마다 떠날지도 모른다는 불안감을 느낀 만큼 화가 났다. 그녀 없인 불행하다는 걸 알면서 떠나려는 그 결심이 무서웠다.

이연은 그런 우현을 달래지도 않고 그저 안타깝게 바라만 보다 조용히 병실을 나왔다.

해신이 자신보다 훨씬 커다란 덩치인 오래된 보디가드 장군을

카페 밖에 세워두고 안으로 들어왔다.

"많이 기다렸어? 미안, 좀 바빠서. 그러니까 연락을 미리 하라니까, 선배도 참."

해신이 검은색 바지 정장에 소매를 걷은 채 지령을 발견하고 손을 들더니 자리에 앉으며 한소리 했다. 카페는 흰색과 검은색의 대비에 널따란 내부로 최신식 실내장식이 되어 있었다. 직선으로 뻗어 시야가 확 트인 공간 한 면은 통유리로 햇살이 가득 들어와 활기찬 분위기에 맞게 젊은이들로 시끌벅적했다. 또한 정면엔 커다란 PDP가 떡하니 붙어 있어 소리는 나오지 않은 채 뮤직비디오만 주구장창 나왔고, 음악은 따로 쿵쿵 흘렀다.

"미안해. 빨리 주고 싶어서. 앞으로 네 생일 못 챙겨줄 것 같아서 미리 준다. 마음에 들면 좋겠어."

크림색 스커트에 점잖은 반팔 블라우스를 입은 지령이 종이로 싸여진 액자를 건네자 해신이 씩 웃었다.

"안지령의 안목이라면 무조건 믿어. 고마워요, 선배."

건방진 말투는 원래 강해신의 버릇이라 지령은 그 속의 따스함을 놓치지 않았다.

"고맙긴."

"근데, 정말 가는 거예요? 탈출! 허락은 떨어진 건가?"

지령의 눈동자가 약간 아래로 기울어지면서 그림자를 만들자 해신은 바로 눈치를 챘다.

"허락 없인 하고 싶은 일도 못하잖아?"

"……"

'울 재건이도 그런데.'

지령이 아무 말도 없자 해신은 문득 떠오른 생각을 재빨리 지워버리고 날카로운 눈으로 지령을 살폈다.

"노력 중이군. 조심해, 노력 중이다 끝날 수 있으니까. 그래서 사람은 착하면 손해만 봐. 김수호처럼."

수호 이름이 불쑥 나오자 지령은 불편한지 자세를 바꾸며 방금 나온 냉커피를 마시었다. 화제를 바꾸고 싶은 모습이 역력했지만 해신은 아랑곳없었다.

"참 괜찮은 남자인데, 세상이 몰라주네. 내가 데리고 살고 싶었다니까. 물론 내 첫사랑은 김수안이지만. 원래 그 집 남자들이 괜찮거든, 수창이 빼고. 뭐, 인기는 수창이가 젤 많았지만."

해신이가 낮게 웃었다. 아닌 척하면서 열심히 듣는 지령을, 말할 것 다 말하고 웃을 것 다 웃는 해신이지만 모를 리 없었다. 척 보면 어떤 인간인지 파악하는 법은 어릴 때부터 적들에게 둘러싸여 살아와서 그런지 재주처럼 몸에 익어버렸다. 물론 할아버지의 가르침도 한몫했지만.

"이 세계에 살기 아까운 남자야. 잘 떠났지."

"떠나?"

지령의 얼굴이 창백해졌다. 숨기지 못한 맘을 담은 눈동자가 해신을 바라보았다.

"내일 떠나, 완전히! 이젠 이곳에 김수호의 체취를 찾을 수 없을 거야. 상류층에 환멸을 느꼈을 테니까. 그를 진정으로 좋아하는 사람이 있으면 좋겠다. 남자 대 여자로! 나처럼 동생이 아니라. 그런 사람이 있으면 말할 텐데, 그의 뒷모습을 봐주라고. 외롭지 않게. 가서 잡으라는 것이 아니라 허함을 남기지 말란 얘기지. 왜 내가 이런지, 왜 잡을 수 없는지, 널 어떻게 생각하는지 왜 널 보면 맘이 혼란스러운지, 이럴 줄 몰랐는데."

해신은 순간 재건을 두고 말하는 자신의 입을 깨닫고 다문 채 고개를 저었다. 그러나 지령에겐 김수호만이 가득 들어왔다. 자신의 심리를 눈치 채지 못해 다행이라고 여길 때쯤 웅성거림이 여기저기서 나오며 사람들이 TV를 가리키자 해신의 눈도 그쪽으로 자연스레 향해졌다.

"젠장!"

TV에서 재건이가 나온 뮤직 비디오가 틀어지고 있었다. 위엔 new라는 단어가 반짝였다. 찍기는 일찍 찍었는데, 가수의 컴백 날짜와 맞추기 위해 계속 늦어지더니 지금 공개를 하는 모양이었다. 무척 야하게 찍었다고 자랑하던 그의 모습이 겹쳐지면서 여자와 선정적인 모습으로 춤추고 키스할 듯 말 듯하는 영상이 연이어 나왔다. 그러나 더 참을 수 없는 것은 황재건의 아름다운 얼굴이 클로즈업될 때였다.

'꽃돌이 아니랄까 봐 잘 나왔네. 씨이!'

"젠장, 미치겠네."

지령은 해신의 말을 듣지 못할 정도로 자기 생각에 빠져 있었다. 겨우 고개를 돌렸을 때는 해신도 불쑥 튀어나온 재건으로 인해 흐트러진 정신을 바로잡은 뒤였다.

"근데, 김수호에게 그런 사람이 없어서 쓸쓸하다 이거지. 어쩔 수 없지."

"……."

이미 맘을 정했는지 흔들리지 않으려는 지령이었다. 해신 역시 더 이상 밀어붙이는 것이 싫증 났는지 금세 포기해 버렸다.

"다른 얘기 합시다. 아이씨, 저 CF는 또 왜 나와?"

뮤직 비디오가 끝나고 재건의 청바지 CF가 나오자 해신이 아예 죽을상이 되어버렸다.

"나가자."

해신이가 일어서자 지령도 따라나섰다.

"데려다 줄게, 타요."

장군이 능숙하게 운전하는 차에서 잠시 후 휴대폰이 울리었다.

"수호 오빠!"

해신의 그 말에 이어 희미하게 들리는 김수호의 목소리에 지령은 안색이 변했다.

"응, 응, 알았어. 보고 싶을 거야. 나도! 사랑해! 아주 많이!"

지령은 애써 고개를 돌려 창밖의 풍경에 시선을 두었지만 마음만큼은 아니었다. 해신의 일방적인 사랑한다는 말에 어이없다는 듯 다정하면서도 나지막한 웃음소리가 울리자 심장에 강한 파동이 일었다.

"**꼭** 가야겠니?"

일층 안방과 붙어 있는 작은 응접실에서 시아버지의 설득과 타이름이 지령을 기다리고 있었다. 그들은 우현의 사고 후 더욱더 지령을 가족으로 붙잡으려 했다. 자신들의 방식대로 그녀를 사랑하는 부모님과 대면해서 이해시키고 허락받는 일은 힘겨워 맘을 편치 않게 했지만 그녀는 이것도 저것도 아닌 상태에서 살 수는 없었다.

"안지령으로 살고 싶어요, 누구의 아내였던 사람이 아니라요."

가슴에만 떠돌고 입에 올리지 못한 말이 튀어나와 버렸다. 감히 해선 안 되는 불경스런 말이었지만 솔직한 심정이었다. 그러나 그 솔직한 말은 시아버지인 장한식과 그녀를 동시에 찌르는 양날의 칼날처럼 날카로운 아픔을 주었다. 침묵이 흘렀다. 시아버지의 얼굴에 만감이 교차했다. 지령은 죄송하다는 말을 되풀이하며 고개를 들지 못했다. 이렇게까지 해야 하냐는 또 다른 소리가 마음 저편에서 울렸다. 가뜩이나 강하지 못한 심지가 흔들릴 때 시어머니의 목소리가 또렷하게 들리었다.

"넌 우리 딸이다. 남이라고 생각한 적이 없어. 미안해하지 마라. 딸이 불행하다면 보내야지."

침묵 속으로 걸어온 손 여사는 이미 결심을 굳힌 듯 남편이 쳐다보자 고개를 끄덕거렸다.

"널 사랑한다, 아가야. 우린 사랑한다면 항상 곁에 두는 거라고 생각했어. 보호해 주고 아껴주면 된다고, 그러면서 널 보며 위안 받고 말이다. 근데 그게 아니란 걸 깨달았다. 사랑한다면 행복하길 바라는 거야. 그래, 그게 옳아. 그것이 우리한테도 좋고."

지령은 눈가가 빨개지면서 그들을 쳐다보았다.

"그러나 영영 이별은 안 된다. 우린 네가 어디 가서 사는지 알고 싶구나. 가끔 가다 연락도 하고. 일 년에 한두 번은 들를 수도 있고……."

"그래, 아가야. 우리에게서 널 완전히 빼앗지는 말아다오."

시어머니와 함께 시아버지의 부탁이 이어졌다.

"그럴게요."

"어려울 땐 부탁도 해야 한다."

"예, 어머니, 아버지."

지령은 울먹이었다. 얼굴이 잔뜩 찡그려지면서 울음이 넘쳐 났다. 심장까지 뻑뻑하게 아파왔다. 그러나 이젠 상대에게 아픔을 주지 않기 위해 자신이 대신 마음에 짐을 이는 일은 하지 않을 것이다.

"죄송해요."

그 힘든 허락을 지령은 받아 안았다. 그러나 고개가 더 숙여졌다. 손 여사는 그런 지령에게 다가가 품에 안았다. 장한식도 마음속에 구멍이 난 듯한 허전함을 버리고 지령과 아내를 같이 감쌌다. 세 사람은 한동안 그렇게 한 덩어리처럼 있었다.

병실 문이 닫혀진 채 끝내 열리지 않았다. 이연은 병실 문만 계속 바라보다가 몸을 돌려 오늘따라 더 길게 느껴지는 복도를 지나서 햇살이 따스한 밖으로 나왔다. 그녀의 시선이 병원 곳곳을 넘나들고 있었다. 그러나 발이 쉽게 떼어지지 않았다. 결국 방향을 바꿔 넝쿨로 조성된 작은 벤치로 가서 앉았다. 왜 마지막까지 그를 기다리는지 모르겠다. 차라리 다 잘라 버리고 떠나면 될 것을, 그럼 많은 사람들에게 누를 끼치지 않아도 되는데……. 그러나 감정에 연연하는 자신을 어찌하지 못하고 내버려 두었다.

"가버린 줄 알았어."

넝쿨로 잔뜩 그늘이 져버린 곳으로 우현이 헝클어진 모습인 채 들어왔다. 여기저기 많이 뛰어다녔는지 호흡도 거칠어져 있었다.

"그냥 갈 수 없었어."

우현이 이연 옆에 앉았다. 그녀는 이제 그에게 말을 놓아버렸다.

"꼭 가야 돼?"

그의 음성이 많이 누그러져 있었다. 눈빛도 생각을 많이 한 듯한 톤 가라앉아 있었다. 그의 눈동자 속에 자신의 모습을 보며 이연은 혼잣말처럼 말하기 시작했다.

"난 이기적이라 잠시 사람들의 눈을 피한 채 생각하고 싶어. 나 혼자 일어설 수 있는지도 시험해 봐야 하고. 그동안 주위의 완벽하다는 시선에 취해 있어서 실제의 내 모습을 못 봤던 것 같아. 많이 부족하다는 걸 실감 못했지. 너무 쉽게 살았어. 그래서 사람들을 아프게 한 거고. 제일 안 좋은 방법으로 여기까지 온 것 같아서 마음이 안 좋아. 이젠 좀 단단해질 필요가 있어."

"나한테 올 거지?"

문득 말을 끊고 우현이 물었다. 이연이 고개를 끄덕거렸다.

"당신을 사랑해."

그리고 잠시 쉬었다 고백했다. 우현의 눈가는 기쁨으로 물들어졌다.

"그래, 고마워."

이연이 우현의 손을 잡았다. 아직도 맘이 아프다. 그래도 그녀는 장우현을 사랑하는 것을 받아들이기로 했다.

"당신 옆에 있어주지 못해서 미안해. 옆에 있어야 하는데……."

차마 김수호의 아내였던 사람으로서 마지막 도의를 저버릴 수가 없다는 말을 이연은 하지 못했다. 사람들이 수군대는 건 참을 수 있어도, 김수호를 못난 남자로 계속 입에 오르내리게 할 수는 없었다. 그는 그런 취급을 받아서는 안 되었다. 그 시간이 오히려 자신을 찾을 수 있는 시간이 될 수도 있을 것이다.

"괜찮아. 수술할 때도 옆에 있어주었고, 간호도 해주었잖아. 이번 주 퇴원인데, 일부러 나 퇴원할 때까지 기다려 준 거잖아. 그래, 알면서 욕심 부린 거야. 맞아, 우린 지금 같이 살기엔 준비가 안 되어 있어."

우현은 자신이 억지를 잘 부린다는 듯 어깨를 으쓱거리었다. 이연은 그런 우현을 손을 뻗어 어깨를 감싸며 안아주었다. 한참을 그렇게 있다가 그녀는 자리에서 일어났다. 더 오래 있다가는 머물지도 몰라 서둘렀다.

"도착하면 전화할게."

그도 그런 그녀를 잡지 않았다.

"응. 며칠 있다가 너한테 가도 돼?"

"응, 기다릴게."

작별인사를 하고 이연은 떠났다. 우현은 눈으로만 배웅했다. 넝쿨진 벤치에 서서 그녀의 모습이 작아져 없어질 때까지 그렇게 보고 있었다.

친척 언니에게 당분간 같이 살 수 있는지 알아보려고 춘천으로 향하는 지령은 승용차 대신 기차를 탔다. 역에 들어서자 사람들의 시끌벅적한 소리가 가득했다. 서둘러 매표소에서 표를 끊고 사람들이 오가는 모습을 보다가 역에 위치한 전자시계로 떠날 시간을 확인했다. 곧 일어나 기차를 타고 표에 있는 번호대로 좌석을 찾으니 그녀가 좋아하는 창가 자리였다. 잠시 후 옆에서 입을 벌리고 자는 아줌마의 숨소리를 들으며 창밖의 풍경에 시선을 두었다. 그러나 하염없이 들판을 보고 있어도 마음은 자꾸 한국에 김수호가 없다는 사실로 쏠리었다. 커다란 아픔보다 견딜 만한 저릿한 통증이 계속 가슴에 쌓여 가시질 않았다. 시간이 지나면 괜찮겠지, 시간이 지나면…… 그때 문자가 왔다는 신호음이 들리자 휴대폰을 꺼냈다.

해신이었다. 요 며칠 출장으로 외국에 간 것으로 알고 있는데 입국한 모양이다. 전에도 안부를 묻는 문자를 보내곤 하더니 요즘 떠나게 되어서 그런지 지령을 잘 챙겨주었다. 물론 그녀답게 참 짧은 내용이 전부였다.

〈잘 있었어?〉
〈잘 지내. 출장 잘 갔다 왔니?〉

답장을 보냈다.

〈응. 지금 어디야?〉
〈춘천〉
〈오!〉

그것으로 끝날 줄 알았는데 잠시 기차가 춘천에 도착했다는 안내 방송이 흘렀을 때 휴대폰이 울렸다.
"왜, 해신아?"

[오늘 수호 오빠 세 시쯤 대한항공 편으로 떠나.]

"응?"

[돌아와 보니까 좀 일이 있어서 몇 주 더 있었다 하더라고. 오늘 가. 괜히 말해주고 싶네. 끊어.]

"……."

맘이 떨리었다. 그러나 그녀는 이미 김수호를 떠나보냈다고 자신에게 거짓말로 다그쳤다.

기차에서 사람들에게 묻혀 내린 뒤 윙윙거리는 귓가와 자꾸 뿌옇게 변하는 눈앞으로 인해 사촌 언니가 운영하는 학원을 겨우 찾아갔다. 해신이 괜히 참견한 것이다. 자신은 이미 다 잊고 다 정리했다. 가끔씩 떠오른 것은 잔상일 뿐이다. 그러나 자꾸 김수호의 뒷모습이 아른거렸다. 쓸쓸함이 배인 그의 등이 눈 안에 붙어 떨어질 줄 몰랐다.

"이게 얼마 만이니, 지령아? 정말 반갑다."

"언니, 잠깐 어디 좀 갔다 올게."

"뭐? 얘, 지령아!"

가방을 손에서 툭 내려놓고 손지갑만 쥔 채 지령은 뒤돌아섰다. 까칠하지만 반듯한 그의 얼굴을 꼭 봐야겠다는 생각이 그녀를 돌아서게 하고 걷게 하고 자신을 부르는 소리를 철저히 등지며 달려가 택시를 잡게 했다.

"인천공항이요. 빨리 가주세요."

수호는 문 사장의 부탁을 외면할 수 없었다. 워낙 술에 관한 사업에 관심이 많던 그답게 전통주를 만드는 업체나 술 관련 중소기업들 사장과는 그동안 안면을 트고 지내왔었다.

　문 사장은 복분자술 사업을 시작한 지 얼마 안 되어 고전 중이라 아는 인맥을 총동원해서 어떻게든 실패하지 않으려고 발버둥치고 있었다. 지방소주 회사의 전무였던 그와 몇 번 소주 사업 인수 문제로 서로 많이 알고 있던 차에 살기 위해 자존심도 내팽개친 문 사장의 거친 손과 주름진 얼굴을 보니 차마 모른 척할 수 없어 몇 주 동안 자신이 할 수 있는 선에서 도와주었다.

　자체 판매망을 구축하지 못한 영세한 업체라 판매망을 뚫는 것이 급선무였다. 그러나 체계적으로 할 수 없는 입장이라 할 일은 그리 많지 않았다. 그는 가진 돈 일부를 투자하고 후배가 하는 유명한 인터넷 쇼핑몰을 알선해 주는 것으로 그쳤다. 다행히 급한 불은 껐다고 하니 한숨 놓을 수 있었다. 그렇게 해서 거의 한 달이나 가까운 시간이 지체됐고, 그는 그동안 호텔에서 지냈다.

　이젠 정말 떠나야 할 시간이었다. 바퀴가 달린 가방을 끌고 나오면서 체크아웃을 한 후 택시를 타거 공항으로 갔다. 오늘은 날씨가 좋아서 그런지 택시가 막힘없이 가는 기분이다. 수월하게 톨게이트를 지나 작은 섬이 눈에 들어왔다. 공항은 사업하는 사람에게 항상 지나치는 곳이었지만 그는 일과 상관없는 것은 눈을 감곤 했다. 그러나 지금 그의 눈은 창가에서 떠나지 않았다. 영종대교를 지나 도착해 주위를 한번 둘러본 후 공항 청사 안으로 들어갔다.

　수속을 밟고 나서 탑승구 앞에서 기다리고 있던 수호는 시간이 좀 남아 일어나 왔다 갔다 하며 지나가는 사람들을 보는 것으로 시간을 보냈다. 이번 여행은 생각보다 길지는 않을 것 같았다. 문 사장의 일을 도와주며 뭔가 바쁘게 일하는 것이 더 자신을 찾을 수 있다는 걸 깨달았다. 그러나 굳이 여행하려는 것은 한 번도 갖지 못한 여유를 누리고 싶었다. 눈으로 보는 걸 마음으로 느끼며 단순하게 떠돌아보는 것도 좋을 것이다.

수호는 벽에 몸을 기대어 아래층에 많은 여행객들의 떠남과 돌아오는 모습을 바라보았다. 누군가를 기다리는 사람들의 얼굴은 보기만 해도 알 수 있다. 그 사람의 추억과 기다림을 갖고 사는 사람들의 얼굴에 들뜸이 가득했다. 문득 그의 맘에서도 꺾지 못한 그리움이 제멋대로 기다리는 사람을 떠올렸다.

아담한 키에 단정한 머리, 그리고 따뜻함이 배인 눈동자, 지령의 모습이 눈에 어른거리자 그는 먼지가 들어간 양 눈을 깜빡였다. 그러나 아무리 감았다 떠도 그 어른거림은 흐려져 없어지기는커녕 점점 선명하게 들어왔다.

아니다. 닮은 여자일 것이다. 그러나 그 여자는 머리를 이리저리 돌리며 누군가를 다급하게 찾고 있었다. 수호가 자세히 그 사람을 보려고 몸을 난간에 기댄 채 내밀었다. 순간 그 여자가 위를 올려다보았다. 두 사람의 눈이 부딪쳤다. 기쁨과 슬픔이 동시에 맘을 두들겼다. 지령이 달려오고 있었다. 무슨 일이 있나 싶어 그 역시 그녀에게로 뛰어갔다. 지령은 그가 손을 잡아도 한참 동안 가슴을 들썩거리며 숨차했다.

"무슨 일 있어요?"

그가 걱정스럽게 물어보자 지령은 맘이 울컥했다.

"날 진심으로 좋아했나요?"

그를 향해 달려왔을 때는 그렇게 물을 생각은 없었다. 그의 얼굴만 보고 싶었다. 그러나 막상 얼굴을 대하니 지령은 늘 맘을 괴롭혔던 그 물음을 하고 말았다. 그 특별한 사람의 맘을 가지고 싶었다. 한순간이라도 아픔이 침투한 적 없는 순수한 사랑으로 자신을 바라본 적이 있는지 알고 싶었다.

수호는 대답없이 지령을 바라만 보다가 안아버렸다. 그리고 가슴에 푹 안긴 그녀의 머리카락에 얼굴을 묻었다. 사람들이 지나가는 것도 의식하지 못했다. 공항에서 곧잘 있을 풍경에 사람들은 한두 번의 의미없는 시선만을 남기고 쉴 새 없이 걸어갔다.

"당신을 진심으로 좋아했어요. 그러지 않으려고 했는데."

이 순간 그 누구의 말보다 김수호의 힘들게 나온 그 말을 지령은 바로 믿어버렸다. 그러나 금세 그녀의 얼굴은 변덕 심한 어린 소녀처럼 밝아졌다가 어두워졌다.

"지금은요?"

"지금도, 그리고 앞으로 한동안도. 당신을 잊으려면 상당한 노력을 해야 될 거예요."

"지우지 말아요."

"난 누군가를 사랑할 자격이 아직 없어요. 다 큰 남자가 아직도 자신을 못 찾아 헤매고 다닌다구요. 그런 남자가 당신을 사랑하게 하면 안 돼요."

"기다릴게요. 나 그거 잘해요."

그가 지령을 안타까이 바라보았다.

"당신은 행복해져야 해요. 그게 내가 진정 당신에게 바라는 거예요. 나랑 있으면 불행해질지 몰라요. 그러니까 나보다 훨씬 괜찮은 사람을 만나요. 나보다 괜찮은 사람들 이 세상에 많아요."

"당신보다 잘난 사람들 이 세상에 많을지도 몰라요. 하지만 당신과 같은 사람은 이 세상에 하나밖에 없잖아요. 난 그 사람뿐인걸요. 기다릴게요."

수호는 완전치 못한 맘으로 아무것도 약속하지 못한 채 지령을 보는 것이 괴로웠다.

"당신 행복이 최우선돼야 해요. 약속하지 말아요. 언제든지 좋은 사람 만나면 날 잊어야 하니까. 미래는 정해놓지 말아요."

지령은 지금 그가 얼마나 커다란 노력으로 여기까지 왔는지 알기에 더는 압박할 수 없었다. 지금의 김수호는 상처가 많다. 오래된 상처를 수호는 혼자 치유하길 원한다. 그 자신이 넘어야 할 일이라고 여기는 것이다. 그를 위해 한 걸음 물러서야 했다.

"노력해도 안 되면, 그래도 안 되면 기다릴게요."

수호는 좋은 사람 만나라는 말을 더 하지 못했다. 지령을 가만히 보다가 그녀를 다시 안았다. 그리고 행복해야 된다는 말만 되풀이했다.

안내방송이 나오자 수호는 발길을 돌렸다. 수호는 그녀를 딱 한 번 돌아보았고, 지령은 그가 탄 비행기가 이륙해서 저 하늘에 까만 점으로 사라질 때까지 눈을 떼지 않았다.

이 년 후…….

회의실에서 자신의 방으로 돌아온 우현은 피곤함으로 인해 걸음이 약간씩 바닥에 끌리는 걸 느꼈다. 굳건했던 육체는 조금씩 뒤틀린 얼굴과 함께 예전보다 훨씬 더 빨리 피곤함을 느끼게 했다. 푹신한 의자에 완전히 체중을 실어 앉은 채 서랍에서 서둘러 약을 꺼냈다. 얼굴에 뜨거운 열이 솟기 시작하면 언제나 통증이 찾아온다는 걸 경험으로 익히 알기 때문이다. 무리를 하면 이 모양이지만 자신이 해야 할 일을 덜 수는 없었다.

괜찮아질 것이다. 이마에 진땀이 맺히었지만 눈을 감으며 참아 보자 통증은 약 기운 때문인지 곧 지나갔다. 다행히 통증이 찾아오는 날도 줄어들고 있었다. 저항하지 않고 생활로 받아들이자 고통도 그런 그를 조금씩 비켜갔다. 상을 주는 모양이다. 비서가 갖다준 차게 얼린 타월을 얼굴 한쪽에 대었다.

무심코 바라본 거울 속, 그의 모습은 비례대칭이 약간씩 엇나가서 예전처럼 완벽한 모습은 아니었다. 그러나 여전히 볼만은 했다. 우현은 자신의 완벽했던 얼굴에 그다지 미련이 없었다. 다행히 이연 또한 이 얼굴을 좋아한다. 그녀의 손길은 약간씩 엇나간 얼굴선을 쓰다듬으며 더듬거나 얼굴로 맞대곤 했다.

한 달 전 미국으로 출장을 갔다가 어김없이 이연이 사는 곳을 들렀다. 패션 잡지가 여기저기 펼쳐진 그녀의 아파트에서 며칠 같이 지내고 왔다. 출장이 있으면 무조건 자신이 가고 마는 이유가 여기에 있었다. 이연은 예전에 비하면 많이 밝아졌지만 아직도 멍할 때가 있었다. 불러도 대답이 없을 때는 마치 여기 없는 것 같은 두려움에 그녀를 잡고 흔들고 만다. 그럼, 언제 그랬냐는 듯 웃는 이연이 자신의 어깨를 얼싸안는다.

처음엔 원하는 걸 찾지 못하고 아무것도 안 한 채 넋을 놓고 있을 때가 많았지만 지금 그녀는 하고 싶은 일을 찾았다. 디자인 공부를 하기 위해 레슨을 받고, 그녀만의 포트폴리오로 뉴욕에 있는 학교에 합격해 무언가를 만들기 위해서 밤낮 없이 천들에 싸여 재봉틀에 매달려 산다. 실밥이 그녀의 머리에 붙어 있는 모습이 떠오르자 또 그리워졌다. 화장기 없는 얼굴, 그 본연의 혈색이 빚은 빛깔은 여전히 그의 맘에 맴돌았다.

가끔씩 우현은 이연이 자신을 계속 사랑할 수 있을까 하는 조바심이 날 때도 있었다. 자꾸 물을 때마다 사랑한다고 말해주지만 불안함이 가시는 것은 아니었다. 쓸쓸함이 배인 웃음도 그랬고 멍한 그늘도 마찬가지였다. 그러나 잠에서 깨어나 자신을 바라보는 그 눈빛을 대할 때면, 또는 아쉬움을 남기고 기약있는 이별을 할 때면 우현은 깨닫는다. 장우현은 이제 최이연의 사람이구나! 그녀의 눈빛은 자신에게 맞춰져 있었다.

다행히 다시 만날 날을 기다리는 것에 이젠 몸의 리듬도 익숙해져 갔다. 한 사람을 위해 성실하게 일상을 사는 것이 큰 기쁨이란 것을 터득하며 스스로도 그 생활을 만끽하고 있었다. 그렇지 않으면 참 견디기 힘든 시간이었을지도 모른다. 만약 이연이 자신을 받아들이지 않고 줄을 끊고 떠났다면 그는 망가졌을 것이다. 그것은 확실했다. 그녀의 사랑 없인 이제 살 수 없었다.

자신이 사는 곳에서도 나름대로 죄와 벌이 존재한다. 힘있는 그라도 무언의 시선들이 주는 비난을 피할 수 없었다. 면전에서 말하지는 못하지만 모두 제각기 같은 감정으로 그를 바라보았다. 강해신을 제외하고는, 그녀는 코앞에서 말한다.

"난 쓰레기는 상종 안 해. 솔직히 나 역시 착한 인종은 못 되지만 내가 좋아하는 것은 착한 이들이거든. 그런 사람들을 건드리는 것들은 두고 볼 수가 없어. 물론 나도 착한 이들을 힘들게는 하지. 하지만 넌 도를 넘어섰어. 뭐, 웬만해야 말이지."

받아들였다. 주성이 운영하는 회원제 단골 술집에서 쫓겨났을 때도 고개를 끄덕였다.

"형, 미안해요. 이러지 않으면 김수창이 다 뒤집어엎는다니 어쩌겠어요. 형도 알잖아요. 김수창 성격."

주성의 말에도, 김수창의 분노도 다 일리와 명분이 있었다. 추켜세워졌던 예전과 달리 불쾌하다는 시선을 대면하는 것은 쉽지 않았으나 어렵지도 않았다. 이연이 자신을 버리지만 않으면 다 감당할 수 있었다. 그래서 살고 있고, 앞으로 살아야 할 곳으로부터 심리적, 물리적 내침을 당하는 것에 반항하지 않고 견디며 밀려나지 않으려 버티고 있었다. 버티지 않으면, 나중에 올 이연에게 고스란히 향할 테니, 사람들의 비난은 자신이 겪는 것만으로도 충분하다. 우현은 이연을 사랑하고 그녀를 기다리는 것을 숨기지 않으면서도 비난이 점점 수그러들기를 바라고 있었다. 이젠 그들도 자신들을 하나의 커플로 보는 것에 껄끄러움이 아닌 일상으로 변화하길 기다리면서. 단, 편법이 아닌 정공법으로 그대로 받아들이는 걸 선택한 것이다.

얼려진 타월이 녹을 때쯤 우현은 그것을 한쪽에 치워놓고 티슈로 물기를 대강 닦아냈다. 그리고 버릇처럼 메일을 확인했다. 받은 편지함에 한 통의 메일이 와 있는 걸 보고 마음이 설레었다. 두 사람만의 주소에 떡하니 있는 이연이 보낸 메일 한 통, 그녀가 아니면 그 누구도 채울 수 없는 공간이다. 클릭해서 열어보니, 늘 그랬듯이 단순한 그녀의 문체로 쓰여진 내용은 간단했다.

〈잘 있지? 보고 싶어. 나도 잘 있어. 오늘도, 어제도 늘 같아. 당신 생각 많이 해. 하루에도 몇 번씩. 건강해야 돼. 같이 있지 못해서 미안해. 곧 같이 있자. 사랑해.〉

"나도 사랑해."

우현은 이연의 사랑한다는 내용에 소리 내어 답하고 답장을 쓰려는데 전화가 왔다.
"어머니세요? 네, 그럼요. 오늘 같이 식사하러 가기로 한 날이잖아요. 깜빡 안 했어요. 네, 그래요. 거기서 봬요."

우현은 약속을 지켰다. 부모님을 모시고 한식을 잘하는 분위기 좋은 레스토랑으로 가서 식사를 하는 중이었다. 황토로 다진 약간 거친 벽에 창호지 창살문이 장식품처럼 걸려져 있어 운치를 더했다. 오래된 탁자도 지저분하기는커녕 분위기를 살려주고 있었다. 여기 오면 마음이 편했다. 그래서 식사량도 많아진다. 그렇게 양껏 먹고 있는데 자꾸 가만히 바라보는 아버지의 눈빛에 그는 고개를 들어 시선을 맞추며 웃자 아버지도 따라 미소를 지었다.
그의 아버진, 사람들의 시선에 요즘 사이 더 늙어갔지만 아들이 사랑하는 여자와 훌쩍 떠나지 않은 것을 위안으로 삼고 있었다. 물론 그가 기다리고 있고, 몇 년이 흐르면 뜨거운 주위의 시선을 받으며 하나로 살아갈 것임을 알고 있다. 그럼에도 이제는 반대하지 않았다. 자식이 깊이 원한다면 사람들의 비난도 감수할 수 있다는 아버지의 뜻은 우현을 아프게 했다. 더군다나 어머니는 건강에 큰 이상은 없으나 맘이 약해져 요즘 드시는 약이 많아졌다. 그러나 후회는 않기로 했다.
"맛있구나."
"이것도 드셔보세요."
들깨가루가 들어간 걸쭉하지만 구수한 토란대 나물을 어머니

밥 위에 올려놓았다.

"그래, 너도 많이 먹어라."

"네."

정갈하면서 푸짐한 여러 나물과 생선, 젓갈류, 찌개, 각종 김치를 먹고 나서 세 사람은 후식으로 수정과를 마시며 날씨 얘기를 도란도란 나누었다. 그러다가 어머니가 안지령 얘기를 꺼냈다.

"잘 지낸다고?"

"네, 잘 지내요."

며칠 전 어머니의 부탁으로 어쩔 수 없이 한 번 지령에게 들른 적이 있었다. 부모님은 그가 예전에 지령을 사랑했다는 사실을 모르기에 자신들이 가면 자립하는 데 불편하니까 대신 가보라며 여러 음식들을 싸주면서 보내었다.

"건강하고?"

이번에는 아버지가 물었다.

"네, 좋아 보였어요."

서운한 기색과 안도가 동시에 겹치는 부모님을 보며 우현은 며칠 전 만났던 지령의 모습이 많이 달라 보였다는 말은 하지 않았다. 형수는 너무도 달라져 있었다. 항상 입던 단정한 무채색의 정장이 아니라서 그럴 수도 있었다. 그러나 그것 때문만은 아니다. 마음속 무언가가 깨어났는지 그녀의 눈빛은 더는 갇혀 있지 않았다. 음전한 그늘도 걷어져 빛나고 있었다. 긴 머리카락을 자연스럽게 귓가까지 짧게 쳐서 더 어려 보이기까지 했다.

지령은 청바지에 체크무늬 셔츠 차림으로 약간 당황한 기색을 보이며 그를 맞이했다. 두 사람은 약 십 분 정도 현관에 서서 서로 안부를 묻고 그는 어머니가 챙겨준 여러 음식들을 전하고 나서 돌아섰다. 그러나 그 짧은 순간에도 그녀의 얼굴에서 아직도 김수호를 기다리고 있음을 느끼었다.

김수호!

이연은 그를 사랑했다. 지금도 소중하게 생각하는 것이 느껴질 정도다. 그럼에도 결코 김수호에 대해서 묻지 않고, 그 역시 꺼내지 않았다. 그런데 아주 가끔씩 이연에게서 김수호에 대한 흔적이 느껴진다. 혹시 그를 생각해서 그런지도 모른다. 그러나 이연은 금세 지워 버리곤 했다. 딱 한 번 말해준 적이 있었다. 그저 바람처럼 그 말을 했었다.

"잘산대, 해승이 말로는."

김수호! 그 이름 없이 그 말을 해버렸다. 그때 이연의 얼굴을 보지 못해 그녀가 어떤 표정이었는지, 알아듣긴 했는지 우현은 알지 못했다. 뒤돌아서 있는 그녀의 어깨가 미세하게 흔들렸다고 생각할 때쯤 다른 얘기로 넘어갔다. 잘못 본 것일 수도 있었다. 그래서 두 번 반복하진 않았다.

해승의 말을 그대로 옮긴다면, 예전 김수호는 완전히 죽었다고 했다. 더는 우리가 사는 상류층에선 김수호를 보지 못할 것이라고. 열심히 사는 그를 보면, 잘 떠난 거라는 생각마저 든다며 자신 역시 이젠 그를 거의 만나지 못한다는 말만 했었다. 그저 내버려 두는 것이 그를 위한 길이라는 말과 함께 보인 해승의 표정은 만족스러우면서도 친구를 떠나보낸 쓸쓸함이 엿보였다.

우현은 문득 지령의 모습을 보고 와서 가끔 그녀를 떠오를 때마다 지령이 김수호를 찾기를 바라는 맘이 잠깐씩 들 때가 있었다. 그러나 그런 맘이 이상했다. 두 사람이 한 쌍이 되어 행복해지길 바라는 맘이 드는 것 자체가 어색하고 낯설었다.

김수호, 그를 안다고 손쉽게 생각할 때도 있었다. 못났다고, 하지만 지금은 자신이 인간 이하였을 때조차 그는 계속 인간임을 포기하지 않았음을 깨달았다. 병원에서 미안하다고 무릎 꿇었을 때가 있었지만 그것은 진심이 아니었다. 절박한, 죽을지도 모르는 이연을 보기 위한 절박한 거짓이었다. 그러나 지금은, 모르겠다. 아직도 이기적인 마음으로 사는 그로서는 김수호가 안지령을 찾아 행복하게 살길 바라는 맘이 들었다가 사라졌다 한다. 무엇이 자신의 진심인지 모르겠다.

"우리 지령이 잘하고 있겠지. 좋은 사람 만나야 하는데."

"좋은 사람…… 만나야겠죠."

그 좋은 사람이 김수호라면 그를 만나야겠지, 우현은 다시 그 생각에 미치자 그냥 놔버렸다. 그들의 문제이다. 그들이 만나는 일은, 자신이 상관할 일이 아니다. 다만, 두 사람 다 불행하지 않기를 바라는 맘은 있었다.

지령은 잠에서 깨어나 무의식적으로 기지개를 켜다가 오늘도 어김없이 좁은 침대에서 톡 하고 떨어져 버렸다. 침대가 낮아서 그나마 충격은 적었다. 시간을 확인한 후 눈을 비비며 툭툭 털면서 일어났다. 얼른 예고 학생들의 아침 준비물 소동을 맞이하려면 일찍 일어나야 한다.

면 잠옷을 벗어 대강 개고 한 사람이 들어가도 꽉 차는 욕실로 세수하러 가기 위해 서둘러 움직였다. 겨우 눈을 떠서 거울 속 자신의 모습을 보며 너무도 짧은 머리카락을 버릇처럼 손으로 쑥쑥 잡아당겼다. 춘천 시내의 닭갈비 뒷골목을 거닐다가 바람결에 날리는 긴 머리가 성가셔서 충동적으로 미용실에 들어가 잘라달라고 했더니 미용사가 너무 많이 쳐버렸다. 귓가에 날리는 머리카락을 보며 지령은 예쁘지 않다고 투덜거렸다.

"그러다가 머리카락 통째로 빠지겠다."

같이 사는 사촌 언니 미선의 말이 들리는 듯하나 오늘은 언니가 애인 집으로 가서 자고 오느라 혼자였다. 그녀가 춘천에 올 때만 해도 사촌 언니는 온전한 독신주의자임을 자랑스럽게 내세웠다. 하지만 갑자기 들이닥친 사랑에 갈대처럼 흔들리더니 이젠 집보다 그쪽에 머무는 날이 더 많았다. 그렇게 분위기있고 잘빠진 홀아비는 처음 본다는 그녀의 말이 모든 걸 말해주고 있었다.

머리를 다 감고 수건으로 부산히 닦은 후 욕실에서 나온 지령은 선풍기 바람에 머리를 말리고 나서 청바지에 넉넉하면서도 예쁘게 물들인 호박색 셔츠를 입었다. 그리고는 사촌 언니의 방을 슬쩍 열어보았다. 오늘은 또 무엇이 없어졌나? 그 집에 가는 날이면 중요한 소지품이 하나씩 같이 사라진다. 언젠가 이 방은 텅텅 빌 지도 모른다. 지령은 이번엔 중요한 책들이 사라진 걸 확인하고 쿡쿡대고 웃으며 문을 닫았다.

간단하게 편의점에서 산 삼각김밥으로 오늘 아침을 해결하며 가게로 천천히 걸어갔다. 사촌 언니가 운영하는 꽤 인지도있는 미술학원 아래층에 마치 숨어 있는 듯한 작은 점포 하나가 그녀가 일하는 곳이었다. 미술용품 파는 화방을 언니 후배와 함께 같이 꾸려가는 중이었다.

점포를 꾸밀 때, 가게 같은 분위기가 아닌 미술을 전공하는 학생의 방 같은 친숙한 느낌을 풍기자는 합의하에 좁은 가게는 따뜻한 색상으로 정갈하게 잘 정돈되어 있었다. 비좁으면서도 효율적인 공간을 만든 이곳이 옆에 위치한 예고 학생들도 꽤 마음에 드는지 시시때때로 우르르 몰려왔다. 오늘도 아침부터 바쁜 하루를 여는 것은 학생들의 외침이었다.

"언니, 판넬 주세요."

"목탄 좀 보여줘요. 네?"

"수채화 붓 하나 주세요. 잊어버렸어."

"물통이요."

여기저기 좁은 공간을 꽉 채운 까만 머리통들이 약간 위에 서 있는 그녀에게 돈을 들이대며 요구하고 있었다.

"알았어, 얘들아!"

정신없는 오전 시간이 지나가고 나서야 지령은 안도의 한숨을 내쉬었다. 벌써 열두 시가 다 되어가는 걸 보니 곧 있으면 동업자인 진영 씨가 올 시간이었다. 지령은 화방 주변을 청소하고, 물을 뿌려 일어나는 먼지를 가라앉히었다. 그리고는 오밀조밀한 작은 화분들에게 물을 주고 나서 몸을 쪼그리고 앉아 햇살이 잘 들어오는지 몇 번씩 쳐다보며 확인하고 있으니 진영 씨가 왔다.

"점심 먹고 와요."
"네."
지령은 단골로 가는 식당에서 순두부찌개를 먹고 와 양치질을 하고 이층 학원으로 올라갔다. 곧 있으면 초급반 어린아이들을 가르치는 시간이 다가오기 때문이다.
"너, 그림은 잘돼가?"
"언니는 그 사람이랑 잘돼가?"
사촌 언니가 묻자 지령은 장난스런 눈빛으로 오히려 옆구리를 찌르며 따라 물었다.
"그냥, 얘기만 했어."
"거짓말까지!"
지령이 다 안다는 웃음에 그녀는 고개를 절레절레 흔들며 열애를 인정하지 않을 수 없었다.
"아이, 몰라. 살다 보니 해괴한 일도 다 있다."
"누굴 좋아하는 게 왜 해괴한 일이야? 말도 안 돼."
늦은 나이에 사랑에 눈떠 쑥스러워하는 미선을 보는 지령의 눈빛이 따뜻했다.
"그림은 어떻게 됐어? 전시회 한다며?"
"연기될 것 같아."
"하긴 친목 모임으로 하는 단체 전시회인데 오죽하겠냐? 지금 다 너처럼 그리지도 못하고 머리 뜯고 있을 거다."
"주제를 못 찾아서 그래."
창밖을 보는 지령의 눈이 또 딱히 어느 곳을 보는 것이 아닌 마음속 어딘가를 보는 것처럼 아득해졌다.

"참, 자꾸 내 후배들이 너 소개시켜 달라고 난리다. 너보다 어린 것들이 널 어리게 본다니까. 너보다 한두 살 위로 알아볼까?"

"언니, 몇 번을 말해. 난 좋아하는 사람 있다니까."

너무도 단번에 말해 번번이 속아 넘어가지만 눈으로 확인할 수 없으니 믿을 수도 없는 노릇이었다.

"어디 갔어?"

"어디 좀 갔어."

"언제 와? 오긴 와?"

"응. 올 거야, 꼭 올 거야."

사실일 수도 있었다. 지령의 눈에 저런 확신이 들어찬 것을 보면. 그러고 보니 그녀의 마음속엔 이미 어떤 한 사람이 단단히 존재하는 것 같기도 했다. 혼자 있어도 혼자 있는 것 같지 않은 느낌이 지령에게서 흐른다. 근데, 지령이가 좋아한다는 놈은 언제 나타나는 거야? 어떻게 생겼을까? 어떤 느낌이지? 미선은 궁금한 게 많았다. 화방 한쪽 벽에 걸려 있는 그림 속의 남자일 거란 생각이 미쳤다. 지령이 그린 그 그림 속에는 걸어가는 남자의 뒷모습이 있었고, 옆에는 이런 글귀가 있었다.

〈나에게 오고 있는 당신을 오늘도 기다립니다.〉

분명 그 남자다. 올해 지나기 전에 볼 수 있을까?

"**김** 실장 고집 하고는……."

"저번에 그러셨잖아요. 진흥공단에서 우수 평가 받고 오면 우리 상품 진열시켜 주신다고. 시음회도 했지 않습니까? 반응도 좋았구요. 한자리 내주세요. 실적 안 좋으면 다시 철회할게요. 네?"

"독한 사람이야, 자네."

"부장님, 기회를 주십쇼. 실망시키지 않을 겁니다."

"그럼세."

"감사합니다. 정말 감사합니다."

"문 사장은 복도 많아. 자네같이 끈질긴 사람은 또 어디서 구했누."

민우는 백화점에 여자 친구 선물도 사고, 후계자 교육을 받고 있는 친구도 볼 겸해서 들렀다가 친구 사무실 직속으로 이어지는 길이 아닌 다른 길로 들어서는 통에 상반된 두 사람의 모습에 끌려 잠시 발걸음을 멈추었다.

한 남자는 사십대 후반으로 벌써부터 머리가 희끗해서 겉늙어 보이기까지 한, 그도 한두 번 본 적이 있는 식품점 코너 상품 담당 책임자이고, 다른 남자는 처음 보는 얼굴이면서도 어딘지 낯이 익었다. 젊은 남자의 얼굴은 눈빛이 살아 있어서 그런지 인상이 좋은 편이었다. 끈질기게 상대방을 설득하면서도 기분 나쁘지 않게 자신의 페이스로 끌어당기는 모습이 인상적이었다. 너스레를 떨지 않은 채 상대 마음을 사로잡는 것은 얼굴에 열정이 드러나기 때문일지도 모른다.

승낙을 받고, 책임자의 손을 잡은 채 고개를 숙이며 자신보다 작은 남자를 향하여 몸을 낮추고 있음에도 비굴한 느낌 대신 인생에 참 충실하다는 기분이 가득했다. 평범하지만 열렬하게 사는 사람은 그 직급의 차이와 상관없이 아름답게 보인다. 시장에서 자신의 물건을 파는 사람들처럼! 사업보단 글을 쓰고 싶은 민우는, 자신처럼 유유자적하는 것보다 삶에 모든 것을 걸 수 있는 사람에게 더 시선이 갔다.

책임자가 휴대폰을 받게 되어 시선이 딴 데로 갔을 때, 평범하지만 이 인상적인 남자와 우연히 눈이 마주쳤다. 근데 약간 당황한 시선이 그 남자에게서 흘렀다. 자신을 보고 놀라는 것을 보면 분명 자신을 안다는 것이었다. 낯이 익은 것이 다 이유가 있었다. 바보처럼 민우는 단번에 그를 알아보지 못한 것이 우습게 느껴졌다. 왜 몰라봤을까? 검은색 양복 바지에 타이를 매지 않은 깨끗한 하얀 셔츠에 짙은 남색 잠바 차림의 김수호를!

그러나 변명할 여지가 있었다. 그는 확실히 예전과 달라 보였기 때문이다. 지금도 다른 사람이 아닐까 하는 생각이 들 정도로 이 세상 속에 묻히면서도 자기만의 빛을 내고 있었다. 그저 모른 척 지나갈 수 없다는 생각이 들었는지 수호의 눈에 웃음기가 번졌다. 그와 동시에 그가 살짝 윙크하면서 입술이 모아졌다.

쉬이! 순식간에 수호는 모른 체해달라는 부탁을 강렬하게 해버렸다. 그리고는 책임자가 다시 돌아왔을 때 뭔가를 얘기하고 나서 다시 반듯하게 인사를 한 다음 그 자리를 빠져나갔다. 민우에게 그 어떤 시선도 더 주지 않은 채, 마치 그가 웃으며 비밀로 해달라는 행동이 거짓말처럼 느껴졌다.

"아이고, 오셨어요."

책임자가 민우를 알아보고 아까 김수호가 한 것처럼 고개를 숙였다. 그러나 그 느낌은 사뭇 달랐다.

"네, 있죠?"

"예, 계십니다."

사무실로 안내 받아 올라온 민우는 친구의 힘들다는 투정도 귓등으로 들으며 직속 학교 선배였던 김수호를 떠올리다가 문득 물었다.

"수호 선배 소식 들었니?"

"글쎄, 외국에 있다지. 거기서 산다고 하던데. 본 놈도 있대. 해승이 선배 말로는 별 미친놈들이 헛소리한다고 하지만 자신도 딱히 어디 있다는 말을 못하는 걸 보니 외국에서 떠돌고 있겠지. 왜 갑자기?"

"아니야."

등잔 밑이 어둡다.

"참, 그러고 보니 수호 형 보고 싶다. 그 욕심 많고 웃을 줄 모르는 데다 괜히 진지하기만 한 그 형 얼굴이 가끔씩 심심할 때 그립다니까. 부인이 바람피울 줄 어떻게 알았겠냐? 그것도 이젠 장우현의 아내가 될 모양이던데. 충격이 크겠지. 사실, 좀 억울할 거야? 김수호, 여자 끼고 술 마시는 것도 더럽게 싫어하는 눈치였잖아. 그래서 그쪽 여자들이 음울하고 고독하다며 꽤 좋아했지, 아마. 술집 여자들한테 말 놓지 않은 위인은 김수호뿐이라니까. 지금 어떤 모습으로 살까?"

"잘살 거야."

"네가 어떻게 아냐?"

"기분에. 참, 넌 일은 잘돼?"

"말했잖아. 뭘 들은 거야? 손에 안 잡혀. 아무래도, 아버지도 여기서 날 빼줄 생각인 것 같아. 이런 일은 안 맞아. 사실, 밑에 사람들이 다 하고 난 폼만 잡고 있지만, 그 폼 잡는 일도 서류를 몇 번씩 봐야 해서 힘들다. 한 달 안에 미국으로 튈 생각이야. 할머니도 용인할 것 같고. 잘하면 수호 형 보겠네. 안부 전하마."

'넌 아마 영영 못 보겠다.'

"그래."

민우는 김수호와의 그 짧은 약속을 지켜주기로 했다. 그런 활기찬 모습을 굳이 깨고 싶지 않았다. 앞으로도 어렵지 않게 계속 입 다물 수 있을 것 같긴 했다. 만난 것이 아직도 실감이 나질 않기 때문이다. 그 김수호가 자신의 본 김수호인지, 생각할수록 영 모르겠다.

"복분자 열매에 효모를 첨가해서 발효한다는 것과 칠 개월간 저온숙성한다는 것도. 또 서울 영업지사와 경기도 본점에 언제든지 전화주문 가능하다는 얘기도 빠뜨리시면 안 돼요. 물론 지금 판매에 추가 상품이 들어가지만 앞으로 계속 이용할 수 있는 창구가 있다는 것도 잠깐 언급해 주세요."

수호의 신신당부에 쇼호스트가 고개를 끄덕였다.

"네, 알겠습니다."

"다른 요구상황은 없나요?"

쇼호스트가 참고할 상황들을 적으면서 묻자 수호가 대답했다.

"네, 됐습니다."

자그만 사무실에서 이루어진 며칠간의 회의는 한 팀처럼 되기 위해 서로 맞출 것을 확인하고 적어가며 진행되었고, 점점 마무리로 접어들었다. 이미 여러 차례의 회의가 있은 뒤라 오늘은 중요한 것만 확인하는 자리였다.

"그럼, 이만 끝냅시다."

야무져 보이는 여자 PD가 말하자 사람들은 원탁에서 일어났다.

"잘 부탁드립니다."

수호는 부탁을 하고 회사 대표로 나가는 과장의 어깨도 툭툭 쳤다. 내일 방송인데 벌써부터 긴장하는 모습이 확연했기 때문이다. 어쩌다 보니 사람들이 다 나가고 PD와 단둘이 남게 되자 마지막으로 다시 살펴보려고 서류를 드는데 PD가 뚫어지게 그를 쳐다보았다.

"실장님이 직접 하시면 안 돼요?"

자꾸 며칠 전 끝냈던 일을 PD가 다시 꺼내자 수호의 얼굴에 곤혹스러운 기색이 스치었다. 그녀는 그런 그를 계속 관찰하듯 주시했다. 반듯한 얼굴에 자꾸 욕심이 나서 미련이 생기었다. 그런데 그게 방송만은 아니었다. 그녀는 이 남자가 궁금했다. 그에 대해선 잘 모르지만 볼 때마다 호감이 커지자 일로만 만나는 사이로 한계를 두고 싶진 않았다. 질끈 묶은 머리와 뿔테 안경이 바쁘게 일하는 여자로서 보이겠지만 들여다보면 꽤 예쁜 편이라 자신하는 외모였다. 하지만 이 남자는 자신에게 그리 시선을 오래두지 않았다. 모든 것이 일로만 연계되었다는 듯 군더더기 없는 눈빛이었다.

"전 방송용이 못 됩니다."

수호가 부드럽게 거절했다.

"얼굴은 되는데요."

PD가 끈질기게 물고 늘어지자 살짝 이마를 찌푸리던 그가 어색한 듯 고개를 숙이고 웃고 만다.

"방송에서 더듬거리며 실수할지도 몰라요."

"그럼, 그 일은 없던 걸로 하고 대신 방송 끝나고 식사하실래요? 단둘이."
 직접적으로 대시하자 수호가 깜짝 놀랐다. 일할 때와 지금의 어투가 너무도 달라서 더 그러했다. 처음 일로 접촉했을 때만 해도 계속 방송을 보류하며 팔릴 만한 상품인지 시장성을 깐깐히 조사하더니, 가능성이 엿보이자 몇 개월이 흐른 지금에서야 좋다는 사인이 떨어질 만큼 냉철한 판단을 하는 PD였기 때문이다.
 "놀라시긴······."
 "죄송합니다."
 "뭐가요?"
 "저, 좋아하는 사람 있어요."
 그에게서 한 치의 망설임도 보이지 않았다.
 "아, 네. 그렇겠죠. 잊어버리세요. 원래 마음에 드는 남자 만나면 그냥 지나치지 못하거든요. 찔러 봐야 아쉬움이 없으니까요. 알았습니다."
 이 PD가 두 손을 들어 항복 자세를 취했다. 그러나 속으론 이 정도의 남자라면 애인이 없을 리 만무한데 그걸 알아보지 못한 자신의 아둔함을 욕하고 있었다. 좀 흔들리기라도 했으면 애인이 있든지 말든지 시도라도 해볼 텐데. 이 남자 진지한 표정으로 바로 좋아하는 사람 있다고 말해 버리며 들어갈 입구조차 봉쇄해 버리니 머쓱해지기까지 했다. 어쩔 수 없지. 그녀는 포기해 버렸다.
 '누군 좋겠네, 누군지는 모르겠지만.'
 "그럼 일하죠."
 그녀가 거절당한 착잡하고 뒤숭숭한 마음을 쓴웃음으로 접은 채 서류를 들었다. 수호 역시 그런 그녀에게 불편함을 보이지 않고 일 얘기로 넘어갔다.

―복분자가 몸에 좋은 것 다 아시죠? 탄수화물과 유기산, 그리고 비타민 등이 다양하게 함유되어 있고, 동의보감 등 많은 책에서 항암작용과 노화억제, 그리고 동맥경화뿐 아니라 시력과 기억력 특효인으로 복분자를 소개하고 있습니다. 특히 지금 저희가 이름을 걸고 소개를 하는 청호에서 나온 복분자주는 예전에 집에서 정성을 다해왔던 그 맘으로 오랜 숙성과 발효의 방법 그대로 만든 아주 귀한 상품입니다.

이렇게 시작한 방송이 다 끝났다. 쇼핑 호스트가 베테랑인데다가 과장과의 호흡도 잘 맞아 매출이 좋았지만 기대만큼 대박은 아니었다. 명절로 잡아야 했었어야 했다는 소리도 들었지만 수호는 선물용이 아닌 평상시에도 언제든지 와인처럼 즐길 수 있길 바라는 맘에서 별다른 날이 아닌 이맘 때로 일부러 부탁한 것이다. 다행히 다음에 다시 방송을 탈 만큼의 성적은 되어 한숨 돌릴 수 있게 되었다.

"수고하셨습니다."

인사를 마치고 그들은 지사에 들러 점검한 후 본사로 돌아가고 있었다. 수호가 과장이 운전하는 조수석 옆에 앉아 피곤한 몸을 의자에 기대고 눈을 감을 때쯤 휴대폰이 울리었다.

"왜?"

[어디야?]

"서울."

[만나야지, 형.]

"아, 이제 벗어났네. 서울 아니다."

[나한테 왜 연락 안 해?]

"다음에 할게. 잘 있지?"

[몰라.]

"잘 지내라, 울 막내."

전화를 끊자 문자가 잇달아 왔지만 수호는 잘 지내라는 답장을 보내고 내버려 두었다.

"누구예요?"

"동생이요."

"동생은 뭐 하세요?"

"회사 다니죠."

틀린 말은 아니었다.

"그렇구나! 실장님에 대해서 아는 게 너무 없어요."

"별다를 게 없어요."

수호는 어깨를 으쓱거렸다. 사람들은 그가 외국에서 일하다 온 사람으로 안다. 개중엔 아는 사람도 있지만 매일 접하다 보니 어느새 그가 어디서 왔는지 잊고 만다.

그는 문 사장 밑에서 일한 지 1년 6개월이 다 되어가는 시간을 창밖의 풍경들을 보며 되돌아보았다. 참 더디기도 하고 빠르기도 한 시간이었다. 육 개월 동안 이리저리 돌아다녔던 그는 거품을 뺀 모습으로 돌아왔다. 그 거품이 오히려 그라는 사람을 크게 보이기는커녕 더 초라하게 한다는 걸 깨달은 것이다. 자신 것이 아닌 것은 맘이 추워도 다 버렸다. 배고파서 헐레벌떡 빵 하나로 식사를 대신하기도 하고, 다리가 아파 아무 데나 앉아서 막막함을 느껴보기도 했다. 그러다가 무작정 발길 닿는 대로 걷고 또 걸었다.

그 시간을 안고 한국으로 돌아온 수호는 직접 문 사장을 찾아가 일하고 싶다고 부탁을 했고, 놀란 그가 동업을 제시했지만 문 사장 밑에서 배우며 보좌하길 원했다. 욕심을 버리면서도 주어진 시간을 성실히 살아야 한다. 자신이 올라가야 할 곳을 매번 바라보며 일하는 것이 아니라 그 일을 사랑하며 조금씩 전진하는 것이다. 수호는 하루 하루 주어진 삶을 게으르지 않으면서도 쫓기지 않게 사는 자신을 오늘에서야 발견했다.

"나도 사람이 되어가는구나."

서울에서 벗어나 누런 논과 밭이 보이는 국도로 접어들면서, 고개 한 번 들지 않고 일하는 농부들을 보고 또 가을이 왔음을 느끼며 중얼거렸다.

"네, 실장님?"

"아무것도 아니에요."

수호는 웃으며 고개를 저었다.

그날 저녁 문 사장을 비롯한 몇몇 간부직들은 회사 근처 삼겹살집으로 갔다. 수호는 그들과 함께 늦은 식사와 더불어 소주 한 잔 걸치다 보니 두 잔 되고 곧 이어 석 잔이 되어버렸다.

"브랜드를 만들어야 합니다."

일 얘기가 나오자 수호가 또 그 말을 꺼냈다.

"청호라는 이름보다는 우리 복분자주 상표가 앞서야 더 성공할 수 있을 겁니다. 그 브랜드로 쭉 밀고 나가야 돼요. 지금처럼 계속 이름을 바꾸고 회사 이름만 내세우면 한계가 있어요."

문 사장이 고개를 끄덕거렸다.

"그래, 그러자고. 브랜드를 만들자고. 힘들지만 해봐야지. 또 한 번 걸어야지."

"우리가 힘만 뭉치면 못할 게 뭐 있겠습니까?"

이 부장이 힘있게 말했지만 수호와 문 사장은 웃고 말았다. 지난번에 같이 힘을 모아 실패한 전적이 이미 그들에게 있기 때문이다. 다행히 지금은 다시 고비를 넘기었지만 아직도 그들에게 커다란 성공이란 요원하게 보이었다. 그래도 즐거이 술을 들이켰다. 뭔가 잘될 거라는 희망이 그들의 주변에서 떠나지 않았기 때문이다. 석쇠 위, 삼겹살이 특유의 소리와 냄새로 사람들의 입맛을 다시게 하며, 숯 향이 옷에 잔뜩 배는 것도 기분이 나쁘지 않았다.

"참, 저 내일부터 휴가입니다. 아시죠, 사장님?"

"아, 그렇지. 우리 김 실장 없이 어찌 일주일을 견디나."

엄살로 보이긴 하지만 사실 속마음도 들어간 것이다. 정말 저 사람이 자신의 밑으로 와서 성실히 일하는 것을 보면, 문 사장은 어떨 땐 황공할 때도 있고 불편하기도 했다. 그러나 이젠 그만두겠다고 하면 오히려 두손두발 붙들고 매달려야 할 만큼 없어서는 안 될 존재가 되어버렸다.

"빨리 갔다 올까요?"

"에잇, 됐어. 그동안 휴가도 다 미뤄놓고 일했잖아."

"근데, 어디로 가시려고? 이제 여름도 다 지났는데. 혼자 가나?"

가족 같은 분위기라 그들은 서로 터놓고 얘기하는 습관이 있어 자신을 잘 드러내 보이질 못하는 수호를 가끔 곤혹스럽게 만들기도 했지만 그럴 때마다 그는 그냥 웃고 만다.

"갈 데가 있어서요."

"애인한테 가나? 그런가 보네."

묵묵히 그들의 질문을 지나쳤다. 술자리가 끝나자 사람들은 인사와 함께 흩어졌다. 수호는 마지막으로 술 취한 사장님을 택시에 태워 보낸 후 작은 거처로 걸어가기 시작했다. 까만 하늘은 고요했다. 차 소리도, 사람들의 음성도 모두 빨아들일 듯한 어둠이 내려앉았다. 가로등과 네온사인들이 불빛을 밝히지만 역부족이었다. 그 어둠 속으로 잠길 듯이 걷다가 정거장에서 멈추었다. 한참 기다린 후 버스를 타고 동네 어귀에서 내리었다. 그리고는 찬바람을 맞닿으며 약간 오르막길을 걸었다. 술기운에도 그의 발걸음은 무겁지 않고 걸을수록 가벼웠다. 더욱이 내일로 다가온 여행을 생각하니 수호는 벌써부터 가슴이 뛰었다. 지령에게 가는 그 여행은 마음을 설레게 했다.

얼마 전까지만 해도 두려움이 더 컸다. 그녀의 행복에 자신은 도움이 되지 않을 거라는 생각은 그리움도 막아섰다. 그녀를 잊는 것이 낫다고 결심했다. 그러나 시간이 지날수록 완벽한 행복을 원하는 것이 아니라는 걸 깨달았다. 서로를 담을 수 있는 맘을 가진 사람이 필요한 것이라고, 그 맘엔 이젠 다른 사람을 담을 수 없기에, 오직 그 사람뿐이니까. 눈을 감으면 선명하게 떠오르는 그 사람에게 이젠 망설임없이 가야 한다.

수호는 지령을 행복하게 해줄 수 있을지 확신은 없었다. 다만, 자신의 상처로 그녀를 아프게 하지 않을 만큼만 단단해진 마음으로 그녀를 찾아가는 것이다. 자신을 받아준다면, 평범하기 짝이 없는 그를 계속 좋아해 준다면 그녀의 곁에 평생 머물고 싶었다. 그날 밤도 수호는 방 안에서 가장 좋은 중앙 자리에 걸어놓은, 지령이 골라준 그림을 보고서야 잠이 들 수 있었다.

일찍 집을 나섰다. 청바지에 회색 니트 차림으로 그는 고속버스를 타고 춘천에 도착했다. 선선한 바람이 불면서 날씨도 좋았다. 드높은 하늘도 청명한 느낌이다. 수호는 그녀에게 가는 주소지를 보다가 택시를 잡아탔다. 내리고도 잠시 헤맨 그는 학원 속에 숨어 있는 작은 화방을 겨우 발견하고 나서야 검게 탄 얼굴에 주름이 지며 안도의 웃음이 번지었다.

학생들로 북적이는 그곳을 바라보던 수호는 작은 화분들이 옹기종기 모여 있는 모습으로 시선이 내려갔다. 한참 동안 보다가 안으로 천천히 들어갔다. 학생들이 앞에 몰려 있는, 발을 디디기도 힘든 앞에서 좀 떨어진 수월한 가장자리에 그는 서 있었다. 그리고는 작지만 아늑한 곳을 둘러보다가 아이들과 상대하는 지령의 모습을 발견했다. 그의 눈이 정지했다. 움직일 때마다 귓가에서 흔들리는 짧은 머리가 명랑해 보였다. 그녀이면서도 새로운 그녀가 그곳에 서 있었다. 그런데 낯설지 않았다. 항상 안지령을 마음 안에 그려서 그런지 새로운 모습을 보는데도 따뜻한 느낌이 배어나왔다.

시선이 젖어들자 북받치는 감정을 안정시키려고 수호는 고개를 돌리었다. 거기엔 작은 액자 속에 파스텔로 남자의 뒷모습이 그려져 있었고, 한 줄의 글귀가 있었다.

〈나에게 오고 있는 당신을 오늘도 기다립니다.〉

지령의 문체가 틀림없는 글씨는 둥그렇고 작달만했다. 그 한 줄에 그녀의 이 년이 녹아 있었다. 자신처럼 못난 남자를 기다려 주는 그 온전한 맘이 심장에 닿자 그는 눈을 감았다.

 오늘도 다를 것이 없는 하루였다. 지령은 여느 때처럼 새로운 하루를 맞이하는 맘으로 일어나 가게로 출근했다. 다른 때보다 눈이 일찍 떠져서 출근도 일렀다. 그래서 점심 먹고 하는 청소를 오늘은 아침부터 부산 떨며 한 것이 좀 다르다면 달랐다.
 작은 계단식 선반 위의 기다란 화분들에 심어놓은 들국화와 제라늄이 며칠 전부터 꽃망울을 터뜨리며 활짝 필 기세를 보이고 있었다. 관심만큼 손이 많이 가서 그런지 작은 소홀함에도 금방 티가 나타나 신경을 많이 쓰게 만들지만 그런 모습까지 예쁘고 정이 들었다. 하루가 다르게 짙어져 가는 색감들이 예뻐서 지령은 물을 줄 때마다 한참이나 바라보곤 했다.
 지금도 마찬가지로 쭈그리고 앉아 시간 가는 줄 모르다가 겨우 일어나 빗자루를 들고 주변을 더욱 깨끗이 쓸었다. 그녀는 기분이 상쾌해졌다. 또 여느 때와 같이 전봇대 줄에 앉은 까치 부부가 다정하고 좀 시끄럽게 지저귄다. 처음엔 희소식이 온다고 좋아했는데 여기에 아예 터를 잡은 까치 부부가 시도 때도 없이 지저귀는 통에 이젠 친숙한 이웃이 되어버렸다.

"시끄러워."

지령이 갑자기 심술을 부리자 까치 부부가 더 지저댔다.

"그래, 내가 졌다."

지령이 웃으며 안으로 들어갔다. 재고를 정리하고 새로 들어온 물건들을 하나씩 확인하니 어느새 오전 시간이 다 흘러갔다. 늦은 점심을 먹으려는데, 갑자기 사야 할 물품들이 생겼는지 아이들이 우르르 몰려들었다. 그녀는 그들이 달라는 물건을 꺼내느라 몸을 숙이고 찾는 것만으로도 정신이 없었다.

그때였다. 숙였던 몸을 펴서 돈을 받으며 아이들을 바라보는데, 그 많은 아이들 너머로 한 남자의 검고 동글동글한 머리통이 보인 것이. 그녀가 아파트와 가게에다 정성껏 마음을 다해 그린 남자의 뒤태와 많이 닮은 모습이었다. 지령은 가슴이 철렁했다. 그의 모습은 한순간도 잊은 적이 없기에 반듯하면서도 약간 고개를 기울이는 뒷모습만 봐도 누구인지 바로 알 수 있었다. 넓지만 약간 내려간 어깨와 앞으로 살짝 기운 듯한 모습은 너무도 낯이 익었다. 그가 온 것이다.

지령은 그의 모습을 놓치지 않으려 했으나 아이들의 성화에 자꾸 시야가 가려지자 마음이 다급해졌다. 제대로 거스름돈을 주는

지도 모르고 집히는 대로 돈을 내주었다. 대부분의 학생들은 그런 그녀를 보고 고개를 갸우뚱거리다가 남는 거스름돈을 돌려주었다. 그가 금세 떠날까 봐 물건을 건네주는 그녀의 손이 떨리었다.

대부분의 아이들이 산 것을 들고 가게를 빠져나가고 한두 명만 남자 그의 모습이 더 또렷해졌다. 뒷모습만으로도 아련하게 웃고 있는 그가 느껴졌다. 마지막 아이가 나가자 수호가 몸을 돌리었다.

늘 정돈되어 있던 머리는 약간 짧게 쳐져 있어 열려진 문 사이로 불어오는 바람결에 조금 날리었지만 그래도 단정했다. 지친 눈빛 속의 가려진 맑음이 아닌 그대로 밝은 빛이 서린 눈은 인상도 많이 달라지게 했다. 여전히 반듯한 코와 입술이었지만 지금은 더 젊어 보였다. 입술을 다문 채로 무언가를 살 것처럼 진열대를 내려다보는 그의 시선을 지령은 따라갔다. 이어 수호가 고개를 들고 그녀를 보며 진지한 얼굴로 물었다.

"그림을 그리려고 하는데, 완전 초보거든요. 뭘 사야 하죠? 스케치북, 4B연필, 지우개. 그 정도로 시작해도 될까요? 너무 몰라 도움을 받아야 할 것 같은데…… 자주 올지도 몰라요. 그래서 막 귀찮게 할지도. 그래도 되나요?"

"네, 매일 와도 돼요."

지령이 웃을 듯 울 듯한 얼굴로 답했다.

"잘 지냈어요?"

수호가 미소 속에 인사를 건넸다.

"네. 수호 씨는요?"

"잘 지냈어요."

수호는 그리움이 묻은 얼굴로 답했다. 그녀를 보고 있어도 현실로 느껴지지 않는지 계속 보고 또 보았다. 그의 시선에 지령은 자신이 예전보다 누추하다는 느낌이 들어 약간 뻗쳐 있는 머리로 자꾸 손을 올렸다.

"좋아 보여요. 많이 보고 싶었어요."

수호의 나직한 목소리가 작은 가게를 울리고 있었다. 그의 간결한 고백에 지령의 눈에서 눈물이 그렁그렁 맺히더니 뺨으로 눈물 한줄기가 흘러내렸다.

"날 용서해 줄 수 있는지 물으러 왔어요. 바보 같은 날 지금도 좋아하는지…… 기다리게만 한 날 아직도 보고파 하는지 알고 싶었어요. 아직도 날 받아줄 수 있나요?"

지령이 나와서 수호가 서 있는 곳으로 다가와 그에게 푹 안기었다.

"보고 싶었어요. 이젠 떠나지 마요."

안겨온 지령을 수호는 가슴으로 확 끌어안았다. 거짓말처럼 지령은 그가 준 상처를 다 묻어버리고 오로지 김수호 하나만을 기다렸다. 그런 그녀를 안는 그도 현실이 아닌 꿈처럼 느껴졌다. 그러나 따스한 작은 몸이 이젠 그녀에게 도착했다는 걸 말해주었다.

"떠나지 않을게요. 지겨워질 때까지 옆에 있을지도 몰라요."

"당신을 지겨워하는 날은 없을 거예요."

지령이 수호의 품에서 속삭였다. 두 사람은 서로의 몸을 꽉 안은 채 그렇게 서 있었다. 잠시 말은 잊어도 좋았다.

"지령아!"

미선이 학원과 연결되어 있는 계단으로 내려와 가까이 오다 말고 멈춰 서버렸다. 지령이 웬 외간 남자와 부둥켜 안고 있자 깜짝 놀랐다. 그들은 부르는 소리도 들리지 않는 듯 떨어지지 않았다. 이 세상에 두 사람만 있는 것처럼 그렇게 서로를 놓지 않고 있었다.

"아!"

저 남자구나! 미선은 지금 눈앞의 남자가 바로 지령의 마음속, 그림 속, 글귀의 남자임을 알아챘다. 오늘에서야 그를 보게 된 것이다. 지령이 사랑하는 사람!

"나쁜······."

지금에서야 나타나다니, 그러나 흐뭇한 맘이 드는 것은 어쩔 수 없었다. 지령이 저렇게 좋아하는 걸 보니 아주 잘된 일이었다. 막연히 기다린 보람이 있긴 한 모양이었다. 마침, 손님들이 들어오려 하자 그녀는 결심한 듯 막아서며 아예 문을 잠그고 그들을 가게 안에 둔 채 셔터를 내려 버렸다.

"금일 휴업입니다."

그 말이 메아리처럼 동네 안을 퍼졌다.

"잠깐만!"

지령이 지금 이 말을 몇 번을 외쳤는지 미선은 세어보려고 머리속을 굴리다가 포기해 버렸다. 베란다에서 보니 김수호가 기다리고 있는데 지금 이 여인네는 무언가를 계속 **빼먹어** 방과 현관을 정신없이 방방 뛰어다니며 왔다 갔다 하고 있는 중이다. 그럴 때마다, 거실 한쪽에 붙어 있는 전신거울에 자신을 비춰보는 것도 잊지 않았다.

"예뻐. 얼른 가. 그러다 그냥 가겠다."

"정말?"

깜짝 놀란 지령이 베란다로 가서 수호를 확인하고 가슴을 쓸어내렸다.

"안 가?"

"갔다 올게."

겨우 나간 지령 뒤로 아예 들어오지 못하게 문을 잠그고 빗장까지 걸어버렸다. 다행히 이번에는 다시 올라오지 않았다. 이 커플을 구경하기 위해 미선은 베란다에 놓여 있는 의자에 앉아 초점을 맞추었다.

방금 아파트 문에서 나온 지령이 수줍은 듯 미소 속에 고개를 숙일 듯 말 듯하며 수호에게 몇 걸음 가자 수호가 나머지 거리를 좁혀 다가왔.

"아니, 다시 만난 지 한 달이 넘어가는 사람들이 무슨 처음 만나는 것처럼 구냐고?"

미선은 혼잣말과 함께 혀를 차며 계속 그들의 모습을 관찰했다. 남자가 뒤춤에 있던 것을 지령에게 내밀자 그녀는 좋아서 어쩔 줄 모르며 아주 소중하게 받았다. 안경까지 꺼내 쓰고 자세히 들여다보니 그냥 흔한 들꽃에 불과했다. 누가 보면 몇 캐럿짜리 다이아몬드라도 준 줄 알겠다며 미선은 툴툴거렸다. 그러나 지령은 작은 꽃잎들이 모여 있는 들꽃다발을 손으로 쓰다듬으며 고맙다는 말을 연신 하는 것 같았다. 지령이 키가 작아서 그런지 장미나 백합보다 한 송이로는 안 되어 옹기종기 모여 있는 조곤한 꽃들을 더 좋아한다는 걸 미선은 잘 알고 있었다.

두 사람이 서로를 보면서 괜히 웃는다. 소리로 껄껄, 깔깔 웃는 게 아니라 표정으로 몸으로 마음으로 웃는 것이 이만큼의 먼 거리에서도 느껴지는 게 신기했다. 차이 나는 어깨로 뒤서거니 앞서거니 하며 걷다가 차가 바싹 들어오자 수호가 얼른 지령의 손을 끌어당기었다. 다행히 그는 손을 놓지 않고 꼭 잡은 채 발걸음을 나란히 해서 걸어나갔다. 그러나 보는 미선은 가슴을 땅땅 치고 싶을 정도로 답답하고 한숨만이 나왔다.

"아니, 일주일마다 만나고, 좋아한 지 몇 년이 되었다면서 손만 잡고 다닐 거냐고, 진전이 있어야지, 진전이! 답답해. 답답해."

정말 저러다 저 느림보 커플은 십 년쯤 지나야 합방할지도 모른다. 고개를 절레절레 흔들었으나 그녀의 눈에도 같은 청바지 차림에 한쪽은 검은색, 다른 쪽은 연둣빛이 감도는 셔츠를 입은 두 사람이 잘 어울리는 한 쌍의 커플로 보이는 걸 부인할 수는 없었다.

"예쁘긴 하다."

흔하디흔한 명소인 남이섬에 한 번도 가본 적 없던 두 사람이었다. 사실, 수호는 딱히 이곳에 오고 싶다는 맘은 없었지만 지령이 지나가는 말로 춘천에 살면서 남이섬에 가본 적이 없다는 말을 하자 이곳에 가기로 한 것이다. 가평에 도착해서 버스를 타고 선착장에 도착하자마자 곧 떠나는 배에 다른 사람들과 함께 **빽빽**이 올라탔다. 얼마 후, 배에서 내려 남이섬에 발을 디디고 관문으로 사람들과 함께 몰리듯 들어갔다.

"사람이 너무 많다."

"손 놓치지 말아요."

주말이라 더 많은 사람들로 북적였다. 지령과 떨어지지 않으려고 수호는 그녀의 손을 자신의 당부처럼 꼭 잡고 걸었다. 섬 주위를 둘러싼 하늘 높이 솟아 있는 나무들이 늦가을의 색들로 물들어 장관이었다. 꼭 어딜 봐야겠다는 생각없이 발길 닿는 대로 그들은 걷기 시작했다. 은행잎이 하도 많이 떨어져서 땅이 노란색 낙엽으로 덮어져 새로운 바닥이 되어버렸다. 밟을 때마다 부드러운 감촉이 신발 바닥으로 느껴졌다. 단풍들은 햇빛을 받아 더 선명한 빛깔을 내며 타오르고 있었고, 그 모습에 사람들은 취해 버렸다.

경치를 구경하다 엇갈리듯 서로를 바라보는 시선이 만날 때면 어김없이 미소를 짓는 두 사람이었다. 잡은 손을 더 꽉 맞잡고는 서로를 느끼며 옆에 있다는 그 사실만으로도 행복해했다.

그들의 발길은 하늘에 닿을 듯이 높게 뻗은 삼나무 숲길에 이르렀다. 사진 찍느라 바쁜 사람들 틈으로 고개를 젖히며 나무 끝을 보려고 했다. 까마득히 높은 숲길은 하늘을 가리며 그들을 에워싼 채 아늑한 기운을 퍼뜨렸다. 고요하고 적막함을 조성할 것 같은 숲길은 많은 사람들로 계속 북적였다. 그 하염없이 긴 숲길을 평화로이 걷다가 군데군데 놓여 있는 벤치 중 하나에 앉아 나무 사이로 보이는 강가를 바라보았다. 물살을 가르며 모터보트 한 대가 시원스럽게 지나간다.

　나지막한 산등선이 이어지는 풍경 아래로 잔잔히 흐르는 강을 바라보는 지령은 시간이 그대로 멈춘 듯한 기분이 들었다. 옆에 있는 수호의 손이 아직도 그녀의 손을 잡은 채 그의 무릎가에 놓여져 있었다. 이 손을 절대로 놓치지 않겠다고 그녀는 생각했다. 그가 자신에게 무얼 해주지 않아도 이렇게 옆에 있는 것만으로 만족했다. 욕심은 없었다. 그러나 어쩌면 그게 제일 큰 욕심일 수도 있었다. 지독히도 그리워했던 그 사람이 옆에서 이렇게 앉아 있다는 사실이 커다란 일처럼 느껴지는 것을 보면 가장 큰 소망이 이루어진 것이다.

　"열차 탈래요?"

　벤치에서 일어나 넓은 잔디밭을 지나서 숲 속 오솔길을 따라 산책하듯 걸어가다가 섬 안에 있는 기찻길을 보고 수호가 물었다. 지령은 웃는 낯으로 고개를 저었다. 그러나 수호는 지령에게 좋은 추억을 남겨주고 싶어서 그런지 이색적인 것을 보면 지나치지 못하고 계속 같이 하자고 의사를 물었다.

　"번지점프 해요, 우리! 같이 대롱대롱 매달리는 것 어때요? 재미있겠죠?"

　"싫어요."

　생각하는 것만으로도 끔찍했는지 지령은 입을 벌린 채 고개를 세게 흔들어 온몸으로 거부했다.

　"에잇, 겁쟁이네."

　"겁쟁이는 아닌데 그냥 싫어요."

지령은 얼른 반응을 줄이고 겁 많음을 숨기려 했지만 이미 늦어 버렸다.

"알았어요."

수호의 얼굴에선 봐주겠다는 듯 눈썹이 약간 치켜 올라갔다. 그는 지령의 반응이 재미있는지 한차례 더 놀리었다.

"그럼, 번지 영영 못하겠네. 그냥 싫으니까 그렇죠?"

지령은 수호의 놀림에 얼굴을 찡그렸지만 싫지는 않았다.

"배고파요."

지령의 말에 수호는 그녀를 이끌고 식당을 찾아 나섰다. 두 사람은 요기를 하기 위해 간이식당에서 간단하게 끼니를 해결하고 다시 길을 떠나는 사람처럼 발걸음을 옮기었다. 남이장군 묘에 갔다 온 후 다시 이리저리 구경하다가 야구 연습장을 발견한 지령이 눈을 동그랗게 뜨고 멈춰 섰다. 그가 야구를 좋아했다는 말이 떠오르자 발길이 떼어지지 않았다.

"하려고요?"

"수호 씨가 해봐요."

"내가요?"

수호는 좀 놀란 듯 야구 연습장을 보며 눈을 가늘게 떴다.

"보고 싶어요."

"못할 텐데. 안 해본 지 꽤 돼서 못할 거예요."

그는 약간 걱정이 되는 모양이었다.

"음, 이거 다섯 번 맞추면 같이 번지 할지도 모르는데."

"그럼, 합시다. 약속한 거예요?"

지령은 가짜로 약속을 했다. 다행히 구두 약속이라 언제든지 깰 수 있다고 그녀는 생각하며 속으로 웃었다.

"오우."

기계에서 쑥 하고 공이 날아오자 생각보다 빨랐는지 수호가 몸을 뒤로 살짝 빼며 놀랐다는 듯 혀를 내밀고 고개를 흔들었다. 그 모습을 보던 지령이 그물 밖에서 소리 내어 웃기 시작했다.

"너무 빠른데."

"에잇!"

그녀의 야유에 수호는 심기를 가다듬었다. 그는 다리를 어깨 너비보다 넓게 벌리고 공이 날아오는 것을 유심히 바라보았다. 그러나 몇 번은 헛스윙하는 바람에 넘어질 뻔했다. 지령은 웃다가 수호가 바라보면 안타깝다는 표정을 장난스럽게 짓는 바람에 그의 의지를 불타오르게 했다.

"맞출 테니 잘 봐요."

수호는 다시 몇 번을 그냥 보낸 후 입으로 바람을 내며 앞머리를 날린 채 배트를 휘둘러 하나를 겨우 맞추고 나서 한 손을 자랑스럽게 들어 올렸다. 그러나 지령이 어깨를 으쓱하며 별거 아니라는 표시를 하자 다시 폼을 잡고 어깨에 힘을 뺀 채 연달아 치기 시작했다.

"열 번으로 해요. 이렇게 잘할 줄 몰랐다고요."

다급한 지령의 말에 수호가 쾌히 응했지만 아홉수를 넘기진 못했다.

"아, 할 수 있었는데, 아깝다."

그의 아쉽다는 표정 속엔 그 아홉수를 일부러 못 넘긴 티가 역력했다. 아홉 번 하고 나서 갑자기 스윙이 커졌기 때문이다.

"고마워요."

"뭐가요? 칠 수 있었다니까요."

"봐준 것 알아요. 대신 아이스크림 내가 쏠게요."

지령이 수호의 손을 잡고 말하자 그가 들켰다는 듯 웃어버렸다. 그녀가 평화로운 행복에 빠진 채 잡은 손을 흔들어 보았다. 그렇게 걸어간 두 사람은 한가롭게 선착장 주변 매점 근처에 앉아 그녀가 산 아이스크림을 먹으며 시간이 마냥 있는 것처럼 많은 사람들이 배에서 나와 남이섬으로 들어오는 모습을 구경했다.

지령은 강바람을 맞으며 수호 옆에 오래 있으니 그래야 한다는 규제가 스르르 풀어지며 삼십대라는 걸 잊어버린 채 자유롭게 행동하고 싶어졌다. 지금도 그녀는 시선에 구애받음 없이 아이스크림을 열심히 먹고 있었다. 마치 어린아이처럼! 그러다가 입가에 하얀 크림이 묻었는지 쳐다보던 수호가 아무렇지 않게 긴 손가락으로 그녀의 입가를 닦아주더니 그 손가락을 살짝 입술로 빨며 닦았다. 일부러 한 행동이 아닌 자연스런 모습이라 지령은 눈이 커진 채 수호를 쳐다보자 그가 묻는 듯 바라보았다.

"아니에요."

지령이 얼버무렸다. 쑥스럽기도 하고 좋기도 한 그녀의 얼굴이 붉은 기운으로 물들고 있는데 수호는 오히려 그녀의 어깨를 자신에게로 끌어당겨 버렸다.

"왜요?"

"그냥! 이러고 싶어서요. 싫어요?"

지령은 그런 수호를 보다가 답하듯이 어깨에 살며시 머리를 기대어본다. 두 사람은 한참 동안 서로에게 기대며 눈앞에 펼쳐진 같은 세상을 바라보았다. 그렇게 시간은 흘러갔다.

"**잘** 들어가요. 다음 주에 또 올게요."

집 앞까지 데려다 준 수호가 손을 흔들고 천천히 뒤돌아섰다. 일정한 걸음걸이로 점점 어둠 속에 검은 그림자가 되어 가버리는 수호를 놓칠세라 지령이 그에게로 뛰어가 외쳤다.

"다음 주엔 내가 갈게요."

수호는 남자가 혼자 사는 자신의 좁은 원룸을 떠올리며 난처한 얼굴이 되어버렸다. 그 모습만으로도 그 방이 대략 그려지는 지령이지만 그의 곤란한 표정은 상관치 않은 채 밝게 웃고만 있었다.

"정말 올 거예요?"

정말로 왔다. 지령은 수호가 앞서서 자꾸 뭔가를 획획 던지는 것을 보며 새어나오는 웃음을 참으려 했다. 오겠다고 말했지만 지령이 정말 올 줄은 몰랐던 것이다.

그의 방은 복합 층 원룸으로 이층은 침대만 있고 나머지는 일층으로 되어 있는, 12평 정도의 공간이었다. 대체적으로 깨끗했지만 그래도 남자 혼자 산 흔적이 군데군데 묻어났다. 여기저기 쑤셔넣은 수건이나 옷들이 사랑에 눈 먼 그녀의 눈에도 자주 띄었다.

"출퇴근만 하는 집이라 그다지 깨끗하지 않아요. 도배도 해야 하는데 차일피일 미뤄서. 보기 좀 흉해요."

수호는 지령이 집 보러 온 사람인 양 변명 겸 설명을 하고 있었다. 치워도, 치워도, 뭔가 불쑥 나오면 그는 눈이 동그래져서 난처한 얼굴로 얼른 집어 또 이층 침실로 휙 던져 버렸다.

"뭐 던졌어요?"

"아무것도!"

지령이 고개를 돌리면 수호는 또 치울 곳이 없는지 살피었다. 그러다 문득 그녀에게서 아무런 말도 나오질 않자 고개를 돌려보니 원룸 중앙에 걸려 있는, 동네 자락을 뛰어내려 오는 두 꼬마의 모습과 초봄의 풍경이 잘 어우러진, 그녀가 직접 골라준 그림을 보고 있었다.

"버린 줄 알았어요."

"그게 잘…… 안 됐어요."

수호는 솔직히 말했다. 지령은 계속 그림을 바라보며 기쁜 듯 슬픈 듯 아련해졌다. 아픈 추억이 그 그림 안에 같이 새겨 있었다. 참 힘들게 온 길이었다. 잘 온 건지 알 수는 없어도 그녀는 지금 여기까지 왔고 행복해하고 있었다. 자신의 잘못과 상처들은 이제 과거에 맡겨 버린 채.

'그도 그럴까?'

지령은 손을 뻗었다. 그가 지령의 손을 바라보며 다가와 맞잡았다. 그의 손이 참 따듯하다. 가끔가다 그의 외로움이 조금씩 느껴지곤 했다. 그 때문에 놀랄 때도 있었다. 온전히 그만을 원하는 자신이기에 더욱더 그러했다. 그러나 그녀가 있어도 가시지 않는 수호의 작은 외로움을 지령은 습관처럼 내버려 두었다. 그에게 많은 걸 바라지 않기로 했다. 늘어가는 욕심도 그만큼 노력해서 없애려고 한다. 차차 욕심이 걷히니 자신의 진심을 들여다볼 수 있었다.

김수호라는 사람 전부를 가지지 못해도 사랑하고 좋아하며 같이 있기를 바란다는 것을, 그의 외로움을 완전히 가시지는 못해도 덜어주고 그의 웃음을 공유하는 것만으로도 행복하다는 것을 그녀는 다시금 깨달았다. 모든 걸 다 가져서 그를 좌지우지하는 것은 원하지 않는다. 완전히 좁혀지지 않은 그의 공간이 있다는 걸 인정하고 조금씩 그에게로 가서 그의 일부가 되고 싶다는 걸 이젠 확연히 느꼈다.

"당신을 그리고 있어요."

그녀가 고백하듯 수줍게 중얼거렸다.

"완성되면 보여줘요."

"그럴게요."

'그 안에 당신도 투영되어 있겠죠.'

수호는 그 말을 굳이 묻지 않았지만 그 그림 속에 자신만 있지 않을 거라고 믿었다. 그 안에 지령이 있듯이 그녀가 그리는 김수호라는 남자 속에 그녀가 묻어 있을 것이다. 그만이 아닌, 안지령과 김수호가 거기에 있을 것이 분명했다.
 그날 밤 지령은 수호의 집에서 하룻밤을 보냈다. 침실이 아닌 소파가 놓여 있는 마루에서 서로의 몸을 감싸며 밤을 지새웠다.

"말해봐!"
"뭘?"
"어땠어?"
 미선이 세탁기에 빨래거리를 집어넣는 지령 뒤에 바짝 붙어서 집요하게 물었다.
"뭐가?"
"아이 참, 내숭은. 같이 하룻밤 보냈잖아. 어땠냐고?"
 지령의 뺨이 약간 화끈거렸지만 그보다 따스한 미소가 먼저 퍼졌다.
"아!"
"아~"
 미선이 따라 하며 놀리었다.
"좋았어."
"그게 다야? 자세히 말해봐."
 잔뜩 궁금한 그녀의 눈이 반짝반짝 빛났다.
"따뜻했어."
"자세히 말하라니까."

사실적이고 구체적인 표현이 필요할 때 웬 추상적인 느낌만을 말하는지 미선은 이해할 수가 없었다.

"우리 안고만 있었는데."

헉 하고 놀라고 있는 미선을 내버려 둔 채 지령이 어깨를 으쓱하며 이번엔 주방으로 가서 보리차를 끓이기 시작했다. 커다란 주전자에 자잘한 보리 알갱이를 넣고 옥수수 알갱이까지 섞어 넣었다.

"그 긴긴 밤을?"

"응."

"정녕 아무 짓도 안 하고?"

"응. 너무 좋았어."

좋았다. 셔츠를 입은 수호의 품에서 그의 심장 소리를 들으며 보낸 시간은 기약없이 기다렸던 그 순간을 보상받는 기분이었다. 그 어떤 움직임도 필요없었다. 점점 익숙해진 체취 속에서 약간 빠른 숨결을 느끼며 자신을 안고 있는 그 단단한 손이 말보다 더 많은 걸 공감하는 침묵에 놓여 있다는 것, 그 자체가 행복했다.

"언제쯤 가야 진도를 나가려나."

"그게 중요해?"

"많이 중요하지. 무슨 종교인이냐? 우린 평범한 인간이야. 참 한심한 커플일세."

지령이 아랑곳없이 막 끓인 보리차를 커다란 컵에 따라서 사촌 언니에게 내밀었다.

"우린 좋았다니까."

이들 커플에 불평이 많은 미선과 달리 지령은 매사 만족한다는 듯 웃고 있었다. 그녀는 지령의 행복한 기분을 이해 못하는 것은 아니지만 답답함이 가시지는 않았다.

지령은 가게 안에서 천둥 번개를 동반한 거센 비가 오고 있다는 뉴스의 첫머리를 들으며 문을 계속 적시고 흐르는 빗줄기를 바라다보았다. 지난주는 고기압의 영향으로 맑은 날씨가 이어졌다는데 이번 주는 기압골의 영향으로 비소식이 많다고 한다. 겨울을 재촉하는 비라고 하는데 아직도 날씨는 추워질 기미가 보이지 않았다. 오늘은 빨리 들어가야겠다는 생각이 들었지만 빗소리가 듣기 좋아 계속 자리를 지키고 있었다. 마치 음악처럼 바깥세상을 적시는 그 소리에 귀를 기울이다가 지령은 문득 수호는 지금 무엇을 하고 있을까 궁금했다. 일을 할까? 아니면 잠깐 쉬고 있을까? 늦은 식사를 동료들과 같이 하고 있을까?
지난 주말에는 바빠서 같이 지내지 못했다. 이번 주말까지도 수호는 회사 일로 도통 시간을 낼 수가 없었다. 휴대폰으로 그의 음성만 들을 뿐이었다. 보고 싶다는 그의 짧은 말이 마음에 흘러들어 와 몇 번씩이나 그 음성을 떠올리고 있는데 갑자기 문이 드르륵 열리었다.
"수호 씨!"
수호가 문을 열고 들어왔다. 그는 온몸이 다 젖은 채 물을 뚝뚝 흘리며 웃고 있었다.
"웬일이에요?"

"출장 갔다가 돌아오는 길에 들렀어요, 보고 싶어서."

역시 머릿속에 떠올린 말은 그가 직접 하는 것을 따라올 수 없었다. 그의 표정이 깃든, 보고 싶다는 말은 자석처럼 맘에 달라붙었다.

"그렇다고 이렇게 비가 쏟아지는데 오면 어떡해요. 다음에 오면 되죠. 피곤할 텐데."

지령이 서둘러 일어나서 반가움을 뒤로 밀어내고 수건을 가지고 왔다. 그리고는 비에 완전 젖은 그를 닦아주기 시작했다. 반듯한 얼굴과 딱 달라붙은 머리카락을 처음엔 조심스레 천천히 닦았지만 그의 시선을 받자 장난기가 발동되었다. 곧 힘을 주어 마구 세게 박박 문지르자 가만히 지령이 하는 양을 보던 그가 얼굴을 찡그렸다.

"고마워요."

"뭘요."

그래도 정중히 답례를 잊지 않자 지령도 흔연스럽게 답했지만 곧 웃고 말았다.

"밥은 먹었어요?"

수건을 치우며 그녀가 묻자 수호가 고개를 저었다.

"아니, 지금까지 밥도 안 먹고 뭐 했어요?"

"빨리 와서 지령 씨 보려구요."

"얼른 먹으러 가요."

보러왔다는 그 말이 싫지 않으면서도 그의 손을 잡고 가게에서 끌어내었다. 키에 닿지 않아 커다란 쇠꼬챙이로 셔터를 쭉 잡아

끌어내리려는 것을 수호가 도와주웠다. 자물쇠를 잠그고 지령은 커다란 검은색 우산을 펼쳤다. 키가 그녀보다 훨씬 큰 수호가 얼른 받아 들어주었다. 커다란 우산에 두 사람이 다 들어갔지만 그래도 그들의 어깨는 비에 노출되었다. 자꾸 그가 우산을 그녀 쪽으로 기울였다.

"수호 씨 비 맞잖아요."

"난 이미 젖었으니까 괜찮아요."

자꾸 우산이 이쪽으로 기울다 저쪽으로 기울다 하면서 앞으로 겨우 나아가고 있었다.

"알았어요. 대신 가운데 잡고 가요."

지령이 양보해서 그의 쪽으로 기울여 놓은 우산을 정중앙에 놓기로 했다. 세차게 내리는 비에 첨벙거리며 두 사람은 한 방향으로 열심히 걸었다. 그녀는 식당가들을 살펴보았지만 딱히 그를 데리고 가고 싶은 데가 없었다. 자신이 음식 솜씨가 있는 것은 아니지만 한 끼라도 그에게 따스한 밥과 집에서 하는 음식을 먹이고 싶은 생각이 들자 단골 음식점도 그리 눈에 차지 않았다. 그렇게 망설이다가 어느새 아파트에 도착했다.

"배고프지 않아요. 이만 갈게요. 얼굴만 보고 가려고 했어요."

"그럼, 집에 잠시 있다가 가요, 네?"

수호는 전에 한번 그녀를 기다리기 위해 잠시 들러서 차를 마신 적은 있었다.

"괜찮아요."

"안 돼요. 이 옷 다 말리기 전에는 못 가요."

그녀가 생각지도 못한 힘으로 그를 끌어당기었다. 마침 천둥 번개가 번쩍거리며 쿵쾅거리자 지령은 수호의 손을 잡고 무작정 뛰어 눈 깜짝할 사이에 아파트 안으로 들어왔다. 커다란 수건을 건넨 후 그녀는 서둘러 뭐라도 만들기 위해 냉장고 문을 열었다.

"뭐라도 사 올 걸 그랬나 보다."

냉장고 안에 며칠 전 사놓은 것들이 남아 있어 그나마 다행이었다.

"뭐 좋아해요?"

"아무거나."

"그런 게 어디 있어요?"

"왜요?"

"내가 해줄게요."

"……."

"감동받았죠."

"아니, 맛없어도 맛있다고 해야 되겠네, 그 생각 했어요."

다가온 수호의 팔뚝을 슬쩍 주먹으로 때리었지만 지령은 그의 장난에 재미있었다. 그가 잘 웃는 것이 좋았다. 마치 자신 때문인 것 같아 더 기분이 상승되었다. 잠깐 기다리라며 지령은 수호를 거실 소파에 앉히고 부산스럽게 주방으로 가서 꺼내놓은 재료들로 음식을 뚝딱 만들기 시작했다. 그는 거실에 손님으로 고분하게 앉아 있다가 잠시 후 일어나 주방 식탁 의자로 자리를 옮겨 그녀가 요리하는 모습을 바라보았다.

"미선 씨는요?"

"오늘 친구들과 짧은 여행 갔어요."

그녀는 대답하며 느타리버섯을 잘 씻어 가늘게 찢은 다음 팬에 들기름을 두르고 대강 볶기 시작했다. 그전에 굴비를 그릴 판에 넣어두었더니 지금 톡톡 소리를 내며 지글지글 구워지고 있었다. 데친 시금치에 마늘과 소금, 그리고 고소한 참기름을 넣어 조물조물 묻히다가 돌아다보며 살짝 미소 짓자 수호 역시 따라서 얼굴을 움직였다. 그녀가 웃으면 그는 무조건 웃는다. 그것이 좋아 지령은 그를 만날 때마다 자꾸 웃게 되었다.

"잠깐만 기다려요."

정말 그녀의 말대로 잠깐 사이 식탁 위에는 뚝배기에 보글보글 끓고 있는, 아무거나 넣어 끓인 잡탕 된장찌개와 시금치나물과 버섯, 배추김치, 그리고 잘 구워진 굴비가 자리하고 있었다.

"왜 이렇게 많이 했어요?"

"그냥 했어요. 맛은 없을지도 몰라요. 잘하는 편이 아니라서 그래도 먹어봐요."

"같이 먹어요."

"먼저 맛을 봐요."

"맛있다."

사실 특별할 것 없는 맛이었다. 특출나게 맛있는 양념을 쓴 것도 아닌 이상 보통 음식이었지만 수호의 입엔 굉장히 맛난 음식들이었다. 그가 열심히 잘 먹자 지령은 기뻤다.

"배고팠구나!"

"그랬나 봐요. 나도 몰랐는데."

그는 밥도 한 그릇 거뜬히 먹고 반찬들도 거의 다 비웠다. 지령은 일어나 개수대에 그릇을 옮기고 나서 설거지를 하려 하는데 수호가 셔츠를 걷어 올리며 자신이 하겠다고 나섰다.

"괜찮아요."

그녀가 말려도 그는 할 수 있다고 고집을 부렸다. 어쩔 수 없이 뒤에 서서 불안한 듯 지켜보았다. 굉장히 느리게 하나씩 조심스럽게 씻고 있었다. 물을 줄이지 않고 씻어서 세제물이 셔츠에 다 튀긴 것을 보고 얼른 물을 줄여주었다.

"세제를 너무 많이 풀었어요."

정말 세제가 공기 방울을 저절로 만들어 그들 사이를 돌아다니고 있었다. 너무 시간이 걸리자 지령이 옆에서 하나씩 도와 겨우 끝낼 수 있었다. 옷이 얼룩져 버리자 수호는 피식 웃어버렸다. 다행히 출장에 갔다 온 뒤라 갈아입을 수 있는 옷이 한 벌 있었지만 그는 조심했다.

"오늘은 자고 가요. 저렇게 비도 많이 오고 천둥 번개 치잖아요. 그냥 가면 나 걱정돼서 안 돼요."

"위험한데."

"뭐가요?"

"지난번에 힘들었으니까."

"네?"

수호는 더 대답을 않고 웃을 뿐이었다. 지령은 알아들었음에도 붉어진 얼굴로 괜히 다른 곳을 바라다보았다. 수호가 작은 욕실에서 세수와 양치질을 하는 동안 그의 잠자리를 빈방에다가 봐주고 나서 그녀도 잠 잘 준비를 마치었다.

"잘 자요."

"잘 자요."

지령은 가만히 쳐다보는 수호를 보며 가슴이 뛰었다. 그의 시선이 닿는 자리가 금세 뜨거워지고 숨이 빨라지자 얼른 방으로 들어와 조심스레 문을 닫았다. 그리고는 작고 좁은 침대에 누워 눈을 감았다.

한참 동안 잠을 이루지 못하고 뒤척이다가 자려는 노력을 포기한 채 눈을 떠버렸다. 자리에서 일어나 커다란 베개를 등 뒤에 받치고 앉아 창밖으로 내리치는 굵은 빗줄기를 바라보았다. 비가 저리 무섭게 쏟아지는데도 왠지 안전한 느낌이 들었다. 이젠 비가 내려도 더는 아프지 않았다. 추억은 추억으로써 놓아둘 수 있어 다행이었다. 현실에 발을 디디고 사는 것이 힘들지만은 않았다. 지령은 다른 방에 있는 그를 느끼며 밤을 지새울 생각이었다. 좀처럼 잠이 오지 않으니 이렇게 밤을 새도 좋을 것 같았다. 막 번개가 또 치더니 천둥 소리가 주위를 꽝꽝 울리며 커다란 굉음을 내었다.

똑똑, 문 두드리는 소리에 지령은 벌떡 일어나 무슨 일인가 하고 문을 조금 열어보니 거기에 수호가 서 있었다.

"왜요?"

"천둥 번개 쳐요."

"네?"

"무서워요."

무섭다는 사람이 다시 천둥 소리가 작은 아파트 안을 한바탕 진동시키는데도 조금도 움찔거리지 않고 반듯하게 서서 옅은 미소만 지었다.

"같이 있어줘요."

그의 부탁을 지령은 거절하지 못한다. 자신도 원하기에. 어쩌면 그보다 더 간절할지도 모른다는 생각이 들었다.

"들어와요."

그녀가 작은 소리로 속삭이며 그가 들어올 수 있게 문을 열어젖히었다. 수호는 한 번도 들어선 적 없던 작은 방에 발을 내디뎠다.

"정신이 없죠. 방이 너무 좁은데 여기저기 좋아하는 거 놓다 보니 이래요. 가끔씩은 어디다가 놓았는지 깜빡 잊기도 한다니까요. 그래서 못 찾을 때도 있고, 정리를 해야 하는데……."

지령은 자신의 방에 함께 있는 그의 존재를 잔뜩 의식하고 있었다. 숨결이 느껴지고 눈빛이 만져졌다. 그녀는 뺨이 화끈거리자 무언가 말을 쉴 새 없이 내뱉기 시작했다. 수호가 가까이 다가와서 지령의 뺨을 찬찬히 쓰다듬었다. 그러자 그들 사이에 흐르는 본능적인 긴장감을 누그러뜨리기 위해 나온 말들이 뚝 멈춰졌.

"당신을 사랑하고 싶어요."

그녀의 얼굴을 손바닥에 각인시키려는 듯이 소중하게 쓰다듬고 감싸던 수호가 자신과 똑같은 갈망을 담은 그 까만 눈동자를 바라보면서 중얼거렸다. 지령의 뺨에 어른거리던 머리카락이 그 중얼거림에 가볍게 날리었다.

"당신을 원해요."

수호는 안지령을 원하는 맘을 그녀에게 보여주고 싶었다. 하나도 숨기지 않고 다 꺼내 보이길 원했다.
"나도 당신을 원해요."
그녀가 작지만 분명하게 응답했다.
"당신을 만지고 싶어."
그의 입술이 증명해 보이듯 가볍게 내려앉아 이마와 코와 뺨과 입술, 그리고 갸름한 턱 선을 훑고 지나갔다. 단정한 그 입술이 따스하게 파닥이는 혈관을 느끼고 조금씩 뭉개지자 지령은 심장의 박동 수가 커지며 숨결이 크게 일렁이었다.
"하나도 빼놓지 않고."
김수호는 안지령을 쳐다보았다. 고통도 상처도 죄도 과거도 없이 오로지 눈앞의 한 여자만을 담아내며 바라보고 있었다. 지령은 그 시선 속에서 그에게 속해져 가는 자신을 느꼈다. 그의 커다란 손이 압박없이 부드러우면서도 흡수할 듯 얼굴과 목, 그리고 그녀의 쇄골을 스치고, 튼튼한 면 잠옷 속에서도 반응하며 부풀어 오른 가슴을 느린 손길로 만지자 미세한 세포 하나까지 일어나며 떨려왔다.
그의 손이 다시 지령의 얼굴로 올라오더니 고개가 숙여지면서 입술이 닿았다. 그리고는 아주 가볍게 떨어졌다가 다시 닿았다. 감정에 배인 떨리는 입술을 입술로 매만지며 약간 벌어진 사이로 가르고 파고들었다. 깊숙이 휘감고 빨아들이며 짙은 입맞춤 속에 숨 쉬고 느끼는 것이 전부인 양 점점 절실해져서 두 사람은 떨어질 줄 몰랐다. 그녀에게서 약하지만 짙은 신음 소리가 나왔다. 그의 셔츠를 잡으며 머리는 더욱더 젖혀진 채 자신에게 완전히 몰입해 가는 이 남자에게 두려움없이 빠져들었다.

수호가 지령의 단추를 하나씩 풀기 시작했다. 그녀를 보는 진지한 눈빛엔 본능적 열정이 타올랐다. 점점 다 풀어진 커다란 셔츠로 된 면 잠옷이 조금씩 벌어지면서 가슴이 반쯤 보이었다. 호흡이 거칠어졌다. 그도 떨리는 감정을 애써 숨기지는 않았다. 눈에, 뺨에, 입술에 안지령을 원하는 마음이 가득 차 올랐다.

그의 손이 셔츠 속으로 들어와 따스한 작은 어깨에서 가는 팔과 등을 더듬어갔다. 그로 인해 옷이 자연스럽게 벗겨져 버리었다. 작지만 솟아오른 봉긋한 가슴을 마주한 수호는 고개를 숙이고 몸을 낮춰 하나씩 입 맞추더니 크게 머금고 빨아들이었다. 지령이 숨을 멈추고 꿈틀거리는 검은 머리를 내려다보다 흐트러진 채 눈을 감았다. 그는 그녀를 손으로 입술로 다 만지고 싶어했다. 그 욕심이 몽롱한 기운이 되어 그녀를 덮치었다. 그녀 역시 그를 안고 싶었다. 그의 아름다운 몸을 보고 느끼고 한순간이라도 전부 갖고 싶었다.

수호가 그녀의 몸을 소중히 안아 들어 침대에 놓았다. 지령은 수호가 바로 앞에서 다급하지 않으려 되도록 천천히 옷을 벗는 동작 하나하나를 놓치지 않고 보다가 그의 단추를 직접 풀기 시작했다. 그러자 수호가 동작을 선뜻 멈추고 그녀가 벗기게 내버려 두었다. 지령은 성마름을 누르려는 수호를 보며 용기를 내어 그의 몸에 손을 대었다.

늘씬하면서도 강인한 몸매엔 잔 근육이 발달되어 있고, 가슴은 단단하고 배는 탄탄했다. 좁은 엉덩이에 튼튼한 긴 다리, 그의 몸은 참 아름다웠다. 남자다우면서도 너무 과하지 않은 사람이었다. 그 아름다움을 떨리는 마음으로 음미하던 지령을 수호가 갑자기 두 손으로 얼굴을 잡더니 참지 못하고 깊은 키스를 하면서 그녀와 같이 침대로 넘어져 버렸다. 그의 몸에서 사랑을 느낄 수 있었다. 그가 그녀를 사랑한다는 것이 그의 손짓, 몸짓으로 부딪치듯 다가왔다.

"사랑해요."

지령은 작은 웅얼거림으로 그에게 답했다. 그는 쓰러진 채 그녀를 품에 꽉 안았다. 탄탄한 가슴이 그녀의 부드러운 가슴을 누르고, 단단한 아랫배가 그녀의 중심을 긴장시켰다. 중심의 열기는 점점 온몸으로 퍼져 나가서 두 사람을 뜨겁게 타오르게 했다. 마음도, 육체도 이젠 서로를 향해 열려진 채로 더욱 밀착되어졌다.

그는 그녀의 속으로 깊게 찔러 들어왔다. 그리고 그들은 물결처럼 휩쓸리면서 강한 느낌에 맞닿았다. 오랫동안 서로의 은밀한 속까지 맞물린 채 흐트러진 호흡 속에서 서로를 원하는 맘 그대로 속해 있었다. 그는 안지령이란 여자에게, 그녀는 김수호라는 남자에게 깊숙이 잠기었다.

이 세상에 이젠 서로만을 느끼고 살아가면 된다. 너무 사랑하면 잃을지도 모르니 조금만 그 강한 마음에 여분을 두려 한다. 아직도 마음의 거리가 조금은 존재하지만 이젠 눈으로 가늠할 만큼 좁혀진 그 거리는 오히려 앞으로 그에게 갈 수 있는 길을 보여주었다.

조금 열려진 창문 사이로 들어온 차가운 바람이 얼굴에 닿자 지령은 새벽에 깨어나 바닥에 떨어진 셔츠를 대강 걸치고 문을 닫았다. 그러나 곤하게 잠든 수호의 얼굴을 발견하고 다시 잠들지 못하고 침대 옆 방바닥에 쪼그리고 앉아 그 모습을 하염없이 바라보았다. 그의 잠든 얼굴을 보는 것은 하나도 질리지 않았다. 그를 바라보며 지령은 작은 행복을 꿈꾸었다.

"지금 그렇게 앉아서 뭐 해요?"

눈을 감은 채 수호가 잠이 묻은 목소리로 물었다.

"어떻게 알았어요?"

"내 등을 안고 잠든 사람이 부석거리다가 옷을 입고 문을 닫았잖아요. 그러더니 여기 앉아 움직일 줄 모르니……."

"난 뭐든지 이렇게 쪼그리고 앉아서 봐야 잘 본다구요."

수호가 계속 눈을 감은 채 잠에서 미처 나오지 못한 낮은 소리로 웃었다.

"이리 와요."

그가 손을 뻗어 그녀를 잡으려 했지만 장난기가 발동한 그녀가 슬쩍 몸을 빼는 통에 그의 몸이 옆으로 쏠려 침대에서 떨어지고 말았다. 그녀의 웃음은 그가 잡아 두 사람이 같이 바닥에 쓰러져도 멈추지 않았고 오히려 그의 품에서 마저 웃어버렸다.

"사랑해요."

그가 그녀의 얼굴을 보다가 코에 입술을 대며 말했다.

"사랑해요."

그녀가 따라 했다.

"당신이 날 필요로 할 때면 당신 옆에 있을게요."

수호는 지령을 가슴에 붙인 채 맹세했다.

"나는 언제나 당신 옆에 있을게요. 당신이 바빠서 내가 옆에 있지 못해도 나는 항상 당신과 함께할 거예요. 내 마음이 당신을 따라갈 테니까."

지령이 올려다보며 말하자 그의 눈빛이 진해졌다.

"언제나!"

이번엔 그가 그녀의 말 중 하나를 따라 했다. 수호는 지령을 굳게 포옹했다. 그녀의 말이 그의 말이 되고 그의 말이 그녀의 말이 되어버렸다. 그들의 마음처럼 그렇게 점점 동화되어 갔다. 두 사람은 서로를 꽉 안으며 새벽녘을 보내고 있었다.

바닥을 내리꽂는 구두 굽의 마찰음이 점점 커져 가면서 펄럭이는 코트가 나부끼며 휙휙 내는 소리가 한층 울림을 더했다. 뛰어가는 여자의 머릿결이 마구 뒤로 흩날렸다. 병원의 에탄올 냄새가 코를 진동시키는 동시에 예전의 기억까지 불러오는 듯 여자의 마음은 자꾸 아래로, 아래로 내려가고 있었다.

"왔구나!"

"아버지는?"

이수의 말에 이연이 시차도 느끼지 못할 정도로 다급하게 물었다.

"괜찮으셔."

안도와 함께 한숨도 못 자고 비행기를 타고 온 이연에게 피로가 일시에 몰아닥쳤다. 다리가 후들거리자 벽이라도 잡아야 했다.
"갑자기 아버지가 휘청할 때, 때마침 네가 전화해서 아줌마가 놀라서 좀 과장한 모양이다."
"정말 괜찮은 거야?"
"응, 과로라고 했어. 원래 안으로 쌓는 분이잖아, 우리 아버지. 그래서 더 그러시겠지."
이연은 아직도 벽을 잡은 채 허연 표정으로 허공을 바라보았다. 그녀의 눈빛이 조금씩 기울어지며 희미해져 갔다.
"너 죄의식 느끼라고 한 말 아니야. 그러니까 죄인처럼 굴 것 없어. 올 일은 오는 거고, 닥치는 일은 닥치는 거니까. 후회해 봤자 무슨 소용이겠니? 흐른 시간이 얼만데."
그 말에 이연은 한국을 떠난 지 이 년이 지났다는 사실을 떠올렸다.
"후회하는 거 아니야."
"그래."
후회, 그 단어는 이미 지워 버렸다. 어떻게 하는지도 잊어버렸다. 후회가 현실의 자신을 부인하는 짓이라면, 이상하게도 그것만은 하기 싫었다. 그럼에도 이연은 아주 가끔씩 자신이 사는 이 시간이 거짓말처럼 느껴지며 흔들릴 때가 있었다. 모든 것이 제자리에 있지 않은 그런 느낌에 시달렸다. 아주 잠깐씩!
"들어가. 내내 너 찾으셨어, 물론 잠결이었지만."
이연은 개인 병실로 들어갔다. 블라인드가 쳐진 창은 겉모습이나마 살 얼은 겨울 풍경과 단절되어 있었다. 아늑하고 따스한, 그러나 그런 분위기 속에서도 한기가 드는 것은 어쩔 수 없었다. 침상에서 잠든 아버지의 굵은 팔에 꽂아진 바늘은 그 위에 링거병과 연결되어 노란 액체가 뚝뚝 관으로 일정하게 흘러들어 가고 있었다.

"안정 취하고 며칠 후에 퇴원하면 된다고 했으니 감상에 젖지는 마라."

"엄마는?"

뒤에서 들리는 냉정한 이수의 말투를 내버려 두고 이연은 물었다.

"요즘 한동안 여행 중이셨어. 곧 오실 거야."

이연의 얼굴에 자조적인 씁쓸함이 스쳐 갔다.

"다행으로 여겨. 시간은 사람을 적응시키지 않고 무디게 할 뿐이야. 다행히 어머니도 조금씩 무디어지셨어."

완벽한 자신의 모친은 그녀가 닮아야 할 하나의 본보기였다. 이성적이고 교양있고 아름다우며 감정에 휘청대지 않은 채 자리를 지키는 상류층 부인이 가져야 할 덕목은 하나도 빼놓지 않았다. 그러나 이젠 이연은 거기에서 떨어져 나와 버렸다. 그와 동시에 엄마의 완벽하다는 삶에도 잔뜩 금을 그어났다. 그녀는 얼굴을 찡그리며 지금 또다시 떠오르는 옳다, 그르다는 생각 자체를 하지 않으려고 고집을 부렸다. 그러면서 아버지의 굵지만 어쩐지 힘이 빠진 팔목과 손에 시선을 넘기지 못하고 쓰다듬었다.

"이연아!"

아버지의 입에서 작은 소리가 새어나왔다. 눈꺼풀이 파닥이며 완전히 떠지기 전에 아버진 그녀의 손가락 마디를 힘껏 잡았다.

"아버지!"

정신이 완전히 들어오고, 이연이 지금 꿈결이 아니라 눈앞에 있다는 걸 서서히 인식하고 나니 아버지는 그녀의 손을 떨어내 버렸다.

"여길 왜 와? 당장 가."

이연은 호통에도 변함없이 다시 아버지의 손을 잡았다.

"일주일 잡고 나왔어요. 그렇지 않아도 다시 가봐야 해요. 그동안도 못 참으세요? 아버지! 저 보기 싫은 만큼 건강하셔야 돼요. 아셨죠? 얼마나 걱정했는지 몰라요."

"걱정은 왜 해? 과로한 것뿐인데."

"그러게요. 제가 괜히 했나 봐요."

"보기 싫으니까 어서 가라."

"조금만 있다 갈게요."

고개를 옆으로 돌려 버린 아버지이지만 다시 잡은 딸의 손을 재차 뿌리치지는 않았다. 그런 아버지를 한동안 지킨 후 이연은 약의 기운으로 잠이 든 듯 숨결이 편해지고 몸에서 경직된 기운이 빠진 걸 보고서야 자리에서 일어났다. 밖으로 나오자마자 병실로 오고 있는 한 중년 여인과 복도에서 마주쳤다. 은색의 단추가 일렬로 있는 짙은 색의 정장은 점잖고도 고급스러워 보이기도 했고, 차갑게 느껴지기도 했다.

"엄마?"

"왔니?"

"네."

"언제 가니?"

"곧…… 곧 가요."

"그래."

아직도 화난 듯한 차가운 표정에 이연의 반가움은 어색해져 버렸다. 마치 남이 되어버린 것 같았다. 아니, 그보다도 못했다. 그러나 이 년 만에 만난 엄마에게 찡그리지 않으려고 어색한 웃음이라도 버리지 않았다. 지체없이 병실로 들어가는, 그 뒷모습에 이는 쌀쌀한 바람에도 이연은 끝까지 얼어붙지 않으려 했다. 자신만의 온기를 지키고 있다가 이수가 집에 가 있으라는 말에 고개를 끄덕이며 무거운 걸음을 떼었다.

그녀는 병원에서 나오면서 엎질러진 물, 즉 그녀가 저지른 잘못에 대해 모친과 의견 차이로 두 사람이 몇 해 전 대립했던 것에서 하나도 나아진 것이 없음을 인정해야 했다. 엄마는 엎지른 물을 전적으로 실수로 단정 지었기에 닦아내지 않은 이연을 용서하지 못했고, 이연은 실수든 잘못이든 아니면 그 어떤 일이든 간에 자신이 저지른 일에 대한 감정적 책임과 연결을 느끼고 있기에 그 물에 젖어 있는 것이었다.

문득 이연은 우현이 보고 싶었다. 아직 자신이 이곳에 온지도 모를 그일 것이다. 이 시간에 그가 잘 가는 카페가 생각났다. 우현은 짧은 그녀의 매일과는 너무도 비교되게 긴 하루 일과를 보내곤 했다. 그래서 그가 어떻게 살아가고 어떤 습관이 있는지, 손에 잡힐 듯 보였다. 이젠 그렇게 보는 것이 버릇이 되어 하루라도 빠질라 치면 그 허전함은 꽤나 깊었다.

어둠이 내린 뿌옇게 흐린 거리를 이연은 천천히 걷다가 걸음이 빨라지더니 이젠 뛰기 시작했다. 펄럭이는 코트를 여밀 새도 없이 그녀는 늦은 퇴근을 하는 사람들의 움츠린 어깨와 시린 발걸음 사이로 빠르게 지나쳐 갔다. 이 추위에도 한가롭게 산책하는 사람들까지 순식간에 뒤로 보내며 자전거보다 빠르게 달리었다. 숨이 목까지 차 올라 아프기까지 하는데도 뛰는 걸 멈추지 않았다. 그저 무작정이었다.

　커다란 유리 창가에 있는 테이블에 우현이 양복 상의를 옆에다가 벗어놓고 하얀색 셔츠에 타이를 느슨하게 한 채로 앉아 커피를 마시며 신문을 보고 있었다. 이연은 유리 창문에 기대어 그 모습을 멍하게 바라보았다. 그녀의 시선을 느꼈는지 그가 고개를 들더니 창가로 눈이 꽂혀졌다. 처음엔 유리창을 사이에 두고 그녀가 있다는 것이 믿어지지 않은 듯 눈을 몇 번씩 깜박거리더니 이연이 사라지지 않자 그제야 믿는 눈치였다. 벌떡 자리에서 일어나고 마는 우현을 이연은 지켜보았다. 그의 얼굴에서 환한 웃음이 몸 전체로 퍼져 나가는 모습을 하나도 빠짐없이 그렇게 응시하면서 우현에게 이연은 다가갔다. 그가 와락 껴안자 그녀도 그의 가슴에 얼굴을 묻었다.

　곧 여기저기서 불편한 기침 소리가 들렸다. 고개를 들어 주위를 살피니 아는 얼굴들도 대략 몇몇 보이었다. 아는 눈짓도 하지 않은 채 인간 이하로 보는 듯한 경멸 어린 시선이 흩뿌려졌다. 이연은 그 시선에 맞서지 않았다.

　"나가자."

　우현이 상황을 인지하고 돈을 꺼내 탁자 위에 툭 놓고 나서 그녀의 손을 잡고 끌었다.

"그래."

이연은 순순히 따랐다. 그의 말이 생각났던 것이다. 극기 훈련으로 이곳에 가끔 온다고. 가장 편치 않은 곳 중 하나인 듯싶었다. 우현은 이연이 그가 했던 말을 떠올리는 것을 알아챘다. 자세히 설명은 하지 않았지만 그녀는 이미 이해한다는 눈빛이었다. 이곳의 분위기는 그에게도 버거웠다. 불쾌해하는 사람들의 얼굴은 그나마 정의가 살아 있음을 느끼게 했지만 비난의 눈빛이 쏟아지는 걸 그대로 받아들이기엔 변명이 많은 못난 인간이라 우현은 많이 불편했다. 하지만 이곳에 살아야 하기 때문에 그는 자신을 이런 시선에 단련시키곤 했다. 그럼에도 아직 이연은 아니었다. 보호해 줄 수 있을 때까지 막아주고 싶었다.

그들은 그가 편하게 생각하는 어둑한 곳으로 자리를 옮기었다. 이곳은 그들을 아는 이가 하나도 없는, 그다지 특별할 것이 없는 컴컴한 카페였다. 자리에 앉으며 나중에 주문하겠다는 손짓을 하는 우현을 보며 이연은 이곳이 그가 잘 가는 곳 중 하나인 것을 눈치 채고 다시 한 번 주변을 휘둘러 보았다. 주인은 독서에 몰두하고, 종업원도 열의가 없어 보이고 내부 장식도 꽤 오래되어 취향에 맞는 사람들이 군데군데 자리를 지키고 있었다.

"말해봐. 어떻게 갑자기 온 거야? 꿈은 아니지."

우현이 이연의 옆에 앉아 그녀의 손을 자기 쪽으로 끌어 두 손으로 꽉 쥐어 잡고 물었다.

"아버지가 아프셔서 왔어."

놀라는 그에게 이연은 차분히 괜찮다고, 과로일 뿐이라는 말을 덧붙였다.

"다행이다. 그럼, 곧 돌아가야겠네."

"응, 그래야지."

우현은 그녀의 대답과 함께 이젠 손이 아닌 얼굴로 맞대더니 그녀의 입술에 키스를 해버렸다. 항상 그녀의 표정은 아픔이 씻긴 듯한 정제된 것이라 타는 듯한 부족함을 느끼는 그는 그녀의 입술에서 내재된 뜨거움을 캐내고 싶었다. 다행히 어둑한 구석이라 그들의 형체는 흐릿하게 보이었다. 그가 마음 안에 차 오른 그리움만큼 탐하자 그녀의 입술이 조금씩 열리었다. 그의 혀가 즉각 들어와 휘감아 빨아들이며 열렬하게 키스했다. 그녀 역시 부여잡고 응했다.

깊은 입맞춤만으로도 서로에게 흠뻑 젖어들어 가는 순간 겨우 이곳이 어디라는 걸 깨달은 두 사람은 힘겹게 떨어져 나왔다. 가벼운 포옹으로 원하는 맘을 대신했다. 이연은 그를 안을 때마다 느끼는 혼란을 그에게 알리지 않았다. 떠나보내야 하는 것 아닌가! 자신과 있는 것은 괴로움뿐일 텐데, 그런 혼란스러운 생각들이 그를 걱정하는 맘이 생기기 시작할 때부터 같이 일어났다.

"당신하고 살고 싶다."

"나도."

고민을 제쳐 두고 이연은 솔직하게 응답했다. 우현은 그런 이연을 보며 막 조르고 싶었다. 지금 당장이란 말을 하려고 할 때 또 다른 소리가 끼어들었다.

"내가 너 여기 올 줄……. 이연 씨, 언제 왔어요?"

우현의 친한 친구이자 수호의 친구이기도 한 임해승이 다가오다가 이연을 발견하고 그 자리에 멈춰 서버렸다. 그리고는 곤혹스러움을 미처 지우지 못한 채 주름진 눈살을 억지로 피며 어색한 인사를 건넸다.

"방금 왔어요."

그녀의 목소리가 갈라져 나왔다. 이연도 해승을 보는 것이 편치 않았다. 그러지 않으려고 해도 자꾸 임해승을 보면 수호가 떠오른다. 평상시엔 김수호를 잊었지만 예고없이 갑자기 불쑥 떠오르면 그가 잘 있는지 저절로 눈 안에 떠돌고 만다. 마지막 가장 안 좋은 모습으로 보낸 김수호가 그녀 속 어딘가에 깊숙이 잠재되어 있었다. 떠나보내려 해도 마음대로 안 되었다.

"특별한 소식은 없지?"

그 질문이 이연이 궁금해하는 수호에 대한 안부라는 걸 눈치 채 버린 해승은 언짢은 얼굴로 뭔가 말하려다가 우현의 휴대폰이 울리는 통에 입을 다물고 말았다. 우현은 휴대폰을 받으며 자리에서 일어났다.

"잠깐만."

일부러 자리를 내주는 티가 나자 이연의 마음도 심란해졌다.

"수호는 이연 씨 완전히 지웠어요. 전혀 묻지도 않아요. 궁금해하지 않고요. 이젠 눈만 봐도 상태가 어떤지 쉽게 알 수 있는 사람이 되었는데…… 이연 씨 흔적 하나도 없어요."

우현이 자리를 비켜주자 잠시 안타까운 시선으로 이연을 쳐다보던 해승이 진실을 토해냈다.

"그럴 거예요."

이연은 그런 수호 소식에 섭섭해하지 않았다. 오히려 당연하다는 듯 대답했다.

"당연히 그래야죠. 그 사람은 마지막 나에게 너무 잘했어요. 아무런 미련이 남지 않게, 참지 못할 것도 다 참아가며 날 지켜주다가 떠나보냈어요. 근데, 난…… 마지막까지 그를 아프게 했어요. 그렇게 보낸 것이 가슴 아파요. 그래서 마음속에 아주 미세한 부분이지만…… 그가 남아 있어요. 아주 조금! 최선을 다하지 못한 못난 마음에요."

해승이 그러면 안 된다는 듯 고개를 저었다.

"이미 지나간 일입니다, 이연 씨. 옆에 있는 사람은 그 작은 부분이 크게 느껴질 거예요. 그 미비한 부분으로 인해서 지금 자신의 맘에 대부분을 차지한 사람을 소홀히 하지 말아요. 많은 사람 아프게 하면서 얻은 사랑입니다. 그 사랑에 충실하세요."

이연은 멍하니 그 충고를 들었다. 일이 있다고 일어선 해승으로 인해 다시 우현과 단둘이 된 이연은 그와 함께 차를 타고 드라이브를 하면서도 그 충고를 되새기고 있었다. 많은 걸 두 손에 잡고 놓지 않은 자신이 싫었다. 장우현과의 사랑도, 김수호에 대한 복잡한 미안함도, 마치 욕심 많은 가증스런 사람처럼 이것도 저것도 다 끌어안은 채 사는 자신이 얼마나 모순인지 알고 있었다. 그럼에도 그녀는 어떻게 놓아야 하는지 몰랐다.

"좀 더 있고 싶지만 들어가야겠지. 잘 가, 이연아."

집 앞까지 와서도 차에서 미적거리며 앉아 있다가 겨우 우현이 그녀의 안전벨트를 풀어주고 문을 열어주었다.

"미안해."

이연은 문 앞에서 벨을 누르려다가 몸을 돌려 말했다. 그러자 그가 다가왔다.

"정말 미안하면 내가 좋아하는 말 해줘."

"사랑하는 거 알잖아."

우현이 조르자 이연이 낮게 중얼거리었다.

"그래도 확인시켜 줘."

"사랑해."

그녀가 그를 쳐다보며 말했다.

"나만 믿어. 믿지?"

"믿어."

문제는 그가 아니었다. 그를 믿는다. 자신보다 더! 이연은 더욱더 선명해지길 원하는 마음과는 달리 그러지 못한 자신이 싫을 뿐이었다. 상처 내었던 김수호를 완전히 버리고 싶지만 그것이 안 되는 자신이 지긋지긋하게 느껴졌다. 왜 김수호를 더 이상 원하지 않으면서도 걱정은 끝나지 않는지 미칠 것만 같았다.

"들어가."

우현이 그녀 대신 벨을 눌러주고 아쉬운 걸음으로 차를 타고 떠나는 모습을 이연은 끝까지 지켜보았다.

이연은 집에 온 지 며칠도 지나지 않아서 풀지도 않은 가방을 끌고 나왔다. 여권에 비행기 표를 챙기고 거실로 내려오자 아버진 활기를 다시 찾은 듯 혈색 있는 얼굴로 딸을 외면하며 소파에 앉아 신문을 펼치고 있었다.

"제때 식사하지 않아서 속 버리는 일은 하지 마라."

읽지도 않은 신문으로 시선을 가리며 툭 던지는 무뚝뚝한 말에 이연은 고개를 끄덕거렸다.

"네, 아버지. 아버지도 건강 조심하셔야 돼요."

"네 앞가림이나 해."

이연은 퉁명스런 말속에 담긴 핏줄에 대한 끈질긴 애정을 느끼며 뒤돌았다. 아버지가 신문을 거두고 자신을 보는 것이 등에서 느껴졌지만 아버지를 위해 돌아보지 않고 나왔다. 끝내 엄마는 바쁘다는 이유로 아침에 먼저 나가서 얼굴을 마주하지 못했다. 부모 자식 간에 싸운다는 말은 옳지 않으나, 그래도 갈등이 눈앞에 터져 불꽃이 튈 때가 나았다고 이연은 생각했다. 이러지도 저러지도 못한 채 시간에 의해 봉합되어 버리면 이렇게 서로에게 의례적인 말만 하거나 피하기 일쑤이니까.

먼저 와서 기다린 우현의 차에 올라탄 이연은 그를 눈에 담으려는 듯 운전석 쪽으로만 쳐다보며 공항으로 향했다. 마치 오랫동안 못 볼 것처럼 그렇게 열심히 보고 있었다. 우현은 그러지 말라며 이연의 얼굴을 돌리려 했지만 그녀의 시선은 다시 그에게로 찾아들었다. 공항에 와서도 이연은 그를 바라보는 걸 멈추지 않았다.

"왜?"

"보고 싶어서."

이연이 중얼거렸다.

"언제든지 보고 싶을 때 볼 텐데 뭐."

우현은 불안한 마음을 감추었다.

"그냥 지금 같이 살아버릴까?"

이연이 무작정 뛰어들고 싶은 맘으로 물었다. 가끔씩 드는 충동에 마음을 실어본 것이다.

"그래도 돼?"

그가 장난처럼 받아들였다.

"당신이 원하면……."

"공부하고 와. 난 어디 안 가. 당신 돌아올 그 자리에 가만히 서 있을 거야."

문득 결연한 장우현의 표정에 이연은 자신이 그를 구속하는 것이 아닐까 하는 의심이 들었다. 사랑에 매달려 사랑하는 이를 힘들게 하는 실수를 인생에서 반복하고 싶지는 않았다. 이연은 가만히 생각에 잠기다가 고개를 들었다.

"힘들면 굳이 억지로 하지 않겠다고 약속해 줘."

"그런 말 싫어."

우현은 정기적으로 하는 이연의 그 말이 정말 싫었다.

"약속해 줘."

"난 너한테서 절대 못 벗어나. 난 그걸 느껴."

그가 또렷이 말했다.

"당신이 행복해졌으면 좋겠어."

"네가 강해진 맘으로 내게 오는 것이 행복이야."

이연은 웃었지만 어쩐지 우울해 보이었다. 우현은 그런 그녀를 와락 껴안으며 품에 안았다.

"당신 집은 이제 나라는 걸 잊지 마. 집으로 돌아와야 돼."
"……."
"응?"
"그럴게."

그녀가 대답했다. 문득 그의 말에 마음이 움직였다. 복잡한 생각은 잠시 뒤로 미루고 마음이 원하는 대로 말해 버렸다. 그러니 한결 마음이 편해졌다.

"정말?"
"응."

우현이 계속 이연을 품에 안다가 겨우 놓아주었다. 그리고 곧 떠날 그녀를 보낼 마음의 준비를 다시 갖추었다.

"잘 지내."
"잘 지내."

두 사람의 작별인사가 끝날 무렵 이연의 휴대폰이 울리었다.

"엄마?"

[잘 갔다 오라고.]

"네."

[그래. 다음에 시간 나면 그때 들르마.]

너무 짧은 통화였지만 그녀의 기분은 나아졌다. 고개를 드니 우현이 옆에 있었다. 그는 묻지 않고 옆에 있어주기만 했다. 비행기를 탈 때까지. 두 사람은 손을 잡고 아치형의 천장에서 은은히 내려오는 조명과 자연 채광이 섞인 빛을 받으며 앞으로 걸어나갔다.

도시에서 약간 벗어난 시골 근방 폐교를 주변 지역 사람들을 위한 여러 문화시설로 탈바꿈하는 작업이 하나씩 시작되었다. 굳게 닫힌 철문이 열리면서 무성한 잡초도 정리하고, 벗겨져 흉해 보였던 찌푸린 벽도 다시 페인트를 칠했다. 이렇게 대대적인 청소를 한 후 그 주변을 화분으로 장식해서 일착으로 작은 전시회를 위한 공간으로 일주일 동안 개방되어졌다.

폐교의 새로운 시작과 화가라고 감히 내세우기에 턱도 없이 긴 세월 동안 한참은 붓을 놓았던 사람들의 전시회는 어쩐지 닮은 데가 있었다. 그런 말을 무릎 아래까지 오는 짙은 군청색 치마와 미색 스웨터 차림인 지령이 수호를 보며 얘기하고 있었다. 사람들이 지나갈 때마다 오랜 나무로 된 복도 바닥이 삐거덕거리는 소리를 연신 내었다.

"우린 화가라고 할 수는 없으니까요."

턱 선 아래로 내려간 제법 긴 단발머리가 얼굴 근처에서 찰랑거리는 지령은 수호에게 넋두리를 했다. 사실, 그녀는 그가 실망할까 봐 걱정이 되어서 계속 중얼거리고 있었다. 자꾸 연기된 전시회가 단장한 폐교에서 겨우 하게 된 것도 그렇고, 작품을 기대하는 그의 눈빛을 보니 실망시킬까 봐 두려움이 컸기 때문이다.

지령은 슬쩍 수호를 쳐다보았다. 그는 그녀의 말들을 들어주면서 옅은 미소를 짓고 있었다.

"당신은 화가예요."

"형편없는……."

그녀가 불안한 한숨 같은 말로 그의 말에 토를 달았다. 그러자 수호는 그녀의 어깨를 한 손으로 끌어당기며 꽉 감쌌다.

"너무 겸손한 우리 지령 씨."

지령은 피식 웃어버렸지만 그 바람에 불안함이 조금 날아가 버렸다.

"기대하지 말아요. 으흐흐흐."

지령이 두 손을 깍지 끼운 채 입술 사이로 신음 같은 소리를 내며 그와 함께 전시회가 한창인 작은 교실이었던 곳으로 들어갔다. 교실의 형태는 그대로이지만 책상과 의자, 그리고 교탁 등이 치워지고, 깔끔하게 페인트칠해진 곳에 그림들이 선을 맞춘 채 진열되어 있었다.

"아!"

그에게서 짧은 감탄사가 흘러나왔다.

"다음엔 좀 나아질 거예요. 계속 그릴 테니까요."

수호는 그녀의 걱정과 다르게 한눈에 연인의 작품을 찾을 수 있었다. 붓 터치와 색채감은 미술에 전혀 문외한인 그에게도 뭔가 색다른 개성으로 다가왔다. 자신의 생각을 나타낼 줄 아는 힘이 그녀에게 있다는 걸 이 그림들을 보고 느끼었다.

두 편을 전시하는 지령의 그림은 하나는 인물화이고, 다른 하나는 풍경화였다. 처음 그의 눈을 잡은 것은 수채화로 막 비가 갠 정다운 도시의 거리 풍경이었다. 물기 어린 도시는 개어 우산이 걷히고 아이들은 집 안에서 비 그치기만을 기다렸는지 공을 옆에다가 끼고 막 어디론가 뛰어나가려고 한다. 또 강아지는 홀딱 맞은 물기를 털기 위해 사정없이 몸을 흔들고, 과일가게 주인은 비 맞을까 봐 덮어둔 비닐을 걷어내려는 모습이다. 비 갠 후 일시에 일어나는 사람들의 평범한 몸짓을 잘 포착한 그림이었다. 맑고 담백한, 생동감이 가득한 작품에 그의 입가가 얇은 종이에 물감이 번지듯 미소로 배어났다.

"천연 안료와 기존 물감을 섞어 썼어요. 사람들은 투명한 느낌을 주려 했고, 하늘과 땅은 불투명하게 하기 위해 덧칠을 많이 했어요. 막 사라져 가는 검은 구름을 표현하기 위해서 애를 많이 먹었어요. 잘 안 됐거든요. 어때요, 느낌이?"

어떤 평론가보다 그의 말이 더 중요한 듯 지령이 기다리고 있었다. 수호는 일부러 팔짱을 끼며 깐깐한 선생처럼 눈을 가늘게 떴다.

"음, 훌륭하진 않아요."

그의 진지함을 가장한 장난에 넘어가 지령은 어깨를 축 늘어뜨리며 작은 한숨을 내쉬었다. 그래도 마음이 불편하지 않은 것은 나중에 스며든 입가의 미소 때문이었다. 그의 작은 미소면 그녀는 족했다.

"내가 그랬잖아요. 아직 너무 많이 부족해서 기대하지 말라고."

"하지만 너무 마음에 드는데. 내가 찾던 느낌이 바로 이거예요."

그녀의 눈이 옆으로 살짝 치켜 올라가 그를 노려보았다.

"지금 나 놀리는 거죠?"

"얼마면 팔 거예요? 너무 비싸게 부르면 안 돼요. 꼭 갖고 싶으니까."

"안 팔아요."

그녀의 단호함도 부탁한다는 그의 눈빛에 금세 수그러들었다.

"기다려요. 내년 생일에 선물로 줄게요."

"내년?"

수호의 물음에 그녀는 짐짓 웃음을 숨기었다.

"기다려요."

"작가님의 뜻이라면."

더는 숨기지 못한 지령의 웃음소리를 기분 좋게 들으며 같이 미소 지었다. 그러면서 수호는 유화로 표현된 인물화로 시선이 넘어갔다. 한쪽 눈을 찡긋거리고, 코에 주름을 잡으며 웃는 쉰이 다 되어가는 중년의 남자는 중후한 모습보다 젊고 생기 어린 장난기가 있었다. 옆에서 그녀가 설명하길 유화 물감을 희석시켜 연하게 만들어 원하는 부분을 입체적으로 표현하기 위해 린시드를 많이 섞었다고 했지만 그는 잘 알아듣지 못한 채 저 쉰이 다 되어 보이는 중년의 남자가 어쩐지 낯익다는 생각만이 점점 커졌다.
"맞아요. 당신의 나이 든 모습을 추측해 본 거예요."
그의 눈빛이 햇빛을 받아 더욱 번쩍거리자 지령이 순순히 인정했다.
"무슨 오십대 남자가 이십대 청년처럼 웃지?"
불만이라기보다 희한하다는 듯이 그가 혼잣말처럼 의아해했다.
"당신이 저 나이가 되면 그럴 것 같다는 생각이 들었거든요."
"내가?"
그녀가 고개를 끄덕거렸다.
"나이에 맞지 않게 굴 거라고요?"
"나이를 잊을 거라고요."
웃으면서 지령이 답했다.
"지령 언니!"
"잠깐만요."
더 반응을 볼 사이도 없이 감상하는 수호를 놔두고 지령은 그녀를 부르는, 옹기종기 모여 얘기들을 나누고 있는 사람들에게로 갔다. 그들은 이 모임의 회원들로 가끔 만나다 보니 이런 전시회도 마련하게 되었다. 한마디로 의기투합한 것이다. 원래부터 잘 알았던 사람들도 있지만 이 모임에 들면서 만난 사람들이 대부분이었다. 지금 그들은 한쪽에 마련되어 있는 작은 의자에 앉아 오늘 하루 일정을 쭉 훑어보고 있었다.
 일주일 동안 열리는 전시회는 그들이 돌아가면서 관리도 맡아야 하기 때문에 관리 순서를 확인하는 데 분주했다. 바쁜 일이라도 생기면 순번을 바꿀 수도 있어서 유순한 지령이 관리하는 날은 결국 마지막으로 결정되었다. 오늘은 첫날이라 전부 모여 초대한 가족들 앞에서 자신들의 작품을 설명하느라 모두 약간은 상기되어 있었다. 그러나 점점 가족들 속에서 나온 이들은 서로의 작은 흥분과 다 드러내지 못한 표현력을 아쉬워할, 같이 이해해 줄 동지들이 필요했던 것이다. 게다가 곧 점심때가 지나면 이곳 주민들도 들릴 것이기 때문에 모자라거나 부수적인 준비들을 의논해야 하기도 했다.
 "각자 날짜 확인하고 그날에 관람객들과 대화 마련한 것도 잊지 말고 준비해야 돼."
 "아무리 생각해도 거창해. 우린 전문 작가도 아닌데."
 "아니면 어때, 그냥 하는 거지."
 회원들의 대화를 귀담아 들으면서도 지령의 시선은 자꾸 그녀의 그림에서 눈을 떼지 못하는 수호에게로 뻗치었다.
 "그 애인?"
 옆에 그녀와 많이 친해진 동갑내기 회원 한 명이 물었다.
 "응."
 "멋있다."
 "그렇지?"
 "그래, 넌 좋겠다. 내 남편은 내 그림에 도통 관심도 없어. 네가 무슨 그림이냐, 이런다니까. 지금도 봐라. 조기 축구회, 그거 하나 빼먹었다고 저렇게 퉁퉁 부어 있잖아. 윽, 저 웬수!"

왠지 그 말엔 오랜 시간 같이 살아온 미운 정 고운 정이 모두 담겨져 있었다. 그래서 지령은 웃음이 나왔다. 그 당사자도 따라서 편히 웃어버렸다.

"살다 보면 짐 덩어리 하나 있는 것 같지만 또 어느새 의지되고 그래. 딱히 내가 이 남잘 좋아하나 싶다가도 또 힘들 때나 좋은 일 생길 때면 남편의 그 넓적한 얼굴 하나만 둥둥 떠오른다니까. 형제도 소용없어요. 형제자매도 서로 잘될 때나 이야기지. 힘든 얘기 쉽사리 안 하게 되고 좋은 소리만 하다가 잠깐 얼굴 보는 게 다니까. 확실히 같은 배를 타는 사람은 남편이라 편하지."

"언제 결혼할 거야?"

또 다른 회원이 그들의 대화에 관심을 보이었다. 언제 결혼하냐는 질문은 지령이 종종 받는 물음 중 하나였다.

"아직 생각 안 해봤는데."

그럼 항상 같은 대답을 하곤 한다. 오늘도 마찬가지였다.

"미쳤어. 얼른 잡아야지. 우리 나이에 좋은 남자 만나기 쉬운 줄 알아? 얼른 결혼으로 옭아매어야 그나마 한시름 놓지. 안 그래?"

"잘하는 짓이다. 자칭 예술가 입에서 나오는 말꼴이 뭐냐?"

"예술가라고 인생 다르게 사나? 다 똑같지."

그녀의 얘기가 어느새 다른 회원들을 티격태격하게 만들자 지령은 구경꾼처럼 한 수 물러나서 웃으며 보다가 문득 자신의 맘을 그들에게 완전히 이해시키기는 힘들 것 같다는 생각이 들었다. 이

나이에 한 사람에 대한 열중이 이렇게 깊을 줄은 몰랐다. 김수호란 사람에 대해 갖는 그리움은 시간이 흐름에도 줄어들지 않았다. 그 역시 그녀를 사랑하고 있음을 느끼고 있었다.

그들은 그렇게 서로의 맘을 두들기고 있는 중이었다. 물론 그의 마음은 열려 있고, 그녀 역시 그렇지만 그들 마음속 한쪽엔 어찌지 못한 두려움이 숨 쉬고 있음도 같이 느낀다. 사랑함에도 아주 가까워지는 것에 두려움이 그들, 아니, 그에게 있었다. 그녀는 그를 잃을까 봐 더 두려웠다. 물론 아닌 척하고 있지만. 그래서 서로 세 걸음 다가서면 움찔하며 한 걸음 자연스레 반동으로 물러서게 되어버린다.

아직 수호에게 도달하는 길에 이르지 못했다. 그렇다고 슬픈 것은 아니다. 그와 마음의 거리는 존재하지만 지금 멀어진 것보다 다가선 것이 많아 어제보다 오늘 그에게 좀 더 가까워져 있었다. 그것으로 지령은 만족했다.

결혼! 그녀가 알고 싶어하는 것은 그 결혼이 아니라 김수호이다. 반듯하면서도 가끔씩 그도 모르는 우울한 모습을 보이다가 어설픈 유머에 치아를 보이며 웃는 사람! 오빠같이 점잖게만 굴다가도 열정에 젖은 눈으로 자신을 안는 남자! 그가 갖고 있는 삶에 대한 열정의 폭이 얼마만큼인지 종잡을 수가 없을 때도 있었다.

결혼! 그것은 지금 그를 아는 데 장애가 될 수도 있었다. 결혼은 어느 선상에서 자연스럽게 만나는 거라 여기지 지금은 그다지 관심이 없었다. 아직은…….

수호가 그림을 보다가 고개를 돌려 지령을 찾았다. 그를 관찰하듯 깊이 보고 있는 그녀를 발견하고 '왜?'라고 소리 없이 물었다. 지령은 '그냥'이라고 역시 소리 없이 답했다. 그런 지령을 보며 수호는 문득 찾아든 장난기에 그녀를 감상하는 자세를 보이다가 그림 속 표정을 따라 해보지만 힘들었는지 표정을 곧 풀어버렸다. 그 모습에 지령이 미소를 보내니 그가 그 미소에 자신의 미소까지 얹었다.

"결혼 정말 생각 없어?"

다시 그 질문이 누군가로부터 지령에게 날아들자 그녀는 수호에게서 눈을 떼지 못하며 솔직히 말해버렸다.

"우린 지금 연애 중이야."

수호가 오라는 제스처를 하자 지령이 곧바로 그에게로 갔다. 그의 손이 나지막한 그녀의 어깨에 팔을 쑥 걸치자 그녀 역시 사람들 시선에 개의치 않고 그의 허리를 감았다.

"근데 남자 얼굴색이 좀 검어."

"응?"

"내 얼굴이 그리 검어요?"

"응."

요즘 판매에 본격적으로 뛰어든 그의 얼굴은 햇살의 영향으로 더 까무잡잡해졌다. 썬크림을 발라주어서 그나마 그 색깔이 알맞게 일부러 태운 사람처럼 보여 다행이었다.

"예쁘게 까무잡잡해요."

그녀의 위로에 그는 진심을 가늠하다가 또 무조건 믿어버렸다.

"그럼 됐구요."

지령이 또 웃어버리자 수호는 진지하게 그림을 보는 척하다가 씩 웃고 말았다. 그들을 보던 뒤쪽에서 대화가 한창 오가는 것도 모르고 말이다.
 "언제 한대?"
 "연애 중이래요. 좋은 시기네. 좋은 때는 나이와 상관없나 보다. 부럽다."
 그들은 어느새 회원들이 그린 일상의 그림처럼 감상의 대상이 되어 있었고, 청정한 하늘색이 물든 창가가 그들을 같이 물들이고 있었다.

일 년 후…….

이곳 안양으로 이사한 지 이제 두 달이 넘어가고 있었다. 지령이 항상 꿈꾸던 늘 사람들이 산책하듯 찾아오는 개념의 갤러리와 작업실, 그리고 학원이 합쳐진 '온정'을 들릴 때마다 수호는 고향에 온 것처럼 편안한 웃음에 젖어들었다. 게다가 그가 사는 과천과도 거리가 많이 좁혀져 불쑥불쑥 파고드는 보고픔에 몸이 언제든지 따라갈 수 있어 좋았다.

미선이 결혼해 안양에 터전을 잡으면서 그녀는 지령과 함께 동업의 형태로 이곳을 만들었다. 마치 수목원을 연상시키는 널따란 정원을 둘러싼 돌담은 어른의 배 높이밖에 오지 않을 만큼 낮아서 얼굴을 쑥 빼면 언제든지 담을 넘나들 수 있었다. 각종 과실나무

와 들꽃들이 예쁘게 피고 지는 길을 따라 들어가면 현대식의 차갑고 세련됨으로 사람들을 가르는 건물이 아닌 누구나 편히 한번 있다 갈 수 있는 정다운 곳이 모습을 드러낸다. 약간 깨진 듯한 벽돌로 이루어진 건물은 튼튼하면서도 큰 창과 작은 발코니, 그리고 층층마다 넝쿨로 둘러싸여 있었다.

이곳을 조성하는데 꽤 많은 돈이 들어가 수호의 자금 또한 투자되었다. 네 사람이 공동 소유주가 되어버렸지만 수호는 손님임을 자처했다. 주인 같은 손님이라며 돈 투자한 것 빼놓고는 아무 데도 쓸데가 없다고 미선은 곧잘 미운 소리로 투덜대었지만 그는 웃음으로 넘기면서 개의치 않았다. 미선이 그를 이미 가족으로 여긴다는 걸 알고 있기 때문이었다. 오히려 살뜰하게 대해주는데도 종종 손님 같이 멀어질 때도 있는 그가 가끔 섭섭한 모양이었다. 하지만 수호는 마음이 가는 대로 움직이고 있었다. 굳이 인간관계에서 어려운 노력은 하지 않고 마음을 서서히 풀어놓기로 했다. 그러면 어느새 가족처럼 허물없이 지내게 될 거라고 믿고 있었다.

오늘 이곳을 들리는 수호는 언뜻 다른 때와 마찬가지로 보였다. 항상 이 시간쯤에 그는 그녀를 보러 왔다. 그러나 자세히 들여다보면 평소와 사뭇 그 행동이 달랐다. 자꾸 주머니 속에 무언가를 만지며 되뇌고 있었다. 그러다가 수호는 그녀가 사는 건물을 바라다보았다.

흐리거나 짙은 작은 벽돌로 지어진 크고 높다란 건물은 그 평수와 맞지 않게 아담한 느낌이다. 안으로 들어서자 일층엔 바로 전시회가 열리고 있는 갤러리의 모습이 펼쳐졌다. 이 지역, 무명작가의 작품이 지금 한창 전시되고 있었다. 직원이 그를 발견하고 관람객들에게 설명을 하다가 눈인사를 하자 그 역시 고갯짓을 하고는 위로 올라갔다.

미선이 아이들을 가르치고 있는 소리가 계단에서부터 바람을 타고 들려왔다. 성질이 급한 미선은 목소리부터 한 옥타브 올라가 있었다. 그래서 일반인들은 미선이 하고, 아이들은 주로 지령이 맡았지만 오늘은 특별히 그녀의 생일이라 하루 일과를 억지로 다 빼준 모양이다.

그가 올라가서 약간 열려진 문 사이로 훔쳐보니 물감을 흠뻑 적신 채 여기저기 뿌리는 남자 아이 서너 명을 제압하느라 미선이 몸을 크게 부풀리고 목소리를 높인 채 말은 겨우 부드럽게 쥐어짜고 있는 모습이 보이었다. 지령은 아이들을 좋아해 잘 어울리는 편이지만 미선에게는 버거워 보였다. 그 모습이 우스워 웃다가 그녀에게 그만 들키었다. 미선이 그를 보고 아이들의 장난을 포기한 채 이쪽으로 오고 있었다.

"왔어요?"

"네."

"빈손으로 왔어요? 아니, 오늘 지령이 생일인 것 잊은 건 아니죠?"

"네."

"뭐예요? 근데 왜 빈손이에요?"

"준비했어요."

"뭔데요?"

"비밀입니다."

미선은 고개를 갸우뚱했다. 지난번 생일에 그는 두 손도 부족할 만큼 커다란 선물을 안고 와서 풀어놨기 때문에 이번에도 그럴 줄 알았다. 그러나 그의 얼굴이 상기된 걸로 봐선 아주 특별한 선물이란 것을 미선은 알 수 있었다.

"지령 씨는요?"

"지령이 마트 갔어요. 작업실에서 기다리면 올 거예요. 지난번처럼 외식하자고 해도 집에서 자기가 직접 만든다고 하니 또 그 정성만 가득하고 맛은 별로인 음식을 먹어야겠네요. 마음 준비나 하세요."

수호는 웃으며 다시 계단 쪽으로 올라가기 시작했다. 미선의 어투가 재미난지 자꾸 웃음이 그치지 않아 입술을 다물 줄 몰랐다. 소리 나지 않게 잘도 웃는 그의 얼굴이 참 밝았다. 그 누가 김수호를 재벌가 자제로 보겠는가. 나중에 그가 '산호'의 둘째 아들이란 것을 알고 깜짝 놀랐다. 지금 그는 평범하면서도 성실하고 제법 멋있다고 할 수 있는 남자일 뿐이다. 재벌이라고 다 행복한 것은 아니라고 미선은 생각했다.

그녀는 그가 요즘 정말 많이 달라졌다는 지령의 말을 떠올리며 동감했다. 딱히 본인이 말하지 않아도 그 사람의 눈을 보면 행복한지 아닌지 느껴졌다. 그러고 보니 김수호란 사람은 눈동자가 참 인상적이다. 자세히 들여다보면 갈색이 도는 검은 눈동자가 많은데 그는 정말 지령이 말대로 아주 검디검은, 큰 눈동자를 가졌다.

요즘 그 눈동자에 사물들이 잘 비친다며 좋아하는 지령이 한심하게 느껴지기도 했지만 지금은 그녀의 작지만 큰 행복이 뭔지 조금은 이해할 것 같았다.

"그래, 결혼이 뭐 중요하겠어. 서로 아껴주고, 서로의 맘을 조금이라도 더 들여다보고. 뭐, 그러면서 가끔씩 같이 느끼는 거겠지."

동감하면 동감한 대로 다르면 다른 대로 재미를 느껴가는 것이 연애라 하지 않았던가! 연애의 재미에 푹 빠져 있다면 내버려 두자고 미선은 혼잣말과 함께 여유를 가지었다.

"야! 아니, 얘들아! 이러면 안 돼. 아니, 이러면 못써요."

미선이 다시 안으로 들어갔을 때는 주동자인 남자 아이들이 여자 아이들 그림에 본격적으로 물감을 뿌려대며 벽까지 그 흔적을 남기고 있었다. 그들을 다시 의자에 모두 앉히는 데 많은 시간이 소요됐고, 그림보다 더 중요한 것이 선생님 말씀 잘 듣는 거란 훈계를 하는 데 그보다 더 많은 시간을 끌어다 써야 했다.

수호는 지령의 화실로 올라갔다. 이곳은 공동 작업실이기도 해서 그녀의 친구와 미선이 같이 그림을 구상하고 그리는 공간이었다. 들어가자마자 보이는 나무 틀 위로는 아무것도 그려져 있지 않은 캔버스가 있었고, 중앙에는 널따란 탁자 위에 여러 물건들이 약간은 어지럽게 놓여져 있었다. 지령은 원래 그림 그릴 때는 정리가 잘된 것보다 어지럽게 널려 있는 것이 더 구상에 좋다며 내버려 두었고, 그 역시 이런 모습에 길들여져 버렸다.

요즘 유화를 하는 작업실은 그 특유의 독성 어린 냄새를 환기시키기 위해 창문이 활짝 열려져 있었다. 그러나 그 안에서도 그는 그녀의 체취를 느낄 수 있었다. 많은 중에 안지령이란 사람의 것을 발견하고 그것을 정확히 자신 안으로 받아들이는 것이 신기할 때도 있지만 이젠 그의 본능도 그녀를 자신의 사람으로 인식하는 것 같다.

수호는 지령이 가장 좋아하는 창가에 걸터앉아 파란 하늘을 바라보다가 주머니 속에서 우단으로 되어 있는 작은 정사각형 보석함을 꺼냈다. 그 안에서 빛나고 있는 화이트 골드 링에 다이아가 조금씩 박혀 있는 반지를 가만히 들여다보았다.

'뭐라고 말해야 할까?'

그는 반지를 보며 생각에 잠기었지만 아무래도 지령을 마주해야 더 실감이 날 것 같은 기분이었다. 그녀의 생일날 하얀색 케이크를 앞에 두고 청혼하려는 계획은 지금 그의 맘을 부풀게 했다. 잠시 후 계단 올라오는 발자국 소리가 나자 그는 보석함을 닫고 주머니에 넣었다.

"벌써 왔어요?"

"오늘 하루 휴가 냈거든요."

"내 생일이라서?"

"으응."

"아, 좋아라."

지령이 비닐봉지 두 개를 양손에 들고 오자 수호가 재빨리 그녀에게 가서 두 개를 모두 받아 들고 탁자 위에 놓았다.

"뭘 이렇게 많이 샀어요?"

"그러게요. 사다 보니 이것도 해야 될 것 같고 저것도 해야 될 것 같았는데 너무 많은 것 있죠."

그녀는 비닐봉지 안을 들여다보며 말했다. 양파, 당면, 시금치, 소고기 다진 것, 불고기 감, 물오징어, 버섯, 단호박 등등. 그녀는 그중에서 초콜릿 바 두 개를 꺼내 하나를 그에게 건네며 자기 것을 한 입 크게 먹기 시작했다.

"힘들어서 단것을 먹어야겠어요."

"이걸 다 할 거예요?"

그녀가 미간을 좁히며 빵빵한 비닐봉지를 쳐다보았다.

"다 해야 상이 푸짐해 보여요. 근데 막상 하려니까 엄두가 안 나네. 어쩌죠?"

"걱정된다."

수호가 이마를 긁적이며 지렁이 하나씩 작은 일을 터뜨릴 때면 보이는 그 특유의 곤란한 표정을 지었다. 그녀가 약간씩 예상에 빗나가는 행동을 할 때마다 사실 걱정보다 재미있다는 생각이 먼저 들었다. 안지령이란 여자는 참 엉뚱한 데가 많고 부산스러울 때도 있는데 그것이 싫지 않았다.

"그래도 해야죠."

"이건 어때요? 이걸 당장 옆방의 냉장고에 넣어두고 잠시 잊어버리는 거예요. 내일부터 조금씩 해먹으면 되니까. 그리고 오늘 저녁은 내가 괜찮은 레스토랑으로 가족들을 데리고 가서 근사하게 식사하는 겁니다."

"솔깃한데요."

"그렇게 합시다."

그가 비닐봉지 두 개를 다 들자 얼른 그녀가 하나를 빼앗듯 들고 두 사람은 나란히 옆방으로 가서 냉장고에 물건을 사이좋게 넣어두었다. 수호는 착실한 조수 역할을 잘했다.

"다 했다. 참, 생일 축하해요."

"아침에도 했잖아요."

눈을 뜨자마자 전화를 했는지 수호는 잠긴 목소리로 그녀의 잠을 깨어 축하한다고 말했다.

"당신 생일이 4월 8일이니 아직 여섯 번 남았어요. 오늘 여덟 번 축하한다고 말할 거니까."

지령은 쿡쿡 웃었다. 작년에 자신이 썼던 방법으로 일종의 달콤한 복수를 하려는 것이다. 그래도 스무 번 했던 것보단 덜할 것이다.

"선물은 언제 줄 거예요?"

"여덟 번째 축하한다고 말한 후에."

"기대 많이 할게요."

"조금만 기대해요."

"알았어요. 참, 나도 준비했어요."

그녀가 붙어 있는 옆방으로 사라지더니 잘 포장된 그림을 가져왔다.

"생일 때 준다고 했잖아요."

이것은 한 달 전에 지령이 그린 그림이었다. 전에 전시했던 그림도 생일에 주더니 요즘 생일에 준다는 말이 입에 붙은 그녀였다. 약속도 잘 지키었다.

"내 생일도 아닌데."

"그냥 오늘 주고 싶어요."

"고마워요."

지령이 팔을 쭉 뻗어 포장된 그림을 내밀자 그는 고맙게 받아 탁자 위에 소중히 놓았다.

"이것도 같이요."

그녀가 약간 웃긴 표정으로 입을 쭉 내밀어 그의 뺨에 뽀뽀하자 수호가 그녀의 뺨을 두 손으로 잡고 입 맞추다가 그만 깊은 키스로 바뀌었다. 그는 그녀의 몸을 꽉 껴안고 그녀의 입술에 자신을 묻었다. 겨우 입술이 떨어지자 그가 속삭였다.

"생일 축하해요."

그녀가 세 번째라고 손가락을 펼쳐 보이었다. 다섯 번 남았다고 말하는 그의 입술엔 그녀의 립글로즈가 묻어 핑크빛으로 반짝거리었다. 그녀가 그의 입술을 손으로 닦아주자 그가 장난스레 그녀의 뺨에 자꾸 입술을 문질렀다.

"그만 해요."

지령은 얼굴을 이리저리 피하면서도 웃음이 그치질 않았다. 두 사람이 겨우 떨어진 것은 모종이 왔다는 외침 소리가 열어둔 창가에서 들려올 때였다.

"내일 오기로 했는데."

지령이 그를 앞선 채 내려가면서 투덜대었다. 수호는 그런 그녀를 따라 내려왔다. 이미 한 뼘 정도 크기의 모종이 뒤뜰에 수북하게 배달되어 있었다. 꽃봉오리가 맺혀져 있는 것이 새로운 삶터를 원하는 듯 생생해서 한시도 가만히 내버려 둘 수가 없었다.

"심어야겠죠?"

지령의 말에 수호가 고개를 끄덕거렸다. 그들은 곧 모종삽을 가지고 와 흙을 퍼서 물을 뿌린 후 뿌리가 다치지 않게 잘 놓은 다음 흙을 살살 덮고 나서 손으로 토닥거리며 잘 자라라는 덕담도 잊지 않았다. 그는 그 와중에도 휴대폰으로 위층에 있는 미선에게 오늘 레스토랑에서 생일파티 하기로 했다는 말을 전하고 얼른 예약까지 마친 다음 다시 그녀 옆에 앉아 심는 걸 도왔다. 모종을 거의 다 심어갈 무렵 그들은 그가 줄 선물에 대한 얘기를 하느라 모종 심는 것은 약간 뒷전이 되어버렸다.

"뭔데요? 지난번처럼 말도 안 되는 커다란 모자하고 그 웃긴 인형에다 헐렁한 조끼는 아니겠죠?"

"아니."

"그럼, 책?"

"아닌데."

"힌트 줘요."

"김수호!"

"그런 힌트가 어디 있어요?"

"여기 있어요."

감도 못 잡는 지령을 보며 수호는 혼자 알고 있는 이의 즐거움을 안은 채 웃었다. 그러자 그녀가 더 조바심을 내며 이리저리 머리를 굴렸다.

"뭘까? 내가 꼭 맞춰야지."

그런 그녀를 가만히 지켜보다가 수호는 다시 말했다.

"생일 축하해요."

그리고는 입술을 내밀어 살짝 도장 찍듯 뽀뽀했다. 그의 입맞춤을 받으면서도 지령은 선물이 무얼지 생각하고 있었다.

"당신은 아직 모를 거야."

"말해줘요."

"아직 안 돼요."

두 사람이 대화에 열중하고 있을 때, 저편에서 자동차 소리와 함께 내린 한 사람이 낯선 발자국 소리를 내며 여기서 일하는 직원을 따라 다가오고 있었다.

"손님 오셨어요."

직원의 안내로 온 사람을 보던 수호에게서 웃음기가 사라져 가며 과거의 기억과 부딪치는 표정이 되어버렸다.

"때를 못 맞췄나 봐요."

우현 역시 당황한 모습이었다.

"잘 지내셨죠?"

김수호가 지켜보는 가운데 아무렇지 않게 지령에게 인사를 건넨다는 것이 어색했다. 굳은 얼굴로 막 활짝 핀 웃음을 거두고 과거 속 망령을 보는 듯한 김수호의 시선을 대하는 것이 당연하다 생각하면서도 우현은 불편했다. 새로 이사한 지령의 집을 보고 싶다는 어머니를 억지로 말리었지만 여기에 자신이 대신 가는 것까지 뿌리치진 못했다. 해승으로부터 수호와 잘되고 있다는 언질을 받고 나서 우현은 형수라는 마지막 인연도 서로를 위해 놓아야 한다고 결심했다. 하지만 부모님이 지령의 생일을 챙기고 싶어하는 마음까지 거슬릴 수는 없어 이곳을 지나가다 들르고 만 것이다.

"이건 어머니 선물입니다."

그가 난 화분을 그녀에게 주자 지령이 받아 들었다.

"감사하다고 전해주세요. 건강하시죠?"

"네, 건강하세요."

우현은 지령이 난 화분을 물끄러미 바라보는 모습에서 수호 쪽으로 다시 시선이 옮겨갔다. 그의 표정엔 힘들었던 지난 일들이 장우현으로 인해 깨어나고 있음이 역력했다.

"잘…… 지냈어?"

우현이 머뭇거리며 수호에게 물었다.

"응."

수호는 이마가 좁혀지는 걸 놔둔 채로 대답했다.

"그래."

다시 침묵이 깊게 가라앉았다.

"그쪽은?"

"잘 지내고 있어."

수호가 짧게 묻자 우현이 대답했다. 그 역시 자세한 답변은 피했다. 수호는 생각에 잠긴 눈으로 우현을 바라보았다. 우현 안에서 아내였던 이연이 묻어 있는 것을 보는 듯한 시선이었다. 그러나 이연에 대해선 구체적으로 꺼내지 않았다. 그녀에 대한 감정은 모두 떠나보낸 뒤였다.

"안으로 들어가세요. 차라도 한 잔 하셔야죠."

"아니에요. 형…… 아니에요."

우현은 형수라는 말을 삼키었다. 이젠 그런 줄은 끊어버리는 것이 마지막 도리일 듯싶었다.

"그럼, 안녕히 계세요."

우현은 그들을 영영 타인으로 보내 버리며 예의를 갖춰 인사를 하고 돌아섰다. 차로 가는 내내 묵직한 무게 속에서도 서로의 길을 찾아가는 모습에 안도하는 이기적인 자신을 보았다. 정말 남아 있던 그 모든 것까지 털어버리는 스스로에게 놀랐다. 시간은 많은 것을 바꿔 버렸다. 이젠 장우현, 그는 또 다른 한 사람에 메어 있었다.

그만 아니면 김수호가 이연을 사랑하며 잘살아갔을까, 하는 의문이 문득 들 때가 있다. 이연을 보면 그럴 수도 있다는, 믿고 싶지 않은 생각이 그를 괴롭혔다. 그녀 눈에 붙어 있던 회한이 지금은 많이 옅어지고 어느 땐 거짓말처럼 흔적도 보이지 않지만 어느 순간 온전히 나타나 버릴 때가 있었다. 물론 다시 찰나로 사라져 버리곤 하지만.

자신만이 이연의 짝이라고, 그래서 이렇게 아픔을 견뎌서 끝내 그녀를 기다리는 유일한 사람이 된 것이라고 자신 있게 말하면서도 그 역시 알고 있다. 커다란 생 줄을 억지로 끊어버렸다는 것을. 하지만 지금 그는 이제 한 사람만을 위한 길로 들어섰다. 더 고집쟁이가 되고 더 이기주의자가 되어버려도 어쩔 수 없었다. 아무리 힘들고 가슴 아픈 일이 생겨도 그녀 곁을 떠나지 않을 거란 걸 그 누구보다 자신이 가장 잘 알고 있었다.

마음에 남아두었던 수호와 지령을 이젠 훨훨 날아가게 마지막 상념까지 놔버렸다. 그의 차는 길게 뻗은 도로로 완전히 들어서 그렇게 멀어져 갔다.

지령은 허공을 바라보고 있는 수호의 뒷모습을 쳐다보다가 그의 등 뒤로 손을 껴서 가슴을 어루만지며 위로한 후 그에게서 몸을 떼고 자리에 앉았다. 다시 모종을 심으려는 건지 지령은 흙을 계속 파고만 있었다. 차마 그의 몸을 돌려서 눈동자를 볼 수가 없었다. 보기 겁났다. 그 눈동자 속에 보고 싶지 않은 과거의 아픔이 흔적으로 떠오를까 봐 지령은 자꾸 고개를 숙이고만 있었다.

수호는 지난날이 너무도 빠르게 자신의 몸을 휘돌아가는 걸 생생히 느꼈다. 아내와의 결혼 생활, 내버려 두었던 것, 자존심에 그녀를 내치던 일들, 그리고 아내의 외도, 노력하려고 할 때는 이미 너무 늦어버린, 자신의 또 다른 감정, 장우현, 사고, 상처 주고 상처받았던 일들…….

그동안 잊으려고 했던 모든 기억이 나열되어 오더니 한데로 뭉쳐 버렸다. 자신의 죄와 타인의 죄로 벌어진 일들이 쿵하고 몸을 때렸다. 그런데 이상하게도 힘껏 때리지만 견딜 만했다. 그 기억들은 과거라는 것을 아는 듯이 그의 몸을 통과는 하지만 더 이상 머무르진 않았다. 김수호와 과거의 아픔은 이젠 다른 곳에 서 있어 완전히 섞일 수 없는 경계가 세워졌다는 걸 깨달았다.

수호는 허공에서 시선을 떼고, 웅크리고 앉아 희미한 소리로 뭔가를 종알대는 지령을 보았다. 그 중얼거림이 불안함의 현상이란 것을 모르지 않았다. 그 모습을 내려다보다가 그 역시 몸을 낮추었다.

"뭐 해요?"

그녀가 자꾸 파놓은 땅을 가리키며 수호가 물었다.

"마저 심으려고요."

"같이 심어야죠."

그가 물을 뿌리고 모종을 놓고 흙을 삽으로 덮은 후 토닥거리었다. 잘 크라는 말도 덧붙이며 그들의 손이 같이 포개졌다. 지령이 계속 모종만 바라보며 잘 자랄 것 같다는 말을 되풀이하자 그가 살짝 그녀의 턱을 올리어 자신과 맞닿게 했다. 지령의 시선이 아래에 있다가 그의 눈을 겨우 마주했다. 과거가 스쳐 지나간 눈에 지령이 맑게 비치고 있었다.

"생일 축하해요."

"고마워요."

지령은 그가 자신 앞에 있다는 것을 확인하고 안도하면서 고마웠다.

"선물 맞추기 포기했나 보다."

"음, 옷?"

그가 고개를 저으며 미소 지었다. 그리고는 그녀를 보며 힌트를 주었다.

"당신과 나에게 굉장히 중요한 일!"

그녀의 눈동자가 한동안 그에게 고정되어 움직일 줄 몰랐다.
"뭔데요?"
지령이 알 듯하다가 다시 몰라 웃음을 터뜨리며 물었다.
"저녁때 봅시다."
수호가 지령의 손을 잡고 다른 손엔 모종삽을 넣은 물통을 들며 안으로 들어갔다. 그녀는 계속 생각나는 대로 말했지만 정답만 못 맞힌 채로 틀렸다는 그의 목소리가 연이어 들리었다. 그렇게 그들은 새로운 전기를 받아들이는 하루를 맞고 있었다.

에필로그 — 하나

시내에서 좀 떨어진, 구석진 곳에 처박혀 있는 듯한 작은 건물을 장만하기 위해 최씨는 많은 거금을 털어 넣었다. 퇴직금으로 마련했던 잘나가는 식당과 부인의 은행 잔고를 깨고 땅까지 팔아 치웠다. 주위 사람들은 전부 미쳤다며 말리었다. 서울을 떠나 어린 시절 두 사람의 고향으로 내려와 터도 좋지 않은 이런 건물을 온 재산 투자해 가며 사는 것은 미치도록 어리석다고들 했다. 배 아파 낳은 자식 둘도 이해를 하지 못할 정도였다.

60이 넘어버린 두 사람은 치열하게 살아온 만큼 지쳐 감을 느끼었다. 지금껏 좋아하는 일 한 번 하지 못하면서 생존을 위해 희생하며 살아왔으나 자식들을 교육시키고 결혼까지 보낸 이 마당에 더 이상 새벽부터 일어나 추운 발 동동거리며 식당 준비를 위해 잠잘 시간 쪼개가면서까지 살고 싶지 않았다. 직장 생활 이십 년에 이어 식당까지 참 쉼없이 흐른 세월이었다.

숨 가쁘게 달려왔으니 이젠 하고 싶은 일을 하면서 노년을 여유 있게, 다른 사람들 사는 모습까지 구경해 가면서 느릿느릿 살길 원했다. 그래서 이 작은 건물을 발견했을 때 그들은 자신들이 원하는 삶을 보았다. 곧 이 건물주가 되자 공사에 들어갔고, 지금의 건물 형태를 얻을 수 있었다. 낡은 사진관과 수선 집, 그리고 작은 찻집에 가정집으로 이루어진 삼층 건물이었다. 수선 집은 오랜 고향 후배에게 세를 주고, 찻집은 집 사람이 낮 시간에만 운영하며 태만한 경영을 했고, 작은 사진관은 그의 손에 떨어졌다. 그는 어려서부터 사진 찍는 것을 좋아했다. 그래서 이런 사진관을 하나 갖고 싶었다. 수익성이 너무 안 좋다고 자식들이 말렸지만 귀를 막아버렸다. 나이 들어 더 고집스러워졌다는 말을 친척들에게 듣곤 하지만 신경 쓰지 않았다.

순 옛날식으로 찍어준다는 표지를 앞에다 걸고 몇 달은 파리를 날리었지만 곧 한두 사람 추억과 호기심으로 오더니, 많지는 않아도 단골이 생기게 되었다. 단골들은 이 집의 쾌쾌한 냄새를 좋아하고 촌스런 빨간 의자도 정답다며 사진관에 와서 지네들이 디지털 카메라로 찍고 가곤 했다. 가끔씩 떠나는 여행에서 찍은 사진들로 채운 벽면도 좋아했다. 사람들이 좋아하다 보니 최씨는 여행하다 옛날 소품만 보면 사서 탁자 위에 올려놓고 배경으로도 이용했다.

사람들이 그렇게 옛날식 사진관을 쭉 둘러보는 순간 최씨는 단골손님을 관찰했다. 뜨내기처럼 오는 손님들에겐 별 관심이 없지만 계속 이곳을 들르며 자신의 여행비에 도움을 주는 손님들에게는 그의 시선이 오래 머물렀다. 그건 마치 가족들처럼 느껴진다는 정겨움의 표현이었다.

오늘 온 손님도 그러한 손님 중 하나였다. 게다가 60이 넘은 최씨가 가장 좋아하는 사람들이기도 했다. 처음 이곳을 올 때는 남자, 한 사람이었다. 현대식 사진관들도 잘 안 되는 데가 하나둘이 아닌데, 아직도 이런 곳이 있을 줄은 몰랐다는 표정으로 들어온 이였다. 그땐 뜨내기라 그리 신경 쓰지 않고 사진 한 방 박아주었지만 잘생긴 얼굴에 병을 앓은 듯한 기색이 있어 슬쩍 쳐다보곤 했다.

"여기 살아요?"

"아니요, 여행 중입니다."

여행하는 손님답지 않게 무척 가벼운 차림이었다. 그러나 얼마 안 가서 또 그는 들렀고, 사진 한 장 찍고 마누라가 하는 찻집에서 차까지 팔아주고 갔다. 그렇게 한 해에 서너 번씩은 들르더니 어느 때부터 여자 한 명을 달고 왔다. 서른이 넘은 듯한 여자는 작고 몸이 가는 편인데 잘 웃는 타입이었다.

"부인인가?"

"아니요, 애인입니다."

남자의 말에 여자는 수줍어하면서도 좋아하는 낯빛으로 붙어 있었다. 꽤 어울려 보여서 잘되길 바란다고 말해주었더니 웃음만 보일 뿐이었다. 그러더니 다시 올 때는 두 사람이 결혼했다고 불쑥 말해서 최씨는 축하 기념으로 무료로 찍어주려 했지만 그가 돈을 내고 갔다. 대신 나이 차가 꽤 나는 두 사람은 통성명을 하며 친구로서 인연을 맺었다.
"김수호입니다."
"나는 최용석이요."
김수호라는 사람은 과묵한 편인데 얼마나 잘 들어주는지 아들놈에게도 털어놓지 못한 속내도 말하게 되고, 젊은 시절 있었던 고생담도 늘어놓게 되었다. 그러나 정작 그 젊은 사람 얘기는 듣지 못했다. 별로 얘기할 것이 없다며 듣는 것이 좋다고 했다. 예사 관상은 아니었지만 또 어떻게 보면 평범하게 보이기도 해서 캐묻지도 않았다. 최씨가 아는 것은 복분자주를 만드는 중소기업에 일한다는 것과 부인은 미술 관련 일을 하고 있다는 것이 전부였다. 가끔씩 술을 갖다줄 때도 있어 염치 불구하고 얻어먹지만 그래도 연말에는 선물용으로 잔뜩 사서 우수 고객이 되었다.
"아이고, 이게 얼마 만이야?"
그러던 어느 날 실로 오래간만에 수호네 가족이 사진관을 방문했다. 최씨는 아들이 온 것처럼 달려가 포옹하며 반가워했다. 수호는 웃으면서 안부를 물었다. 괜찮다고 답하고 나니, 수호 품에 안겨 있는 똘똘한 아이가 눈을 빛내며 검버섯이 피어오른 나이 든 얼굴에 호기심을 비쳤다.
"어린 놈이 벌써부터 똑똑해 보이네. 한자리 해먹겠다. 의젓한 것이! 맏이 노릇 잘하게 생겼어."
수호의 아내는 굳이 말해주지 않아도 또 임신한 태가 났다. 연년생이란 말에 찻집에서 차를 가져온 그의 아내가 힘들겠다며 여자들끼리 얘기를 나누었다.

"그래도 날 때 한꺼번에 낳아서 키우는 게 편해."

최씨의 말에 모르는 소리라며 마누라가 타박을 했다. 그러자 머쓱해져 버렸지만 버릇이 돼서 그런지 또 금세 상관치 않아했다. 투박한 탁자를 사이에 두고 얘기가 오갔다. 아이가 총명한 얼굴과 온순한 태도로 울지도 않고 아버지 품에 안겨 있었다. 그러나 벌써부터 둘째는 나오기도 전에 보통 기질이 아님을 나타내듯 엄마 배를 꽝꽝 차서 중간중간 무척 힘들어 보였다. 그럴 때마다 남편은 아내의 등받이를 고쳐 주며 작은 것까지 세세히 신경 써주었다.

"요즘 남자들은 너무 기가 약해."

그 말을 최씨는 괜히 해서 부인에게 또 한소리 들었다. 사실, 그 역시 아내에게 꽉 잡혀 사는 걸 보면 요즘 남자만 그런 것은 아닌 듯싶기도 했다. 한참을 그렇게 담소를 나누고 나서야 가족 사진을 찍어주려고 자리에서 일어섰다. 먼지 낀 의자를 마른 걸레로 얼른 닦아내고 앉으라고 손짓하니 남편이 아기를 안고 그 손을 배부른 아내가 맞잡았다.

조명을 켜고 닮은 듯한 세 사람이 한곳을 보고 있는 모습을 잘 포착해서 찍었다. 이번에도 잘 나올 것 같은 느낌에 기분 좋은 최씨는 몇 번 더 찍어주고 나서 너털웃음을 지었다. 그들은 안부인사를 한 후 아쉬움을 남기며 사진관을 나갔다. 최씨는 아들 내외 보내듯이 바깥으로 나와서 손까지 흔들었다. 두 사람이 택시 타는 것을 지켜보다가 빨리 암실로 갈 생각에 걸음을 재촉했다. 정말 예감처럼 사진이 잘 나왔는지 눈으로 확인하고 싶었다. 최씨가 사진관으로 들어가기 전에 좀 비뚤어진 푯말을 잘 세워두고 들어갔다. 그 표지엔 이렇게 써 있었다.

〈옛날 사진 방식으로 잘 찍어드립니다.〉

느리고 느긋하게 살아보자는 주인장의 마음이 글귀에 담겨져 있었다.

· 에필로그 _둘

이연은 차를 멈추고 잠시 눈을 감았다. 그녀는 안양에 와 있었다. 왜 대체 자신의 인생길에서 이곳을 들러야 하는지 이해를 못하면서 여기까지 오고 말았다. 마음에 걸리는 그 적은 부분 때문에 전체가 삐거덕거리는 소리가 났다. 그 소리는 작지만 항상 귓가에 닿았다. 그래서 임해승에게 해선 안 되는 부탁을 하고 말았다. 그의 걱정스런 얼굴을 뒤로한 채 김수호의 주소를 얻어낼 수 있었다.

"되도록이면 버리세요. 가지 말구요. 얼마나 많은 시간이 흘렀는지 알잖아요, 이연 씨!"

해승의 염려를 듣고 알아서 하겠다는 말을 남기었다. 그러나 바보처럼 수호가 사는 동네까지 이르렀다. 미국을 완전히 떠나 이젠 서울에 정착을 하려 함에도 아직도 남은 일말의 그에 대한 염려가 있었다. 그런 마음을 여기에서 완전히 끝내고 싶었다. 많은 시간이 흘렀음에도 마음속에 남은 수호의 모습은 병원에서의 그 쓸쓸한 뒷모습이었다. 마지막까지 초라하게 만들었던 그 시간으로 멈춰 버렸다.

이연은 잠시 차에서 내리지 않고 머뭇거렸다. 그가 산다는 온정이란 곳을 가려면 오 분 정도 더 걸어가야 했지만 맘의 준비를 하기 위해서 시간을 벌고 있었다. 차에서 내려 걷기 전에 이연은 일년 전에 자신을 찾아온 시어머니였던 박정은 여사를 떠올렸다. 뉴욕의 아파트를 어떻게 알았는지 어느 날 그녀는 집 밖에 서 있었다. 사고 이후 처음 본 것이라 많이 허둥댔다.

"내가 널 많이 아끼고 좋아했었다. 그래서 이렇게 되어버린 것이 마음 아프구나. 하지만 돌아올 수 없는 길이니 어찌하겠니. 이젠 끝났는데. 널 용서할 수 없었는데 지금은 그냥 마음이 아프구나."

박정은 여사는 방 안을 두리번거리지도 않고 소파에 앉아 잠시 시간을 흘려보낸 후 곧바로 심중을 표현했다.

"죄송해요, 어머니."

그 말만 나왔다. 다른 말은 할 수가 없었다. 고개를 숙이고 자신이 저지른 짓에 대해 때늦은 용서를 빌었다.

"부탁이 있다, 이연아. 네가 곧 결혼한다는 소문이 있더구나. 하지 말라는 것이 아니야. 서울에서 살지 말라는 것도 아니다. 제발, 공식석상엔 나오지 말거라. 네가 사랑하는…… 사람의 아내가 되어도 숨어 사는 듯 죽어 살아라. 수호는…… 그 앤 절대 내가 사는 세계로 돌아오지 않을 모양이다. 그 애도 제 삶을 찾아 결혼해서 살지만 우리가 사는 세상에 모습을 내비치지 않아. 영영 그럴 것 같다. 안 돌아올 거야. 집안 유산도 다 포기하고 제가 가져야 할 마땅한 몫까지 모두 저버렸다. 아들을 잃었어. 너 때문만은 아니야. 그래, 나 때문이지. 어미로서 해준 게 없어. 미워하기만 했으니, 그러니 어찌 아들을 찾겠니. 이연아, 어미로서, 내 아들의 어미로서 마지막 이기적인 부탁을 하는 거란다. 제발 공식석상에서 나와 이미 힘들었던 내 아들의 이름을 더 아프게 하지 마라. 제발, 얼굴 들고 살지 마. 행복하게 살되 사람들 모임에 나서지 마라."

"네, 그럴게요. 네, 염려 마세요."

"그래, 고맙다."

예전 시어머니는 더 머무르지 않고 그렇게 뒤돌아섰다. 그녀의 얼굴은 여전히 고왔지만 많이 늙은 태는 화장으로도 숨길 수 없었다. 주름이 고심으로 더 깊어지고 넓어졌다.

"죄송해요, 어머니."

"그래."

그렇게 시어머니였던 분을 보내고 나니 장우현이 서 있었다. 그는 무슨 일인지 물었고, 이연은 솔직히 말해 버렸다. 사실, 박정은 여사는 그런 부탁을 할 필요가 없었다. 이미 대외적인 모임에 나가지 않고 조심해서 살기로 결심했었다. 우현도 어쩔 수 없이 동의해 버렸다. 그러나 그는 수호의 어머니와 그런 약속을 했다는 걸 견디지 못하고 그동안 참아왔던 것을 터뜨리며 분노했다.
"왜 그렇게 살아야 하는데? 왜 그런 약속을 해야 하는데? 이미 그 집안과 끝났잖아. 난 김수호가 아니야. 모든 걸 버리고 새로 시작할 순 없어. 내가 사는 곳에 고개 숙이고 살고 싶지 않아. 그래, 나쁜 짓 했어. 하지만 충분한 시간이 흘렀어. 왜 고개 들고 살면 안 되는 거야? 반성 많이 했잖아. 당신하고 떳떳하게 살고 싶어. 숨어 지내고 싶지 않아."

"나하고 살려면 영원히 떳떳하지 못할 거예요."

장우현은 소리소리 질렀다. 큰소리 내지 않았던 그가 폭발한 것이다.

"내 식대로 살지 않으려면 나랑 살 수 없어."

우현이 돌아섰다. 그러나 이연은 붙잡지 않았다. 그녀도 알고 있었다. 그가 붙잡아주길 바라고 있었다는 것을. 그러나 끝내 그러질 못했다. 사랑한다는 말도 더는 할 수가 없었다. 그가 자신이 없는 삶을 그려봐야 한다고 생각했다. 그래서 이대로 보내주는 것이 더 그를 위한 길이라고 여기었다. 너무 늦었지만 보낼 수 있을 때 보내야 한다고 마음먹었다.

이연은 회상에서 돌아왔다. 그녀의 얼굴에 복잡한 맘이 스치었다. 차 밖으로 나오려다가 큰 숨을 내쉬었다. 정말로 이젠 김수호를 걱정하고 싶지 않다. 그와 잠시 만나 잘 지내고 있는지 확인하게 되면 그 마침표가 찍어질 수 있을 것 같았다. 그때였다. 이연의 모든 동작을 멈추게 하는 영상이 눈에 들어왔다. 처음 알아본 것은 안지령이었다. 정말 많은 시간이 흘렀는데 그녀는 늙지 않았고 오히려 어려 보이기까지 했다.

머리를 하나로 묶은 지령의 얼굴은 밝아 보였다. 배는 불러 있었고, 그녀의 입술은 쉴 새 없이 움직이며 누군가를 향해 얘기하고 있었다. 그 대상은 그녀보다 키가 큰 잠바 차림의 남자였다. 남자의 옆모습이 보였다. 웃고 있었다. 이연은 김수호임을 확인하고 깜짝 놀랐다.

어찌 보면 달라진 것이 없을 수도 있었다. 그는 예전에도 날씬하고 지금도 마른 편이니까. 그런데 그 느낌은 사뭇 달랐다. 임해승이 한 말이 맞았다. 그는 지금 무척 행복해 보였다. 그의 품엔 작은 아기가 꿈틀거리며 안겨 있었다. 앞으로 매는 포대기로 아기를 안고 가는 그는 한 가정의 평범한 가장이었다. 이연은 그들이 지나쳐 가는 것을 방해하지 않았다. 행복하냐고 물을 필요도, 마주 대할 필요도 없었다. 스쳐 지나가게 내버려 두었다. 항상 마음에 걸리는 그 작은 것이 바람처럼 날아가 버리는 걸 순간 느끼었다. 쓸쓸함이 배인 만족감이 들었다.

"안녕, 잘 가요."

이젠 미안하다는 말을 하지 않아야 한다. 이연은 그들이 가는 모습을 보고 나서 차를 돌려 자신의 방향으로 가기 시작했다. 그때 전화가 왔다.

"왜 또요?"

[보고 싶어서 했다니까.]

우현이었다. 그와 헤어지고 난 후 한 달도 안 되어서 다시 연락이 왔다. 안부만 묻겠다고 하더니 얼굴 보러 오겠다고 하고 이젠 자주 그녀를 찾는다. 그는 그녀를 놓지 못했다. 그런 그를 위해서라도 마지막 마침표를 찍고 싶었는데 오늘 그 일을 너무 오랫동안 미뤄두었지만 쉽게 끝냈다. 슬프게도 금방 끝났지만 이젠 마음의 짐을 많이 덜 수 있었다.

[볼일 잘 봤어?]

"응, 잘 봤어."

[어디 가?]

"그냥, 이제 어디든지 갈 수 있을 것 같아."

[그럼, 나한테 와라.]

"……"

[나한테 오라고. 여기 내가 잘 가는 그 카페야.]

"갈게, 당신한테."

이연은 우현에게로 가고 있었다.

• 작가후기

마음 가는 대로 쓰자.
규정짓지 말자.
이것이 제가 글을 쓰면서 제일 많이 하는 생각입니다.

2005년에 연재했던 '몹쓸 사랑'도 그런 맘으로 쓴 글입니다.
수호는 마음의 내상이 심한 사람으로 상처 때문에 자신을 밖으로 내보이질 못합니다.
그러나 그의 아내는 그 상처를 느끼고 감싸 안으려 하지만 열리지 않은 그 맘에 의해 지치게 됩니다. 그리고 끝내 남편과의 신의를 저버리죠.

옳고 그르다는 것에서 벗어나 쓴 글이라…… 불편하실 수도 있을 겁니다.

네 사람은 아픔과 균열, 그리고 그 속에서 제 갈 길을 찾아갑니다.
그 제 갈 길이 운명이 아닐 수도 있지만 그들은 아픔 속에서 살아야 할 길로 들어섭니다.

이 글을 연재하면서도 힘이 들었고, 수정할 때도 역시 힘이 많이 든 글입니다.
그래서 그런지 마음이 많이 쓰입니다.

독자 분들께 이 글이 어떤 식으로 다가갈지 참 궁금합니다.

글을 쓰고 연재하고 출간하면서 교류하는 모든 분들께 깊은 감사를 드립니다.
몹쓸 사랑 연재 시 많이 성원해 주신 해서네 가족 분들께 감사드리고, 청어람 관계자 분들께도 감사드립니다.
그리고 언제나 제 편인 가족과 저를 사랑해 주신 모든 분들께 깊은 감사드립니다.

사랑해요~

2007년 7월
—장해서.